Silvia Roth

Der Beutegänger

Roman

| Hoffmann und Campe |

Dies ist ein Roman. Die Handlung und die darin vorkommenden Personen sowie bestimmte örtliche Gegebenheiten sind frei erfunden. Jede Ähnlichkeit mit realen Geschehnissen oder Personen ist reiner Zufall.

2. Auflage 2007

www.hoca.de
Satz: TypoForum GmbH, Seelbach
Druck und Bindung: GGP Media GmbH, Pößneck
Printed in Germany
ISBN 978-3-455-40079-3

HOFFMANN
UND CAMPE

Ein Unternehmen der
GANSKE VERLAGSGRUPPE

Ich trage dich wie eine Wunde
auf meiner Stirn, die sich nicht schließt.
Sie schmerzt nicht immer. Und es fließt
das Herz sich nicht draus tot.
Nur manchmal plötzlich bin ich blind
und spüre Blut im Munde.

Gottfried Benn

Prolog

August 1980

Der Gestank nach Chlor und Urin umfing sie wie ein unsichtbarer Schleier. Sie pinkeln einfach ins Becken, behauptete ihre Mutter, sie pinkeln ins Becken, und du schwimmst darin herum. Stank es in den Umkleidekabinen deshalb so sehr? Oder pinkelten sie auch in die Kabinen?

Sie wollte es gar nicht wissen. Sie wollte schwimmen. Das kühle türkisblaue Wasser auf ihrem Körper spüren. Und nicht denken. Nicht heute.

Sie verriegelte die Tür und schlüpfte aus ihren Sandaletten. Das morsche Holzgitter auf dem Fußboden troff noch von der Nässe fremder Füße, unbekannter Menschen, die längst wieder auf dem Heimweg waren, zurück in irgendeine Wohnung oder irgendein Haus. Wer in aller Welt schwamm so früh am Morgen, noch früher als sie, und war sogar schon wieder damit fertig? Jemand, der keine Wahl hatte, so wie sie? War sie denn nicht eine der Ersten gewesen, an diesem Morgen? Ihre Augen glitten von dem Gitter hinauf zur Tür der Kabine, die nicht richtig mit der Wand abschloss. Ein schmaler Spalt klaffte dort, durch den das ferne Tageslicht sickerte. Schnell trat sie einen Schritt zurück, bis sie ganz in der Ecke stand. Erst dort streifte sie sich das weiße T-Shirt über den Kopf. Darunter trug sie bereits ihren Badeanzug. Es sollte schnell gehen. Es *musste* schnell gehen. Ausziehen, schwimmen, umziehen und gleich wieder nach Hause. Ihre Freundinnen würden es nie erfahren …

Kommst du heute Nachmittag?

Wohin?

Ins Schwimmbad.

Ich schwimme nicht.

Ihr Fahrrad stand direkt neben dem Eingang, hinter dem Drehkreuz bei der Kasse. Abtrocknen, umziehen, losfahren. Und vorher eine kleine Freiheit. Das frische, kühle Wasser auf ihrer Haut. Es war ganz nah. So nah, dass sie es hören konnte. Es schwappte mit einem satten Schmatzen über den Beckenrand. Wieder und wieder. Fast war ihr, als könnte sie auch das Glitzern hören, das die Morgensonne auf die winzigen Wellen zauberte. Wie funkelnde türkisblaue Sterne. Wasserkristall. Darüber der weite Augusthimmel, so blau, als habe sich jemand die Farbe eigens für diesen besonderen Tag ausgedacht. Und keine Wolke am Himmel. Nicht eine einzige. Das herrliche, kühle Wasser fast für sie allein. Nur Rentner und ein paar Gesundheitsapostel um diese Uhrzeit.

Du könntest ja auch einfach nur in der Sonne liegen.

Was?

Sie rieb sich die nackten Schultern. Nur noch ein Jahr. Nein, nicht einmal mehr ein ganzes Jahr. Nur zehn Monate. Und dann Studium. Fort von den Eltern. Und dem Haus. Fort von Tante Louise. Der Gedanke stimmte sie traurig. Aber es ging nicht anders. Jetzt nicht mehr. Nicht, nachdem es sich derart zugespitzt hatte. Sie faltete ihre Shorts zusammen und legte sie zuoberst auf die hellgrüne Basttasche, die an der dünnen Sperrholzwand lehnte. Ihre Beine waren schneeweiß. Wie Porzellan. War es denn wirklich erst vor einem Jahr gewesen, dass sie in der Sonne gelegen hatte? Der letzte Sommer, der unbeschwerte, schien eine Ewigkeit her zu sein.

Ich meine, du brauchst ja nicht ins Wasser zu gehen, wenn du nicht schwimmen willst.

Ich habe Nein gesagt.

Ist es wegen ...?

Nein!

Sie hatte die Schritte nicht gehört. Dabei tat sie alles, was sie tat, so leise wie möglich. Das Leisesein war ihr längst zur selbstverständlichen Gewohnheit geworden. Trotzdem hatte sie nichts gehört. Nicht dieses Mal. Es war ihr Blick, der zufällig auf die Ritze neben der Tür fiel. Die Ritze war schwarz geworden …

Und wenn ich dich begleite?

Das würde nichts nützen.

Natürlich würde es das.

Du weißt nicht, wie er ist.

Sie starrte auf den Spalt, durch den eben noch das ferne Tageslicht gefallen war und der sich nun verdunkelt hatte. Was bedeutete das? *Was, verdammt noch mal, bedeutete das*? Sie fühlte, wie ihr Puls schneller ging. Aber er konnte es unmöglich wissen! Wissen, dass sie hier war. Ahnen, dass sie es gewagt hatte … Nein. *Nein*. Er wähnte sie noch im Bett. Schlafend. Natürlich. Es waren doch Ferien. Und sie hatte genau aufgepasst. Das Rad schon gestern Abend fortgebracht zum Spielplatz ans andere Ende der Straße. Und das enge Fenster, aus dem sie mit ihrer hellgrünen Basttasche in die Freiheit geklettert war, lag auf der anderen Seite des Hauses. Auf der harmlosen Seite. Einmal im Jahr hatte sogar sie das Recht auf ein Bad im sonnenfunkelnden Wasser. Jetzt oder nie. Einmal ist keinmal. Der Sommer neigte sich bereits seinem Ende zu. Ihr blieb nicht mehr viel Zeit. Und die Rollläden vor seinen Fenstern waren heruntergelassen gewesen, auch darauf hatte sie geachtet. Alle Rollläden, ohne Ausnahme. Sonst wäre sie doch niemals losgefahren …

Warum hast du ihr nicht zugesagt?

Wem?

Heike. Die mochtest du doch immer so sehr.

Schon.

Und warum willst du dann nicht zu ihrer Feier gehen?

Ich muss noch lernen.

Du kannst doch aber seinetwegen nicht dein ganzes Leben ...
Ich habe gesagt, ich muss noch lernen.

Der Schatten zwängte sich durch die Ritze ins Innere der Kabine. Er legte sich über die Tasche mit ihren Kleidern, verdunkelte die schmale weiße Bank und drängte sich näher und näher an sie heran. Sie wich noch weiter zurück, fühlte die dünne Sperrholzwand in ihrem Rücken und fragte sich, ob ihre Atemzüge draußen zu hören waren. Die Antwort auf diese Frage schien plötzlich von brennender Wichtigkeit. Konnte man sie *hören*? Ein Spanner, fuhr es ihr durch den Kopf, die gibt es schließlich in jedem Schwimmbad. Warum nicht auch hier? Ein ganz normaler Spanner ... Sie starrte die Tür an. Der Riegel war aus Plastik. Die verdammte Tür hatte einen Spalt an der Seite, und der Riegel war nur aus leichtem, billigem Plastik. Warum war ihr das nicht aufgefallen? Wie hatte sie in diese Falle geraten können? Sie wollte doch nur das kühle Wasser auf ihrer Haut spüren, bevor es wieder Winter wurde. Nur das Wasser ...

Es ist ein Spanner, hämmerte es hinter ihrer Stirn. Du kannst ihn sehen. Du brauchst nur in die Knie zu gehen und durch den Zwischenraum unter der Tür zu schauen, der dir vorher ebenso wenig aufgefallen ist wie der Riegel aus Plastik. Es ist ganz leicht, dich davon zu überzeugen, dass ein fremdes Paar Beine dort draußen vor deiner Kabinentür steht und zu dir hereinlauscht. Die fremden Beine eines ganz normalen Spanners.

Von irgendwoher drang das Brausen einer Dusche an ihr Ohr und erfüllte sie unvermittelt mit einem Gefühl tiefer Erleichterung. Sie war nicht allein. Rentner waren hier und Gesundheitsapostel. Einer von ihnen stand dort draußen auf der anderen Seite des Sperrholzes und drückte in diesem Augenblick ganz sachte gegen die Tür, um zu sehen, ob der Riegel aus Plastik nachgeben würde. Es waren Sommerferien, die Sonne lachte, und vor der Tür standen fremde Beine in fremden Badeschuhen. Einmal im Jahr hatte auch sie das Recht auf ein eiliges Bad im funkelnden türkisblauen Chlor. Das Recht, an einem Ort zu sein, wo seine kranken Fantasien sie nicht erreichen konnten. Aber sie musste ganz sichergehen, was den Spanner betraf! Erst dann würde sie es wagen, die Tür zu öffnen. *Erst dann*. Sie hielt den Atem an und ging langsam in die Knie. Zentimeter um Zentimeter ließ sie sich an der dünnen Wand hinuntergleiten, während sie die noch immer verdunkelte Ritze neben der Tür im Auge behielt. Unter ihren Knien tauchte das morsche Holzgitter auf, das auf den Kacheln lag, noch immer nass von früheren Füßen. Geschafft! Gleich würde sie sie sehen, die Beine, die sie bedrohten. Bestimmt waren sie alt und hässlich. Sie verlagerte ihr Gewicht nach vorn und stützte sich mit beiden Händen auf dem Boden ab.

Plötzlich war ihr, als nehme sie ein leises Geräusch wahr.

Es klang harmlos. Wie ein Kinderlachen.

Sie senkte den Kopf, bis er dicht über dem Boden schwebte. Der Uringestank wurde dicker und griff mit langen, klebrigen Fingern nach ihrem Gesicht. Sie unterdrückte einen leichten Brechreiz und zwang sich, den Kopf noch etwas tiefer zu nehmen. Sicherheitshalber tasteten sich ihre Augen ein letztes Mal hinauf zu der Ritze, oben neben dem armseligen Riegel aus Plastik. Von dort fiel helles Tageslicht herein …

Im selben Augenblick schnellte seine Hand unter der Tür hervor und ließ eine rote Rose vor sie auf den Boden fallen. Die Blüte streifte ihr linkes Knie, und sie begann zu schreien.

Sie schrie, schrie, schrie, so laut sie konnte, und hörte erst wieder damit auf, als ihr eilig herbeigerufener Vater durch das Drehkreuz bei der Kasse stürzte.

I

Chrysanthemen

Gelbe Chrysanthemen
mit wachen gelben Augen
verfolgen
deine Schritte
Geliebte
und feiern jubelnd dich
bis spät ins Jahr

Montag, 16. Oktober 2006

1 *Schmollend rutschte das kleine Mädchen vom Stuhl und blickte seinen Vater vorwurfsvoll an. »Aber du hast es versprochen«, beharrte es.*

»Es reicht jetzt, Jinka!« In der Stimme ihrer Mutter schwang ein Hauch von Gereiztheit mit. »Du weißt ganz genau, dass dein Vater sich die Termine für seine Geschäftsreisen nicht aussuchen kann.«

Die Kleine blickte am Rücken ihres Vaters hoch, der am Küchenschrank stand, und wartete auf eine Reaktion, ohne dem Einwand ihrer Mutter auch nur die geringste Beachtung zu schenken. »Außerdem habe ich Melanie schon erzählt, dass du mitkommst«, startete sie einen neuen Versuch. »Und ich bin doch eine Glockenblume.«

Er wandte sich um und beugte sich zu seiner Tochter hinunter. »Pass auf, Schatz, als Wiedergutmachung gehen wir am Samstag alle zusammen in den Zoo. Okay?«

»Aber das ist nicht dasselbe«, insistierte die Kleine.

»Nein«, gab er zu, verwundert, dass sie in der Lage war, die Nuancen zu erkennen. Immerhin waren ihre Gene zur Hälfte die seiner Frau. »Das ist nicht dasselbe. Aber, weißt du, manchmal ist man im Leben gezwungen, seine Pläne zu ändern.«

Sie war nicht glücklich mit dieser Antwort, das konnte er sehen, aber sie sagte auch nichts mehr. Vielleicht traute sie sich nicht, etwas zu sagen. Oder ihr fiel auf die Schnelle nichts Passendes ein. Stattdessen setzte sie sich wieder auf den Stuhl neben ihrer Mutter, schob die Unterlippe vor und schwieg.

Erst als er die Treppe hinaufstieg, konnte er sie wieder hören. Sie plapperte über den bevorstehenden Zoobesuch und schien jetzt ganz zufrieden mit der Aussicht auf Löwen und Elefanten und ein Himbeereis an dem kleinen Kiosk gegenüber dem Affengehege. Keine Glockenblume mehr. Melanie, ade. Er nickte. Wer sagte denn, dass nicht auch Kinder bestechlich waren?

Seine Frau hörte zu und beschränkte sich auf knappe, zustimmende Kommentare, ganz wie sie es immer tat. Ob sie ein Kostüm genäht hatte, ein Glockenblumenkostüm? Sie würde bei der Glockenblumenaufführung in der ersten Reihe sitzen, und bestimmt würde sie Fotos machen, die sie irgendwann kommentarlos auf den Frühstückstisch legte, direkt neben seinen Teller. Fotos von Kindern, die er nicht kennenlernen wollte, und von Kostümen, die er sich nicht vorstellen konnte. Er würde diese Fotos mit zur Arbeit nehmen und herumzeigen, ganz wie sonst auch. Die meisten Leute glaubten, was sie sahen. Das war der Vorteil. Sie würden die Tochter glauben und sogar die Glockenblume.

Auf dem oberen Treppenabsatz verharrte er einen Augenblick und lauschte. Erst als er sich ganz sicher war, dass sie ihm nicht folgten, öffnete er die Tür zum Schlafzimmer, wo sein halb gepackter Handkoffer auf dem Bett lag. Er zog einen flachen Karton aus seiner Aktentasche, von der er wusste, dass seine Frau sie niemals anrühren würde, nahm den Deckel ab und legte die blonde Langhaarperücke zwischen seine ordentlich gebügelten Hemden.

Dienstag, 17. Oktober 2006

2 Sie stand am Küchenfenster und blickte durch den schmalen Schlitz im Vorhang dem fremden Briefträger nach, der sich zügig entfernte. Er war zu breit, dieser Rücken. Zu breit für *ihn*. Da draußen ging jemand, den sie nicht kannte. Dessen war sie sich jetzt sicher. Ein Fremder.

Es war vorbei.

Das sollte sie zumindest glauben. Das *wollte* sie glauben, aber sie konnte es nicht. Es war absurd, aber sie konnte einfach nicht aufhören, an ihn zu denken, ihn zu fürchten, ihm einen Platz in ihrem Leben einzuräumen. Sie konnte sich nicht beruhigen. Nicht einmal nach all diesen Jahren. Wahrscheinlich war sie einfach zu oft in die Falle gegangen. Es war nicht vorbei. Es legte nur eine längere Pause ein, und irgendwann würde es wieder über sie hereinbrechen. *Er* gab nicht auf. Nicht *er*. Das wusste sie nur zu gut.

Ihr Blick war noch immer hinaus auf die Straße gerichtet, und mit einem Mal sah sie dort wieder den großen roten Umzugswagen stehen. Sie sah das Gartentor und das Haus, in dem sie früher so gern gewesen war, in dem sie von der Eins in Englisch erzählt und Plätzchen gebacken hatte. Sie sah die alte Mauer aus Klinkersteinen neben den Mülltonnen. Und den roten Umzugswagen. Es hatte sie gewundert, damals, dass sie einen so großen Umzugswagen bestellt hatten, wo sie doch so wenig Möbel besaßen. Die Wohnung war ihr eigenartig leer vorgekommen, kaum eigene Möbel für den Witwer und seinen Sohn. Nur das Allernötigste. Vor allem keine Erinnerungen an die Mutter. Und keine Couch. Sie verschränkte die Arme vor der Brust und dachte wieder über die Frage nach, wo die ganzen Möbel hergekommen sein mochten, die die Leute vom Umzugsunternehmen aus dem Haus geschleppt hatten. Vielleicht hatten sie ja doch irgendwann welche dazugekauft. Heimlich. Immerhin war sie ja nur ein einziges Mal in der Wohnung gewesen, ganz am Anfang. Bevor sie wusste, wie er wirklich war. Da hatte er ihr noch irgendwie leidgetan. Das Zimmer, das er ihr gezeigt hatte, war so dunkel gewesen …

Warum machst du denn die Rollläden nicht hoch?

Ich kann so besser arbeiten.

Was arbeiten? Für die Schule?

Lachen. *Nein. Nicht für die Schule. Ich schreibe.*

Du schreibst?

Ja, Gedichte. Willst du sie lesen?

Sie sieht wieder nach dem Umzugswagen. Tante Louise wartet an der Mauer neben den Mülltonnen und verfolgt ihren Auszug. Wie ein Wächter an einem mittelalterlichen Stadttor steht sie dort, die Hände in die Hüften gestemmt. Jede Faser ihres Körpers drückt Entschlossenheit aus. Nur ihre Stirn hat eine tiefe neue Falte. Für einen flüchtigen Augenblick fällt ihr Blick herüber. Sie lächelt. Sei nur ganz ruhig, sagen die braunen Augen, die sie später so sehr vermissen wird. *Es ist vorbei*. Zwei Männer in grauen Overalls bringen sein Bett. Es ist schmal und hat einen dunklen Rahmen aus Messing. Von ihm selbst ist nichts zu sehen. Er versteckt sich. Versteckt sich irgendwo vor der Erkenntnis, dass es vorbei ist. Vielleicht platziert er auch ein Abschiedsgeschenk. Eine tote Katze …

Ich habe sie für dich geschrieben.

Was?

Die Gedichte. Gefallen sie dir?

Nein.

Dann mache ich dir neue!

Sie kommen mit der Post, eines Tages. Seine neuen Gedichte. Von gegenüber mit der Post. Das allein ist schon absurd! Ihr Name und die Adresse stehen auf dem mauvefarbenen Umschlag und geben ihr das eigenartige Gefühl, verraten worden zu sein. Name und Adresse prangen genau in der Mitte des Kuverts, ihre Daten, ihr Eigentum. Die Schrift, so schön wie sein Gesicht. Keine Rosen dieses Mal. Die Blumen stecken in den Worten. Natürlich kann sie auch die Worte wegwerfen, das mauvefarbene Briefpapier in tausend Stücke reißen, aber sie hinterlassen eine Spur. Die Worte hinterlassen eine brennende Spur in ihrem Gedächtnis und fressen sich dort fest. Das weiß er. Darauf spekuliert er. Darum stecken seine Blumen jetzt in Versen.

Papa, was ist das für Tinte?

Ihr Vater sieht sie nicht an. »Das reicht jetzt«, sagt er anstelle einer Antwort.

Du inspirierst mich.

»Der Junge ist hochbegabt.« Der Lehrer, dem ihr Vater den Briefbogen auf den Schreibtisch geknallt hat, blickt aus dem Fenster in den Garten hinaus, in dem die letzten Rosen blühen. »Es ist der Tod der Mutter«, sagt er. »Der Junge verarbeitet das auf seine Weise.«

»Nicht mit meiner Tochter«, sagt ihr Vater.

Er hat diesen Dreck mit Blut geschrieben.

Seine Mutter hatte sich die Pulsadern aufgeschnitten. Er fand sie auf der Couch. Verblutet. Da war er neun. Ein Kind.

Das werde ich nicht dulden!

Der Lehrer blickt aus dem Fenster. Ob er beunruhigt ist, bleibt sein Geheimnis.

»Haben Sie den Titel gesehen?« Der Finger ihres Vaters pocht auf den Schreibtisch. »Er nennt diesen Schund ein Requiem!«

Sie starrt auf die Straße hinaus. Umzugskisten folgen dem

Bett. In den Kisten seine Sachen. Sie verschwinden nach und nach im Bauch des großen roten Umzugswagens, der vor dem Haus steht und die Erlösung bringt. Tante Louise überwacht ihren Abtransport. Deswegen steht sie dort unten an der Mauer, neben den Mülltonnen. Es soll nichts von ihm zurückbleiben. »Er ist noch ein Kind«, sagt sein Lehrer, aber das stimmt nicht. Er ist kein Kind. Tante Louise weiß das.

Wusste es …

Sie schloss die Augen. Er war kein Kind gewesen, und es war nicht vorbei. Das sollte sie nur glauben. Sie sollte in die Falle gehen. Seine Falle. Aber sie dachte gar nicht daran! Sicherheit war nichts als eine Illusion, die davon abhing, ob man sie sich gestattete. Aber das würde sie nicht. Sie würde sich nicht beruhigen. Sie würde nicht nachlässig werden. *Niemals.*

Sie trat vom Fenster weg und ging langsam durch ihr Haus, durch alle Zimmer. Sie betrachtete jedes Schloss, jedes Fenster, jeden Riegel eingehend, bevor sie die Rollläden herunterließ. Im Flur verweilte sie einige Augenblicke und starrte die Haustür an, die luftdicht mit der Wand abschloss. Ihr Blick fiel auf den Briefschlitz, und fast kam es ihr vor, als wehte ein Hauch von Rosenduft von dort zu ihr herüber …

3

In der Angestelltentoilette des Senioren- und Pflegeheims Geschwister-Leuthauser-Stiftung schlüpfte Susanne Leistner in ihren Jogginganzug und band ihr langes blondes Haar zu einem Pferdeschwanz zusammen. Dabei vermied sie es sorgfältig, ihr Gesicht, das ihr im gnadenlosen Neonlicht des fensterlosen Raums fahl und abgekämpft aus dem Spiegel entgegenblickte, länger als nötig zu betrachten.

So, wie ihr Leben in den letzten Wochen und Monaten verlaufen war, konnte es unmöglich weitergehen. Sie zerrieb sich. Sie musste eine Entscheidung treffen.

»Sag bloß, du gehst schon wieder laufen …«

Susanne zuckte zusammen. Im Türrahmen lehnte ihre Kollegin Monika Gerling und blickte herausfordernd interessiert zu ihr herüber. Sie erinnerte Susanne an ein pummeliges, altkluges Mädchen, das einen Regenwurm entdeckt hatte. Gleich wird sie mich in eine Schachtel stecken und triumphierend heim zu ihrer Mutter tragen, dachte sie.

»Stell dir vor, Moni«, erwiderte sie zuckersüß, »Regelmäßigkeit ist der Witz beim Joggen.«

Die kleinen grauen Augen unter den dichten Brauen blickten sie aus dem Spiegel heraus prüfend an. Wie üblich trug Monika Gerling einen Rundhalspullover zum knielangen Faltenrock. Susanne hatte sich schon oft gefragt, was die Kollegin wohl anhatte, wenn sie zu einer Feier oder ins Theater ging. Vermutlich dasselbe. »Wenn du so weitermachst, klappst du uns eines Tages zusammen.«

Susanne ging in die Knie, um die Schnürsenkel ihrer Laufschuhe zu binden. Sie starrte auf die rissigen Fliesen hinunter und ließ sich betont viel Zeit, auch, weil sie insgeheim darauf hoffte, dass ihre Kollegin irgendwann die Lust verlieren und in einer der Kabinen verschwinden würde, doch wenn Monika Gerling erst einmal Witterung aufgenommen hatte, gab es kein Entrinnen. Susanne konnte ihren durchdringenden Blick zwischen ihren Schulterblättern spüren wie einen Dolch. Hatte Monika eben tatsächlich vom Jogging gesprochen? Nur vom Jogging? *Wenn du so weitermachst …*

»Zu viel Sport ist ungesund«, sagte sie jetzt mit diesem hintergründigen Lächeln, das Susanne so verabscheute.

»Jedenfalls werden *meine* Hüften nicht eines Tages zwischen den Lehnen eines Bürostuhls stecken bleiben«, konterte sie bewusst provozierend, indem sie sich wieder aufrichtete und ihrer Kollegin direkt in die Augen sah.

Doch Monika Gerling nahm die bissige Bemerkung auf, ohne auch nur mit der Wimper zu zucken. Sie war neugierig. Sie lebte für die Befriedigung dieser Neugier. Für Stolz blieb da wenig Raum. Noch immer lächelnd, startete sie einen neuen Angriff. »Und? Was macht die Kleine?«

»Wächst und gedeiht«, antwortete Susanne zu schnell und unnötig gereizt, wie immer, wenn die Sprache auf ihre Tochter Amelie kam, die in der nächsten Woche drei Jahre alt wurde. Aber sie wollte nun einmal nicht über ihre Tochter sprechen. Basta. Über ein Kind zu sprechen, das sie nicht hatte haben wollen, schien ihr irgendwie ungehörig. Und sie hatte Amelie nicht haben wollen. Da machte sie sich nichts vor. Nicht zu diesem Zeitpunkt. Ganz abgesehen von der Tatsache, dass Gernot, der Vater des Kindes, keineswegs der Mann war, mit dem sie den Rest ihres Lebens verbringen wollte.

Deshalb hatte sie auch sofort an eine Abtreibung gedacht, als der Arzt ihr die Schwangerschaft bestätigt hatte, an die schnelle und weitgehend schmerzlose Korrektur eines Fehlers. Doch anstatt sich ein paar Tage freizunehmen, in die Klinik zu fahren und die Sache ein für alle Mal hinter sich zu bringen, hatte sie einen zweiten, weitaus größeren Fehler begangen, den entscheidenden: Sie hatte über ihre Schwangerschaft gesprochen. Sie hatte ein Geständnis abgelegt, ohne Zwang, ohne Druck, ohne Not. Ein vollkommen überflüssiges Geständnis mit schwerwiegenden Folgen, denn urplötzlich hatten sich alle Menschen in ihrer Umgebung gefreut. Gernot hatte sich gefreut, geradezu maßlos gefreut. Ihre Eltern waren außer sich gewesen: das erste Enkelkind! Sogar ihre Schwester, die sich ansonsten nur äußerst selten freute, war in einen sündhaft teuren Laden gerannt und hatte einen pastellgelben Strampelanzug gekauft, für ein Kind, das gar nicht leben sollte. Und alle miteinander hatten Susanne sanft und unmerklich die Kontrolle über die Situation aus der Hand genommen, hatten Pläne gemacht für ihr Leben, hatten eine Hochzeit vorbereitet, die sie nicht wollte, und eine größere Wohnung gesucht, in der sie sich verloren vorkam. Sie raffte Rock, T-Shirt und Strickjacke vom Hocker neben dem Waschbecken und faltete die Kleidungsstücke ordentlich zusammen. Wenn sie heute zurückblickte, erschienen ihr die Monate bis zur Entbindung wie ein riesiges schwarzes Loch. Amelie war geboren und von vielen offenen Armen empfangen worden, allen voran von Gernot, der sich als wunderbarer Vater erwies. Er wusch und windelte die Kleine, kochte Brei, pürierte eine Unmenge an Biogemüse und las jedes Buch über frühkindliche Entwicklung, das er in die Finger bekam. Susanne hingegen war schon bald nach der Geburt wieder zur Arbeit gegangen. Sie verließ morgens um kurz nach acht das Haus, kehrte gegen fünf zurück und hatte das Gefühl, dass ihr Kind ihr mit jedem Tag fremder wurde, obwohl Gernot sie durchaus auf dem Laufenden hielt. Sie wurde informiert, dass Amelie zum ersten Mal das Köpfchen gehoben hatte, dass sie anfing, sich am Gitter ihres Bettchens hochzuziehen, dass sie zahnte und ihre ersten Worte sprach. Susanne hörte von den Fortschritten ihrer Tochter, wie sie abends in der *Tagesschau* von den neuesten Entwicklungen in der Weltpolitik erfuhr, und tief in ihrem Inneren hatte sie das beklemmende Gefühl, auf das eine so wenig Einfluss nehmen zu können wie auf das andere. Es war ein Gefühl von Machtlosigkeit, das sich in ihr festgesetzt hatte. Von Fremdheit. Von Ausgeschlossensein. Und irgendwann, zu einem Zeitpunkt, als dieses Gefühl überhandzunehmen drohte, hatte sie mit dem Laufen begonnen …

»Macht ihr eine Party?«

Irritiert blickte sie auf. »Was?«

»Nächste Woche. Zu Amelies Geburtstag.« Monika Gerling schien ihr aus dem Spiegel direkt in die Seele zu blicken.

Sie weiß genau, dass ich keine Ahnung habe, dachte Susanne. Keine Ahnung und noch immer kein Geschenk. »Sicher«, entgegnete sie leichthin, indem sie sich demonstrativ abwandte. »Gernot macht seine berühmte Bananentorte. Und meine Schwiegereltern kommen zu Besuch.«

Idiotischerweise musste sie ausgerechnet jetzt wieder an den Tag denken, den sie eigentlich komplett aus ihrem Gedächtnis hatte streichen wollen. Jenen Tag, an dem sie nach der Arbeit in die Stadt gefahren war, um eine Stoffkuh für ihre Tochter zu kaufen. In Amelies zweitem Sommer hatten sie eine Woche Urlaub auf einem kleinen Bauernhof in Schleswig-Holstein gemacht, und Amelie war glucksend und quietschend vor Vergnügen zwischen Gänsen, Enten und Ziegen herumgetollt. Aber am meisten hatte sie die Kühe gemocht, dessen war sich Susanne ganz sicher. Sie erinnerte sich gut daran, wie erstaunt sie gewesen war, dass ihre Tochter keinerlei Angst vor diesen großen Tieren gezeigt hatte. Im Gegenteil: Amelie hatte mit ihren kleinen Fingerchen auf die Weide gezeigt und gestrahlt. Deshalb hatte es ja so unbedingt eine Kuh sein müssen. Keine Puppe und kein Teddy, sondern eine Kuh. Sie war in drei Geschäften gewesen, bevor sie eine entdeckt hatte, die man auch als solche erkennen konnte. Die nicht lila oder hellblau oder gelb war, sondern weiß mit schwarzen Flecken und einem Euter aus rosa Filz.

Als sie mit ihrem Geschenk nach Hause gekommen war, hatte Amelie in ihrem Laufstall gesessen und gespielt, während ihr Vater im Sessel neben ihr eingenickt war, ein Manuskript auf den Knien. Susanne hatte die Kuh so leise wie möglich aus der Plastiktüte genommen und sie zu ihrer Tochter in den Laufstall gesetzt. Und Amelie hatte zu weinen begonnen. Sie war rot angelaufen und hatte geschrien wie am

Spieß, während ihr schier endlose Bäche dicker Tränen über die rosigen Wangen geflossen waren. Von ihrem Geschrei war Gernot aufgewacht. Er hatte seine Tochter auf den Arm genommen und seiner Frau erklärt, dass es für Kinder in Amelies Alter völlig normal sei, sich vor allem Unbekannten zu fürchten, und dass Amelie die Kuh, die sie gekauft hatte, bestimmt heiß und innig lieben werde, wenn sie sich erst einmal daran gewöhnt hatte.

»Du hast wirklich Glück, dass dir dein Mann so unter die Arme greift.« Monika Gerlings Blick brannte in ihrem Rücken.

»Ja«, sagte Susanne. »Ich weiß.« Dann warf sie sich die dunkelblaue Sporttasche mit ihrer Bürokleidung über die Schulter, schlängelte sich ohne ein weiteres Wort an ihrer Kollegin vorbei und ging den Gang hinunter zum Fahrstuhl.

4

Er sah sie aus der Tür treten.

Sie trug ihren Jogginganzug und warf einen zweifelnden Blick in den bleigrauen Himmel. Vielleicht überlegte sie, ob sie sich und ihren Schuhen eine Runde auf den matschigen Waldwegen zumuten sollte. Immerhin hatte es in den vergangenen Tagen fast ununterbrochen geregnet. Ein milder, ergiebiger Landregen. Erst vor wenigen Stunden hatte es aufgehört.

Sie sah müde und entnervt aus.

Jetzt ging sie quer über den Parkplatz zu ihrem Wagen, einem cognacfarbenen Passat. Sie ließ ihre Sporttasche auf den nassen Asphalt fallen und suchte eine Weile nach den Schlüsseln, dann öffnete sie den Kofferraum und stellte die Tasche hinein.

Sie sah sich nicht um. Nicht ein einziges Mal. Bevor sie den Kofferraum wieder schloss, nahm sie irgendetwas heraus. Er konnte nicht erkennen, was es war, aber es interessierte ihn auch nicht. Dann stieg sie ein und fuhr los.

Er sah die Bremslichter aufleuchten, als sie an der Ausfahrt hielt, und ihm fiel auf, dass sie sich nicht angeschnallt hatte. Keine Sicherheit für die müde junge Mutter. Kein Netz unter dem Drahtseil, auf dem sie tanzte.

Er startete den Wagen und folgte ihr in einiger Entfernung.

5 Hendrik Verhoeven blickte starr geradeaus und versuchte vergeblich, das Cello zu überhören, das Ulla Grovius, die zweite Exfrau seines verstorbenen Kollegen, ans offene Grab ihres geschiedenen Mannes bestellt hatte. Er war fünfunddreißig Jahre alt, verheiratet, Vater einer kleinen Tochter und fühlte sich dennoch nackt und schutzlos wie ein Waisenkind. Zum zweiten Mal verwaist, dachte er und biss sich in die Wange, weil er das Gefühl hatte, dass etwas in seinem Gesicht außer Kontrolle zu geraten drohte. Am liebsten hätte er eine Sonnenbrille aufgesetzt, doch diese Form von Selbstschutz ließ das Wetter nicht zu. Düstere Wolkenfetzen trieben über den Himmel, und zum allerersten Mal in diesem Jahr roch es ein bisschen nach Winter.

Verhoeven spürte, wie seine Wange zu bluten anfing. Ein unangenehm metallischer Geschmack auf der Zunge, der ihn an den Tod erinnerte, den plötzlichen, gewaltsamen Tod, mit dem er tagtäglich zu tun hatte. Trotzdem konnte er nicht aufhören zuzubeißen. Schmerz war etwas, das ihn ablenkte. Und er musste sich ablenken. Er musste bluten und die satten, melancholischen Schluchzer des Cellos überhören, die der frische Westwind unbarmherzig zu ihm herüberwehte. Irgendetwas Elegisches von Bach hatten sie bereits hinter sich gebracht. Jetzt stand *So nimm denn meine Hände* auf dem Programm. Die Musik verstärkte das qualvolle Gefühl, im Stich gelassen worden zu sein, das er mit sich herumtrug, seit Ulla vor exakt einer Woche mitten in der Nacht angerufen hatte, um ihm mitzuteilen, dass ihr Exmann im Badezimmer seiner Wohnung liege und sich nicht mehr rühre. Verhoeven hatte sich sofort ins Auto gesetzt und war zu dem schnörkellosen Mehrparteienhaus am Schiersteiner Hafen gerast, aber er war zu spät gekommen. Karl Grovius, der Mann, der ihn in sein Team geholt, ihn stets gefördert und gefordert hatte, war bereits tot gewesen. Schlaganfall, wie sich bei der späteren Untersuchung herausgestellt hatte. Mit dreiundsechzig Jahren. Wenn Verhoeven die Augen schloss, sah er sich wieder auf den nackten Fliesen knien, die eiskalten Hände in den Brustkorb des Mannes gestemmt, der sein Trauzeuge gewesen war, als er vor knapp fünf Jahren seine große Liebe geheiratet hatte. Er hört seinen eigenen keuchenden Atem und fühlt den Schweiß, den die Verbissenheit, das längst Verlorene noch retten zu wollen, auf seine Stirn treibt. Er sieht die bläulich angelaufenen Lippen und die hellgrauen Bartstoppeln auf den Wangen des anderen, die schonungslos dem klinischen Neonlicht preisgegeben sind, und registriert die polternden Schritte der Rettungssanitäter, die sich hinter ihm durch die Tür zwängen und ihn schließlich, als er auf ihre Aufforderungen nicht reagiert, einfach beiseiteschieben …

Verhoeven hob den Kopf und blickte sich in den Gesichtern seiner Kollegen um. Das halbe Polizeipräsidium schien an diesem trüben Oktobertag auf dem Wiesbadener Südfriedhof versammelt zu sein, um Karl Grovius die letzte Ehre zu erweisen. Hundertfünfzig Leute. Mindestens. Die meisten der Streifenkollegen trugen Uniform. Ansonsten überwogen die Farben Schwarz und Dunkelblau. Nur Ulla war in Weiß gekommen. Weiß von Kopf bis Fuß. In China und Japan sei das eine ganz offizielle Trauerfarbe, hatte sie ihm auf dem Weg von der Kirche hierher zugeraunt. Es hatte beinahe wie eine Entschuldigung geklungen.

Burkhard Hinnrichs, der Leiter des Kommissariats 11 der zentralen Kriminaldirektion Wiesbaden, hatte dicht neben ihr Position bezogen und wirkte in seiner eleganten Kamelhaarjacke wie ein blasser, bebrillter Dressman. Er hielt die Hände lässig vor dem Bauch verschränkt und blickte unverwandt in die Grube vor sich, in die vor wenigen Minuten der Sarg von Karl Grovius hinabgesenkt worden war. Ein Stück hinter ihm stand Oskar Bredeney, einer der letzten Kollegen, die Grovius bereits während dessen Ausbildungszeit gekannt hatten. Er trug einen schwarzen Glattledermantel, in dem er wie ein alter Nazi aussah. Seine Gesichtszüge verrieten Anspannung. Er befand sich selbst nur wenige Jahre vor der Pensionierung und war schon lange vor Grovius' Tod entschlossen gewesen, diese auch zu erleben. Jetzt schien er noch entschlossener. Seine kräftigen Kiefer mahlten unablässig. Als sich ihre Blicke trafen, schaute er weg.

In einiger Entfernung zu den Trauernden standen zwei alte Frauen und reckten die Hälse. Verhoeven nahm sie nur schemenhaft wahr, aber ihr aufdringliches Interesse störte ihn trotzdem. Es gab einfach Dinge, aus denen man sich heraushielt. Die zu privat waren, um sie mit Fremden zu teilen. Mit Unbeteiligten. Er versuchte, die Gesichter der Frauen zu erkennen, beigefarbene Flecken vor einem dunkleren Hintergrund. Vielleicht war es zu lange her, dass sie selbst jemanden begraben hatten. Oder es hatte ihnen nie etwas ausgemacht, in ihrem Schmerz beobachtet zu werden. Dennoch, am liebsten wäre er hinübergegangen und hätte sie zur Rede gestellt.

Du musst dich zusammenreißen, dachte er, schließlich bist du kein Kind mehr. Nicht dieses Mal. *Ich kann allein nicht gehen*, spielte das Cello, eine bleistiftdünne junge Frau in einer dunkelgrünen Samtjacke, von der äußeren Erscheinung her geradezu ideal für Begräbnisse. *Nicht einen Schritt*. Er senkte den Kopf und blickte auf seine Schuhspitzen hinunter. Sofort verstärkte sich der Druck von Silvies Fingern auf seinem Arm. Seine Frau trug ein schlichtes schwarzes Etuikleid, in dem sie hinreißend aussah, und hatte sich bei ihm untergehakt. Nicht Schutz suchend, sondern beruhigend. Warm und vertraut. Hin und wieder warf sie ihm aus ihren großen tiefdunkelblauen Augen einen prüfenden Seitenblick zu. Sie wartet darauf, dass ich weine, dachte er. Alle warten darauf. *Wie nimmt es Verhoeven? Den Tod seines Mentors. Seines Förderers ...*

Er konnte den Ausdruck »väterlicher Freund« nicht ausstehen, aber er umschrieb besser als jeder andere, was ihn mit Karl Grovius verbunden hatte. Grovius war der Vater gewesen, den er sich immer gewünscht hatte. Insgesamt eher klein als stattlich und mit einem Haufen Sommersprossen unter den rotblonden Haaren, war er doch stets so etwas wie ein Leuchtturm in den Wirren des Lebens gewesen. Einer, nach dem man sich richten konnte. Ein Navigator. Verhoeven lächelte, als ihm die Uhr einfiel, die Grovius ihm zur Hochzeit geschenkt hatte und die zugleich ein kleiner Kompass war. Er trug sie nur selten, weil er Angst hatte, sie zu verlieren. Stattdessen lag sie in der Schublade seines Nachtschranks, in einem soliden schwarzen Hartschalenetui.

Das Cello hatte eine Pause eingelegt, und Hinnrichs hielt die unausweichliche Grabrede. Er hatte Verhoeven gefragt, ob er ein paar Worte sagen wolle, aber Verhoeven hatte abgelehnt. Stattdessen sprach nun also Hinnrichs. Er war ein guter Redner. Charmant und eloquent verpackte er ein ganzes Leben in wenigen Sätzen. Ein guter Polizist. Hart, aber fair. Zweimal verheiratet, ebenso oft geschieden. Sohn und Tochter aus erster Ehe.

Verhoeven bewegte die Finger seiner linken Hand, die sich

eiskalt anfühlten und einzuschlafen drohten. Es wunderte ihn nicht, dass Grovius' erste Frau der Trauerfeier ferngeblieben war. Sie hatten seit Jahren keinen Kontakt mehr gehabt, nachdem Holger, Grovius' Sohn, an seinem achtzehnten Geburtstag beschlossen hatte, seinen Vater nicht länger treffen zu wollen. Er müsste jetzt ungefähr in meinem Alter sein, dachte Verhoeven, und etwas an diesem Gedanken befremdete ihn. Holgers Schwester dagegen hatte es nicht sehr lange an diesem ungastlichen Ort ausgehalten. Plötzlicher Kindstod mit gerade einmal drei Monaten. Sie hatte ein Kindergrab irgendwo in einem anderen Teil des Friedhofs, und obwohl Grovius nie darüber gesprochen hatte, war Verhoeven den Eindruck nicht losgeworden, dass es letztendlich dieser Schicksalsschlag gewesen war, der die erste Ehe seines Kollegen zerstört hatte. Seither baute er darauf, dass es einer gravierenden Änderung der Verhältnisse bedurfte, damit eine Ehe kaputtging. Er wandte den Kopf und betrachtete Silvies Profil. Sie merkte es und lächelte ihn an. Er war froh darüber. Ihr Lächeln war wie ein Sonnenstrahl mitten in der Tristesse des Herbstnachmittags. Wir sind jung, dachte Verhoeven. Wir lieben einander. Haben eine gesunde Tochter. Und dank der Erbschaft, die Silvie vor zwei Jahren gemacht hat, haben wir sogar ein eigenes Haus. Wir werden einander nicht verlieren!

6

Susanne Leistner lenkte den Passat auf den Parkplatz. Nur noch zwei weitere Wagen waren dort abgestellt, vermutlich ebenfalls von Joggern, denn für Spaziergänge war das Wetter eigentlich zu schlecht. Trotzdem konnte sich Susanne keineswegs sicher sein, dass sie jemandem begegnen würde. Der Parkplatz war Ausgangspunkt verschiedener Wald-

und Wanderwege. Forststraßen, Rundwege, eben oder steigungsreich, für Mountainbiker geeignet oder nicht – es gab Dutzende von Möglichkeiten.

Sie betätigte die Scheibenwischer. Hier im Wald schien es noch immer zu regnen. Dicke Tropfen fielen aus den Kronen der Bäume herab und zerbarsten mit dumpfen Schlägen auf der Windschutzscheibe. Der regennasse Schotter blieb an den Reifen kleben, wurde hochgerissen und spritzte knirschend gegen den cognacfarbenen Lack. Einen kurzen Augenblick lang war Susanne versucht, den Wagen zu wenden und einfach nach Hause zu fahren.

Nach Hause. Warum nur zog sie nichts dorthin? Zuhause war doch ein Ort, an dem man sich gern aufhielt, auf den man sich freute, wenn man einen anstrengenden Tag hinter sich hatte. Ein Ort, nach dem man sich sehnte, sobald man nicht dort sein konnte. Zu Hause. Wo war das? War sie schon einmal dort gewesen?

Um nicht weiter über diese unbequemen Fragen nachdenken zu müssen, lenkte sie den Passat auf den hinteren Teil des Parkplatzes, gleich neben den Weg, den sie nehmen wollte. START stand auf dem morschen Holzschild, das an einer rustikalen Kette quer über dem Weg baumelte. In ihrem Rücken markierte ein ähnliches Schild mit der Aufschrift ZIEL das Ende des rund vier Kilometer langen Trimmparcours. Normalerweise lief Susanne den Rundkurs zweimal hintereinander, an guten Tagen auch noch ein drittes Mal. Heute allerdings, das wusste sie bereits jetzt, würde sie es bei einer Runde bewenden lassen. *Wozu dann überhaupt die Mühe?*, meldete sich eine Stimme in ihrem Kopf. *Eine einzige Runde . . . Was willst du damit beweisen?*

Entschlossen schaltete sie den Motor ab, nahm ihren Walkman vom Beifahrersitz und stieg aus dem Wagen. Es duftete würzig nach nasser Erde und Laub. Sofort griff die klamme

Kühle des Waldes nach ihren nackten Unterarmen und ließ sie leise frösteln. Sie sah sich noch einmal kurz nach den anderen Autos um, die verwaist unter den Bäumen standen. Dann machte sie ihren Walkman an und lief los. Über ihrem Kopf wölbten sich die Äste der Bäume wie eine Kuppel. Darüber war der Himmel noch immer einheitlich grau. Fast schien es, als wolle schon die Dämmerung anbrechen …

7

Er hatte zunächst einige Minuten mit abgestelltem Motor am Straßenrand vor der Einfahrt zum Waldparkplatz gewartet. Jetzt drehte er den Zündschlüssel und fuhr langsam um die Biegung.

Ihr Wagen stand am entgegengesetzten Ende. Etwas weiter zur Straße hin waren noch zwei andere Autos geparkt. Doch das störte ihn nicht weiter. Er wählte eine Stelle hinter einer Buschgruppe, um den Wagen abzustellen, und schaltete den Motor aus.

Aus dem Aktenkoffer auf dem Beifahrersitz nahm er die Perücke. Sie war von guter Qualität. Naturhaar, selbstverständlich. Nicht gerade billig. Aber zweifellos eine lohnende Investition. Er klappte die Sichtblende herunter, auf deren Rückseite sich ein kleiner Spiegel befand, und setzte die Perücke auf. Sie stand ihm. Sein Gesicht war von einer eigentümlichen Schönheit. Er dachte an die Frauenblicke, die es streiften, auf der Straße, im Supermarkt, im Park. Es war die Weichheit, die sie anzog. Frauen mochten weiche Dinge. Kuschelpullis. Katzen. Und die meisten Menschen glaubten, was sie sahen. Das machte es so leicht. So berechenbar. Und so entsetzlich langweilig.

Er warf einen letzten kritischen Blick in den Spiegel. Dann öffnete er das Handschuhfach und nahm die Chrysantheme heraus. Diejenige, die er für diesen Zweck ausgewählt hatte. Die anderen lagen im Kofferraum. Für später. Sie waren ein Geschenk. Das Geschenk für eine alte Freundin. Genau wie die Frau, der er gleich begegnen würde.

Als er den Stängel dicht unterhalb der Blüte abbrach, bemerkte er, dass er lächelte. Er blickte wieder in den Spiegel, um sich zu vergewissern, dass er sich nicht irrte, aber er lächelte tatsächlich. Es sah fremd aus, dieses Lächeln, anders als das, das er zu Hause vor dem Spiegel geübt hatte, nachdem man ihm ein paar Mal vorgeworfen hatte, er sei immer so ernst. Es wirkte ... Ja, dachte er, es sieht echt aus. Zugleich wunderte er sich, dass er nichts fühlte. Aber er hoffte zuversichtlich, dass sich das bald ändern würde.

Die große gelbe Blüte erzitterte unter der Berührung, während sich seine Latexfinger langsam um den abgebrochenen Stumpf schlossen.

Goldblume.

Er hatte einmal gefunden, das passe zu ihrem Haar. Besser als die Rosen, die sie immer fortgeworfen hatte. Zuletzt sogar in seine eigene Mülltonne. Sie hatte darauf geachtet, dass er es sah, oben am Fenster. Sie mochte keine Rosen.

Nun lagen also Chrysanthemen für sie im Kofferraum, Goldblumen ...

Eigentlich waren seine Vorbereitungen ja bereits im Frühjahr abgeschlossen gewesen, und er hätte beginnen können. Aber dann war ihm plötzlich klar geworden, dass im März keine Chrysanthemen zu bekommen waren. Bananen, Kiwis, Erdbeeren mitten im Winter – alles überhaupt kein Problem. Aber Chrysanthemen? Keine Chance! Chrysanthemen gab es nur im Herbst, nur einmal im Jahr. Und vielleicht war es gerade dieser Umstand, der sie so interessant machte. Er dachte eine Weile darüber nach. Natürlich hatten eifrige Botaniker längst herausgefunden, dass Chrysanthemen erst Knospen bildeten, wenn die Tage kürzer wurden, dass sie die Dunkelheit brauchten, um blühen zu kön-

nen, und selbstredend ließen sich solche Bedingungen in den Gewächshäusern, in denen sie wuchsen, simulieren. Technisch gesehen war das überhaupt kein Problem. Aber in den Köpfen der Leute waren Chrysanthemen nun einmal Herbstblumen, und also verkauften sie sich auch nur im Herbst. Außerhalb dieser Jahreszeit waren lediglich Nachzuchten zu bekommen, traurige Abarten, die nicht nach Chrysanthemen aussahen und ihm nicht weiterhalfen. Deshalb hatte er warten müssen. Einen ganzen Frühling und den ganzen Sommer lang. Oft hatte er seine Ungeduld nur mit Mühe im Zaum halten können. Aber er hatte gewartet. Und jetzt war es endlich so weit. Jetzt gab es Chrysanthemen.

Sie mochte ja keine Rosen.

Und keine Gedichte.

Aber sie würde sich an ihn erinnern.

Niemals zuvor war er sich einer Sache so sicher gewesen.

Er warf einen Blick auf seine Armbanduhr und schob die Blüte in die Tasche seines Trenchcoats. Dann nahm er das Messer aus dem Aktenkoffer und ließ den Fingernagel seines rechten Daumens langsam und gewissenhaft über die blanke Schneide gleiten. Genau wie das Instrument eines Schächters wies sie keinerlei Scharten auf. Darauf achtete er. Es war wie eine Weihe. Ein heiliges Ritual.

Er murmelte ein paar Worte, Erinnerungen hauptsächlich, und als er urplötzlich wieder den süß-metallischen Geruch wahrzunehmen glaubte, den er so sehr vermisst hatte, hob er die Klinge noch ein wenig näher an sein Gesicht. Ein paar Zentimeter nur. Nicht zu dicht. Er wollte nicht ... Vor seinem inneren Auge blitzten Bilder auf. Ein schneller Halsschnitt, der die Weichteile bis zur Wirbelsäule durchschneidet wie Butter. Der Nervenschock und die plötzliche Stockung der Blutzufuhr zum Gehirn. Weit aufgerissene, irisierende Augen, ein höchst besonderes Grün mit einem Hauch von Gelb in der Mitte, dazu ein merkwürdiger Ton, ein leises Fauchen, nein, ein Zischen eher, als die Luft aus den kleinen Lungen entweicht.

Er dachte einen flüchtigen Augenblick darüber nach, was für einen Laut die Frau, die er erwartete, wohl von sich geben würde. Vorher. Denn wenn ihr Fleisch mit dem Messer in Berührung kam, würde sie längst tot sein.

Dann sah er wieder auf die Uhr und stellte fest, dass es Zeit war. Die Frau, der er gleich begegnen würde, tat alles, was sie tat, aus Gewohnheit. Fantasie war etwas, über das sie anscheinend nicht verfügte. Er wusste auf die Minute genau, wie lange sie für eine ihrer Runden brauchte. Oder für den Gang zum Bäcker.

Er klappte den Aktenkoffer zu und verstaute ihn unter dem Beifahrersitz. Nur für den Fall, dass sich doch noch jemand anders an diesem trüben Nachmittag in den Wald verirrte. Jemand, der neugierig war. Den es aus unerfindlichen Gründen nicht so schnell wie möglich nach Hause und unter die Dusche trieb und der sich vielleicht eines Tages an einen Wagen erinnerte, nur, weil anstelle der obligatorischen Sporttasche ein Aktenkoffer auf dem Sitz gestanden hatte …

Mit routiniertem Blick überprüfte er ein letztes Mal seine Umgebung im Hinblick auf mögliche Veränderungen. Etwas, das er übersehen hatte. Eine Gefahr. Doch er konnte nichts feststellen.

Dann stieg er aus dem Wagen, ließ das Messer zu der Chrysantheme in seine Manteltasche gleiten und ging Susanne Leistner entgegen.

8 Normalerweise konnte Winnie Heller Spiegel nicht ausstehen. Spiegel waren nicht besonders freundlich zu ihr, und sie selbst tat wenig dazu, etwas an dieser Tatsache zu ändern. Ihr Haar schnitt sie in unregelmäßigen Abständen selbst, wobei sie wenig erfolgreich einem lange herausgewachsenen Fassonschnitt hinterherjagte, den sie sich in einem beispiellosen Anfall von Verschwendungssucht gegönnt hatte. Und ein ganz normaler Dienstag im K 34 gehörte auch definitiv nicht zu den seltenen Gelegenheiten, bei denen sie so etwas wie Make-up verwendete.

Heute allerdings blickte sie länger als gewöhnlich in den kleinen Spiegel, der in der Tür ihres Spinds angebracht war, und starrte auf die hektischen Flecken, die wie rote Seen im Weiß ihrer Haut prangten. Wenn sie doch wenigstens endlich aufhören würde zu schwitzen! Schließlich konnte sie sich nicht ewig in diesem Umkleideraum verstecken, und wenn sie ihn verließ, war sie unweigerlich aufs Neue den indiskreten Blicken ihrer Kollegen ausgesetzt, die wissen wollten, was sie so lange in Joost Werners Büro getrieben hatte und warum sie mit hochrotem Kopf wieder herausgekommen war. Wahrscheinlich feixten sie da draußen bereits über ihren vermeintlichen Rauswurf. Aber da würde sie die Herren enttäuschen müssen!

Sie wischte sich mit dem Handrücken über die Stirn und überlegte, wie sie ihr lädiertes Äußeres auf die Schnelle wieder halbwegs auf Vordermann bringen konnte. Den Bio-Lippenstift, der seit beinahe zwei Jahren als spärliches Zugeständnis an ihre eigene Weiblichkeit in ihrer Handtasche steckte, wagte sie nicht zu benutzen, denn er hatte sich zumindest hinsichtlich seines Farbtons als absoluter Fehlgriff erwiesen. Bei Tageslicht betrachtet, wirkte »Terrakotta« wie zerlaufene Nussnougatcreme, mit der sich ein ungeschicktes Kind versehentlich beschmiert hatte, was wahrscheinlich daran lag, dass die Nuance nicht mit ihrem Teint harmonierte. Aber sie hatte nun einmal trotz diverser Versuche mit entsprechenden Fragebögen aus allen erdenklichen Frauenzeitschriften noch immer keinen blassen Schimmer, welchem »Farbtyp« sie sich zuordnen sollte. Ihre Haarfarbe – ein mehr oder minder undefinierbares Dunkelblond – ließ die Varianten »Frühling«, »Sommer« und »Herbst« zu, ebenso ihre Augen, die je nach Kleidung grün, blau oder grau wirken konnten. Winnie Heller seufzte und starrte ihren Mund an, der an und für sich recht hübsch geschwungen war, aber ohne Betonung in jenem nichtssagenden Gesamteindruck unterging, den ihr Gesicht vermittelte. Es war eine Grundsatzentscheidung: kalt oder warm, Gelb- oder Blaustich, Silber oder Gold, und sie war einfach nicht in der Lage, diese Grundsatzentscheidung zu treffen.

»Scheiß drauf«, murmelte sie wenig damenhaft, indem sie sich zu ihrer vollen Größe von nicht gerade üppigen 164 Zentimetern aufrichtete. Immerhin hatte sie allen Grund zur Freude, auch wenn sie im Augenblick ganz und gar nicht danach aussah. Sie hatte es geschafft. War am Ziel. Endlich. Sie verteilte ein wenig Styling-Gel auf ihren Handflächen und strich sich dann in einer entschlossenen Bewegung die insgesamt etwas mehr als kinnlangen Haare aus dem Gesicht. Sie hatte eine verdammt schwere Zeit durchgemacht, in der sich zunächst ihre Ausbildung und dann ihre Arbeit als einzige Konstanten erwiesen hatten. Sie war fleißig gewesen, hatte vorbildliche Berichte geschrieben, keine noch so unangenehme Aufgabe gescheut und einen Haufen Überstunden gemacht. Von den zahllosen Fortbildungen, durch die sie sich gequält hatte, gar nicht zu reden. Und jetzt trugen ihre Bemühungen Früchte. Jetzt war sie am Ziel. Mordkommission. Da roch doch allein schon das Wort nach Erfolg! Dabei hatte sie sich schon fast damit abgefunden, sich für den Rest ihres Berufslebens mit irgendwelchen Drogendelikten herumschlagen zu müssen. Delikten, die so vorhersehbar waren, dass sie sich ernsthaft fragte, ob sie die viele Psychologie, die sie im Studium gebüffelt hatte, jemals würde brauchen können. Und nun sah sie sich unvermittelt am Ziel ihrer Träume. Und das nach zwei abgewiesenen Bewerbungen und all dem Ärger, den sie mit Paul Cartier, ihrem letzten Vorgesetzten, gehabt hatte …

Sie verdrehte die Augen und zupfte eine widerspenstige Haarsträhne in Form.

Vielleicht war sie deswegen so ruhig geblieben, als Joost Werner vorhin mit ihr gesprochen hatte. *Hey, Heller, Sie wollten doch so unbedingt zur Mordkommission.* Nur die Farbe ihrer Wangen hatte sie verraten. So war es schon als Kind gewesen, vor Freude, im Angesicht des Nikolaus, während des Feueralarms, der sie jedes Mal beinahe zu Tode erschreckt hatte, ganz egal, wie oft sie diese Art von Übung bereits durchexerziert hatte – wieder und wieder hatte ihre »Zirkulation«, wie ihre Großmutter es genannt hatte, sie in Verlegenheit gebracht. Noch so eine Sache, der ich einfach nicht Herr werde, dachte sie. *Also schön, Heller, das KK 11 braucht Verstärkung.* Sie hatte eine plötzliche Hitze gespürt, die sich über ihr Gesicht gebreitet hatte, und gewusst, dass Hitze in diesem Fall gleichbedeutend mit Röte war. Verdammt noch eins! *Melden Sie sich in Hinnrichs' Büro. Gleich morgen früh.* Sie kniff die Augen zusammen und musterte ihre Wangen, die noch immer aussahen, als habe sie sich irgendeinen hochentzündlichen Ausschlag eingefangen.

»Was soll's«, sagte sie selbstbewusst und knallte die Tür ihres Spinds zu. »Ab morgen läuft der Hase anders.«

Neustart. Neue Chance, neues Glück. Und jedem Anfang wohnt ein Zauber inne. Sie lächelte. Sie hatte das große Los gezogen, daran bestand überhaupt kein Zweifel. Verhoeven galt als umgänglich. Nicht mehr blutjung, aber auch noch nicht mit einem Bein im Ruhestand. Glücklich verheiratet, was man so hörte. Vater einer kleinen Tochter. Einer, der niemandem ans Bein pisste, der Konflikte sachlich und fair austrug und nach Dienstschluss sofort nach Hause fuhr. Einmal im Leben hat eben jeder Glück, dachte sie. Sogar du. Dann nahm sie ihre Handtasche von der Holzbank hinter sich und verließ den Umkleideraum.

9 Drüben an Grovius' Grab redete Burkhard Hinnrichs ohne Unterlass. Kompetenter Einsatzleiter. Geschätzter Kollege. Unermüdlicher Verteidiger des Rechts. Das Übliche. Zu viel und nicht genug.

Je länger er seinem Vorgesetzten zuhörte, desto mehr hatte Verhoeven das Gefühl, den Menschen, über den Hinnrichs da sprach, nie gekannt zu haben. Erst vor wenigen Tagen war ihm aufgefallen, dass er Grovius bis zum Schluss gesiezt hatte. Er hatte lange überlegt, ob der Ältere, der ihn vom ersten Tag ihrer Zusammenarbeit an mit der ihm eigenen jovialen Selbstverständlichkeit geduzt hatte, einfach nur vergessen hatte, ihm seinerseits das »Du« anzubieten, oder ob es am Ende doch Absicht gewesen war, aber er war zu keiner befriedigenden Antwort gekommen. Sein Blick krallte sich Halt suchend an dem Wagen voller Blumengebinde fest, der etwas seitwärts stand und geduldig auf das Ende der Zeremonie wartete. *Ein letzter Gruß von deinen Kollegen* stand wenig originell auf der Schleife des Kranzes, für den Werneuchen gesammelt hatte. Ein Monstrum in Blau und Gelb. Jemand hatte gefragt, was Grovius' Lieblingsfarbe gewesen sei, aber keiner der Kollegen hatte diese Frage beantworten können.

Auch er selbst nicht. Also hatten sie sich auf Blaugelb geeinigt. Männlichkeit und Hoffnung. Verhoeven ertappte sich bei einem ironischen Lächeln. Absolut unpassend für diesen Anlass. Schnell riss er den Blick von den Kränzen los. Vor dem Hintergrund der dunklen Wolkenfetzen glitten Vögel vorbei. Schwalben. Es schienen Hunderte zu sein. Ein ganzer Schwarm. Seine Augen folgten ihrem Flug, und er dachte daran, dass sie erst im Frühjahr zurückkehren würden.

Hinnrichs war in seinem Nachruf inzwischen zu den Anekdoten übergegangen. Wie Grovius sich aus der Affäre gezogen hatte, damals, als der Referent des Ministeriums ... *Ihr erinnert euch doch?* Vereinzelt wagte jemand ein Lachen. *Ach ja, der Grovius. So war er. Immer noch irgendwo ein Ass im Ärmel.*

Verhoevens Fingerspitzen spielten mit einem Faden, der sich aus dem Futter seiner Manteltasche gelöst hatte. Sie hatten niemals über Lieblingsfarben gesprochen, Grovius und er. Auch nicht über Bücher. Oder Musik. Er fand Bruce Willis toll, hatte Bredeney gesagt, als Werneuchen sich nach Grovius' Lieblingsfarbe erkundigt hatte. Jeder findet Bruce Willis toll, hatte Friedhelm Richter ihm entgegengehalten. Hinnrichs hatte sie alle der Reihe nach angesehen. *Wer ist Bruce Willis?* Verhoeven schaute wieder zu Bredeney hinüber und dachte daran, wie sehr er sich immer vor dem Tag gefürchtet hatte, an dem Grovius in den Ruhestand verabschiedet würde. Er hatte sich ausgemalt, wie er der Feier fernbleiben würde. Wo er stattdessen wäre. Was er denken, wie er empfinden würde. Dass er einmal an einem Grab von seinem Mentor Abschied nehmen würde, wäre ihm nie in den Sinn gekommen ...

Seine Augen suchten die Cellistin, die sich diskret in den Hintergrund zurückgezogen hatte und fröstelnd von einem Bein auf das andere trat. Zugleich hatte er auf einmal das Gefühl, an einem weit entfernten Ort zu sein. Das Geschehen um ihn herum von oben zu betrachten. Mit Abstand. Fast wie damals, dachte er verwundert. Wenn der Mann, den er nur Schmitz genannt hatte, wieder einmal begonnen hatte, sich zu verändern. Wenn sich die Röte in seinem Gesicht aus einem Grund, den nur Schmitz selbst gekannt hatte, langsam vertieft hatte. Und wenn seine Stimme dann jenen unbarmherzig schneidenden Tonfall angenommen hatte, den Verhoeven noch heute hören konnte, sobald er sich – was selten vorkam – gestattete, den Blick auf seine Vergangenheit zu richten. *Was heulst du schon wieder, du kleiner Scheißer?* In solchen Situationen hatte es schon damals einen Punkt gegeben, an dem er sich von jedem realen Geschehen entfernt hatte. Einen Punkt, an dem es ihm gelungen war, ganz aus sich selbst heraus einen gewissen Abstand zu seinem Pflegevater herzustellen, eine Distanz, die selbst die Schläge, die in solchen Situationen unweigerlich gefolgt waren, nie völlig hatten überwinden können. Die Cellistin verschwamm unter seinem Blick zu einem dunkelgrünbraunen Fleck, und Verhoeven fühlte etwas wie Stolz auf diese Fähigkeit des Ausblendens, die ihm das mit Abstand Gesündeste zu sein schien, was er in der Rückschau auf seine Kindheit entdecken konnte. Er straffte die Schultern und schob das Kinn vor, das Silvie als niedlich und seine Schwiegermutter weit weniger freundlich als ganz und gar unmännlich bezeichnete.

Er wusste, er würde nicht weinen.

Das, was hier passierte, hatte nichts mit ihm zu tun.

Nicht einmal mit Grovius.

Grovius würde laut lachen, wenn er das hier sehen könnte, dachte er.

Rings um das Grab herrschte jetzt eine Art emotional aufgeladenes Schweigen. Fast schien es, als wisse niemand so ganz genau, was nun zu tun sei. Hinnrichs war zu Ende. Das Cello verstummt. Die Bilanz war gezogen, der Schlussstrich unter ein Leben, das Verhoeven geteilt hatte. Zumindest eine

Zeit lang. Er sah wieder auf seine Schuhspitzen hinunter und überlegte, welche Bilanz Grovius selbst wohl gezogen haben würde. Wäre er zufrieden gewesen mit dem Leben, das er geführt hatte? Versöhnt? Oder hätte er empfunden, dass er um etwas Entscheidendes gebracht worden war? Er wusste es nicht. Grovius hatte selten über seine Pensionierung gesprochen, und wenn, dann hatte er das Wort Ruhestand bewusst vermieden. Nächstes Jahr, hatte er gesagt. Wenn ich nächstes Jahr mehr Zeit habe, werde ich mir als Erstes die Toskana ansehen. Und ich meine, *richtig* ansehen, verstehst du? Nicht die Uffizien und den Ponte Vecchio. Den ganzen Rest …

Verhoeven fühlte, wie der Abstand, auf den er noch vor wenigen Sekunden so stolz gewesen war, zu schmelzen begann. Wie er zurückkehrte. Abstürzte aus der Höhe, in die er sich geflüchtet hatte. Er stürzte, und die alte Verletzlichkeit kroch ihn an. Unterdessen waren die Menschen in seiner Umgebung wie auf ein geheimes Kommando hin auf einmal in Bewegung geraten. Manche drehten sich einfach auf dem Absatz um und gingen den breiten Kiesweg zum Hauptausgang hinunter, als seien sie heilfroh, eine leidige Verpflichtung endlich hinter sich gebracht, eine alte Schuld beglichen zu haben. Die anderen reihten sich in die Schlange vor Grovius' Grab ein, um einen letzten Blick auf den Sarg zu werfen.

»Hendrik?«

Sie hatte leise gesprochen. Behutsam. Trotzdem zuckte er zusammen. »Was?«

Anstelle einer Antwort hielt Silvie ihm die kleine Schaufel hin, mit der die Trauernden Erde in das offene Grab streuten. Mechanisch nahm er sie und trat einen Schritt vor. Tief unter sich sah er den Sarg. Er hörte das Geräusch, das die Erdklumpen machten, als sie auf das glänzende Mahagoni trafen. Ulla hatte sich nicht lumpen lassen. Schließlich war Grovius der einzige Exmann gewesen, den sie je gehabt hatte. Verhoeven zögerte. Versuchte, den Augenblick auszudehnen, den Moment des endgültigen Abschiednehmens noch ein paar Sekunden hinauszuzögern. *Ein letzter Gruß*. Ein letzter Blick auf den Sarg. Dann fühlte er Ullas Umarmung, die sich wie ein Bleigürtel um seine Schultern legte. Roch den Cognac, den sie getrunken hatte, um sich für diesen düsteren Nachmittag zu wappnen, der ihr endgültig bewusst machte, dass sie den einzigen Exmann, den sie je besessen hatte, nicht mehr würde anrufen können, wenn sie nicht weiterwusste. Wenn sie Hilfe brauchte. Kein Navigator mehr, der das Steuer übernahm, wenn es mal brenzlig wurde. Nicht für Ulla und auch nicht für ihn.

Verhoeven schluckte und wunderte sich über den Lärm, den er dabei veranstaltete. Am liebsten hätte er Ullas Arme von seinem Hals gerissen. Hinter ihm murmelte Silvie etwas, das er nicht verstand. Es klang beruhigend. Tröstend. Souverän. Verhoeven fühlte, wie Ullas Griff sich lockerte. Wie sie langsam und widerwillig von ihm abließ und sich Silvies zarter Gestalt zuwandte. Einen Moment lang war er versucht, seine Frau zu beschützen, sich vor sie zu stellen, sie abzuschirmen, damit sie nicht in den Würgegriff des Schmerzes geriet, doch für Silvie schien die Umarmung der anderen keine Last zu sein. Er sah, wie sie Ullas Rücken streichelte. Wie selbstverständlich sie sich danach von ihr löste. Und er bewunderte sie dafür. Silvie war sieben Jahre jünger als er, aber sie hatte das Leben im Griff.

»Ich denke alle fünf Minuten an etwas, das ich ihn nicht mehr fragen kann«, sagte Ulla gerade mit einer Miene, die ihn an ein trotziges kleines Kind erinnerte.

»Es braucht seine Zeit«, entgegnete Silvie.

Ulla nickte. Ihr Blick ging ins Leere. Der schwarzen Ringe aus zerlaufener Wimperntusche unter ihren Augen schien sie sich nicht bewusst zu sein. Sie sah grotesk aus. Ein welkes weißes Wrack.

Verhoeven grub seine Finger in den Rücken seiner Frau. Fühlte ihre Körperwärme unter dem edlen Wollstoff. Schob sie vor sich her. Weg von hier. Nach Hause.

»Ihr kommt doch nachher noch?«, rief Ulla, die bereits dem nächsten Kondolierenden in den Armen lag, ihnen nach. »In einer Stunde bei Luigi's.«

Er antwortete nicht. Ging einfach weiter. Zum Ausgang. Zum Auto.

»Verhoeven?«

Das war Hinnrichs. Verhoeven blieb stehen und drehte sich um.

»Augenblick noch.« Sein Vorgesetzter wich elegant einer Pfütze aus und nickte Silvie grüßend zu. Die schwarze Krawatte unter seiner Kamelhaarjacke saß tadellos. »Wir sollten uns so bald wie möglich über Ihre Zukunft unterhalten«, sagte er, indem er sich mit einer geübten Bewegung eine Zigarette ansteckte. »Ich habe mir da bereits ein paar Gedanken gemacht, und …«

»Es tut mir leid«, unterbrach ihn Verhoeven. »Aber wir sind …«

»… und ich denke, ich habe eine praktikable Lösung gefunden«, fuhr Hinnrichs, ohne mit der Wimper zu zucken, fort, dennoch konnte Verhoeven deutlich hören, dass sein Vorgesetzter sich über die versuchte Abfuhr ärgerte.

»Eine Lösung wofür?«, fragte er.

Hinnrichs wandte sich ab und ging über den Kiesweg davon. »Kommen Sie morgen früh in meinem Büro vorbei«, rief er Verhoeven über die Schulter zu.

10

Angst hatte sie eigentlich nie, aber urplötzlich fand sie es doch irgendwie leichtsinnig, allein losgelaufen zu sein. Sie blieb stehen und schaltete den Walkman aus. Stille umfing sie. Das Laub unter ihren Füßen war nass und schwer. Angestrengt lauschte sie auf den Laut eines Vogels oder das Rascheln einer Maus. Aber außer dem Klatschen der Wassertropfen, die von den regenschweren Ästen herab auf den Waldboden fielen, war nichts zu hören.

Zögernd ging sie weiter. Den Walkman ließ sie ausgeschaltet. Musik schien ihr auf einmal unpassend, gefährlich sogar. Sie riss sich die Knöpfe des Kopfhörers aus den Ohren und stopfte das Kabel in den Bund ihrer Jogginghose. Zugleich bemühte sie sich, so leise wie möglich aufzutreten, um die Stille ringsum nicht zu durchbrechen. Stille war gut. Stille bedeutete, dass man allein war. Und wenn man allein war, war man in Sicherheit.

Sie hatte jetzt gut drei Viertel der Strecke hinter sich, doch noch immer war ihr nicht richtig warm geworden. Durch die Nähte ihrer Schuhe drang unaufhaltsam die Feuchtigkeit des Waldbodens. Mittlerweile fühlten sich ihre Füße an, als gehörten sie zu einer fremden Person. Sie wandte den Kopf und blickte über ihre Schulter den Weg zurück, den sie soeben gekommen war. Irgendetwas beunruhigte sie. Etwas, das sie nicht näher definieren konnte. Ein diffuses Gefühl von Gefahr. Von Bedrohung. Ihre Blicke irrten zwischen den lichten Sträuchern hin und her wie ein aufgeschreckter Waldvogel. Aber da war nichts. Sie war allein. Und allein war man in Sicherheit. Oder?

Die Stämme der Bäume ringsum schimmerten silbern vor Feuchtigkeit. Einzig die Wetterseite war stumpf vor Moos. Von den Blättern tropfte unablässig der alte Regen herab, und Susanne Leistner begann zu laufen, so schnell sie konnte. Der durchweichte Waldboden dämpfte das Geräusch ihrer Schritte. Nur ihr Atem war zu hören, viel zu laut zu hören, wie ihr schien, aber sie wusste nicht, wie sie das ändern sollte. Ihr Herz hämmerte von innen gegen die Rippen und verlangte gierig nach Nahrung, nach Sauerstoff. Sie wusste, jeder Versuch, leiser zu atmen, würde ihr nichts als Seitenstechen eintragen. Ihr rechter Fuß rutschte über eine Wurzel, die quer über den Weg lief und wie eine versteinerte Schlange aussah. Sie fluchte und stolperte weiter. Das fehlte noch, dachte sie, an einem Tag wie diesem hinzufallen und nicht aus eigener Kraft wieder aufstehen zu können!

Der Weg führte jetzt einen steilen Abhang hinunter, an dessen Fuß ein Bach den Parcours kreuzte. Von dort schlug ihr dumpfe Herbstkühle entgegen. Kein Lüftchen regte sich. Es war, als hielte der Wald ringsum urplötzlich den Atem an. Zugleich schien das schummrige Nachmittagslicht noch schwächer zu werden. Zwischen den Bäumen, die hier unten kaum mehr als düstere Schemen waren, hingen feine Nebelschwaden, die der Landschaft einen schwebenden Gesamteindruck verliehen. Und obwohl sie den Parcours im Schlaf kannte, hatte Susanne Leistner auf einmal Angst, die Orientierung zu verlieren.

Das Tempo drosseln, rief sie sich zur Ordnung. Auf den Beinen bleiben. Nur keinen Sturz riskieren. Zugleich kam ihr ein altes Volkslied in den Sinn, das ihre Mutter manchmal gesungen hatte. *In einem kühlen Grunde.* Sie nickte still vor sich hin. Eine sentimentale kleine Geschichte war das gewesen, von enttäuschter Liebe und Todessehnsucht. Der genaue Text wollte ihr nicht mehr einfallen, nur die Melodie. Oder zumindest Teile davon. *Ich möcht' am liebsten sterben ...* Hieß es nicht so, irgendwo in einer der letzten Strophen? *Ich möcht' am liebsten sterben, da wär's auf einmal still ...*

Sie überquerte die kleine Holzbrücke und hörte das entfernte Gurgeln des Bachs. In ihren Lungen brannten feine, schmerzhafte Stiche. Das hatte sie jetzt davon, dass sie schneller lief, als ihr guttat, und dabei auch noch versuchte, sich an ein dummes altes Lied zu erinnern! Aber wenigstens stieg nun endlich der Weg wieder an und führte sie hinaus aus dem düsteren Tal. Hinaus aus dem kühlen Grunde. Etwa zweihundert Meter vor ihr tauchten hinter der nächsten Biegung bereits die Holzgestelle für die Klimmzüge auf, die sie nie machte. Entschlossen rannte sie darauf zu. Von dort war es nicht mehr weit bis zum Parkplatz. Sie freute sich auf einmal unbändig auf die Wärme ihres Autos und die Tasse Tee, die sie sich machen würde, sobald sie nach Hause kam. Was wohl Amelie gerade tat, in diesem Augenblick? Zu Abend essen? Die kleinen Häppchen aus Roggenbrot mit dem Rahmkäse, den sie so gern hatte? Susanne Leistner lächelte. Wieder stieß ihr Fuß gegen eine Wurzel, aber sie strauchelte nicht. Jetzt nicht mehr. Sie würde das Laufen reduzieren. Und Enrico nicht wiedersehen. Der Gedanke erfüllte sie mit Erleichterung. Er barg eine Chance. Die Chance auf ein Zuhause …

Als sie die Klimmstangen hinter sich gelassen hatte, zog sie noch einmal das Tempo an. Der letzte Teil des Parcours führte auf einen breiten, gut geschotterten Waldweg, der auch mit Forstfahrzeugen befahrbar war. Zu beiden Seiten des Wegs hatte man junge Tannen gepflanzt. Einige von ihnen waren so zart, dass sie mit Drahtgittern geschützt werden mussten. Ob sie den unaufhaltsam nahenden Winter überleben würden? Kaum, dachte Susanne Leistner und richtete den Blick wieder auf die Strecke, die vor ihr lag.

In einiger Entfernung kam ihr vom Parkplatz her jemand entgegen.

Unwillkürlich zuckte sie zusammen. Sicher, sie begegnete oft anderen Menschen, wenn sie allein im Wald lief. Anderen Joggern hauptsächlich. Doch die Person, die jetzt auf sie zukam, lief nicht. Sie ging ruhig und langsam, mit hoch erhobenem Kopf. Susanne kniff die Augen zusammen. Vielleicht lag es am Wetter und an der Tageszeit, dass ihr die Vorstellung, jemand könne einen Waldspaziergang machen, so absurd vorkam. Irgendwie … Sie stutzte und suchte eine Weile nach dem passenden Wort … Irreal, dachte sie. Ja, irgendwie unwirklich.

Die Gestalt bewegte sich im Rhythmus ihrer Schritte auf und ab.

Sie trug einen hellen Mantel.

Als sie näher herankam, stellte Susanne erleichtert fest, dass es eine Frau war.

11

Auf dem Heimweg hielt Winnie Heller nacheinander bei einem Supermarkt, einem Blumenladen und einer Zoohandlung, bevor sie mit mehreren Tüten in der Hand und einer lachsfarbenen Rose zwischen den Lippen die fünf Treppen zu ihrem kleinen Einzimmerapartment in der Innenstadt hinaufstieg. Sie war nicht dick, hatte aber, gemessen an den gängigen Schönheitsidealen, gut fünfzehn Kilo zu viel auf den Rippen. Einzig um ihre üppige Oberweite wurde sie hin und wieder beneidet, auch wenn sie selbst die geballte Pracht eher als lästig denn als angenehm empfand und sie, wo immer es ging, unter weiten Pullovern oder Sweatshirts zu verbergen suchte.

Sie schloss die Tür auf und wuchtete ihre Einkäufe auf den Tisch, der ihr sowohl als Essplatz wie auch als Schreibtisch diente und der zugleich das einzige Möbelstück von guter Qualität war, das sie je besessen hatte. Ansonsten kultivierte sie einen Einrichtungsstil, den man, zumindest was das Mobiliar betraf, durchaus als provisorisch bezeichnen konnte. Schrankbett, Sperrholzregale und eine Küchenzeile aus beklebtem Kunststoff in Buchenoptik, die durch eine monströse Arbeitstheke vom Rest des Raumes abgetrennt war. Das meiste davon hatte sie gegen eine symbolische Ablösesumme von ihrem Vormieter, einem Medizinstudenten, übernommen. Das dreiunddreißig Quadratmeter kleine Apartment verfügte über ein kleines Fenster, das nach vorn hinausging, und einen winzigen Freisitz, ebenfalls zur Straße. Dort saß sie an langen Sommerabenden, halb im Zimmer, halb unter freiem Himmel, trank ein Feierabendbier und las einen Roman oder schaute in die Sterne über der Stadt. Von Zeit zu Zeit beobachtete sie auch die Männer, die tief unter ihr die umliegenden Kneipen und Bordelle verließen, wobei sie sich geflissentlich bemühte, ihre beiden gut gemeinten, aber völlig verwahrlosten Blumenkästen zu übersehen, die, einem traurigen Mahnmal gleich, vor ihr an dem rostigen Geländer hingen.

Nachdem sie der Rose Wasser gegeben und den verderblichen Teil ihrer Einkäufe im Kühlschrank unter der Arbeitstheke verstaut hatte, wandte sich Winnie Heller der letzten Tüte zu, die noch auf dem Tisch stand. Andächtig, als nähme sie eine geheimnisvolle rituelle Handlung vor, streifte sie das Plastik ab und zog die Mangrovenwurzel hervor, eine echte selbstverständlich, nicht eines von diesen billigen Kunststoffimitaten, die man überall sah. Zwar war die Versetzung zur Mordkommission nicht gleichbedeutend mit einer Gehaltserhöhung, aber ein Tag wie dieser schrie geradezu danach, alle Vernunft außen vor zu lassen und ordentlich über die Stränge zu schlagen. In letztere Kategorie gehörte auch die Haartönung in sündigem Kupfergold, die hinter ihr auf der Arbeitstheke stand und der sie nach sorgfältiger Abwägung ihrer Zugehörigkeit zum Farbtyp »Herbst« den Vorzug gegenüber einem ebenfalls sehr auffälligen, aber kühlen und somit eher für einen Sommer- oder Winter-Typ geeigneten Auberginenton gegeben hatte. In der Zoohandlung hingegen hatte sie eine

Weile geschwankt zwischen der Mangrovenwurzel und diesem wahnsinnig grün beleuchteten Doppelvulkan, sich jedoch letztendlich für dreieinhalb Kilo sandstrahlgereinigter Natürlichkeit entschieden, nicht nur, weil der Vulkan satte zweiundzwanzig Euro teurer gewesen wäre, sondern auch, weil er ihren Lieblingen trotz seines stolzen Preises nur ein einziges, noch dazu neonlichtdurchflutetes Versteck geboten hätte.

»Jetzt schaut doch mal, was Mama hier hat.« Sie stemmte die Mangrovenwurzel in die Höhe und hielt sie in Richtung des großen Aquariums, das auf einem wuchtigen Holzpodest mitten im Raum stand und den Rest des Zimmers in ein geheimnisvolles blaues Licht tauchte. »Ist das ein Ding? … Na, das will ich doch wohl meinen! … Was? … Aber natürlich ist sie für euch. Wir haben nämlich richtig was zu feiern heute und … Hey, mein Dicker … Willst du mitfeiern?« Sie öffnete den Deckel und streute mit den Fingerspitzen etwas Trockenfutter ins Becken. Das teure selbstverständlich, Premium mit Goldrand und Extra-Spirulina. Schließlich war das hier so etwas wie eine Party. »Oh jaaa«, murmelte sie, als ihre Fische einer nach dem anderen zur Wasseroberfläche geschwommen kamen und nach den winzigen Futterteilchen schnappten, die langsam zu Boden schwebten. »Das ist es, Jungs. Mama geht zur Moko … Was das sein soll?« Sie lächelte. »Na ja, das sind Eifersuchtsdramen, Wasserleichen, unbekannte Tote. Zu Tode gestürzte Schwiegermütter, aus Seen gefischte Torsos, Plastiksäcke mit Leichenteilen an einem Bahndamm. Kurz und gut: die ganze Palette des Grauens …« Behutsam klappte sie den Deckel wieder zu und ließ sich auf einen billigen grasgrünen Plastikstuhl fallen, um ihren Mitbewohnern beim Fressen zuzusehen. Nach einer Weile stand sie auf und holte ihr eigenes Abendessen, das zur Feier des Tages aus einer Dose Diätcola, einem üppig mit Käse und Schinken belegten Sandwich und drei extragroßen

Müsliriegeln bestand. Rosine. Waldbeere. Und der absolute Clou: Vollnuss. Winnie Heller pustete sich eine verirrte Haarsträhne aus der Stirn und entzündete die Kerze in der Mitte des Tisches, die in einem zierlichen Kristallhalter steckte, einem Geschenk ihrer verstorbenen Großmutter zu ihrem achtzehnten Geburtstag. Vornehm geht die Welt zugrunde, dachte sie und sah wieder nach ihrem Aquarium. Sollte sie die Wurzel noch heute Abend einsetzen? Sie könnte sich mal wieder die Füße baden. Die Haare tönen. Noch eine Cola trinken und dabei einen alten Ufa-Film ansehen. Andererseits verspürte sie das dringende Bedürfnis, ihren unerwarteten Erfolg mit jemandem zu teilen. Darüber zu sprechen. Und sie wusste auch schon, mit wem. Sie warf einen Blick auf die Uhr. Eigentlich war es viel zu spät ... Aber wer wollte sie aufhalten, ausgerechnet sie, Winnie Heller, die neue Starermittlerin vom KK 11?

Entschlossen stand sie auf, blies die Kerze aus und stellte ihren benutzten Teller in die Spüle. Die Mangrovenwurzel würde bis morgen warten müssen.

12

»Es ist vielleicht kein guter Zeitpunkt, aber ich habe etwas mit dir zu besprechen.«

»Was denn?« Verhoeven schob den Teller mit Tomatenvierteln beiseite, die er für den gemischten Salat zurechtgeschnitten hatte, und sah seine Frau an. Sie waren bei seinen Schwiegereltern im vornehmen Langen gewesen und hatten Nina abgeholt, die nun erschöpft im Wohnzimmer saß und einen Trickfilm schaute, während ihre Eltern das Abendessen vorbereiteten.

Silvies Finger zupften gedankenverloren an einem Salatblatt. »Ich hatte letzte Woche einen Termin bei Dr. Meinhardt.«

Er zog verwundert die Augenbrauen hoch. Klaus Meinhardt war Silvies früherer Professor. Sie hatte Jura studiert und kurz vor dem ersten Staatsexamen gestanden, als sie mit Nina schwanger geworden war.

»Es würde alles anerkannt«, sagte sie jetzt.

»Was würde anerkannt?«

»Meine Scheine von damals. Ich bräuchte zwei, maximal drei Semester und könnte mich dann um eine Referendariatsstelle bemühen.«

»Du willst wieder studieren?«

»Warum nicht?« In ihrem Blick lag etwas, das er noch nie an ihr gesehen hatte. Etwas, das ihm das irrationale Gefühl gab, verraten worden zu sein. Abgeschoben. Ausgebootet.

»Und was ist mit Nina?«, fragte er, so ruhig er konnte.

»Was soll mit ihr sein?« Jetzt wurde ihr Tonfall herausfordernd. »Sie ist vier Jahre alt. Sie liebt ihre Tagesstätte. Wo ist das Problem?«

»Das Problem ist, dass sie bei anderen Leuten aufwächst«, versetzte er schärfer als beabsichtigt. »Dass sie den ganzen Tag in einem Hort verbringt, anstatt mit ihrer Mutter zu spielen. Dass sie …«

»Du befindest dich in einem Ausnahmezustand.« Silvie stand auf und begann, Toastscheiben und Pumpernickel in den flachen Brotkorb zu schichten. »Ich hätte nicht davon anfangen sollen. Nicht heute.«

»Das ist nicht der Punkt«, versetzte er ärgerlich.

»Und was genau ist der Punkt?«

»Der Punkt ist, dass du deinen persönlichen Ehrgeiz über das Wohl unserer Tochter stellst.«

Sie ließ die Gabel, die sie in der Hand gehalten hatte, auf die Arbeitsplatte fallen und drehte sich um. »Was?«

»Weißt du, was ich glaube?«, entgegnete er, ohne auf ihre Frage einzugehen. »Ich glaube, der wahre Grund für diese Schnapsidee ist, dass du ein Problem mit deiner Schwester hast.«

In ihren Augen lag ein gefährliches Funkeln. Er hatte einen Nerv getroffen. »Was zum Teufel hat Madeleine damit zu tun?«

Er antwortete nicht, sondern starrte wütend auf die Tischkante hinunter. Er konnte Silvies Schwester nicht ausstehen und hegte den dringenden Verdacht, dass es seiner Frau nicht viel anders ging. Madeleine Leonidis war schlicht und ergreifend eine von vorn bis hinten unangenehme Person. Sie war schön, sie war geistreich, und sie verfügte über eine Energie, die normale Menschen schwindeln machte. Sie hatte vier gut geratene Kinder, einen überaus erfolgreichen und noch dazu unverschämt gut aussehenden Ehemann und war dem Vernehmen nach drauf und dran, in ihren alten Beruf als Anästhesistin in einer Frankfurter Privatklinik zurückzukehren. Obendrein fand sie noch genügend Zeit, Reitstunden zu nehmen und sich ehrenamtlich bei der Deutschen Schlaganfallgesellschaft zu engagieren.

Ausgerechnet!

Verhoeven schloss die Augen und dachte wieder an seinen Pflegevater. Er hatte ihn nur ein einziges Mal besucht, kurz nachdem Schmitz in das hektische graue Pflegeheim gekommen war, das nicht den allerbesten Ruf genoss. Da hatte er fremd ausgesehen. Die wulstigen Lippen, die früher so mühelos Worte wie *Schlampe* oder *Hosenpisser* geformt hatten, waren stumm und schlaff geblieben. Nur ein Auge hatte Verhoeven angeblickt. Von unten. Hilfe suchend beinahe. *Was ist mit mir geschehen, Junge?* Verhoeven konnte sich genau an die Antwort erinnern, die er auf diese unausgesprochene Frage gegeben hatte. *Was dir gebührt.* Er hatte ganz leise gesprochen, wie zu sich selbst, und doch war sein Pflegevater unter der Erbarmungslosigkeit dieser drei Worte zusammengezuckt wie ein geprügelter Hund. Sein Gesicht war noch röter geworden, und seine Augen hatten wieder die niedrige Zimmerdecke gesucht, die aus grauen, gelöcherten Gipsplatten bestand. Verhoeven hatte sich oft vorgestellt, wie Schmitz diese Löcher zählte, während er auf die Schwester wartete, die nicht kam, weil sie unterbezahlt war und sich schon lange mit der Tatsache abgefunden hatte, nicht an mindestens drei Orten gleichzeitig sein zu können. Er hatte sich vorgestellt, wie die winzigen Schweinsäuglein seines Pflegevaters von Loch zu Loch glitten, wie sie mit akribischer Gründlichkeit jedes einzelne von ihnen ins Visier nahmen, wie sie hier und da verharrten, um eine Träne der Anstrengung aus den kurzen Wimpern zu zwinkern, und dann weiterwanderten. So lange, bis das lädierte Gehirn vergessen hatte, wie viele Löcher es bereits gewesen waren, und Schmitz von vorn beginnen musste. Wieder und wieder. Tag für Tag. *Was dir gebührt*. Zu keinem Zeitpunkt hatte Verhoeven Mitleid mit seinem Pflegevater empfunden, im Gegenteil: Ein Schlaganfall war ihm durchaus angemessen erschienen für einen Mann, der wie ein Tyrann geherrscht hatte. Aber seit letzter Woche, seit Grovius' Tod, wusste er ein für alle Mal, dass es so etwas wie Gerechtigkeit in der Welt nicht gab. Zwei so unterschiedliche Männer, dachte er. Zwei so gegensätzliche Leben. Und am Ende hat sie beide der Schlag getroffen.

»Los doch, antworte mir«, forderte seine Frau ihn indessen erneut und mit nur mühsam im Zaum gehaltener Wut auf. »Was hat meine Schwester mit meiner Entscheidung zu tun?«

»Aha!«, rief er, und es klang nach Spott, obwohl er sich zutiefst verletzt fühlte. »Jetzt ist es also schon eine Entscheidung.«

»Es ist *mein* Leben«, entgegnete Silvie leise, aber bestimmt.

Er stand auf und schleuderte das Handtuch, das er zum Schutz seiner Hose über die Knie gebreitet hatte, auf den Tisch. »Was willst du damit sagen? Dass ich nichts damit zu tun habe? Und Nina? Was ist es, das du dein Leben nennst?«

Sie sah ihn an. Lange. Prüfend. Als er es nicht mehr aushielt, nahm er seinen Teller und kippte die Tomatenviertel in den Mülleimer. »Du hattest recht«, sagte er. »Es ist kein guter Zeitpunkt.« Dann griff er nach seinem Jackett, das über der Stuhllehne hing, und ging zur Tür. »Warte nicht auf mich.«

13

Gernot Leistner betrachtete den Hinterkopf seiner Tochter. Amelie saß in ihrem Kinderzimmer auf dem Teppich und spielte mit Holzbauklötzchen. Sie schien völlig in sich versunken zu sein und gab nur hin und wieder ein paar unverständliche, aber durchaus zufriedene Laute von sich.

Seit einiger Zeit fiel Gernot auf, dass seine Tochter ihre Bauklötze nie stapelte, um »Türmchen« zu bauen, sondern dass sie sie stets nebeneinander auf den Boden legte, wodurch die Holzklötze ein buntes Muster bildeten. Er hatte sich schon oft gefragt, was dies bedeuten konnte und was Amelie sich dabei dachte. Sein Blick streifte über ihren zarten Nacken. Langsam wurde nun auch ihr Haar etwas kräftiger. Susanne hatte bereits Sorge geäußert, weil Amelies blonde Löckchen noch immer so fein wie kurz nach der Geburt waren. Aber jetzt wurden sie eindeutig kräftiger, das musste er seiner Frau nachher gleich erzählen.

Er sah auf die Uhr. Zehn Minuten nach sieben. Eigentlich hätte sie längst zu Hause sein müssen. Immerhin hatte sie seit über drei Stunden Feierabend. Gedankenverloren strichen seine Finger über das Fell des hellblauen Plüschhunds, der neben ihm auf dem Boden lag. Ihre Joggingschuhe und die Sporttasche waren nicht da, also hatte sie vorgehabt, laufen zu gehen. Vor fast drei Stunden ... Er nahm seine Brille ab und rieb sich die trockenen Augenwinkel. Wo steckte sie wieder? Was trieb sie?

Drüben in der Küche stand eine Portion Gemüselasagne für sie. Die ließ sich gut wärmen. Er war vor einiger Zeit dazu übergegangen, um achtzehn Uhr mit Amelie zu Abend zu essen, unabhängig davon, ob seine Frau zu Hause war oder nicht. Susanne schien darüber irgendwie erleichtert zu sein, was ihn wunderte, weil er es nicht verstand. Aber genau das war wohl das Problem. Er verstand einfach nicht, was seine Frau bewegte. Bislang hatte er immer geglaubt, dass es eines Tages besser würde. Dass die Kluft, die sie trennte, zu überbrücken sei. Aber mittlerweile war er sich nicht mehr so sicher. Mechanisch stand er auf und setzte den Plüschhund in das Regal zu den anderen Stofftieren. Früher, wenn er mit dem Essen auf Susanne gewartet hatte, hatte sie oft aggressiv reagiert und manchmal, nach einem heftigen Wortwechsel, sogar ganz auf die Mahlzeit verzichtet. Aber seit er nach seinem eigenen Rhythmus lebte, gab es weniger Streit. Erstaunlicherweise schien Susanne sich in letzter Zeit sogar zu bemühen, häufiger zum Essen zu Hause zu sein.

Er blickte zum Fenster hinüber. Draußen war es bereits vollkommen dunkel. In der Fensterscheibe spiegelte sich Amelies Bettchen und das Rabenmobile, das über dem Kopfende angebracht war. Gernot hatte die Bastelanleitung dafür in einer Elternzeitschrift entdeckt, irgendwann, als Amelie und er wieder einmal im Wartezimmer des Kinderarztes gesessen und ein paar Stunden auf eine lächerliche Spritze gewartet hatten. Es hatte ihm so gut gefallen, dass er gleich am nächsten Tag zu einem Zeitschriftenladen gegangen war und das Heft gekauft hatte. Die acht Raben waren aus buntem Filz geklebt, jeder in einer anderen Farbe. Alle hatten große rote Schnäbel und hingen paarweise an zierlichen Drahtbügeln. Da sie so leicht waren, genügte der kleinste Luftzug, um sie zu bewegen. Auch jetzt hingen sie nicht einfach still von ihren Bügeln herab, sondern schwangen sachte hin und her. Gernot Leistner betrachtete ihr Spiegelbild in der Fensterscheibe und fragte sich, wie er Amelie hatte erklären können, dass es Raben waren, wo doch kein Einziger von ihnen schwarz war. Wie sollte das Kind auf diese Weise ein vernünftiges Verhältnis zur Natur entwickeln? Er seufzte. Früher oder später würde er mit ihr darüber sprechen müssen.

14

»Natürlich bin ich jetzt erst mal wieder der Frischling und muss die Drecksarbeit machen und all das, aber bei Paul Cartier kommst du als Frau ja auch nicht viel weiter als bis in sein Bett.« Winnie Heller lehnte neben dem wuchtigen Heizkörper an der Wand und blickte aus dem zweiflügeligen Fenster in den gepflegten Innenhof hinunter. Die Wolken, die seit Tagen wie ein undurchdringlicher Schleier über der Stadt gelegen hatten, waren abgezogen. Ungehindert schien nun der Mond vom Himmel und erfüllte den Abend mit einer eigentümlichen Helligkeit. »Ich sage dir, dieser Mann ist der reinste Deckhengst, und wenn du da nicht mitziehst…« Sie ließ den Satz offen und kehrte langsam zum Bett ihrer Schwester zurück. »Glaub mir, als Frau bist du immer der Arsch, weil du immer den Kürzeren ziehst, egal, wie du dich entscheidest. Schläfst du mit den Kerlen, hast du im besten Fall einen schlechten Ruf weg und im schlimmsten Fall die nächsten paar Jahre nichts als Ärger am Hals. Und wenn du's nicht tust, machen sie dich fertig.« Sie setzte sich auf die Bettkante und streckte die Beine aus, die ihr in den dunklen Röhrenjeans plump und unförmig vorkamen. Eilig wandte sie den Blick ab und sah ihre Schwester an. Ellis schmächtiger Körper unter der Bettdecke war kaum mehr als eine vage Kontur. Sie sah irgendwie angegriffen aus heute. Blasser als sonst. Mechanisch griff Winnie Heller nach ihrer Hand, die spastisch verformt in die Luft ragte wie ein abgestorbener Ast.

»Und du?«, fragte sie zärtlich. »Wie ich sehe, hast du Mama und Papa mal wieder über dich ergehen lassen müssen?« Die Blumen, die in einer hässlichen blauen Keramikvase auf dem Nachtschrank gestanden hatten, hatte sie gleich bei ihrer Ankunft in den Mülleimer neben der Tür geworfen, in den auch die Spritzen und Kanülen und die leeren Infusionsbeutel wanderten. Stattdessen stand nun eine lachsfarbene Rose am Bett ihrer Schwester, denn aus irgendeinem unerfindlichen Grund war sie überzeugt, dass Elli diesen Farbton immer besonders gemocht hatte, auch wenn sie sich rückblickend an nichts erinnerte, was diese Annahme untermauert hätte. »Haben sie gesagt, was sie wollten?« Sie betrachtete Ellis noch immer sehr schönes Gesicht, suchte es nach einer Reaktion ab, nach etwas, das ihr verriet, wie ihre Schwester den seltenen Besuch ihrer Eltern verkraftet hatte. »Ich wette, Mama ist noch dürrer geworden, was?«

Sie hörte ihr eigenes Lachen. Es klang hohl zwischen den hohen Wänden. Das Pflegeheim war in einem ehemaligen Gutshof untergebracht. Sehr exklusiv. Sehr teuer. Hohe Wände, hohe Fenster, Stuckdecken. Oh ja, dachte Winnie, meine Eltern haben ihre Tochter in einer überaus feudalen Versenkung verschwinden lassen. Aber warum waren sie heute hier gewesen? Sie kamen doch sonst nur zu Weihnachten und an Ellis Geburtstag. Was hatten sie gewollt? Und warum, verdammt noch mal, sah Elli heute Abend so schlecht aus?

»Wenn du doch nur mit mir sprechen würdest«, sagte sie

mehr zu sich selbst als zu ihrer Schwester, denn tief in ihrem Inneren war sie noch immer felsenfest davon überzeugt, dass Elli das konnte, sprechen. Sie blickte in die großen blauen Augen, die sich ziellos hin und her bewegten, und fühlte eine tiefe Resignation. Es war Ellis Entscheidung, dieser Welt fernzubleiben, und sie war enttäuscht, dass sie selbst ganz offenbar keinen ausreichenden Grund darstellte, um ihre Schwester zu einer wie auch immer gearteten Rückkehr zu bewegen. Natürlich, der Arzt hatte ihr gesagt, dass Elli sie nicht hören könne. Dass ihr Gehirn unwiderruflich zerstört sei. Dass es keinen Sinn habe, sie auf dem Laufenden zu halten, weil sie gar nicht in der Lage sei, irgendwelche Informationen in sich aufzunehmen oder gar zu verarbeiten. Aber was wussten denn die Ärzte! Sie verfolgte Diskussionsrunden zu diesem Thema, so oft es ging, und die Aussagen der Experten waren so gegensätzlich wie die Prognosen, mit denen die Angehörigen der Betroffenen konfrontiert wurden. Und es kam durchaus vor, dass Patienten, die ähnlich lange im Wachkoma gelegen hatten wie Elli, urplötzlich wieder aufwachten. Nicht sehr häufig zwar, aber es kam vor. *Nicht bei Ihrer Schwester,* hatte der Arzt gesagt. Aber das glaubte sie ihm nicht …

»Du hättest sehen sollen, wie die Kollegen mich angestarrt haben«, fuhr sie mit leiser Stimme fort, indem sie Ellis weiches braunes Haar streichelte. »Die halten es glatt für einen Witz, dass eine wie ich es bis zur Mordkommission geschafft hat, noch dazu ganz ohne Protektion und …« Sie hielt inne. Ihre Schwester hatte sich bewegt. Die Hand, die früher so virtuos Klavier gespielt hatte, lag entspannt und ausgestreckt auf der frisch bezogenen Bettdecke. Automatismen, sagte der Arzt. »Komm schon, Schatz«, flüsterte Winnie. »Willst du mir denn gar nicht gratulieren?«

Die blauen Augen waren jetzt geschlossen.

»Elli?«

15 Amelie Leistner schlief tief und fest. Sie merkte nicht, wie ihr Vater sie in eine Decke wickelte, zum Auto trug und vorsichtig in ihrem Kindersitz festschnallte. Gernot Leistner war besorgt. In den drei Jahren ihrer Ehe war Susanne schon oft spät nach Hause gekommen. Aber jedes Mal hatte sie dafür Gründe genannt. Er hatte diese Gründe niemals nachgeprüft und bezweifelte, dass sie immer der Wahrheit entsprachen, aber Fakt war, dass seine Frau nie ohne Ankündigung ausgeblieben war. Immer hatte sie zumindest von unterwegs aus angerufen, um ihm zu sagen, dass er nicht auf sie warten solle. Nur heute nicht …

In seiner Ratlosigkeit hatte er seine Eltern angerufen, seine Schwiegermutter und Lisa, Susannes beste Freundin. Doch niemand wusste etwas über ihren Verbleib. Bei keinem hatte sie sich gemeldet. Im Altenheim hatte er nur noch den Nachtpförtner erreicht, der versucht hatte, ihn mit dem Hinweis auf die üblichen Öffnungszeiten und den Dienstschluss der Verwaltung abzuspeisen. Schließlich hatte er bei der Polizei angerufen, aber natürlich hatte man ihn dort nicht weiter ernst genommen. Eine erwachsene Frau, die sich einfach einen netten Abend machte und vergessen hatte, ihren Ehemann davon in Kenntnis zu setzen. Die Stimme des Beamten hatte amüsiert geklungen. *Die arme Frau. Kann scheinbar nicht mal pinkeln gehen, ohne dass der Ehemann durchdreht. Was für ein Trottel!*

Gernot Leistner zog die Fahrertür zu und steckte den Schlüssel ins Zündschloss. Dann tastete er über seine Schulter nach dem Gurt. Wo war die Grenze zwischen Fürsorge und Obsession? Zwischen Freiheit und Vernachlässigung? Spionierte er seiner Frau nach? Würde Susanne es so empfinden? Dass er ihr nachspionierte? Er wusste es nicht. Seine Frau ließ ihn seit jeher nur sehr bedingt teilhaben an dem Leben, das sie führte. An ihren Gedanken. Ihren Gefühlen.

Und er wagte es auch nicht, sie unter Druck zu setzen. Zugleich verspürte er manchmal ein überwältigendes Bedürfnis, auf den Tisch zu schlagen, Position zu beziehen, ihr ins Gesicht zu schreien. *Auch ich habe mir unser Leben anders vorgestellt. Auch ich, verdammt noch mal!* Doch stattdessen schwieg er das Schweigen, für das sie ihn so sehr verachtete. Stand nachts auf, um ihr Handy zu kontrollieren. Ihre Brieftasche nach Belegen zu durchsuchen. Quittungen. Streichholzbriefchen. Beweise für etwas, das er längst als gegeben hinnahm. Manchmal, wenn es besonders schlimm gewesen war, hatte er auch schon an ihrer Unterwäsche gerochen. Aber was zum Teufel hatte er ihr getan, dass sie glaubte, ihn auf diese Weise demütigen zu müssen?

Er schreckte zusammen, als er sein eigenes Schluchzen hörte. Schnell drehte er sich zu seiner Tochter um. Sie schlief noch. Gott sei Dank. Er betrachtete sie eine Weile, bemüht, seinen Atem wieder unter Kontrolle zu bringen. Sie sah ihrer Mutter sehr ähnlich. Irgendwann würde auch sie ihre Freiheit brauchen, das wusste er. Und er wusste ebenso, dass er, wenn es eines fernen Tages so weit war, jeden Abend zu Hause sitzen würde, um darauf zu warten, dass sie zu ihm zurückkehrte. So wie jetzt …

Er drehte sich wieder um und starrte auf das Lenkrad hinunter. Immerhin hatte ihm sein Anruf bei der Polizei die Erkenntnis beschert, dass kein Passat, wie Susanne ihn fuhr, in irgendeinen Unfall verwickelt gewesen war. Nur dass er sich jetzt, nach der ersten Erleichterung, keineswegs mehr sicher war, ob ihn diese Auskunft beruhigte. Susanne hatte keinen Unfall gehabt. Aber was dann? Was bedeutete ihr langes Ausbleiben? Lief es denn nicht gerade in letzter Zeit wieder etwas besser zwischen ihnen?

Er biss sich auf die Lippen. Das Einzige, was er im Augenblick noch tun konnte, war, abzuklären, ob seine Frau von der

Arbeit aus überhaupt das Auto genommen hatte. Und warum hätte sie das nicht tun sollen? Natürlich, dachte er, wenn sie vielleicht von jemandem abgeholt worden wäre ... Entschlossen startete er den Wagen. Zu seiner größten Verwunderung empfand er in letzter Zeit etwas wie Neid, wenn er an Susanne dachte. Neid auf die Freiheit, die sie sich nahm. Auf die Rücksichtslosigkeit, mit der sie diese Freiheit genoss. Gewöhnlich tat er solche Empfindungen als »Hausfrauenkoller« ab, aber es blieb etwas zurück. Jedes Mal ein bisschen mehr.

Als er auf den Parkplatz des Altenheims einbog, war es 22 Uhr 32. Um diese Uhrzeit standen nur wenige Fahrzeuge dort, und er hatte sich schnell davon überzeugt, dass der Passat seiner Frau nicht darunter war. Dennoch parkte er in der Nähe des Eingangs und schaltete den Motor aus.

Eine ganze Weile blieb er regungslos hinter dem Lenkrad sitzen und starrte hinaus in die Dunkelheit. Jetzt war es so weit. Jetzt konnte er nichts weiter tun. Er war seinen Gedanken ausgeliefert, seinen Ängsten, seinen Zweifeln. Und etwas tief in ihm wusste bereits jetzt: Hierfür würde es keine Entschuldigung geben – bei aller Bereitschaft von seiner Seite, seiner Frau zu glauben, was auch immer sie sagen würde.

Mittwoch, 18. Oktober 2006

16 Als Verhoeven erwachte, sah er eine Reihe von Lichtklecksen über sich, die eine lange, geordnete Kette bildeten. Erst nach und nach wurde ihm bewusst, dass es Tageslicht war, was er sah. Ein frühes, mattes Tageslicht, das durch die Ritzen eines Rollladens fiel.

Er hob den Kopf, der sich eigenartig leer anfühlte, und erkannte an der gegenüberliegenden Wand das Ölbild, das seine Schwiegereltern ihnen im letzten Sommer vermacht hatten, vermutlich einzig und allein in dem Bestreben, das düstere Monstrum loszuwerden. Ein Original selbstverständlich, eins achtzig mal eins zwanzig, Öl auf Leinwand, violette Pfingstrosen und eine Schale mit toten Fischen im Vordergrund. Ein karger Lichteinfall von links oben. Mit dem Bild kehrte die Erinnerung zurück. Das Luigi's. Ullas wirre Liebeserklärung an den verstorbenen Exmann, irgendwann weit nach Mitternacht. Die glasigen Blicke der Kollegen. Der Taxifahrer, der ihn direkt vor der Haustür abgesetzt hatte. Die wirren Albträume, die ihn danach aus einem wenig erholsamen Schlaf gerissen hatten. Wieder und wieder. Mühsam richtete er sich auf, wobei er das Gefühl hatte, jeden einzelnen Knochen seines Körpers zu spüren. Er hatte seine Armbanduhr auf dem Couchtisch abgelegt, die andere, die wertlose, nicht die von Grovius. Sie zeigte wenige Minuten nach sieben.

Aus der Küche auf der anderen Seite des Hauses drangen gedämpfte Geräusche an sein Ohr. Silvie machte Frühstück. In einer Stunde würde sie Nina zur Tagesstätte bringen, um sie ein paar Stunden später, gegen Mittag, wieder abzuholen.

Noch ... Er war kaum wach und fühlte dennoch schon wieder diesen kalten Zorn in sich aufsteigen, den er noch nie zuvor an sich beobachtet hatte. Warum musste Silvie unbedingt wieder studieren? Reichte es nicht, einem so wundervollen Kind wie Nina eine gute Mutter zu sein? Was war falsch an einer funktionierenden Ehe, einem Haus, einem gesicherten Einkommen? Was daran genügte nicht?

»Papa?«

Die kräftige und angesichts ihres Alters erstaunlich sonore Stimme seiner Tochter ließ ihn zusammenzucken. Er hörte, dass sie Angst hatte. Angst, weil ihr Vater nicht in seinem Bett, sondern auf der Couch im Wohnzimmer lag. Weil etwas anders war, als sie es kannte. »Alles in Ordnung, Schatz«, sagte er mit einem Lächeln, das sich irgendwie schief anfühlte. »Papa ist da.«

»Warum hast du hier geschlafen?« Sie kam langsam durch den Raum und blieb direkt vor der Sofakante stehen.

»Es ist ein bisschen später geworden gestern Abend«, versuchte er es mit einem Teilgeständnis. »Und ich wollte Mama nicht wecken.«

Nina war gerade vier geworden, aber der Blick, mit dem sie ihn bedachte, schien wesentlich älter zu sein. Sie glaubt mir kein Wort, dachte er, schlug die raue Wolldecke zurück, nahm seine Tochter auf den Schoß und drückte ihr einen dicken Kuss auf die Wange.

»Du kratzt«, beschwerte sie sich kichernd.

Schnell wandte er den Kopf zur Seite.

Aus den Augenwinkeln registrierte er ihre nachdenkliche Miene. Und wieder diesen Blick.

»Bist du traurig?«

Silvies Schritte in der Diele entbanden ihn von einer Antwort auf diese unbequeme Frage. »Auf geht's, Herzchen«, rief seine Frau, indem sie die Rollläden hochzog und die Terrassentür öffnete. Es klang fröhlich, wie sie das sagte, aber er kannte sie zu gut, als dass er dem Frieden so ohne Weiteres getraut hätte. »Zeit für deine Schokopops.«

Nina rührte sich nicht von der Stelle. »Papa ist traurig.«

Silvie drehte sich um. »Ja«, sagte sie mit einem leisen Seufzer, der ihn unvermittelt mit einer Woge von Glück überflutete. »Ja, ich weiß.«

»Warum denn?«

Sie kam zum Sofa herüber und nahm ihre Tochter bei der Hand. »Weil jemand gestorben ist, den Papa sehr gernhatte. Und weil er diesen Menschen jetzt nicht mehr sehen und nicht mehr mit ihm sprechen kann. Verstehst du das?«

Aus irgendeinem Grund hatte Verhoeven Angst vor dem, was seine Tochter antworten, wie sie reagieren, was sie tun würde. Angst, dass sie wieder näher kam. Ihn trösten wollte. *Aber du brauchst doch nicht traurig sein. Onkel Grovius ist doch jetzt im Himmel.* Etwas in dieser Art. Doch Nina sagte nichts. Sie sah ihn einfach nur aus ihren riesigen braunen Augen an. Nach einer ganzen Weile nickte sie überaus ernsthaft vor sich hin. Dann ging sie wortlos aus dem Raum.

Verhoeven blickte ihr nach und fühlte fast schmerzhaft, wie sehr er seine Tochter liebte. Nina war ein ganz besonderes Kind und sicherlich völlig anders, als er sie sich vielleicht irgendwann einmal vorgestellt hatte, früher, bevor sie auf die Welt gekommen war. Sie war kein typisches Mädchen, nicht schmiegsam und keine Spur kokett. Stattdessen stellte sie viele Fragen und schien trotz ihres zarten Alters ein nicht enden wollendes Bedürfnis zu haben, hinter den Vorhang zu blicken. Das wahre Wesen einer Sache zu durchschauen. Und obwohl ihm durchaus bewusst war, dass ihr Leben mit einem derart investigativ veranlagten Verstand nicht gerade einfach werden würde, empfand er doch etwas wie Stolz, wann immer ihr Forschergeist aufblitzte.

Er tauschte einen Blick mit Silvie. »Versprichst du mir, dass sie nicht darunter leiden wird, wenn du wieder studierst?«

Sie sah ihn an. »Ja.«

»Und versprichst du mir auch, dass du keine Musik bestellst, wenn ich im Dienst erschossen werde?«

Jetzt lachte sie plötzlich. Laut und ungezwungen. »Nicht mal ein bisschen Geige?«

Er lachte mit ihr, und zu seiner Erleichterung fühlte es sich durchaus echt an. »Untersteh dich!«

17

Als Hedi Apsner die Tür zum Frauen-Fitnesscenter Fit for Life aufschloss, stieß sie mit dem Fuß gegen einen leeren Kanister Flüssigseife, der direkt hinter der Tür gestanden hatte. Neben dem umgefallenen Kanister lagen – gleichwohl mitten im Korridor – zwei leere Sprühflaschen für Glasreiniger. Hedi Apsner fluchte und schaltete die Deckenbeleuchtung ein. Aus irgendeinem unerfindlichen Grund pflegte die türkische Putzfrau, die das Studio und die Umkleidekabinen in Ordnung hielt, auf diese subtile Weise einen Mangel an Putzmitteln anzuzeigen. Warum, um Himmels willen, kann sie nicht einfach eine Liste machen?, stöhnte Hedi und sammelte die Behälter kopfschüttelnd ein. Sie fragte sich, was die Putzfrau wohl unternehmen würde, wenn man ihre dezenten Hinweise einfach ignorierte. Aber wahrscheinlich war es besser, das nicht auszuprobieren!

Sie warf die Behälter in den Verpackungsmüll und machte im Kalender an der Rezeption eine entsprechende Notiz für ihre Chefin, als die Türglocke läutete. Hedi Apsner warf einen flüchtigen Blick auf die Uhr über dem Eingang zum

Trainingsbereich. Das Studio öffnete wochentags um neun Uhr, doch die Übungsleiterinnen kamen meist etwas früher. Sie drückte auf den Türöffner und begrüßte eine braun gebrannte Blondine, zwischen deren Schultern man bequem einen mittelgroßen Blumenkasten hätte aufstellen können. »Hallo, Joyce. So zeitig?«

Die Angesprochene lächelte und entblößte dabei zwei Reihen makellos weißer Zähne. »Ich will den neuen Körperfettmesser ausprobieren, bevor ich mich der Cellulite meiner Hausfrauen widme«, verkündete sie vergnügt.

Hedi Apsner musterte Joyces durchtrainierten Körper und fragte sich, was das Messgerät wohl anzeigen würde. Sicher einen Wert mit einem Minuszeichen davor, dachte sie grimmig. Ein Fettdefizit.

Die Trainerin war unterdessen dazu übergegangen, die Kurspläne an der Pinnwand neben der Anmeldung zu studieren. »Ich dachte, der neue Spinning-Kurs beginnt erst *nächsten* Mittwoch«, bemerkte sie stirnrunzelnd.

Hedi Apsner nickte. »Tut er auch.«

»Dann ist es hier falsch eingetragen«, konstatierte Joyce und nahm ihre Tasche, die sie zwischenzeitlich auf dem blitzsauberen Linoleum abgestellt hatte, wieder auf. »Hat irgendjemand Geburtstag?«, erkundigte sie sich dann mit einer Munterkeit, die Hedi Apsner augenblicklich das Gefühl gab, mindestens drei Nächte lang nicht geschlafen zu haben.

»Nicht, dass ich wüsste«, antwortete sie. »Wieso?«

»Na, ich dachte nur, wegen der Blumen.« Joyce zeigte auf den Tresen an der Anmeldung.

Hedi Apsner zuckte mit den Schultern. »Keine Ahnung«, sagte sie. »Die standen schon da, als ich gekommen bin.«

Diese Aussage schien Joyce zufriedenzustellen, denn sie verschwand athletischen Schritts und ohne ein weiteres Wort in Richtung Umkleidekabinen, während Hedi Apsner sich daranmachte, den Kühlschrank an der Bar mit isotonischen Getränken aufzufüllen.

In einer Vase neben dem Telefon stand ein großer Strauß gelber Chrysanthemen.

18

Hajo Dietrichs lehnte am Kofferraum seines Wagens und atmete genüsslich die frische, klare Waldluft ein. Über Nacht hatte sich die Wolkendecke aufgelöst. Zum ersten Mal seit Tagen lachte die Sonne vom strahlend blauen Himmel und ließ den bis in tiefe Schichten durchfeuchteten Waldboden dampfen. Frühnebel hing wie feiner blütenweißer Tüll zwischen den hohen Stämmen der Buchen, und die Luft war erfüllt von den mannigfachen Düften des Herbstes. Was für ein herrlicher Morgen, dachte er und schloss die Augen. *Bald siehst du, wenn der Schleier fällt, den blauen Himmel unverstellt, herbstkräftig die gedämpfte Welt in warmem Golde fließen,* rezitierte er im Stillen aus einem Gedicht von Eduard Mörike, das er als Junge hatte auswendig lernen müssen. Er hatte diese Verse nie vergessen, obwohl Deutsch nicht gerade sein liebstes Fach gewesen war, eher im Gegenteil. Gedankenverloren schüttelte er den Kopf. Es war schon eigenartig, wie das menschliche Gedächtnis funktionierte. Die Wahrscheinlichkeitsrechnung, für die er eine Eins bekommen hatte, lag irgendwo verschüttet, aber der Mörike, den er als Junge noch nicht einmal richtig verstanden hatte, war noch immer da …

Der schrille Ton einer Autohupe riss ihn aus seinen Philosophien. Helmut Fäth, sein langjähriger Arbeitskollege, hob grüßend die Hand und manövrierte seinen silbernen Audi reichlich umständlich in die Lücke neben Dietrichs' Peugeot.

Unter den wie immer mehr als zeitig aufgezogenen Winterreifen knirschte der Schotter. Seit sie vor ein paar Jahren in den Ruhestand getreten waren, trafen sie sich regelmäßig zweimal in der Woche zum Lauftraining und überboten sich dabei an Ehrgeiz, was zur Folge hatte, dass sie beide gut austrainiert waren. »Generation sechzig plus«, wie Dietrichs gern sagte. »Wach, frisch und zahlungskräftig.« Durch die Heckscheibe des Peugeot beobachtete er, wie sein ehemaliger Kollege den Schlüssel abzog und dann mit kleinen, hektischen Gesten kontrollierte, ob er Licht und Radio ausgeschaltet hatte. Jetzt fährt er sich noch durch die Haare, und dann steigt er aus, dachte Dietrichs halb amüsiert, halb entnervt. Er hatte sich noch immer nicht endgültig entschieden, ob er die routinierte Vertrautheit, die zwischen ihnen herrschte, als angenehm empfand oder ob sie ihm Angst machte. Wir können einander nichts vormachen, dachte er oft. Er kennt mein Leben und ich das seine. Ich weiß, wann er ins Bett geht und wie oft er mit seiner Frau schläft. Ich kenne die Höhe der Raten, mit denen er sein Haus abbezahlt hat, und ich weiß, dass seine Tochter sich nur bei ihm meldet, wenn sie wieder einmal Geld braucht. Wir kennen die Versäumnisse des anderen so gut wie unsere eigenen. Wir wissen von unseren Ängsten, die bis auf ein paar unbedeutende Nuancen dieselben sind. Und wenn einer von uns stirbt, wird es sein, als ob man uns halbiert hätte.

»Du bist spät dran«, rief er, als sein Kollege endlich ausgestiegen war.

»Gottverdammter Berufsverkehr. Sie fahren alle zu spät los, und dann hupen sie dir die Hucke voll.« Fäth schlug die Fahrertür zu und ließ Dinah, seine vierjährige Schäferhündin, aus dem Kofferraum. Sie begrüßte Dietrichs, der wie immer ein Stückchen Wurst für sie in der Tasche seines Jogginganzugs versteckt hatte, mit freudigem Schwanzwedeln und zog sich gleich, nachdem sie ihr Leckerli erhalten hatte, wohlweislich in den Schatten der Kühlerhaube zurück.

»Du weißt genau, dass ich es auf den Tod nicht ausstehen kann, wenn der Hund solchen Mist frisst«, polterte Fäth, indem er einen energischen Doppelknoten in die Schnürsenkel seiner Laufschuhe machte. »Wenn diese verdammte Fütterei schon unbedingt sein muss, dann gibt es doch diese speziellen …«

»Was macht Hannahs Knie?«, unterbrach Dietrichs seinen Freund mit einem Lächeln, dessen Vertrautheit Fäth für einen Augenblick allen Wind aus den Segeln zu nehmen schien.

»Sie wird alt«, sagte er, als verwundere ihn diese Tatsache. »Es heilt nicht mehr so schnell wie früher.«

»Aber sie macht ihre Übungen?«

»Ich mache ihre Übungen«, entgegnete Fäth. »Ich beuge und strecke ihr Bein und schleife sie hinter mir her die Treppe zum Schlafzimmer hoch und anschließend wieder runter. Und wenn sie zu laut schreit, machen wir das Ganze gleich noch einmal.« Er lachte freudlos und riss am Reißverschluss seiner Jacke, der sich verhakt hatte. »Scheiße noch mal, ich kann's nicht ertragen, in ihrem Gesicht zu sehen, wie alt ich bin, weil ich mich weiß Gott nicht so fühle. Aber dieses verfluchte Weib bringt es fertig, noch den gesündesten Geist mit ihrer gottverdammten Resignation anzustecken.«

Er lachte wieder, aber Dietrichs wusste nur zu gut, wie ernst es ihm war und dass er seine Frau trotz aller Differenzen aufrichtig liebte. Er hat Angst, dass sie eines Morgens, wenn er aufwacht, nicht mehr da ist, dachte er. Und diese Angst wird mit jedem Jahr schlimmer.

»Es tut weh. Es geht nicht«, ahmte Fäth indessen wenig erfolgreich die samtweiche Stimme seiner Frau nach. »Nach Ägypten? Ach, Helmut, und wenn die Terroristen unser Hotel in die Luft jagen?« Er schnaubte verächtlich und sprach wieder normal: »Dann wären wir wenigstens beide weg, sage ich immer zu ihr, und hätten vorher sogar noch die Pyramiden gesehen. Aber die Pyramiden interessieren meine Dame einen Scheißdreck, vor allem, wenn sie sich erst in einen Flieger setzen muss, um hinzukommen.« Er hieb mit beiden Händen auf seine Oberschenkel ein, um die Muskeln zu lockern, doch es sah eher aus, als wolle er sich für irgendein schwerwiegendes Vergehen bestrafen. »Erinnerst du dich noch an ihre Gallenblasenoperation? Bei ihr ist es immer gleich Krebs gewesen, ganz egal, was die Ärzte gesagt haben.« Er blickte auf und sah seinen Freund an. »Es ist, als ob sie ihr ganzes Leben lang auf den Tod wartet.«

»Solche Leute leben für gewöhnlich am längsten«, sagte Dietrichs.

»Ja, wahrscheinlich«, murmelte Fäth und klatschte ein letztes Mal auf seine sehnigen Schenkel. »Sollen wir dann?«

Dietrichs nickte.

Fäth rief nach Dinah, die ein Stück in den Wald hineingelaufen war, doch sie kümmerte sich nicht um ihn, sondern schnupperte an einer jungen Tanne. Dann verschwand sie in einer Senke. »Dinah!«, rief er wütend. »Komm sofort her!«

»Das ist, weil du sie nie anleinst.«

»Und warum, zum Teufel, sollte ich das tun?«, echauffierte sich Fäth. »Das Tier ist so harmlos wie ein Hase.«

Ein plötzliches aufgeregtes Kläffen aus dem Unterholz ließ die beiden Männer aufhorchen.

»Klingt fast, als hätte dein Hase ein Wild aufgestöbert«, bemerkte Dietrichs und unterdrückte mit Mühe ein Schmunzeln. »Na ja, wenn einen der Jagdtrieb packt …«

»Blödsinn!« Helmut Fäth wischte die Bemerkung mit einer abfälligen Handbewegung beiseite und lauschte nach seiner Hündin. »Da stimmt was nicht«, befand er dann. »Sie klingt ganz anders als sonst. Und normalerweise kommt sie sofort, wenn ich rufe.«

Angesichts des letzten Satzes zog Hajo Dietrichs zweifelnd die Augenbrauen hoch, doch sein alter Freund hatte bereits den Weg eingeschlagen, der parallel zu jenem Waldstück verlief, in dem Dinah verschwunden war.

Dietrichs beeilte sich, ihm zu folgen.

19

»Ich habe Ihnen die Neue zugeteilt: Frau Heller.« Burkhard Hinnrichs' Ledersessel knarrte, als er sich ein Stück vorbeugte. »Nehmen Sie sie unter Ihre Fittiche und sorgen Sie dafür, dass sie so schnell wie möglich mitkriegt, wie diese Abteilung tickt.«

Verhoeven stand vor dem Schreibtisch seines Vorgesetzten und betrachtete die zahlreichen Urkunden an der Wand rechts von sich. Zu früh, dachte er. Zu roh. Zu taktlos. Grovius war noch nicht einmal vierundzwanzig Stunden unter der Erde, ganz abgesehen davon, dass er sich der Aufgabe, mit der sein Vorgesetzter ihn soeben konfrontiert hatte, in keiner Weise gewachsen fühlte. Er war kein Macher und erst recht keiner, der gern den Leitwolf spielte. Er war ein Waisenkind von fünfunddreißig Jahren und hatte selbst noch eine ganze Menge zu lernen. Er war definitiv nicht der Richtige für diesen Job. Mitgehen, dachte er, ist etwas grundlegend anderes als Vorangehen.

»Sechsundzwanzig, ledig und bis dato beim K 34«, fuhr Hinnrichs unterdessen mit der ihm eigenen Unbeirrbarkeit fort, wobei seine stahlblauen Augen kurz über dem Rand seiner Brille auftauchten, vielleicht, weil er sich vergewissern wollte, ob Verhoeven ihm auch wirklich zuhörte. »Sie ist unerfahren, aber ehrgeizig«, setzte er hinzu, indem er den Aktendeckel öffnete, der vor ihm auf dem blank polierten Eichenholzschreibtisch lag. Das wuchtige Möbelstück, das aus Hinnrichs' Privatbesitz stammte, vermittelte ebenso wie die restliche Einrichtung jedem Besucher sofort den Eindruck, dass der Eigentümer sich an seinem Arbeitsplatz für die Ewigkeit eingerichtet hatte und nur mit massiver Gewalt wieder von dort zu vertreiben sein würde. »Praktika in Frankfurt und Meckenheim. Abschluss mit Bestnoten in Psychologie und Kriminalistik. Ihre Probezeit ist …« Er blätterte eine andere Seite auf. »Die Probezeit ist letzten März abgelaufen.« Mit einer entschiedenen Bewegung schob er Winnie Hellers Personalakte ein Stück von sich weg und griff nach der Wasserflasche, die er hinter sich auf einem schwarzen Rollcontainer abgestellt hatte. Von der Decke seines Büros strahlte zu jeder Tages- und Nachtzeit eine schiere Unzahl nackter Neonröhren herab, deren Anordnung dem Vernehmen nach – ebenso wie der Rest der Einrichtung – das Werk eines exklusiven Architekten war, der zu Hinnrichs' persönlichem Freundeskreis zählte. »Wenn es bei ihr hapert, dann in punkto Sozialverhalten.« Er schielte wieder nach der Akte. »Hat schon die Gruppendiskussion beim Auswahlverfahren komplett in den Sand gesetzt und später immer wieder Probleme bei mündlichen Prüfungen gehabt.« Er zuckte mit den Achseln. »Kurzum: Sie ist ein bisschen schwierig, aber das stört Sie ja nicht, oder?«

Verhoeven sah ihn an. »Ich hatte eigentlich gedacht, dass ich erst mal mit Bredeney …«

»Das ist Grovius' Idee gewesen«, fiel Hinnrichs ihm ins Wort, »nicht meine. Außerdem bin ich durchaus der Ansicht, dass Ihnen ein bisschen frischer Wind ganz guttäte.« Sein Zeigefinger schnellte vor wie der Kopf einer Schlange, die plötzlich zubeißt. »Ihnen ganz persönlich.«

»Wie meinen Sie das?«

Sein Vorgesetzter antwortete nicht, sondern blickte wieder in die Akte auf seinem Schreibtisch.

Verhoeven hatte den Eindruck, dass er Zeit gewinnen wollte. »Ich hätte gern gewusst, was Sie da eben gemeint haben«, wiederholte er dezidiert, wobei er einen flüchtigen Moment lang versucht war, in seine Brusttasche zu greifen und seinen Dienstausweis mitten auf Hinnrichs' grundsoliden Eichentisch zu knallen. Aufzugeben. Hinzuwerfen. »Nur um sicherzugehen, dass ich es verstehe.«

Jetzt sah er doch hoch. »Ich spreche von neuen Impulsen.« Es klang aggressiv, wie er das sagte. *Sie wollen eine Erklärung? Bitte sehr, dann kriegen Sie eine!* »Von anderen Ansätzen. Einem neuen Blickwinkel abseits der erstarrten Routine.« Seine Ellenbogen ruhten breit auf den Lehnen des Sessels, die Fingerspitzen waren locker aneinandergelegt. »Ich meine, wenn man so lange bei der Truppe war wie Grovius, ist es doch klar, dass ...« Er zögerte und schien nun doch zu überlegen, ob er das, was ihm auf der Zunge lag, tatsächlich aussprechen oder lieber für sich behalten sollte. Ein kurzes, energisches Klopfen an der Tür nahm ihm die Entscheidung ab.

»Störe ich?« Die Frau im Türrahmen war klein, aber kompakt gebaut und wirkte deutlich älter als sechsundzwanzig. Ihre halblangen Haare waren in einem wenig vorteilhaften Kupferton gefärbt und im Nacken mit einem nackten Gummiring zusammengenommen, wie er zu jeder normalen Büroausstattung gehörte. An den Seiten hatten sich ein paar Strähnen gelöst. Es sah unordentlich aus, fast provisorisch. Sie trug Jeans und ein kastiges dunkelblaues Fleece-Shirt, das ihre breiten Schultern betonte. »Winnie Heller«, stellte sie sich vor. »Ich sollte mich bei Ihnen melden.«

Hinnrichs setzte eben zu einer Begrüßung an, als sein Telefon zu klingeln begann. Er nahm ab und lauschte eine Weile schweigend, während er Winnie Heller mit der fuchtelnden freien Hand bedeutete einzutreten.

Sie folgte seiner Aufforderung und zog die Tür hinter sich zu. »Guten Morgen«, flüsterte sie, indem sie Verhoeven eine warme und erstaunlich weiche Hand hinstreckte. »Tja, ich schätze, ich bin Ihre neue Partnerin.«

Ihr Händedruck war kräftig wie der eines Mannes. »Verhoeven«, antwortete er mechanisch. »Hendrik Verhoeven.«

Winnie Heller lächelte. »Ich weiß.«

Ihre neue Partnerin … Er überlegte, ob er ihr widersprechen sollte, ihr geradeheraus sagen, dass er nicht der Richtige war für diesen Job, dass er seinen Vorgesetzten bitten würde, sie mit einem erfahreneren Kollegen zusammenzuspannen, ihr eine Portion erstarrter Routine zu gönnen, an der sie lernen und wachsen konnte, doch Hinnrichs, der sein Telefonat in diesem Augenblick beendet hatte, kam ihm zuvor.

»Im Stadtwald haben sie eine tote Joggerin gefunden. Allem Anschein nach wurde sie Opfer eines Kapitalverbrechens.« Er bedachte Verhoeven mit einem Blick, der klarmachte, dass er keine weitere Diskussion über seine Entscheidung dulden würde. »Fahren Sie sofort hin und nehmen Sie Ihre neue Partnerin gleich mit.«

20

Sie hatte einen Instinkt entwickelt. Einen Instinkt, der ihn betraf.

Sie hatte ihn nicht verhindern können, diesen Instinkt. Er war einfach in ihr gewachsen wie ein Krebsgeschwür, ohne dass sie etwas dagegen hätte tun können. Sie hatte es ja noch nicht einmal bemerkt. Dabei hatte sie nie irgendetwas von ihm haben wollen. Gar nichts. Aber das zählte nicht. Es kam nicht darauf an, was sie wollte, so viel immerhin hatte sie schon vor langer Zeit begriffen. Und inzwischen hätte sie nicht einmal mehr sagen können, was sie wollen würde, wenn sie wollen dürfte. Sie starrte auf die kalte Herdplatte vor sich. Vielleicht war das ganz gut so. Nicht mehr zu wissen, was man wollte. Keine Pläne, keine Enttäuschungen …

Sie angelte nach einem Topflappen und nahm die beiden Brötchen aus dem Backofen, ihr Frühstück. Tiefgefroren zum Aufbacken, acht Minuten bei 190 Grad. In den beiden großen Tiefkühltruhen nebenan stapelten sich die Beutel. Brötchen, Pizza, Tiefkühlgemüse. Fisch, Putenbraten, Eiscreme. Vorräte zu besitzen ersparte ihr die Panikattacken beim Einkaufen. Und einmal im Monat der Großmarkt war beileibe schon schwierig genug. Soweit möglich, alles aus der Tiefkühltruhe. Nur hier und da mal ein Stück Butter oder etwas Joghurt in der Mittagspause. Der kleine Laden an der Ecke, der dem Fitness-Studio gegenüberlag, war um die Mittagszeit fast leer. Fünf Minuten alles in allem. Keine unnötigen Wege. Keine Umwege, keine Bekanntschaften, keine Rosen …

Sie nahm das Steakmesser, das neben ihrem Teller lag, und zwang sich, es eine Weile zu betrachten. Die Schärfe seiner Klinge zu fühlen. Den kühlen Stahl auszuhalten. Sie hatte immer so wenige Messer wie möglich in ihrer Nähe haben wollen. Messer erinnerten sie an tote Katzen. Und der Gedanke an tote Katzen ließ sie frösteln. Deshalb gab es im ganzen Haus nur zwei Messer. Eines für den täglichen Gebrauch und eines als Reserve, für den Notfall. Damit sie nicht sofort ein neues zu kaufen brauchte, wenn das Messer, mit dem sie ihre Brötchen aufschnitt, einmal kaputtging. Wie idiotisch, dachte sie bei sich, Messer gehen nicht kaputt! Ihre Finger pflückten etwas von dem warmen Teig aus dem Inneren des Brötchens und rollten ihn zu einer kleinen Kugel zusammen, die sie neben ihren Teller auf den Tisch legte. Dann goss sie sich eine Tasse Kaffee ein. Irgendwann hatte sie daran gedacht, sich sämtliche Lebensmittel, die sie benötigte, ins Haus liefern zu lassen, um die schwierigen Einkäufe zu umgehen. Immerhin bot jeder Supermarkt heutzutage solche Dienstleistungen an. Aber dann war ihr klar geworden, dass auf diese Weise ihr Name erscheinen würde. Ihr Name auf einem Lieferschein, auf einer Liste, irgendwo in jemandes Computer. Ihr Name, ihre Daten, ihr Eigentum. Also keine Lieferungen. Keine Lieferungen, keine Mitgliedschaften, keine Kundenkarten …

Sie griff nach dem Glas mit dem Honig. Draußen vor dem Fenster tobte ein Herbsttag wie aus dem Bilderbuch. Keine Spaziergänge, keine Fahrradtouren, keine Ausflüge …

Ihre Finger krallten sich um den Henkel ihrer Tasse. Kein Herbstlaub unter ihren Füßen, keine Oktobersonne im Gesicht, keine Katzen …

Es war nicht vorbei. *Es ist niemals vorbei!*

Der Instinkt, der ihn betraf, sagte ihr, dass es nicht vorbei war, und deshalb überlegte sie sehr lange, ob sie an diesem strahlenden Herbstmorgen überhaupt das Haus verlassen sollte.

21

Sie fuhren ein Stück in den Waldweg hinein. Der Tatort war weiträumig mit rot-weißem Plastikband gesichert. Einsatzfahrzeuge parkten rechts und links des Wegs. Hinter der Absperrung entdeckte Verhoeven den uralten taubenblauen Mercedes von Hermann-Joseph Lübke, der seit einigen Jahren der erkennungsdienstlichen Abteilung des Präsidiums vorstand. Wie der ehemalige Bundespräsident, sagte er immer, wenn ihn jemand nach seinem Namen fragte. *Und Joseph mit »ph«.*

Ein augenscheinlich trotz seines Alters gut austrainierter Mann im Jogginganzug stand bei einem der Streifenwagen und redete auf einen uniformierten Beamten ein. Ein zweiter Mann saß etwas abseits auf einem Baumstumpf und kraulte gedankenverloren das Fell eines Schäferhunds.

Verhoeven hielt hinter Lübkes Benz und warf einen flüchtigen Seitenblick auf seine neue Partnerin. Sie sah mit angespannter Miene aus dem Fenster und kaute auf ihrem Daumennagel herum. Unter ihrem Haaransatz glitzerten feine Schweißperlen. Sie hatten nicht viel gesprochen auf der Fahrt. Nur ein paar belanglose Sätze. Nichtigkeiten.

»Heißen Sie tatsächlich Winnie?«

»Winifred.« Sie hatte beinahe entschuldigend mit den Achseln gezuckt. »Meine Eltern sind begeisterte Wagnerianer.«

»Und Sie?«

»Bitte?«

»Mögen Sie klassische Musik?«

»Nein.«

Er hatte den unbestimmten Eindruck gehabt, ihr bereits mit diesen harmlosen Fragen zu nahe getreten zu sein. Da war etwas in ihrem Blick gewesen, etwas Abweisendes, Ausweichendes, und er hatte das unbequeme Gefühl, dass sie nie einen guten Draht zueinander haben würden. Immerhin hatte sie nicht gesagt, wie leid ihr das alles täte. Die Sache mit Grovius. Er hatte es allmählich satt, das zu hören.

Als sie aus dem Wagen stiegen, trat eine junge Polizistin auf sie zu. Verhoeven zeigte seinen Ausweis. »Polizeiobermeisterin Everts«, stellte sich die Beamtin vor. »Mein Kollege und ich waren als Erste vor Ort.«

Verhoeven deutete auf die Männer, die bei den Einsatzfahrzeugen standen. »Sind das die Herren, die die Leiche gefunden haben?«

Sie nickte. »Möchten Sie mit ihnen sprechen?«

»Nicht jetzt«, winkte er ab. »Wir sehen uns zunächst den Tatort an.«

Sie folgten der Kollegin von der Streife ein Stück den Waldweg entlang und dann nach rechts, etwa dreißig Meter tief ins Unterholz. Durch die lichten Baumkronen fielen breite Streifen strahlenden Sonnenlichts auf den durchweichten Waldboden und ließen das nasse Laub glitzern. Ein kräftiges Herbstaroma schwang zwischen den Bäumen wie ein warmer, dunkler Akkord. Ges-Dur, dachte Verhoeven, ganz eindeutig. Er blickte sich nach Winnie Heller um, die in eine Wasserlache getreten war und leise vor sich hin fluchte. Die Herbstkühle verlieh ihren Wangen einen Hauch von Frische, sodass sie nun wesentlich gesünder aussah als vorhin im Präsidium. Eigenartigerweise fiel ihm bei diesem Anblick wieder der nackte Gummiring ein, mit dem sie ihr Haar gebändigt hatte, und er dachte daran, dass Silvie stets dicke, samtbezogene Gummis verwendete, wenn sie sich – was selten vorkam – die Haare zurückband. Eine Frau, die nicht besonders rücksichtsvoll mit sich selbst umgeht, dachte er. Noch dazu eine, die klassische Musik hasst. *Bredeneys Musikgeschmack beschränkt sich auf Schlager und Militärmusik*, spöttelte eine Stimme in seinem Kopf. *Wäre dir das tatsächlich lieber gewesen? Immer dieselben alten Witze? Ewig die gleichen Anekdoten?* Was der Bauer nicht kennt, frisst er nicht, dachte Verhoeven und lächelte, als seine neue Kollegin kurz hochsah. Winnie Heller, sechsundzwanzig, ledig und bis dato beim K34. Neue Ansätze, ein anderer Blickwinkel. Ein bisschen frischer Wind abseits der erstarrten Routine.

»Die Stelle ist vom Weg aus nicht zu sehen«, erläuterte die Beamtin, während sie sich einen Pfad durch das niedrige Gestrüpp bahnten. »Wenn der Hund sie nicht aufgestöbert hätte, wäre sie womöglich nicht so rasch gefunden worden. Andererseits hat er sich auch keine große Mühe gegeben, sie zu verstecken. Eher im Gegenteil.«

Verhoeven überlegte, ob die Kollegin von der Streife nur unbewusst davon ausging, dass der Täter ein Mann war, oder ob der Zustand der Leiche keinen anderen Schluss zuließ. Er blickte sich um. Zu beiden Seiten des Wegs stieg das Gelände leicht an. Vor einem weiteren Absperrband, das den engeren Umkreis des Fundorts markierte, stand Lübke und gab einem jungen Mitarbeiter der Spurensicherung Anweisungen, die er mit großen, fahrig anmutenden Gesten untermalte.

»Wie sieht's aus?«, erkundigte sich Verhoeven. »Ist was Brauchbares dabei?«

Lübke ließ seinen Mitarbeiter stehen und kam mit ausladenden Schritten auf die beiden Kommissare zu, wobei er sich hastig die Kapuze seines weißen Schutzoveralls vom Kopf streifte. »Wie man's nimmt«, entgegnete er, indem er Winnie Heller eingehend musterte. Sie kannte ihn vom Sehen, hatte aber bislang noch nicht näher mit ihm zu tun gehabt. »Unsere beiden Helden da drüben«, er deutete Richtung Streifenwagen, »sind hier eingefallen wie Dschingis Khan. Das Ergebnis siehst du vor dir.« Seine Blicke ließen von Winnie Hellers Gesicht ab und wanderten missbilligend über den Waldboden. Die Erde war an mehreren Stellen aufgebrochen. Wo das Laub fehlte, schimmerte schwarzer Mutterboden hervor. »Zu allem Überfluss haben wir es auch noch mit einem Hund zu tun, der sich ganz offensichtlich für einen Maulwurf hält.« Er stieß einen tiefen Seufzer aus. »Wird 'ne ganze Weile dauern, das auseinanderzudividieren. Aber du weißt ja: Der Mensch wächst an seinen Aufgaben.«

Verhoeven überlegte, ob sich diese letzte Bemerkung auch auf ihn bezogen hatte. Irgendeine merkwürdige Form von Ermutigung vielleicht. Oder gar Spott? Er suchte in Lübkes stets etwas verquollen wirkendem Gesicht nach etwas, das man als Hinweis auf dessen Intention hätte deuten können, doch er wurde nicht fündig.

»Zum Glück sieht eure Leiche scheußlich genug aus, dass die Herren davon abgesehen haben, sie auch noch anzufassen«, bemerkte Lübke mit sarkastischem Grinsen.

Verhoeven lächelte matt. »Seid ihr mit dem Tatort schon fertig?«

Er nickte. »Bedient euch. Aber es ist nicht der Tatort.«

Verhoeven sah ihn fragend an, doch Lübke winkte sofort ab. »Alles, was wir bislang wissen, ist, dass sie da, wo sie jetzt liegt, nicht gestorben ist«, entgegnete er, und als Verhoeven sich zum Gehen wandte, fügte er mit Verschwörermiene hinzu: »War 'ne ziemlich lange Nacht gestern, was?«

Verhoeven nickte nur. In seinem Rücken konnte er Winnie Hellers interessierten Blick spüren. Offenbar passte das, was sie hier gerade aufschnappte, nicht zu dem Bild, das sie sich von ihm gemacht hatte. Genau genommen passte es nicht einmal zu dem Bild, das er von sich selbst hatte.

»Ich sage dir, der alte Grovius hätte einen Mordsspaß an uns gehabt«, fuhr Lübke derweil unbekümmert fort. »Besonders an Ulla. Donnerwetter, kann dieses Weib was vertragen!« Er schüttelte anerkennend den Kopf. Dann wandte er sich wieder seinen Mitarbeitern zu, die überall im Unterholz herumliefen, Fotos machten, potenzielle Spuren mit Nummern markierten und Abstände vermaßen.

Verhoeven stieg unter dem Plastikband hindurch. Vor ihnen lag eine Mulde, die rund einen Meter tief war. Vermutlich hatte hier einmal ein großer Baum gestanden, der gefällt und dessen Wurzel später ausgegraben worden war. Auf dem Grund der Mulde stand Regenwasser. Die Tote lag auf dem Rücken. Langes blondes Haar klebte ihr in schmutzigen Strähnen am Kopf. Dr. Isabelle Gutzkow, die zuständige Pathologin, hockte neben der Leiche im nassen Laub, die massige Gestalt dicht über den Oberkörper der Toten gebeugt. Verhoeven konnte sich keine Frau vorstellen, zu der der Name

Isabelle weniger gepasst hätte als zu Dr. Gutzkow, was vielleicht einer der Gründe dafür war, dass sie sich seines Wissens nach von niemandem duzen ließ. Sie war gebürtige Berlinerin, knapp unter fünfzig und trug das dichte, grau melierte Haar raspelkurz geschnitten. Aufgrund ihrer kräftigen Statur und ihres männlichen Auftretens hatten böse Zungen ihr den Spitznamen Potemkin gegeben. Nach dem Panzerkreuzer, nicht nach dem Staatsmann. Jetzt richtete sie sich auf und drehte sich um.

Verhoeven zuckte unwillkürlich zurück. Zugleich konnte er hören, wie Winnie Heller in seinem Rücken die Luft anhielt.

»Kein schöner Anblick, was?« Dr. Gutzkow strich ihr rustikales Tweedjackett zurecht und begrüßte Verhoeven mit einem flüchtigen Kopfnicken. »Sie ist seit mindestens fünfzehn, aber noch nicht länger als zwanzig Stunden tot. Genauer kann ich das im Augenblick beim besten Willen nicht sagen.« Sie sah Verhoeven an, als erwarte sie Widerspruch. Als er nichts einwandte, fuhr sie im Tonfall eines Fremdenführers, der neugierigen Touristen die Architektur eines barocken Prachtbaus erläutert, fort: »Wie Sie sehen, hat der Täter wie wild auf sie eingestochen. Mit einem sehr scharfen Gegenstand.« Sie zuckte mit den Achseln. »Ein Messer wahrscheinlich. Möglicherweise auch ein Skalpell. Zu diesem Zeitpunkt war sie allerdings schon tot.«

Verhoeven überwand sich, die Frau zu seinen Füßen genauer anzusehen. Sie war noch jung. Dreißig vielleicht, kaum älter. Ihr blassblaues T-Shirt war von zahllosen Stichen zerfetzt, der Bauchraum ein einziges Schlachtfeld. Ansonsten war sie vollständig bekleidet. Seine Augen wanderten am Hals der Toten hinauf zu den etwa fingerbreit geöffneten Lippen, die auffallend blass waren. In den Mundwinkeln entdeckte Verhoeven Spuren von getrocknetem Blut. Die Augen waren geschlossen. Trotzdem sah die Frau nicht friedlich aus. Ihr Gesicht war aufgedunsen und wirkte angestrengt. Auf den Lidern lag ein violetter Glanz.

Verhoeven trat einen Schritt zurück und wandte sich wieder Dr. Gutzkow zu. »Erdrosselt?«

Die Pathologin nickte. »Sieht ganz so aus.«

»Und was sind das für Schnitte?« Er zeigte auf die nackten Unterarme der Toten, die von zahlreichen Wunden übersät waren.

»Alle postmortal, falls es das ist, was Sie wissen wollten.« Dr. Gutzkow klopfte sich ein paar nasse Blätter von den Hosenbeinen und zupfte sich dann in aller Seelenruhe die Latexhandschuhe von den Händen, die auffallend klein waren und im Gegensatz zu ihrer sonstigen Erscheinung überaus sensibel anmuteten. »Von der Strangmarke abgesehen, habe ich bislang keinerlei vitale Verletzungen gefunden.«

Verhoevens Augen saugten sich an einem besonders tiefen Schnitt am rechten Handgelenk der Toten fest. Keine vitalen Verletzungen. Sagte diese Tatsache etwas über das Selbstbewusstsein des Täters aus? Hatten sie es mit einem Verklemmten zu tun, der seine Opfer erst anrührte, wenn sie bereits tot waren? Laut sagte er: »Die Frau hat sich nicht gewehrt?«

Die Pathologin schüttelte den Kopf. »Der Angriff muss völlig überraschend gekommen sein.« Ihr kühler, wissenschaftlich distanzierter Blick ruhte einige Sekunden prüfend auf Verhoevens Gesicht. Dann nahm sie ein tupferähnliches Instrument aus ihrem Einsatzkoffer und ging noch einmal neben der Leiche in die Knie. Verhoeven hörte das Knacken ihrer Gelenke. »Weitaus interessanter als die fehlenden Abwehrverletzungen finde ich allerdings das hier.« Sie schob das zerschnittene T-Shirt beiseite, sodass ein Teil der Bauchhöhle sichtbar wurde. »Was sagen Sie dazu?«

Verhoeven ging neben ihr in die Hocke. »Eine Blume«, befand er ungläubig.

Dr. Gutzkow nickte. »Genauer gesagt: eine Chrysantheme.« Sie sah ihn an, und Verhoeven musste unwillkürlich an einen Jagdhund denken, der eine Ente apportiert hatte, um sie ihm nun erwartungsvoll und schwanzwedelnd vor die Füße zu legen. »Der Täter hat ihr die Bauchhöhle aufgeschlitzt und eine Chrysantheme hineingelegt.«

Eine Chrysantheme ... Blumen. Grabschmuck. Verhoeven starrte die große gelbe Blüte an. Eine fröhliche Farbe. *Flores*, wisperte eine unangenehme Frauenstimme irgendwo in seinem Kopf. *Flores para los muertos.* Er richtete sich wieder auf und sah sich nach seiner Kollegin um. Winnie Heller lehnte dicht hinter ihnen an einem bemoosten Baumstamm und blickte unverwandt auf die Leiche hinunter, offenkundig wild entschlossen, sich nicht die geringste Schwäche nachsagen zu lassen. Ihr kupferrotes Haar funkelte im Sonnenlicht, auf ihrem Gesicht spielten die Farben des Herbstes. Verhoeven merkte, dass er sich nicht mehr so entspannt fühlte wie früher. Bei Grovius hatte er gewusst, woran er gewesen war. Zwischen ihnen hatte es eine klare Rollenverteilung gegeben. Klare Konturen. Seit Grovius tot war, verschwamm alles.

Er wandte sich wieder der Toten zu und überlegte, ob sie wohl eine Familie hatte. Wartete gerade jetzt, in diesem Augenblick, irgendwo in der Stadt jemand auf ihre Rückkehr? Wir werden es bald wissen, dachte er, obwohl er es vorgezogen hätte, es nie zu erfahren. »Ist sie vergewaltigt worden?«

»Es gibt keinerlei Hinweise auf einen sexuellen Übergriff«, entgegnete die Pathologin ohne Zögern, bevor sie etwas vorsichtiger hinzufügte: »Endgültig kann ich das natürlich erst nach einer eingehenden Untersuchung sagen.«

»Und die Tatwaffe?«

Dr. Gutzkow richtete ihr Instrument wie einen Zeigestock auf den Hals der Toten. »Sehen Sie, es ist praktisch keine Strangmarke erkennbar, aber die Stauungserscheinungen sind relativ stark ausgeprägt. Ich würde daher annehmen, dass der ausgeübte Druck auf den Hals breitflächig war.« Sie zögerte einen Augenblick und blickte Verhoeven aus ihren kühlen grauen Wissenschaftleraugen erwartungsvoll an. Als er nicht reagierte, ließ sie sich mit spürbarem Widerwillen zu einer etwas genaueren Erklärung herab: »Ein breites, weiches Halstuch vielleicht. Oder ein Schal …«

Verhoeven riss den Blick vom Hals des Opfers los. »Ich danke Ihnen.«

Die Pathologin schenkte ihm ein kurzes, unsentimentales Lächeln und klappte ihren Koffer zu. »Mein vollständiger Bericht liegt Ihnen morgen vor.« Sie erhob sich mit einem leisen Stöhnen aus ihrer gebückten Haltung und streckte Verhoeven die Hand hin. »Hat mir wirklich leidgetan, aber ich hatte Dienst.«

Er sah sie verständnislos an.

»Gestern«, sagte sie, und erst mit Verzögerung wurde ihm klar, dass sie von Grovius sprach. Von Grovius' Begräbnis.

Er nickte nur. Mehr brachte er noch immer nicht zustande.

Sie nickte ebenfalls und ging davon.

22

Seine Kaffeetasse stand mitten in einer Lache aus Blut, aber es war altes Blut, eine zähe, gallertartige Masse, von der er wusste, dass man sie Blutkuchen nannte. Wie passend, dachte er bei sich. Mittagspause mit Kaffee und Blutkuchen.

Seine Augen suchten den Nachbartisch, an dem zwei Frauen saßen, die er nur vom Sehen kannte. Hier ein kurzer Augenblick im Fahrstuhl. Dort eine flüchtige Begegnung auf dem Gang. Nichts, das ihn auch nur im Mindesten interessiert hätte. Trotzdem hatte er ihre Blicke registriert. Das deutliche sexuelle Interesse, das daraus sprach. Die erweiterten Pupillen, mit denen sie ihn und seine Reaktion auf ihre Anmache taxierten. Und die Routine, mit der sie sich anschließend über den vermeintlichen Erfolg ihrer Bemühungen austauschten. Noch waren die beiden Verbündete, aber er wusste, wenn er auf eine von ihnen einginge, würde sich das schleunigst ändern. Dann würde das harmlose Spiel zu einer gnadenlosen Jagd werden. Sie würden beginnen, ihre Reize, die ihn kaltließen, gegeneinander auszuspielen, und die Verliererin würde ein paar Wochen brauchen, bis sie sich wieder normal mit ihrer Freundin unterhalten konnte.

Wenn sie sehen könnten, was ich sehe, dachte er und schenkte der Dunkleren von beiden sein Routinelächeln. Sie war etwa dreißig. Leicht schräg stehende grüne Augen in einem Fleck aus dunkelgrauem Kajal, der zerlaufen aussah. Dazu trug sie ein dekolletiertes petrolfarbenes T-Shirt und einen pflegeleichten Polyesterhosenanzug aus dem Versandhauskatalog. Sie warf den Kopf zurück und erwiderte sein Lächeln mit leicht geöffneten Lippen. Er stellte sich ihre Schreie vor, während er langsam den Kopf abwandte und wieder den Blutfleck auf seinem Tisch betrachtete, der langsam eintrocknete und dabei immer dunkler wurde.

Rostrot wie das Laub gestern im Wald.

Ihr Fleisch. Modrig. Entleert.

Die Augen, im Tod so reizlos wie im Leben.

Trotzdem hatte er noch eine kleine Weile neben ihr ausgeharrt, nachdem der unangenehme Teil seiner Arbeit erledigt gewesen war. Er hatte auf sie heruntergeblickt wie der Jäger auf ein erlegtes Wild und daran gedacht, mit welch immensem Auf-

wand das Fleisch eines geschächteten Tiers koscher gemacht wurde. Er hatte schon als Kind darüber gelesen. Ein Buch seines Vaters. Das Fleisch eines Schlachttiers durfte weder newela *noch* terefa *– weder verendet noch zerrissen – sein und keinerlei Blut oder Adern enthalten, in denen sich noch geronnene Blutreste befinden könnten. Und alles Fett war für den Herrn. Was für eine Verschwendung, dachte er, als ihm urplötzlich wieder einfiel, dass besonders strenggläubige Juden es sogar vermieden, die Hinterviertel eines Schlachttiers zu essen, aus lauter Angst, dass ein bestimmtes Stück Muskelfleisch, jenes, in welchem der Ischiasnerv verlief, nicht ordnungsgemäß entfernt worden war. Hinterviertel waren gefährlich, weil ... Wie war das doch gleich gewesen? Sein Finger umfuhr den Rand des rostroten Flecks auf dem Tisch, während er sein Gedächtnis nach einer Erinnerung absuchte. Jakob hatte irgendwo auf seinen Bruder Esau gewartet und war nachts von einem Unbekannten überfallen und auf die Hüfte geschlagen worden, oder? Was für eine Verschwendung, dachte er wieder. Ein einziger Klaps auf den Arsch, und schon konnte man in alle Ewigkeit das halbe Tier wegschmeißen!*

Die Frauen am Nebentisch grinsten ihn an. Er sah es aus den Augenwinkeln. Die Dunkle hob ihre Tasse. Als wolle sie ihm zuprosten.

Er tat es ihr gleich und betrachtete sie ein wenig länger als zuvor, auch, weil er spürte, dass sie dergleichen von ihm erwartete. Unter seinem Blick veränderte sich ihr teigiges Gesicht und nahm für einen winzigen Augenblick die Züge jener Frau an, die er als Nächstes im Visier hatte. Das Notizbuch in seiner Brusttasche war voll mit ihren Daten. Wann, wo, mit wem, wie oft. Genau wie die andere war sie erschreckend berechenbar. Dazu ein wenig größer und genauso fit.

Aber diese Fitness hatte er einkalkuliert.

Genau wie alles andere.

Sein Blick wurde wieder klar, und er bemerkte, dass die Dun-

kelhaarige am Tisch nebenan inzwischen ernsthaft geschmeichelt war. Der Ausdruck von Triumph in ihren trüben Augen amüsierte ihn. Er zwinkerte ihr zu, nahm seine Tasse vom Tisch und stellte sie gewissenhaft auf den Wagen an der Geschirrrückgabe, bevor er leichten Schrittes die Kantine verließ.

23

»Sind Sie Frau Heller?«

»Ja.«

»Dann habe ich hier eine Nachricht für Sie.« Stefan Werneuchen, ein hochgewachsener Mann mit Stirnglatze, den Winnie Heller spontan auf Anfang bis Mitte dreißig schätzte, reckte sich über die Aktenberge auf seinem Schreibtisch hinweg und reichte ihr einen grauen Notizzettel, wobei er sich sichtlich bemühte, sie nicht allzu offensichtlich anzustarren. Er hatte bereits von ihr gehört, daran bestand kein Zweifel, und sie konnte sich lebhaft vorstellen, welcher Art die Informationen waren, die ihre neuen Kollegen über sie erhalten hatten. Paul Cartier war einer, der nachtrat. *Die Heller? Ach, du liebe Güte, da sind Sie aber ganz und gar nicht zu beneiden. Mich hat diese frigide Kuh an den Rand des Wahnsinns getrieben, kann ich Ihnen sagen …* Sie schluckte. Wenn es nur das ist, was sie über dich wissen, ist doch alles im Lot, versuchte sie sich selbst zu beruhigen. Eine frigide Kuh, damit konnte sie leben. Und von der anderen Sache hatte selbst so ein widerlicher Allwisser wie Paul Cartier keine Ahnung. Woher auch? Die Klinik, in der sie nach dem Unfall ihrer Schwester gewesen war, galt als teuer und diskret, außerdem unterlagen auch Psychologen der ärztlichen Schweigepflicht. Und dennoch … Die Tatsache, dass sie ihre vierzehnmonatige Therapie bei der Meldung zum Auswahlverfahren für den gehobenen Kriminaldienst des Bundes verschwiegen hatte, schwebte über ihrer Karriere wie das sprichwörtliche Damoklesschwert. Aber sie hatte keine Wahl gehabt. Der »Zustand nach nervenärztlicher/psychotherapeutischer Behandlung«, wie er im Merkblatt zur Polizeidiensttauglichkeit genannt wurde, gehörte zu den sogenannten »eventuellen Ausschlussgründen«, und sie hatte es sich nun einmal ums Verrecken nicht leisten können, ihren Traum von der Polizeikarriere zu begraben. Dieser Traum war es, der sie am Leben hielt. Damals wie heute. Die einzige Konstante in ihrem beschissenen Dasein.

In ihrem Rücken war der Flur erfüllt von den Geräuschen des Polizeialltags. Stimmengewirr. Eilige Schritte. Das Klingeln von Telefonen und Handys. Irgendwo am Ende des Gangs summte ein Fax. Sie zwang sich, einen Blick auf den Zettel zu werfen, den Werneuchen ihr ausgehändigt hatte, und erstarrte, als sie den Namen las, den ihr neuer Kollege neben dem Kästchen *Bittet um Rückruf* notiert hatte. Auch das noch! Hätte sie denn nicht wenigstens an ihrem ersten Tag bei der Mordkommission unbehelligt bleiben können? Wütend fuhr sie sich mit der freien Hand durch die Haare, wobei sie die Labilität ihrer Frisur vergaß, und als sie ihr wieder einfiel, war es bereits zu spät. Die dichten Seitenpartien, die sie ohnehin nur mit äußerster Mühe in den Gummiring gezwirbelt hatte, lösten sich und fielen nach vorn in ihr Gesicht, um diesem – daran zweifelte sie keine Sekunde – erneut jenen ungesund wirkenden Gelbstich zu verleihen, der sie schon früher an diesem Morgen an den Rand eines Nervenzusammenbruchs getrieben hatte. Ungehalten strich sie die Strähnen hinter ihr Ohr zurück.

»Ich wusste nicht, wohin damit«, Werneuchen zeigte auf den Zettel in ihrer Hand, »wo Sie doch noch keinen Schreibtisch haben.« Er blickte sich nach Verhoeven um, der in der Tür zum Sekretariat stand und in aller Eile seinen Postkorb durchsah. »Und dann sollt ihr auch gleich zu Hinnrichs kommen.«

»Natürlich«, entgegnete Verhoeven zerstreut.

»Soll ich unterdessen vielleicht schon mal …?«

»Was?«

Werneuchen deutete auf die Verbindungstür in der gegenüberliegenden Wand. »Grovius' Schreibtisch …«

»Nein«, sagte Verhoeven. »Das mache ich. Wenn Sie sich noch ein paar Stunden gedulden könnten?« Er drehte sich fragend zu Winnie Heller um. »Ich bin einfach noch nicht dazu gekommen.«

»Es eilt nicht. Wirklich.« Sie merkte, wie ihr das Blut in die Wangen schoss, und hoffte inständig, dass ihre neuen Kollegen die blühende Farbe ihrem Ausflug in die frische Waldluft zuschreiben würden. »Aber vielleicht würden Sie ja in Zukunft gern selbst dort sitzen?« Für den Bruchteil einer Sekunde trafen sich ihre Blicke. »Ich meine, es würde mir nichts ausmachen, meine Zelte woanders aufzuschlagen.«

»Nein«, sagte er noch einmal.

Werneuchen stand auf. »Ich wollte sowieso kurz in die Kantine.« Er lächelte Winnie Heller an. »Sie können gern meinen Apparat benutzen.«

»Was?«

»Um Ihre Mutter zurückzurufen.« Er deutete wieder auf den Zettel, den er ihr ausgehändigt hatte.

»Nicht nötig«, antwortete sie hastig. »Ich habe ein Handy.«

»Dann gehe ich schon mal vor«, sagte Verhoeven.

Sie nickte. »Es dauert nicht lange.«

Als sie rund zehn Minuten später Hinnrichs' Büro betrat, hatte sie ihr Haar in Ordnung gebracht und ihren fleckigen Teint mit reichlich kaltem Wasser erfrischt. Die Aktion hatte den Ärmel ihres Sweatshirts durchnässt, aber das fiel ihr erst auf, als sie bereits saß. Verhoeven berichtete gerade von der

Chrysantheme, die der Mörder in der Bauchhöhle der Leiche abgelegt hatte. Hinnrichs hörte aufmerksam zu. Seine Miene war ernst. Mit einem kurzen Kopfnicken bedeutete er ihr, Platz zu nehmen.

Nachdem Verhoeven geendet hatte, herrschte einige Augenblicke eine angespannte Stille.

»Und was halten *Sie* von dieser Sache?«, wandte sich Hinnrichs schließlich an seine neue Mitarbeiterin.

Winnie Heller ließ sich mit ihrer Antwort Zeit. So lange, dass Verhoeven schon fürchtete, sie werde überhaupt nichts mehr sagen. Er wusste nicht genau, warum, aber irgendwie hätte er ihr das zugetraut. Eine Totalverweigerung. Was hatte Hinnrichs doch gleich über sie gesagt? *Sie ist ein bisschen schwierig, aber das stört Sie ja nicht weiter* ... Doch, dachte Verhoeven bei sich. Es stört mich. Es stört mich sogar ganz gewaltig. Er betrachtete sie und dachte einmal mehr, dass sie älter aussah, als sie war, ohne dass er diesen Eindruck an einem konkreten Merkmal festmachen konnte. Im Gegenteil: Ihre Gesichtshaut war glatt und pfirsichzart.

»Zunächst einmal glaube ich, dass wir es hier mit einem vorsätzlichen Verbrechen zu tun haben«, sagte sie endlich mit einer Ernsthaftigkeit, die ihn gegen seinen Willen an seine Tochter erinnerte. »Der Täter hatte ein Messer oder Skalpell bei sich, mit dem er die Leiche ...« Sie stutzte. Das Wort kam ihr ganz offensichtlich nicht so leicht über die Lippen, wie sie erwartet hatte, aber sie wollte es sich auch nicht ersparen. »... mit dem er die Leiche aufgeschlitzt hat«, schloss sie. »Abgesehen davon konnte er kaum damit rechnen, an einem Wochentag um diese Uhrzeit und noch dazu bei so schlechtem Wetter überhaupt einer Menschenseele im Wald zu begegnen. Erst recht keiner Frau.« Sie überlegte einen Augenblick. »Vermutlich wusste er, dass sie joggen gehen wollte. Vielleicht ist er ihr auch von irgendwoher gefolgt.«

»Irgendwelche Zeugen?«

Verhoeven schüttelte den Kopf. »Die Kollegen sind dran, aber bislang hat sich niemand gemeldet.«

»Ich weiß nicht«, murmelte Hinnrichs und starrte gedankenverloren auf die Fotografie einer dunkelhaarigen Frau, die neben seinem Telefon stand und vermutlich seine aktuelle Freundin zeigte. Verhoeven hatte sich schon oft gefragt, wo ein Mann wie Hinnrichs bei allem gesellschaftlichen Ehrgeiz auch noch die Zeit für ein Privatleben hernahm. »Das mit der Blume ist doch krank.«

»Oder es soll krank aussehen«, wandte Winnie Heller ein. Das erdige Wasser der Pfütze, in die sie getreten war, hatte ihre Hosenbeine mit braunen Pünktchen gesprenkelt, aber das schien sie gar nicht zu bemerken. Eitelkeit gehört anscheinend nicht zu ihren bevorzugten Eigenschaften, dachte Verhoeven. Oder doch? Was war mit dieser seltsamen Haarfarbe? Schließlich hatte kein Mensch so etwas von Natur aus. Unwillkürlich suchten seine Augen ihren Haaransatz, und er ertappte sich bei der Überlegung, was sie unternehmen müsse, um hübsch auszusehen. Um ihren Pfirsichteint zur Geltung zu bringen, ihre Jugend.

»Vielleicht haben ja Blumen – oder ganz speziell Chrysanthemen – eine besondere Bedeutung für das Opfer«, schlug er vor, als ihm auffiel, dass Hinnrichs ihn ansah.

»Das sollten Sie so schnell wie möglich klären«, nickte dieser und kramte in der obersten Schublade seines Schreibtischs nach irgendetwas, das er nicht fand. Sichtlich entnervt schob er die Lade wieder zu. »Was wissen wir bisher über die Frau?«

Winnie Heller klappte ihren Notizblock auf. »Man hat einen Schlüsselbund samt Autoschlüssel neben der Leiche gefunden. Er gehörte zum Wagen des Opfers, einem Passat, der auf einem Parkplatz abgestellt war, rund zweihundertfünfzig Meter vom Fundort der Leiche entfernt. Im Wagen befand sich die Brieftasche der Toten mit ihrem Führerschein, den Fahrzeugpapieren und ihrem Personalausweis.« Sie blätterte eine Seite weiter. »Susanne Leistner. Einunddreißig Jahre alt. Hier aus der Stadt. Verheiratet.«

»Ist der Ehemann schon informiert?«

Verhoeven nickte. »Die Kollegen von der Streife haben das übernommen.«

Hinnrichs blickte kurz auf, und Verhoeven wusste genau, was er dachte. *Das wäre Ihr Job gewesen. Ihr Fall. Ihre Verantwortung.* »Warum, zum Teufel, geht eine junge Frau bei einem solchen Sauwetter überhaupt in den Wald?« Hinnrichs schüttelte verständnislos den Kopf. »Noch dazu allein?«

Verhoeven zuckte mit den Achseln. »Vielleicht war sie dort verabredet.«

»Ich möchte, dass Sie umgehend mit dem Ehemann sprechen.« Hinnrichs blickte an Verhoeven vorbei zur Tür, wo seine Sekretärin mit einem Arm voller Akten stand und mit dem Kinn auf die Uhr an der Wand wies. »Fahren Sie am besten gleich hin, bevor er Zeit hat, sich alle seine Antworten im Voraus zu überlegen. Und klappern Sie das gesamte Umfeld ab. Ich möchte diese Geschichte so rasch wie möglich aufgeklärt wissen.«

Die beiden Kommissare erhoben sich von ihren Stühlen.

»Die Sache gefällt mir nicht«, murmelte Hinnrichs.

24

Die Wohnung, in der Susanne Leistner zu Hause gewesen war, lag im Parterre eines hübsch restaurierten Bürgerhauses in der Adolfsallee, wenige Gehminuten vom Hauptbahnhof entfernt. Auf dem großzügigen Grünstreifen, der die Straße teilte, hatten sich die alten Kastanien bereits in die Farben des Herbstes gekleidet. Ein gebrechlicher alter Mann mit Gehhilfe stand auf der Treppe vor dem Eingang und hielt ihnen die Tür auf. Seine Haut war so durchscheinend wie Pergament. An Hals und Stirn schimmerte ein Geflecht dünner blauer Adern hindurch.

Neben der Wohnungstür hing ein unlackiertes Holzschild, das die Form eines Apfels hatte. LEISTNER war in Einbrennertechnik darauf zu lesen, darüber die Buchstaben S+G+A. Verhoeven musste unwillkürlich an die Segensformel denken, die die Sternsinger, rotwangige Jungen und Mädchen in Fantasiekostümen, zu Beginn eines jeden Jahres über den Eingang zum Haus seiner Pflegeeltern geschrieben hatten. C+M+B. Weiße Kreide auf billigem Sperrholz. *Christus mansionem benedicat*. Der Herr schütze dieses Haus. Es wirkt nicht, dachte er, der Segen bleibt aus. Vielleicht, weil sie es überall hinschreiben. An die Tür eines jeden, der dafür bezahlt. Er rückte seine Krawatte zurecht und drückte auf die Klingel. Es gehörte zu den unangenehmsten Aufgaben seines Berufs, Angehörige von Opfern schon so kurz nach einer Tat mit schmerzhaften Fragen zu konfrontieren, aber ihm war auch bewusst, dass es im Interesse einer schnellen Aufklärung nun einmal notwendig war. Trotzdem spürte er auf einmal etwas wie Angst in sich aufsteigen. Der Anblick der toten jungen Frau im Wald hatte in ihm ein Gefühl unmittelbarer Betroffenheit ausgelöst, von dem er wusste, dass er es unbedingt vermeiden musste. Er hatte im Zuge seiner Arbeit schon eine ganze Reihe von Leichen gesehen. Auch solche, die ähnlich schlimm zugerichtet gewesen waren. Und doch war an dieser Toten etwas Besonderes gewesen. Die Blume, die in der blutigen Wunde wie in einer Vase gesteckt hatte. Das war eine unnötige, zynische Geste des Mörders, die ihn zutiefst beunruhigte. Oder lag es nur daran, dass er so kurz nach Grovius' Tod einfach keine Blumen mehr ertrug?

Es dauerte lange, bis die Tür geöffnet wurde. Im Türrahmen stand ein hagerer Mann in Jeans und Sweatshirt. Die Augen hinter den runden Brillengläsern waren gerötet. Offenbar hatte er geweint.

»Herr Leistner?«

Er nickte.

»Kriminalpolizei. Dürfen wir uns kurz mit Ihnen unterhalten?«

Der Mann trat einen Schritt zur Seite und machte eine etwas unbeholfene Geste, die wohl Zustimmung ausdrücken sollte und zugleich als Aufforderung zum Eintreten zu verstehen war. Unter seinem linken Auge flimmerte ein Muskel.

Verhoeven folgte seiner Kollegin in einen geräumigen Flur, an dessen Wand unzählige Paare Schuhe standen. Pumps und Stiefel. Sandaletten, Pantoffeln. Kinderschuhe, alle fein säuberlich aufgereiht und mit bunten Stofftüchern unterlegt. Der Anblick erinnerte Verhoeven an Ninas Tagesstätte, wo die Kinder in der kalten Jahreszeit ihr durchnässtes Schuhwerk vor den Gruppenräumen auszogen und in ganz ähnlicher Weise abstellten. Wie es den Erzieherinnen gelang, am Ende des Tages jedem Kind wieder das richtige Paar Schuhe zuzuordnen, war ihm schon immer schleierhaft gewesen.

Winnie Heller blieb neben einem rustikalen Garderobenschrank stehen und sah sich unschlüssig nach Susanne Leistners Witwer um, der noch immer schweigend neben der Eingangstür verharrte und auf den alten, aber vorbildlich gepflegten Parkettboden hinunterstarrte. Als das Schweigen um ihn herum zu lange dauerte, blickte er auf. Irritiert, als könne er sich nicht erklären, wie die beiden Polizisten in seine Wohnung gekommen waren. »Entschuldigen Sie«, sagte er hastig. »Gehen Sie ruhig durch. Geradeaus.« Seine Stimme war warm und unerwartet dunkel.

Durch eine geöffnete Flügeltür traten die beiden Kommissare in ein annähernd quadratisches Wohnzimmer, dessen Fenster auf den Garten hinausgingen. Es war hell und freundlich eingerichtet und duftete angenehm nach Holz und Honig. Ein blondes Mädchen von geradezu ätherischer Zartheit saß auf einem Baumwollplaid vor der Glastür, durch die man in den Garten hinausgelangte, und spielte mit bunten Holzbauklötzchen. Die Kleine blickte nicht auf, als ihr Vater mit den Besuchern das Zimmer betrat. Verhoeven registrierte, dass die Knöpfe an ihrem Nickijäckchen die Form von Blumen hatten.

»Nehmen Sie doch bitte Platz«, sagte Gernot Leistner und raffte hastig ein paar verstreute Spielsachen zusammen, die auf der Couch lagen. Dann setzte er sich in einen der Sessel, den beiden Polizisten gegenüber. »Möchten Sie … Kann ich Ihnen irgendetwas anbieten?«

Verhoeven schüttelte den Kopf, ohne sich mit seiner Kollegin verständigt zu haben. Erst hinterher kam ihm der Gedanke, dass sie sich übergangen fühlen könnte. »Es tut uns sehr leid, dass wir Ihnen so wenig Zeit lassen können, aber es ist in Fällen wie diesem sehr wichtig, dass wir so schnell wie möglich an Informationen kommen.«

Gernot Leistner nickte und starrte geistesabwesend auf seine Hände hinunter. »Sie wollten Amelie mitnehmen«, sagte er, als Verhoeven eben zu zweifeln begann, ob er sich ihrer Anwesenheit überhaupt noch bewusst war.

»Ihre Tochter heißt Amelie?«

Susanne Leistners Witwer hob verwundert den Kopf. Die Frage erschien ihm offenbar völlig absurd. Statt zu antworten, sah er in Richtung Gartentür. Die Kleine auf dem Baumwollplaid schien noch immer völlig in ihr Spiel versunken. Ihr blondes Haar ringelte sich im Nacken zu feinen Löckchen.

Verhoeven verspürte ein schmerzhaftes Stechen in der Magengegend. Die vergangene Nacht hatte Spuren hinterlassen, und außer einem trockenen Toastbrot und etwas Kaffee zum Frühstück hatte er noch nichts gegessen. »Wer wollte Amelie mitnehmen?«, hakte er nach, als Gernot Leistner nichts sagte.

»Meine Schwiegereltern«, antwortete Susanne Leistners Witwer mechanisch. »Sie haben gesagt, sie wollen mich entlasten.« Er lachte laut auf. Es klang verloren. »Sie wird nächsten Montag drei. Amelie, meine ich.«

Verhoeven räusperte sich. »Was machen Sie beruflich?«

»Ich bin Lektor.«

»Und Sie arbeiten zu Hause?«

Er nickte nur.

Verhoeven blickte an ihm vorbei in den Garten hinaus und dachte, es müsse ein ungeheures Privileg sein, zu Hause zu arbeiten. Von morgens bis abends bei seinem Kind zu sein. Es aufwachsen zu sehen. Zur Stelle zu sein, wenn es sich das Knie aufschlug oder Ärger mit einem Jungen aus der Kindergartengruppe hatte. Solche Dinge. Warum wusste Silvie dieses Privileg nicht zu schätzen? Konnte die Anerkennung durch die eigenen Eltern, das Ausstechen der vermeintlich erfolgreicheren Schwester allen Ernstes so wichtig sein? Oder ging es in Wahrheit um etwas ganz anderes? Gedankenverloren griff er in sein Jackett und zog seinen Notizblock heraus. Er selbst hatte nicht für den Bruchteil einer Sekunde mit dem Gedanken gespielt, Erziehungsurlaub zu nehmen. Und Grovius hätte ihn schlicht für verrückt erklärt, wenn er es getan hätte. *Gütiger Himmel, Junge, das ist doch wohl nicht dein Ernst! Raus ist raus, da führt kein Weg dran vorbei. Und du willst doch wohl nicht für den Rest deines Lebens dem Vorsprung hinterherrennen, den sich die lieben Kollegen in der Zwischenzeit verschafft haben, oder? Den Anschluss verlieren, um ein paar Monate oder gar Jahre Hausfrau und Mutter zu spielen? Nee, nee, das lass mal lieber bleiben.* So weit sind wir noch nicht, dachte Verhoeven. Nicht bei der Polizei. Nicht bei diesem Machoverein. Und sonst? Was war mit dem Rest der Gesellschaft? Er legte den Block vor sich auf den Couchtisch und sah wieder den schmächtigen Mann an, der im Sessel gegenüber saß. Lag es an der aktuellen Situation, dass er so unglücklich wirkte? Oder gab es doch ein Manko, irgendwo in seinem Leben? Etwas, das nicht genügte, trotz der Privilegien eines Heimjobs, den Gernot Leistner mit dem zweiten Einkommen seiner Frau im Rücken sogar einigermaßen gelassen angehen konnte? Mit Mühe widerstand Verhoeven dem Impuls, danach zu fragen.

»Wann hat Ihre Frau gestern früh das Haus verlassen?«, schaltete sich Winnie Heller ein, der die Pausen in diesem Gespräch ganz offensichtlich zu lang wurden. Sie saß weit vorn, direkt auf der Sofakante. Wie auf dem Sprung. Offenbar war sie ihrerseits entschlossen, den Anschluss nicht zu verpassen.

Gernot Leistner schluckte unter ihrem Blick. »Sie ist um kurz nach acht zur Arbeit gefahren«, sagte er. »Ganz wie sonst auch. Ihr Dienst beginnt um halb neun.«

»Ihre Frau arbeitete in der Leuthauser-Stiftung?«

»In der Verwaltung«, nickte er. »Das Büro hat auch schon angerufen. Sie wollten wissen, wo Susanne bleibt.« Er warf einen unsicheren Blick in Verhoevens Richtung. »Ich habe die Wahrheit gesagt. Ich meine, hätte ich …?«

»Das war schon in Ordnung.« Verhoeven lächelte ihn an. »Wir werden uns nachher ohnehin noch mit den Kollegen Ihrer Frau unterhalten.«

»Ich verstehe.« Er nickte. »Das ist gut.«

»Ist Ihnen gestern Morgen irgendetwas Besonderes aufgefallen?«, fragte Winnie Heller in die kurze Stille, die dem Wortwechsel der beiden Männer gefolgt war, und Verhoeven wunderte sich über die Selbstverständlichkeit, mit der sie die

Gesprächsführung an sich riss. Hatte er sich tatsächlich eingebildet, die Rollenverteilung zwischen ihnen würde sich von selbst ergeben? Das hier entscheidet sich nicht automatisch über den Dienstrang, dachte er. Ab heute ist es ein Wettbewerb.

»Hat Ihre Frau sich vielleicht irgendwie anders verhalten als gewöhnlich?«, insistierte Winnie Heller neben ihm.

Nach einem kurzen Moment des Nachdenkens schüttelte Gernot Leistner den Kopf. »Ich würde sagen, sie war genau wie immer.«

»Hat sie darüber gesprochen, nach der Arbeit noch joggen gehen zu wollen?«

»Nein.« Er zuckte mit den Achseln. »Aber das hat sie nie getan. Ich habe es mir nur gedacht, weil ihre Laufsachen nicht da waren.«

»Sie sagte nicht, dass es später werden würde?«

»Nein«, wiederholte er. »Meine Frau hat nie gesagt, wann sie nach Hause kommt. Gewöhnlich war sie allerdings spätestens um siebzehn Uhr hier.«

Er lügt, dachte Verhoeven. Was das betrifft, lügt er. »Ging Ihre Frau regelmäßig joggen?«

»Mehrmals die Woche.«

»Und immer allein?«

Über das Gesicht des Lektors huschte ein Ausdruck, den Verhoeven nicht deuten konnte. »Susanne mochte es nicht, wenn man etwas allzu genau wissen wollte«, antwortete Gernot Leistner. »Sie brauchte ihren Freiraum, wissen Sie.«

Verhoeven betrachtete eine große, wassergefüllte Glasschale, die auf dem Couchtisch stand. Auf dem Grund lagen bunte Zierkiesel, und an der Wasseroberfläche schwammen Teelichte und Blumen. Rote Gerbera. Weiße Astern. Keine Chrysanthemen. »Ihre Frau mochte Blumen?«

Susanne Leistners Witwer war seinem Blick gefolgt. Unvermittelt huschte ein scheues, beinahe jungenhaftes Lächeln über sein Gesicht. »Um die Ecke ist ein Blumenladen«, sagte er. »Dort heben sie immer die abgebrochenen oder schon etwas welken Blumen für Amelie und mich auf. Daraus machen wir dann Kränze oder … Na ja, eben irgendwelche Arrangements.« Er warf seiner Tochter einen liebevollen Blick zu. »Amelie liebt Blumen, wissen Sie.«

»Und Ihre Frau?«, beharrte Verhoeven. »Liebte sie auch Blumen?«

Gernot Leistner sah irritiert aus. »Sicher.« Er schien nachzudenken. »Ich meine, ich weiß nicht genau. Jeder Mensch liebt Blumen, oder?«

»Haben Sie und Ihre Frau einander bestimmte Blumen geschenkt?«, fragte Winnie Heller, ohne auf seine letzte Bemerkung einzugehen. »Hatte vielleicht eine bestimmte Sorte Blumen eine Bedeutung für Sie beide?«

Susanne Leistners Witwer schien immer verwirrter. »In Susannes Brautstrauß waren Rosen«, murmelte er. »Aber sonst … Ich weiß nicht. Wir haben nur sehr selten Blumen gekauft. Richtige, meine ich. Frische …« Er blickte sich um. »Und wenn, waren sie eigentlich eher für die Wohnung bestimmt. Wenn wir Gäste hatten.«

Verhoeven betrachtete die Hände des Lektors. Sie waren blass und zartgliedrig. Kein Zweifel, dachte er, die Tochter kommt nach ihm. »Hatte Ihre Frau gestern irgendetwas vor?«

»Keine Ahnung.« Gernot Leistner hob eine schwarzweiße Stoffkuh vom Boden auf und drückte sie gedankenverloren an sich. »Ich habe Ihnen doch schon gesagt, dass Susanne nicht darüber sprach, was sie vorhatte.«

Du hast auch gesagt, dass sie meistens um fünf zu Hause gewesen ist, dachte Verhoeven. Laut sagte er: »Vielleicht hat Ihre Frau sich etwas notiert. In einem Kalender vielleicht. Oder einem Tagebuch.«

»Meine Frau hat niemals Tagebuch geführt«, entgegnete der Witwer mit Bestimmtheit. »Aber ich glaube, sie hatte einen Kalender, in dem sie ihre Termine und Telefonnummern und all so was notierte. Soll ich ihn holen?«

»Das wäre sehr hilfreich.«

Er erhob sich. »Es kann einen Moment dauern.«

Verhoeven nickte, obwohl er überzeugt war, dass Gernot Leistner ganz genau wusste, wo sich der Kalender seiner Frau befand. Er spürte, dass der andere eine Auszeit benötigte, ein paar Augenblicke des Abstands, um wieder zu Kräften zu kommen, und er war willens, ihm diese Auszeit zuzugestehen. Während sie warteten, sah er wieder zu Amelie hinüber. Sie hatte ihr Spiel unterbrochen, als ihr Vater das Zimmer verlassen hatte, und obwohl sie ihnen noch immer den Rücken zuwandte, hatte Verhoeven das unbedingte Gefühl, dass sie genau mitbekam, was hier vor sich ging. Sie weiß genau, weshalb wir hier sind, dachte er, und der Gedanke jagte ihm einen Schauder über den Rücken. Für dieses Kind werden wir bis in alle Ewigkeit der fremde Mann und die fremde Frau sein, die ihm seine Mutter genommen haben. Der wühlende Schmerz in seinem Magen verstärkte sich. Wenn sie hier fertig waren, musste er unbedingt etwas essen.

Er sah zu Winnie Heller hinüber, die sich mit unbewegtem Gesicht Notizen machte. *Du musst Duftmarken setzen*, flüsterte Grovius in seinem Kopf, und Verhoeven erinnerte sich an verschiedene Gelegenheiten, bei denen sein Mentor genau das getan hatte. Gerangel um Zuständigkeiten, Kollegen, die einen Fall für sich beanspruchten, die darauf bestanden, bei einer Vernehmung anwesend zu sein, oder Beweismittel zurückhielten – wann immer sie mit solchen Situationen konfrontiert worden waren, hatte Grovius die Sache mit Souveränität und, wenn nötig, auch mit unlauteren Mitteln gemeistert. Ohne mit der Wimper zu zucken, hatte er Fehlinformationen gestreut und falsche Uhrzeiten genannt, und er hatte sich diebisch gefreut, wann immer er sich und seinen Leuten auf diese Weise einen Vorteil verschafft hatte. Verhoeven sah in den Garten hinaus und fragte sich, warum er das dringende Gefühl hatte, dass ihm ein solches Verhalten nicht durchgehen würde. Vielleicht, weil er ein anderer Typ war. Einer, dem man charmante Gewitztheit einfach nicht abnahm. Seine Maske war die Gleichgültigkeit, und er wusste, dass er im Großen und Ganzen einen unnahbaren, bisweilen sogar arroganten Eindruck machte. Manchmal spürte er, wenn sich jemand in seiner Umgebung verletzt oder zurückgestoßen fühlte. Aber das störte ihn nicht weiter. Alles war besser, als die Unsicherheit zu zeigen, die er empfand. Seine Blicke wanderten wieder zu Winnie Heller, und er fragte sich, was für ein Bild sie sich in den vergangenen Stunden von ihm gemacht haben mochte. Als sie merkte, dass er sie ansah, hob sie den Kopf.

Im selben Moment kehrte Gernot Leistner mit einem schwarzen Kalenderbuch zurück. Er hatte bereits die entsprechende Seite aufgeschlagen und wies, indem er Verhoeven das Buch über den Couchtisch reichte, auf einen Eintrag in der Spalte des gestrigen Tages. »Susanne ist in der Mittagspause beim Friseur gewesen«, sagte er. »Das ist alles.«

Winnie Heller rutschte ein Stück näher heran, um an Verhoevens Schulter vorbei blicken zu können. Die Notiz lautete: *12:45 Uhr, Armin.*

»Ist das der Name des Friseurs?«, fragte Verhoeven.

Gernot Leistner nickte. »Armin Gebroth. Es ist ein ziemlich teurer Salon, gleich gegenüber vom Altenheim. Susanne geht schon seit Jahren dorthin, weil sie auf diese Weise ihre Termine in der Mittagspause erledigen kann.«

Verhoeven machte sich eine entsprechende Notiz, während seine Kollegin ziellos in dem Kalenderbuch der Ermordeten blätterte.

»Haben Sie etwas dagegen, wenn wir das mitnehmen?«

»Nein, natürlich nicht. Wenn Sie glauben, dass es Ihnen von Nutzen ist.«

Winnie Heller antwortete nicht, sondern ließ den Kalender wortlos in ihrer groß dimensionierten Umhängetasche verschwinden. »Sagen Sie«, wandte sie sich dann wieder an Susanne Leistners Witwer, »fühlte sich Ihre Frau in letzter Zeit durch irgendetwas bedroht?«

»Bedroht?« Gernot Leistner blickte sie ungläubig an. »Warum, um Himmels willen, sollte sie sich bedroht gefühlt haben?«

»Wenn wir davon ausgehen, dass sie ihrem Mörder nicht durch Zufall in die Hände gefallen ist, wäre es immerhin möglich, dass er ihr schon vorher einmal zu nahe getreten ist«, erklärte Verhoeven. »Deshalb überlegen Sie bitte noch einmal ganz genau: Hatte Ihre Frau vielleicht Bekannte, vor denen sie sich fürchtete?«

»Nein.«

Verhoeven hatte den Eindruck, dass Leistner sich ziemlich sicher war, was das betraf. Aber was hieß das schon? »Und in der Zeit vor Ihrer Ehe?«

»Nicht, dass ich wüsste.« Er stutzte. »Ist Susanne eigentlich … Ich meine, gab es Spuren von …?«

Verhoeven schüttelte den Kopf, obwohl er wusste, dass seine Antwort verfrüht war. Ein sexueller Missbrauch konnte erst nach einer eingehenden Untersuchung mit Sicherheit ausgeschlossen werden. Wenn er sich irrte, würde er in Schwierigkeiten stecken. Er sah es an dem Blick, mit dem Winnie Heller ihn bedachte und in dem etwas Lauerndes lag. Ich muss mich vorsehen, dachte er. Ab heute muss ich aufpassen, was ich sage.

»Auch nicht einvernehmlich?«

»Bitte?«

Gernot Leistners Augen saugten sich in seinem Gesicht fest, und erst jetzt begriff Verhoeven, was der andere meinte. Er sprach von der Bankrotterklärung seiner Ehe. »Ich weiß es nicht«, sagte er, froh, dass diese Antwort zum jetzigen Zeitpunkt tatsächlich der Wahrheit entsprach.

»Hat Ihre Frau Sie betrogen?« Die Art, wie Winnie Heller fragte, ließ keinen Zweifel daran, dass sie die Antwort bereits zu kennen glaubte.

Susanne Leistners Witwer wandte den Kopf. »Nein.«

»Nie?«

»Nein.«

»Sind Sie sicher?«

»Das ist nicht wichtig«, sagte er. »Nicht in diesem Zusammenhang.«

»Alles ist wichtig«, entgegnete Winnie Heller lapidar.

»Wir wären Ihnen sehr dankbar, wenn Sie uns so schnell wie möglich eine Liste der Leute machen könnten, mit denen Ihre Frau regelmäßig zu tun hatte«, sagte Verhoeven, der sich über den Tonfall ärgerte, den seine junge Kollegin anschlug. »Sie wissen schon: Freunde, Bekannte, Kollegen.«

Gernot Leistner nickte. Er sah müde und überfordert aus.

»Und wenn Ihnen sonst noch irgendetwas einfällt, rufen Sie uns bitte sofort an.« Verhoeven zog eine der Visitenkarten, auf denen neben seinem Dienstrang und der Adresse des Präsidiums auch seine Durchwahl vermerkt war, aus der Tasche und legte sie auf den Tisch. Dann stand er auf. Winnie Heller folgte seinem Beispiel.

Susanne Leistners Witwer blieb zusammengesunken in seinem Sessel sitzen und starrte auf den alten Parkettboden hinunter. Seine Tochter hatte sich indessen unbemerkt von ihrer Decke erhoben. Zielstrebig kam sie durch den Raum und legte ein gelbes Holzbauklötzchen auf den Tisch neben Verhoevens Visitenkarte. Dann ging sie zu ihrem Vater und hielt sich mit beiden Händen an seinem Knie fest. Die Besucher beachtete sie nicht.

»Wir finden allein raus«, sagte Verhoeven und verließ das Zimmer.

25

Sie hielten auf dem Besucherparkplatz des Altenheims, direkt hinter einem Transporter, der Lebensmittel anlieferte. Aus den Fenstern der Großküche quoll ein penetranter Essensgeruch, und Winnie Heller musste unwillkürlich an das Pflegeheim denken, in dem ihre Schwester untergebracht war. Dort, in diesen widerlich hellgelb und grün gestrichenen Fluren, stand zu jeder erdenklichen Tageszeit ein solcher Geruch wie eine unsichtbare Mauer, um sie schmerzlich daran zu erinnern, dass Elli seit über sieben Jahren nicht mehr anständig gegessen hatte und stattdessen irgendeine obskure Nährlösung erhielt, die vermutlich nicht einmal einen Eigengeschmack hatte. Zu Anfang hatte sie ein paar Versuche mit Pizza und Elsässer Flammkuchen, Ellis Lieblingsgericht, unternommen, in der Hoffnung, dass der vertraute Duft ihre Schwester dazu motivieren würde, die Augen zu öffnen und etwas wie »Mann, habe ich einen Hunger« zu flüstern. Aber es hatte nicht funktioniert, und Winnie Heller hasste den Essensgeruch, der dem Pflegeheim anhaftete, seither umso mehr. Dabei wollte es ihr selbst nach all den Jahren, die sie nun schon in dem Gebäude ein und aus ging, nicht einmal gelingen, diesen Geruch näher zu definieren oder ihm gar etwas wie konkrete Nahrungsmittel zuzuordnen. Er war, im Gegenteil, wie eines dieser modernen Denkmale, die plötzlich irgendwo auftauchten und von denen niemand so recht zu wissen schien, was sie eigentlich darstellten. Trotzdem gewöhnte man sich an sie und nahm sie, nachdem man ihnen ein paar Mal begegnet war, als gegeben hin, ohne ihrer Bedeutung auch nur im Entferntesten auf die Spur gekommen zu sein.

Sie zog ihre Sonnenbrille aus der Tasche und blickte an der einfallslos gestalteten Fassade des Altenheims hinauf. In den Fensterscheiben blitzte die Sonne. Der Haupteingang an der Schmalseite des Gebäudes hatte eine Automatiktür. Gegenüber lag eine exklusive Wohnanlage. Im Erdgeschoss befand sich der Frisiersalon, in dem Susanne Leistner am Vortag einen Termin gehabt hatte.

»Lassen Sie uns mit dem Friseur reden, bevor wir die Kollegen von der Leistner befragen«, entschied Verhoeven und überquerte die Straße.

»Von hier aus wäre es ziemlich schwierig, den Parkplatz oder auch nur den Eingang des Heims zu beobachten, ohne aufzufallen«, bemerkte Winnie Heller, als sie auf der anderen Seite waren.

»Stimmt«, räumte Verhoeven ein. »Aber der Parkplatz selbst bietet recht gute Möglichkeiten, finden Sie nicht?« Er zog die Eingangstür des Salons auf und ließ seiner Kollegin den Vortritt. Sogleich kündigte eine sanfte Glocke ihr Kommen an. Neben der Anmeldung plätscherte ein Zimmerspringbrunnen. Aus dem Hintergrund war dezente Musik zu hören. Ein Violinkonzert von Mozart.

Eine hübsche junge Frau mit kunstvoll verwuscheltem Blondschopf unterbrach ihre Arbeit an der schütteren Mähne ihrer gelangweilten Kundin und kam freundlich lächelnd auf sie zu. »Was kann ich für Sie tun?«

Verhoeven zog zum dritten Mal an diesem Tag seinen Dienstausweis aus der Tasche. »Wir hätten gern Herrn Gebroth gesprochen.«

»Das ist im Augenblick leider nicht möglich«, entgegnete

die Friseurin nicht übermäßig bedauernd. »Herr Gebroth ist bei einem Wettbewerb in Hamburg.«

Verhoeven tauschte einen Blick mit Winnie Heller. »Seit wann?«

»Soweit ich weiß, ist er am Montag nach Ladenschluss losgefahren«, antwortete die junge Frau. »Gestern fand jedenfalls die Vorausscheidung statt.«

»Herr Gebroth ist gestern überhaupt nicht hier im Salon gewesen?«, hakte Verhoeven nach.

»Nein.« Die Friseurin blickte ihn verwundert an. »Warum fragen Sie?«

»Eine seiner Kundinnen hatte gestern einen Termin bei ihm«, erwiderte Winnie Heller. »Susanne Leistner.«

»Oh ja, das ist richtig.« Die Angestellte schenkte ihr ein routiniertes Lächeln. »Frau Leistner war gestern Mittag hier. Zuerst hat sie sich ziemlich geärgert, dass Herr Gebroth nicht da war, um sie persönlich zu bedienen, aber dann hat sie sich schließlich doch mit mir begnügt.« Ihre Augen zwinkerten amüsiert. »Wahrscheinlich hatte der Chef einfach vergessen, dass er nach Hamburg muss, als er den Termin mit ihr ausgemacht hat. Aber bei Frau Leistner sind sowieso meist nur die Spitzen nachzuschneiden, und das hat sie wohl letztendlich sogar mir zugetraut.« Sie blickte sich flüchtig nach ihrer Kundin um, die zu ihrer offensichtlichen Zufriedenheit nach wie vor an ihrem Platz saß und lustlos in einem Modejournal blätterte.

»Können Sie uns sagen, in welcher Stimmung Frau Leistner war, als Sie sie gestern bedient haben?«, fragte Verhoeven.

»Nun ja …« Die Friseurin dachte einen Augenblick nach. »Wie schon gesagt, hat sie sich zunächst über Herrn Gebroths Abwesenheit geärgert.«

»Haben Sie sich mit ihr unterhalten?«

Auf dem Gesicht der Angestellten erschien ein nachsichtiges Lächeln. »Wissen Sie, es gibt Frauen, bei denen man den

Eindruck nicht loswird, dass sie überhaupt nur zum Friseur kommen, weil sie sich unterhalten möchten.« Sie seufzte und blickte vielsagend zu ihrer Kundin hinüber. »Aber Frau Leistner gehört ganz bestimmt nicht zu dieser Sorte. Oder anders ausgedrückt: Ich habe ziemlich schnell gemerkt, dass es ihr lieber ist, wenn ich meine Klappe halte.«

»Wirkte sie irgendwie besorgt? Oder vielleicht nervös?«

Die junge Frau schüttelte den Kopf. »Ganz und gar nicht. Sie machte einfach den Eindruck einer Frau, die ihren Gedanken nachhängen möchte und nicht viel von Small Talk hält. Aber ...« In ihre Augen schlich sich ein Hauch von Wachsamkeit. »Warum stellen Sie mir eigentlich all diese Fragen?«

»Frau Leistner ist gestern Abend ermordet worden«, antwortete Verhoeven ohne Umschweife, auch, weil er sehen wollte, wie sie reagierte.

Die Friseurin riss die Augen auf. »Oh Gott, das ist ja furchtbar.« Sie stutzte. »Haben Sie schon ... Ich meine ... Weiß man, wer ...?«

Verhoeven schüttelte den Kopf. »Sie werden sicherlich verstehen, dass wir uns unter diesen Umständen für jede Kleinigkeit interessieren, die Frau Leistners Verhalten am Tag ihres Todes betrifft«, sagte er eilig, bevor die Angestellte auf die Idee kam, neugierige Fragen zu stellen.

»Ja sicher, das verstehe ich, absolut«, entgegnete die Friseurin zerstreut, bevor sie eine ganze Weile schweigend nachdachte. »Wie gesagt, habe ich Frau Leistner gestern zum ersten Mal bedient«, meinte sie schließlich. »Deshalb kann ich leider auch nicht beurteilen, ob sie sich anders verhielt als sonst. Ich kann nur noch einmal wiederholen, dass mir nichts an ihrem Verhalten merkwürdig vorkam.« Sie zuckte beinahe bedauernd mit den Schultern. »Frau Leistner ist nicht besonders gesprächig gewesen, aber sie wirkte auch nicht gerade bedrückt.«

Verhoeven nickte und reichte der Angestellten seine Karte. »Wenn Ihnen noch irgendetwas einfällt, rufen Sie uns bitte an.«

»Das werde ich«, entgegnete die Friseurin, indem sie die Karte in der Tasche ihrer Schürze verschwinden ließ. »Hoffentlich finden Sie den Kerl.«

26

Die Verwaltungsdirektorin des Altenheims, Gundula Erkelenz, empfing Verhoeven und seine Kollegin in ihrem Büro. Sie war eine große Frau mittleren Alters mit humorvollen, kohlschwarzen Augen und einer Unmenge silbrig schimmernder Löckchen auf dem Kopf. Sie verzichtete auf alle Floskeln der Betroffenheit und kam ohne Umschweife zur Sache.

»Ich will gern alles tun, um Sie bei Ihren Ermittlungen zu unterstützen, auch wenn ich keine Ahnung habe, wie ich Ihnen weiterhelfen kann. Ich kannte Frau Leistner zwar seit Jahren, hatte aber nie engeren Kontakt zu ihr.«

»Seit wann hat Frau Leistner hier gearbeitet?«

»Seit August 1999.« Gundula Erkelenz warf einen kurzen Blick in eine Akte, die aufgeschlagen auf ihrem Schreibtisch lag. Sie hatte ganz offenbar mit Fragen wie dieser gerechnet und sich entsprechend vorbereitet. »Sie kümmerte sich gemeinsam mit zwei Kolleginnen um alle anfallenden Verwaltungsaufgaben, An- und Abmeldungen, Personaldisposition und ähnliche Dinge. Daneben haben wir eine Buchhalterin, die die Kostenrechnungen erstellt und die Abrechnungen mit den Kassen macht.« Nach einer kurzen Pause fügte sie hinzu: »Sie war nie krank oder unpünktlich und erledigte ihre Arbeit sehr zuverlässig.«

Verhoeven legte seinen Notizblock beiseite und dachte an Gernot Leistner. Er hatte auf einmal das Gefühl, zu rücksichtsvoll gewesen zu sein. Zu passiv. Er hatte keinen Druck erzeugt, unter dem vielleicht etwas ans Licht gekommen wäre, das Susanne Leistners Witwer lieber für sich behalten hätte. Er sah kurz zu Winnie Heller hinüber und überlegte, ob sie ähnlich dachte. Ob sie sein Verhalten analysierte. Ihm insgeheim vielleicht gar ein Zeugnis ausstellte. Von heute an ist es ein Wettbewerb, dachte er wieder. Ich muss auf der Hut sein. »Was wissen Sie über Frau Leistners Privatleben?«, wandte er sich wieder an Gundula Erkelenz.

»So gut wie gar nichts«, antwortete die Verwaltungsdirektorin des Altenheims. »Sie war verheiratet und hat eine kleine Tochter.«

»War die Ehe glücklich?«

»Ich habe nicht die geringste Ahnung«, entgegnete Gundula Erkelenz. »Zumindest habe ich nie etwas Gegenteiliges gehört. Aber über diese Dinge können Ihnen die Kolleginnen, die jeden Tag mit Frau Leistner zu tun hatten, sicher mehr erzählen.«

Verhoeven nickte. »Wissen Sie, ob es irgendwann einmal jemanden gab, der Frau Leistner nachgestellt hat?«

Sie schüttelte den Kopf. »Nicht, dass ich wüsste.«

»Und es ist Ihnen auch in den letzten Tagen oder Wochen in der Umgebung des Heims keine Person aufgefallen, die das Gebäude oder den Parkplatz beobachtet hat?«

Gundula Erkelenz sah bestürzt aus. »Gehen Sie denn davon aus, dass der Mord an Frau Leistner geplant war?« Sie blickte zwischen den beiden Kommissaren hin und her. »Dass sie dem Täter nicht nur zufällig in die Hände gefallen ist?«

»Es deutet einiges darauf hin«, antwortete Verhoeven ausweichend.

Die Verwaltungsdirektorin überlegte eine Weile. Dann

schüttelte sie den Kopf. »Nein«, sagte sie. »Ich habe nichts Derartiges bemerkt. Allerdings muss das nicht viel heißen. Ich habe eine Wohnung hier im Haus und verlasse das Gebäude tagsüber nur selten. Und mein Wagen steht auch nicht auf dem Parkplatz, wo die Angestellten und Besucher parken, sondern in der Tiefgarage.«

Verhoeven nickte. Das Gebäude war weitläufig. Fremde fielen hier nicht sonderlich auf. Es würde schwierig werden. »Noch etwas anderes«, wandte er sich wieder der Verwaltungsdirektorin zu. »Wissen Sie, ob jemand Frau Leistner in der letzten Zeit Blumen geschenkt hat?«

Winnie Heller, die neben ihm saß, hob den Kopf.

»Auch dazu kann ich Ihnen leider nichts sagen«, sagte Gundula Erkelenz mit einem Achselzucken, das ratlos wirkte. »Viele unserer Bewohner bekommen regelmäßig Blumen von ihren Verwandten. Und manche von ihnen verschenken diese Blumen weiter. An das Pflegepersonal zum Beispiel. Meinen Sie das?«

Verhoeven schüttelte den Kopf. »Nein, ich glaube, so etwas habe ich nicht gemeint.«

Winnie Heller musterte einen Stapel Bücher, der auf dem Schreibtisch der Verwaltungsdirektorin lag. »Wahrscheinlich ist es das Beste, wenn wir erst einmal mit Frau Leistners Kolleginnen sprechen«, sagte sie. Es klang wie eine Frage.

»Ina Willke, eine der beiden Halbtagskräfte, ist seit dieser Woche im Urlaub«, entgegnete Gundula Erkelenz routiniert. »Ich kann Ihnen ihre Privatadresse aufschreiben, aber soweit ich weiß, wollte sie mit ihrer Familie nach Teneriffa. Laut Dienstplan ist sie am fünfundzwanzigsten wieder im Büro. Und Frau Hettcamp, die andere Kollegin, ist wahrscheinlich schon nach Hause gegangen. Mittwochs macht die Verwaltung um dreizehn Uhr dreißig Feierabend.« Sie machte ein unglückliches Gesicht. »Wenn ich gewusst hätte, dass Sie noch heute vorbeikommen, hätte ich sie selbstverständlich gebeten, länger zu bleiben.«

»Das macht nichts«, sagte Verhoeven. »Wenn Sie uns nur bitte die Adresse und Telefonnummer aufschreiben würden.«

»Natürlich«, nickte die Verwaltungsdirektorin. »Ich suche sie Ihnen gleich heraus.« Sie zögerte. »Aber Frau Gerling, die Buchhalterin, ist ganz sicher noch im Haus. Sie ist ... Na ja, sie bleibt oft etwas länger.«

Und ganz offensichtlich weiß ihre Chefin diese Tatsache nicht besonders zu schätzen, dachte Verhoeven.

»Sie finden sie im Verwaltungsbüro auf dieser Etage. Den Gang entlang und dann die letzte Tür links.«

Verhoeven erhob sich. »Vielen Dank, das wäre im Augenblick alles. Wenn wir noch weitere Fragen haben, melden wir uns.«

»Sie können mich jederzeit anrufen«, versicherte die Verwaltungsdirektorin, indem sie eine Visitenkarte aus der obersten Schublade ihres Schreibtisches nahm. »Hier steht auch meine private Telefonnummer.« Sie stand ebenfalls auf und reichte zunächst Winnie Heller und dann Verhoeven die Hand. »Ich bedaure wirklich sehr, dass ich Ihnen so wenig helfen konnte.«

Auf dem Flur vor dem Verwaltungsbüro stand ein Getränkeautomat. Verhoeven blieb stehen und suchte die Taschen seines Jacketts nach Münzen ab. Als er keine fand, zog er sein Portemonnaie aus der Hosentasche. »Möchten Sie auch einen?«, fragte er, nachdem er Geld eingeworfen und den Button *Kaffee weiß* gedrückt hatte.

Winnie Heller schüttelte den Kopf und warf einen flüchtigen Blick auf das Foto, das vorn in seiner Brieftasche steckte. Eine blonde Frau und ein Kind. Sein Kind. Seine Tochter. Auf dem Weg zu Hinnrichs hatte sie einen kurzen, neugierigen Blick in Verhoevens Büro geworfen, das von heute an auch das ihre sein würde, und verwundert festgestellt, dass auf seinem Schreibtisch keinerlei Fotos standen. Keine Minigalerie des Glücks, die andere teilhaben ließ an Geburtstagsfeiern und Grillabenden, an der generalstabsmäßig durchorganisierten Traumhochzeit, den Flitterwochen unter Palmen und am ersten Schneidezahn des gemeinsamen Kindes. Nicht einmal ein schlichtes Porträtfoto seiner Frau in einem eleganten Silberrahmen, das gleich in doppelter Hinsicht von seinem guten Geschmack zeugte. Im Gegenteil: Da schien etwas zu sein, das er für sich behielt, eine Reserve. Seine Privatadresse hatte er ihr auf einen hastig aus einem Notizblock gerissenen Zettel gekritzelt. Ebenso die Handynummer. Ja, dachte sie, das war die zweite Seltsamkeit: dass er keine privaten Visitenkarten besaß. Er stand nicht einmal im Telefonbuch, wie sie bereits herausgefunden hatte. Wahrscheinlich gehörte er zu den Menschen, die entschlossen sind, ihr Glück auf jede erdenkliche Weise zu beschützen. Solchen, die einen Burggraben um ihre Privatsphäre ziehen, je tiefer, je besser. Wenn man denn etwas hätte, das sich zu schützen lohnt, dachte sie bitter.

»Sind Sie sicher, dass Sie nicht doch einen Kaffee möchten?« Verhoeven hielt ihr seinen dampfenden Plastikbecher hin. »Dem Geruch nach scheint er gar nicht so übel zu sein.«

»Lieber nicht, danke.«

»Keine Laster?«

Sie lächelte ein wenig gezwungen. »Müsliriegel.«

»Ich sprach von Lastern.«

»Die Dosis macht das Gift«, konterte sie. »Heißt es nicht so?«

Sein Blick streifte ihr Gesicht. »Tut mir leid, dass Ihr Einstieg bei uns ein so drastischer ist«, sagte er, als ihm das Schweigen zwischen ihnen zu unbequem wurde. »Bei mir hat es damals fast zwei Wochen gedauert, bis es das erste Mal so richtig zur Sache ging, und es war nichts gegen das von heute früh.«

Sie sah hoch. Was sollte das jetzt werden? Ein harmloses Geplänkel unter Kollegen zum besseren Kennenlernen? Pflichtschuldige Konversation mit einer Untergebenen? Oder sondierte er insgeheim ihre Schwachstellen? Sie dachte voller Unbehagen an die Fragen, die ihr die Prüfungskommission des Auswahlverfahrens gestellt hatte. Fragen, die einzig und allein darauf abzielten, etwas in ihr bloßzulegen. Ein Manko aufzudecken. Scheiß drauf!, dachte sie. Ich habe alles richtig gemacht. Verhoeven kann mir gar nichts. »Kein Problem«, entgegnete sie leichthin. »Sie wissen doch, was man über den Sprung ins kalte Wasser sagt: je kälter, je besser.«

»Tja.« In seinem Lächeln lag ein Anflug von Melancholie. »Da haben Sie wahrscheinlich recht.« Er trank seinen Kaffee in großen, hastigen Schlucken, und sie konnte deutlich sehen, dass er sich fast den Gaumen dabei verbrannte. Es amüsierte sie. Wahrscheinlich hatte er bereits kurz nach dem Einwerfen seiner Münzen bedauert, dass er sich und ihr diese unbequeme Kaffeepause auferlegt hatte.

Als er fertig war, warf er den leeren Becher in den Papierkorb neben dem Automaten. »Können wir?«

Sie nickte. »Sicher.«

Im Büro der Verwaltung saß Monika Gerling an ihrem Schreibtisch und versuchte erst gar nicht, den Anschein zu erwecken, als habe sie gearbeitet. Sie saß einfach nur da und blickte den beiden Kommissaren mit unverhohlenem Interesse entgegen.

»Sie wissen, dass Ihre Kollegin gestern Abend ermordet wurde?«, begann Verhoeven, indem er unaufgefordert auf einem der beiden Besucherstühle Platz nahm.

Monika Gerling nickte, sagte aber nichts.

»Wann hat Frau Leistner das Büro gestern Abend verlassen?«

»Sie hatte bis vier Uhr Dienst.«

»Ist sie gleich nach Dienstschluss gegangen?«

»Sie hat sich noch umgezogen.«

Verhoeven sah der Buchhalterin direkt in die Augen. »Wie Sie wahrscheinlich wissen, ist Frau Leistner im Stadtwald getötet worden. Beim Joggen«, sagte er. »Ist sie regelmäßig gelaufen?«

»Zumindest verließ sie oft in Joggingkleidung das Büro«, antwortete Monika Gerling mit einem Lächeln, das ihm nicht gefiel. Er kannte den Typ. Eine von den Frauen, die alles und jeden beobachteten, die die Menschen in ihrer Umgebung regelrecht ausweideten, um dadurch ihre eigene Gefühllosigkeit, die emotionale Leere, die in ihrem Inneren herrschte, zu kompensieren. Eine Weltausweiderin.

»Wie meinen Sie das?«, hakte er nach.

»Na ja«, entgegnete die Buchhalterin hintergründig. »Wenn jemand in Jogginganzug und Turnschuhen das Haus verlässt, sollte man doch eigentlich davon ausgehen, dass er joggen geht, oder?«

Verhoeven erwiderte ihr Lächeln ohne jeden Enthusiasmus. Er hatte keine Lust auf die Spielchen, die sie spielte. Aber er musste sich zusammenreißen. »Wie lange kannten Sie Frau Leistner?«

»Ich habe bereits hier gearbeitet, als Susanne eingestellt wurde«, antwortete die Buchhalterin. Dann dachte sie einen Augenblick nach. »Das dürfte etwa sechs oder sieben Jahre her sein.«

»Hatten Sie auch außerhalb der Arbeit Kontakt zu ihr?«

Monika Gerlings Augen blickten ihn durchdringend an. Eine auffällige Brosche saß unterhalb ihres Rundhalsausschnitts wie eine Spinne. »Susanne gehörte nicht zu den Menschen, an die leicht heranzukommen ist.«

»In welcher Stimmung war sie, als sie gestern Abend das

Büro verließ?«, fragte Winnie Heller, die sich bislang zurückgehalten hatte.

Die Antwort der Buchhalterin kam wie aus der Pistole geschossen. »Sie war völlig entnervt.«

Winnie Heller zog ihre an und für sich recht hübsch geschwungenen Augenbrauen hoch, die hell waren, wie Verhoeven überrascht registrierte, blond. »Wie äußerte sich das?«

»Na ja, sie war angespannt. Einsilbig eben. Kurz angebunden am Telefon und im Umgang mit ihren Kolleginnen.« Monika Gerling zögerte. »Das war in der letzten Zeit allerdings fast ein Dauerzustand bei ihr«, räumte sie ein.

Verhoeven fixierte ihren Blick. »Hatte sie Sorgen?«

Die Buchhalterin antwortete mit einer Gegenfrage: »Haben wir die nicht alle?«

»Sie wissen nicht zufällig, ob Frau Leistner gestern Abend noch irgendetwas vorhatte? Außer dem Joggen, meine ich.« Er musste an sich halten, sich seine Aversion nicht zu offen anmerken zu lassen. »Könnte sie möglicherweise eine Verabredung gehabt haben?«

Monika Gerling schüttelte den Kopf. »Davon weiß ich nichts. Und an Ihrer Stelle würde ich auch nicht davon ausgehen.« Sie machte eine bedeutungsvolle Pause. Im Licht der Sonnenstrahlen, die durch das Fenster hereinfielen, tanzten feine Staubteilchen. »Bei solchen Gelegenheiten trug Susanne gewöhnlich etwas mehr Make-up zu ihren Turnschuhen.«

»Sie hatte also hin und wieder Verabredungen?«, resümierte Verhoeven.

Monika Gerling lächelte wieder ihr anzügliches Lächeln. »Sie war eine attraktive Frau.«

Winnie Heller schob sich eine kupferrote Haarsträhne aus dem Gesicht. »Und was waren das für Männer, mit denen sich Ihre Kollegin getroffen hat?«

»Also, *ich* weiß nur von einem.« Monika Gerling war offenbar finster entschlossen, sich den Spaß an dieser Unterhaltung nicht verderben zu lassen.

»Hat dieser Herr auch einen Namen?«

»Enrico Grabner«, entgegnete die Buchhalterin ohne Umschweife. »Er ist einer von diesen ...«, sie betonte das Wort bewusst abfällig, »... *Vertretern* für Arzneimittel, die hier regelmäßig vorbeischauen.« Sie warf Verhoeven, der sich Notizen machte, einen vielsagenden Blick zu. »Und er ist verheiratet.«

»Hat Frau Leistners Mann von der Affäre gewusst?«

Monika Gerling leckte sich über die Lippen. »Sind Sie Gernot schon begegnet?«

Verhoeven registrierte, dass auch Winnie Hellers Geduld allmählich an ihre Grenzen stieß. Schnell übernahm er es, die nächste Frage zu stellen. »Hat es in der letzten Zeit irgendwelche merkwürdigen Anrufe gegeben? Fühlte Ihre Kollegin sich vielleicht bedroht?«

Monika Gerling schüttelte entschieden den Kopf. »Nein, das wüsste ich.«

Davon bin ich überzeugt!, dachte Verhoeven. »Bekam sie mal irgendwelche Briefe oder Geschenke?«

Ein hässliches kleines Lachen rollte aus der Kehle der Buchhalterin. »Höchstens hin und wieder mal ein Werbegeschenk von der Pharmaindustrie.«

»Noch eine letzte Frage.« Verhoeven stand auf und schob seinen Stuhl zurück. »Haben Sie im Zusammenhang mit Frau Leistner jemals von Chrysanthemen gehört?«

»Chrysanthemen?« Monika Gerlings Verblüffung schien echt zu sein. »Meinen Sie die Blumen?«

»Ja genau, ich spreche von den Blumen.« Es amüsierte ihn zu beobachten, wie die Buchhalterin zum ersten Mal im Verlauf dieses Gesprächs aus ihrer selbstgefälligen Ruhe gerissen wurde. Er konnte förmlich sehen, wie ihre Gedanken hin und her sprangen. Offenbar bemühte sie sich krampfhaft, einen tieferen Sinn hinter seiner Frage auszumachen.

»Was in aller Welt haben Chrysanthemen damit zu tun?«

Verhoeven ließ die Frage unbeantwortet und tauschte einen Blick mit seiner Kollegin. Ihre kleinen Augen unter den hübsch geschwungenen Brauen blitzten belustigt. »Das wäre dann auch zunächst alles«, sagte er und verzichtete bewusst darauf, Monika Gerling zum Abschied die Hand zu reichen. »Wenn wir noch weitere Fragen haben, melden wir uns.«

Als er sich an der Tür noch einmal kurz umdrehte, bemerkte er, dass Monika Gerling sich ebenfalls von ihrem Stuhl erhoben hatte und ihnen mit weit aufgerissenen Augen nachstarrte.

27

Winnie Heller parkte ganz in der Nähe der Stelle, an der Susanne Leistners Wagen gestanden hatte. Lübke hatte den cognacfarbenen Passat in die Tiefgarage seiner Abteilung bringen lassen, um ihn noch einmal genauestens unter die Lupe zu nehmen, doch Winnie Heller hegte starke Zweifel, dass diese Maßnahme ihnen neue Erkenntnisse bescheren würde. Sie hatten mit Susanne Leistners bester Freundin und mit Ursula Hettcamp, der anderen Kollegin, gesprochen. Sie hatten die Nachbarn befragt. Den Pförtner des Altenheims. Und überall hatte man ihnen dasselbe erzählt: Die junge Mutter habe sich nicht gefürchtet. Sie sei nicht verfolgt worden. Und niemand habe ihr jemals Blumen geschickt.

Winnie Heller bückte sich und zog die Klettverschlüsse ihrer Turnschuhe fest. Dann rannte sie los. Die Sonne war bereits hinter den Hügeln verschwunden. Dennoch hatte der

Wald gestochen scharfe Konturen. Lediglich die Farben glichen sich allmählich an. Sie war keine geübte Läuferin und musste bereits nach wenigen hundert Metern aus einem unentschlossenen Trab in einen zügigen Spazierschritt wechseln. Nichtsdestotrotz wollte sie den Parcours von Anfang bis Ende bewältigen. So wie das Opfer. So wie Susanne Leistner. Sie war sich nicht sicher, was sie damit zu erreichen hoffte, aber sie hatte das unbestimmte Gefühl, dass dieser Fall die größte Chance war, die sie jemals bekommen würde. Und sie war entschlossen, diese Chance zu nutzen.

Ich sollte wieder mal ins Studio gehen, dachte sie, als sie sich schwer atmend die nächste Steigung hinaufkämpfte. Während ihrer Ausbildung hatte sie regelmäßig trainiert. Boxen. Karate. Kraft und Ausdauer. Sie hatte dazugehören wollen. Wieder so sein wie die anderen. Wie normale Menschen. Aber irgendwann hatte sie erkannt, dass sich die Zeit nicht zurückdrehen ließ. Sie war ein Teenager wie jeder andere gewesen. Sie hatte Spaß gehabt. Ein mehr oder minder mühelos errungenes Abitur in der Tasche. Die Aussicht auf eine Ausbildung in ihrem Traumberuf. Ihren ersten Freund. Oh ja, sie war ein vollkommen normaler Teenager gewesen, bis ihre ganz persönliche Katastrophe sie in eine Welt katapultiert hatte, zu der ihre Freunde, oder zumindest die Menschen, die sie für ihre Freunde gehalten hatte, keinen Zugang mehr gefunden hatten. Als ob man von heute auf morgen eine andere Sprache spricht, dachte sie und fragte sich einmal mehr, warum jener fatale Unfall nur sie selbst so sehr verändert hatte. Warum waren ihre Eltern die gleichen geblieben? Derselbe Tennisclub, dieselben Freunde. Alles wie gehabt.

Sie biss die Zähne zusammen und lief weiter. Den nächsten Abhang hinunter. Vorbei an einem verwitterten Kneipp-Tretbecken, ganz überwuchert von Brombeerranken. Den Bach, über den die rutschige Holzbrücke führte, konnte sie nur hören. Erlen wuchsen links und rechts des Ufers, und in ihrem Schatten reckten riesige Farne ihre Wedel wie Krallen in die kühle Abendluft. Im Laufen überlegte sie, warum es auf einmal so still war. Kein entferntes Verkehrsrauschen. Nicht einmal ein Flugzeug, das über ihren Kopf hinwegdröhnte. Nur ihr eigener keuchender Atem. Und wieder bergauf. Eine neue Anhöhe. Eine neue Anstrengung.

Nach einer Zeit, die ihr unendlich lang vorkam, erreichte sie den Weg, auf dem Susanne Leistner ihrem Mörder begegnet sein musste. Sie blieb stehen und wischte sich mit dem Ärmel ihres Trainingsanzugs den Schweiß von der Stirn. Indem sie in gemächlicherem Tempo weiterging, versuchte sie sich in Susanne Leistners Lage zu versetzen. Es regnet nicht mehr. Sie ist allein. Sie schwitzt, denn sie ist bereits vier Kilometer weit gelaufen. Gejoggt. Und er? War er ebenfalls gejoggt? Ihr nachgelaufen? Sie blickte über ihre Schulter zurück. Der Weg hinter ihr war schnurgerade. Wie folgte man jemandem in diesem Gelände? Wie schlich man sich an eine Joggerin heran? Wo zum Teufel hatten diese Frauen ihre Instinkte?

Als sie wieder nach vorn blickte, sah sie einen Schemen auf dem Weg vor sich. Die Silhouette eines Menschen. Jemanden, der ihr entgegenkam. Erst mit Verzögerung begriff sie, dass sich das, was sie sah, nur in ihrer Fantasie abspielte. Das schwindende Tageslicht verlieh dem Ort eine seltsame Aura. Etwas Unwirkliches lag in der Luft. Etwas, dessen Bedeutung sich Winnie Heller nicht vollständig erschließen wollte. Sie blieb abermals stehen und presste sich eine Faust in die Flanke. *Du bist ihr gar nicht nachgelaufen. Du wusstest, welchen Weg sie nimmt. Wie lange sie dafür braucht. Du musstest nichts weiter tun, als auf sie zu warten. Aber wo? Hast du dich versteckt? Oder bist du ihr ganz offen entgegengegangen?* Sie merkte, wie die Aufregung ihren Puls beschleunigte. Hatte Susanne Leistner ihren Mörder kommen sehen, hatte sie ihn vielleicht gar gegrüßt, so wie man es eben tut, wenn man plötzlich und unerwartet einem fremden Menschen begegnet? Oder war diese Begegnung gar nicht so unerwartet gewesen? Hatte Susanne Leistner am Ende gar eine Verabredung gehabt? *Bei solchen Gelegenheiten trug sie gewöhnlich etwas mehr Make-up zu ihren Turnschuhen,* flüsterte Monika Gerling irgendwo in ihrem Kopf. Also doch ein Fremder, dachte sie. Susanne Leistner kommt diesen Weg entlang und begegnet einem Menschen, den sie nicht kennt oder zumindest nicht erwartet hat. Und dann? Was war dann geschehen? Wann hatte die junge Mutter begriffen, dass der Mann, der ihr entgegenkam, sie töten würde? Hatte sie es überhaupt begriffen? Hatte es ihn gegeben, diesen einen ganz klar definierten Moment, in dem Susanne Leistner erkannt hatte, dass sie nicht davonkommen würde? Aber warum hatte sie sich dann nicht gewehrt?

Winnie Heller sah wieder hinter sich. Es war längst dämmrig geworden, und die Kühle des Waldes vertiefte sich mit jeder Minute. Eine plötzliche Angst jagte ihr eine Welle von Adrenalin durch den Körper. Es war eine Urangst, dumpf und elementar. Einsamkeit. Dunkelheit. Sie musste vollkommen verrückt sein, so spät noch einmal hierher zurückzukommen! Ihre Dienstwaffe lag zu Hause, wo sie sich in aller Eile umgezogen hatte. Sie war ein Idiot. Und sie war allein. Ganz allein. Was in aller Welt hatte sie sich nur dabei gedacht? *Manche Mörder zieht es an den Tatort zurück. Sie sind auf der Suche nach Auffrischung. Nach der Angst, die sie zurückgelassen haben. Die noch immer in der Luft hängt. Die sie wittern können. Wie ein Tier. Mörder wie der, den wir suchen, riechen die Angst, und sie riechen die Schwäche. Nach diesen Kriterien suchen sie ihre Opfer aus. Oder?* Winnie Heller zog den Reißverschluss ihrer Trainingsjacke hoch bis unters Kinn. Wenn es ihr nur möglich wäre, zu verstehen, was hier geschehen war. Wenn es ihr gelang, sich einen Vorsprung zu verschaffen. Sie dachte an Verhoeven. Der Tod seines Gottes schien ihn schwer getroffen zu haben. Sie hatte den Eindruck, dass er vollkommen neben sich stand. Und genau das war ihre Chance. Die Chance, auf die sie seit langem gewartet hatte.

Als sie ein Geräusch hörte, hob sie den Kopf. Ein Ast. Oder Laub. Ein Vogel. Nein, kein Vogel. Irgendwas Nachtaktives. Etwas, das sich im Dunkeln bewegte. Ein Tier. Sie sah sich um. Der Wald schien immer näher zu rücken. Sie wusste, dort, wo der Weg endete, hing ein Schild mit der Aufschrift ZIEL. Es war ihr schon am Vormittag aufgefallen, und sie war sich der Ironie, die in dieser Tatsache steckte, sehr wohl bewusst. Susanne Leistner war beinahe am Ziel gewesen. Lächerliche zweihundertfünfzig Meter hatten sie von ihrem Auto getrennt. Winnie Heller nickte. Der Mörder musste sich seiner Sache absolut sicher gewesen sein …

28

Verhoeven stellte den Pappkarton auf den staubigen Fliesen ab und schloss die Tür zu Grovius' Wohnung auf. Er hatte es endlich geschafft, den Schreibtisch auszuräumen. Die Hinterlassenschaft seines Mentors war kleiner, als er erwartet hatte. Ein einziger Karton von der Größe einer Bananenkiste hatte ausgereicht. Ein paar Ordner mit Dokumenten. Grovius' privates Adressbuch. Drei Fotografien in schwarz lackierten Holzrahmen: Grovius mit dem Polizeipräsidenten. Grovius in Uniform. Grovius und Bredeney in Karnevalskostümen, ein unvorteilhafter, verwackelter Schnappschuss, Bredeney als Indianer und Grovius als Kojak mit pinkfarbenem Riesenlutscher, eine billige Plastikglatze über die rotblonden Haare gestülpt. Dazu ein klobiger Briefbeschwerer, Hexenhaus mit Kunstschnee, eine kitschige schneebedeckte Tanne vor dem obligatorischen Jägerzaun. Tabletten gegen Reizmagen, Aspirin, Kapseln zum Entwässern …

Verhoeven machte Licht, stellte den Karton auf den Tisch in der Essecke und ließ sich mehr aus Gewohnheit als zu dem Zweck, sich lange aufzuhalten, in einen der beiden Sessel fallen. Sein Nacken schmerzte, und er sehnte sich danach, sich diesen schrecklichen Tag vom Körper zu duschen. Zugleich dachte er an die Fragen, die er vielleicht hätte stellen sollen und nicht gestellt hatte.

Die Wohnung um ihn herum roch ungelüftet. Ulla hatte ihm gesagt, sie ertrüge es noch immer nicht, hier zu sein, und Verhoeven begann zu verstehen, was sie gemeint hatte. Zugleich fragte er sich, ob sie daran gedacht hatte, mit dem Vermieter zu sprechen, die Formalitäten zu regeln. Die Zeitung zu kündigen. Das Kabelfernsehen. Sie hatten nur kurz darüber gesprochen, und Ulla hatte ihm mehrfach versichert, sie werde sich um alles kümmern. Die Wohnung aufzulösen, Grovius' Nachlass zu ordnen, das seien ganz eindeutig Dinge, die in ihren Aufgabenbereich als Witwe gehörten. Sie brauche nur etwas Zeit. Ein paar Tage noch. Höchstens eine Woche. Verhoeven massierte seinen Nacken. Auf einmal schämte er sich dafür, ihr keine Hilfe angeboten zu haben. Aber wenn er an die Beerdigung dachte, bezweifelte er, dass er dieses Versäumnis nachholen würde. Er lehnte den Kopf zurück und starrte an die Decke. Neben der schmucklosen Lampe war die Tapete vergilbt und schlug an mehreren Stellen Wellen. Er war oft hier gewesen. Trotzdem kam es ihm jetzt vor, als sähe er die Wohnung zum ersten Mal. Drei Zimmer. Küche. Fernseher. Schrankwand. Nicht schön oder elegant, im Grunde nicht einmal gemütlich. Eine typische Junggesellenwohnung eben. Die Wohnung eines Mannes, der für seinen Beruf lebte und nur zum Schlafen nach Hause ging.

Schnörkellos und zweckmäßig. Jetzt allerdings wirkte sie kalt und unbewohnt. So als habe es Grovius nie gegeben. Wie schnell das geht, dachte er. Hinterlassen wir denn wirklich so wenig Spuren?

Verhoeven rieb sich die Augen und dachte wieder an die Bilanz, die sein Vorgesetzter gestern mit so leichter Hand gezogen hatte. Die Bilanz und die Frage, die er sich stellte, seit er Grovius' Schreibtisch ausgeräumt hatte. Was war schiefgelaufen in diesem Leben? Wo lag der Fehler? Oder gab es keinen Fehler? War das, was er hier sah, die Regel? Ging es am Ende gar allen so? Er starrte zur Decke und sah das Gesicht von Gernot Leistner vor sich. Die rot geweinten Augen mit der erschreckenden Leere darin. Grovius hatte gearbeitet. Er hatte Geld nach Hause gebracht, versucht, seiner Frau und seinem Sohn alles das zu geben, was sie sich wünschten. Tennisstunden. Den eleganten Mantel aus dieser sündhaft teuren Boutique in Lugano. Dazu jeden Sommer drei Wochen Urlaub am Meer. Und trotzdem waren sie eines Tages auf und davon gewesen. Genau wie Ulla. Grovius hatte keinen Rettungswagen gerufen, als er sie mit aufgeschnittenen Pulsadern in der Badewanne gefunden hatte. Er hatte seine Karriere riskiert, um ihr eine Unterbringung in der Psychiatrie zu ersparen. Es hatte Zeiten gegeben, in denen er sie beinahe jeden Abend aus ihrer Stammkneipe abholen musste. Trotzdem hatte er sich nie beklagt. Dass sie sich schließlich und endlich hatten scheiden lassen, war Ullas Idee gewesen.

Verhoevens Augen wanderten wieder zum Tisch, zum Pappkarton, und er überlegte, was er sagen sollte, wenn Ulla ihm vorschlug, etwas davon für sich zu behalten. Als Andenken. Darüber würde er unbedingt nachdenken müssen, wenn er die Beerdigung verkraftet hatte. Hinter dem Karton lauerte die Badezimmertür, und Verhoeven fragte sich, ob er die Bilder, die bei diesem Anblick aufs Neue in ihm heraufdämmerten, jemals wieder loswerden würde. Grovius' halb nackter Körper auf den Fliesen. Die rotblonden Haare auf der Brust, in der das Herz einfach nicht wieder zu schlagen anfangen wollte. *Ein Grovius stirbt nicht im Bett,* hatte er oft gescherzt. Zweimal war er in eine Schießerei geraten, einmal nur knapp einem Attentat entgangen. In einer engen, dunklen Gasse war er dem Tod in Form einer Walther PP 9" begegnet. Verhoeven wusste, dass Grovius sich nach Abschluss der Ermittlungen das Projektil aus seiner Weste hatte geben lassen, um es fortan im Kleingeldfach seiner Geldbörse mit sich herumzutragen. *Denk daran, mein Junge,* hatte er gesagt, wann immer sie ein wenig philosophisch geworden waren, und dabei hatte er vielsagend auf das weiche Leder geklopft, *irgendwann ist Schluss. Eines schönen Tages sagt der da oben: Das war's, und dann musst du abtreten. Peng. Aus. Klappe runter.* Ein Grovius stirbt nicht im Bett, echote es hinter Verhoevens Stirn. Diesen Vorsatz wahr zu machen, immerhin, war seinem Mentor vergönnt gewesen. Er schloss die Augen und dachte wieder an seinen Pflegevater. An Schmitz. An das schmale Bett in dem stickigen kleinen Zimmer. An die Gummiauflage über der Matratze. Und die Windeln, die Schmitz getragen und für die er sich so sehr geschämt hatte. Verhoeven hatte ihm die billige Polyesterdecke weggerissen und sich alles ganz genau angesehen. *Jetzt bist du derjenige, der ins Bett pisst.* Das war das Letzte, was er zu seinem Pflegevater gesagt hatte. *Sag schon, wie fühlt sich das an?* Dann war er gegangen und nie mehr zurückgekehrt. Zwei lange Jahre hatte Schmitz noch durchgehalten, bevor sie ihn tot auf seiner Gummimatratze gefunden hatten. Ein zweiter Schlag hatte zu Ende gebracht, was der erste versäumt hatte. Lag hier die Gerechtigkeit? Dass Grovius ein Leben in der Matratzengruft erspart worden war? Eine armselige Gerechtigkeit war das. Armselig und irgendwie auch bedeutungslos.

Das unerwartete Geräusch eines sich drehenden Schlüssels im Türschloss ließ Verhoeven aufhorchen. Automatisch tastete er nach seiner Waffe, die im Halfter unter dem Jackett steckte und an deren Gewicht er sich so sehr gewöhnt hatte, dass es dieser Geste, dieser Vergewisserung bedurfte, um ganz sicherzugehen, dass sie da war. »Ulla?«

»Wer ist da?«

Das war eine Männerstimme. Eindeutig. Verhoeven stand auf.

»Was machen Sie hier?«

Er war dem jungen Mann im Türrahmen noch nie begegnet. Trotzdem erkannte er ihn sofort. »Holger?«

»Woher kennen Sie meinen Namen?«

»Ich bin … war ein Kollege Ihres Vaters.« Er zögerte einen flüchtigen Augenblick, bevor er hinzufügte: »Sein Partner.«

»Ach ja?« Zu Verhoevens Erschrecken sah Holger Grovius seinem Vater sehr ähnlich. Derselbe Gesichtsschnitt, dieselben rotblonden Haare, die am Hinterkopf bereits schütter wurden. Nur die Augen waren anders. Enger und nicht so lebendig. Sein hellgrauer Anzug sah aus, als habe er darin geschlafen. In seinem Blick lag ein sorgsam kultiviertes Desinteresse. »Und was haben Sie hier zu suchen?«

Verhoeven deutete auf den Pappkarton auf dem Tisch. »Da waren noch ein paar persönliche Dinge Ihres Vaters in seinem Schreibtisch, die ich … «

»Von mir aus.« Er trat an den Tisch und warf einen flüchtigen Blick in die Kiste. Dann sah er Verhoeven an. »Sie haben einen Schlüssel zu dieser Wohnung?«

»Ja.«

»Gut, den brauchen Sie ja jetzt nicht mehr.« Er streckte die Hand aus. Eine provozierende und zugleich überaus verächtliche Geste. »Wissen Sie zufällig, ob es noch mehr Leute gibt, die hier ein und aus gehen?«

Verhoeven zog seinen Schlüsselbund aus der Hosentasche und löste nacheinander den Schlüssel zu Grovius' Wohnung und den zur Haustür aus dem Ring. Die Art und Weise, wie Holger Grovius mit ihm umging, passte ihm ganz und gar nicht. Trotzdem zwang er sich zur Ruhe. »Nur Ulla«, entgegnete er betont gelassen. »Die zweite Frau Ihres Vaters.«

»Diese hysterische alte Säuferin, was?« Ein abfälliges Lächeln spielte um seine Mundwinkel. »Na schön, haben Sie die Adresse?«

Verhoeven zeigte wieder auf den Karton. »Das Adressbuch Ihres Vaters ist da drin«, sagte er mit steinerner Höflichkeit.

Der andere verzog keine Miene. »Tja, dann werde ich mich wohl oder übel mit der Dame in Verbindung setzen müssen.« Holger Grovius hob den Karton und kippte seinen Inhalt achtlos auf den Tisch. »Wenn Sie sie sehen, können Sie ihr ausrichten, dass sich auch meine Anwälte in Kürze bei ihr melden werden.«

Verhoeven fühlte seine unverhohlen taxierenden Blicke im Rücken, als er ging. Als ob der andere sicherstellen wollte, dass er nichts Wertvolles aus der Wohnung mitnahm. Er zog die Tür hinter sich zu und hörte das Geräusch des Schlüssels im Schloss, kaum dass er den Fahrstuhl erreicht hatte.

Holger Grovius hatte ihn ausgesperrt.

29

Winnie Heller duschte lange und ausgiebig. Als sie den von daumennagelgroßen Schimmelflecken übersäten Duschvorhang zurückschob, waren Spiegel und Kacheln so beschlagen, dass die Feuchtigkeit in dicken Tropfen daran herunterrann. Sie ließ die Badezimmertür offen, zog sich frische Unterwäsche und ein anderes Sweatshirt an und gab den Fischen Futter. Dann schaltete sie den Fernseher ein, sah die Nachrichten und aß das letzte Viertel der Pizza, die sie auf dem Rückweg aus dem Stadtwald besorgt hatte. Der Teig war so lappig, dass sie mit beiden Händen zufassen musste.

Auf der Theke vor der Küchenzeile stand der Karton, den sie am Morgen für ihren ersten Tag bei der Mordkommission zurechtgepackt und vor rund zwei Stunden unausgepackt wieder mitgebracht hatte. Ein paar Handbücher aus der Zeit ihrer Ausbildung, ein gerahmtes Foto von Elli und ihr am Strand von Fehmarn, eine Strickjacke, falls es mal spät wurde, Handwaschlotion, Haarbürste. Sie nahm den Karton von der Theke und stopfte ihn in die hinterste Ecke des großzügigen Wandschranks, der zu den ausgemachten Vorzügen ihres kleinen Reichs zählte. Sie hatte ohnehin nicht vorgehabt, sich großartig einzurichten. Da konnte sie genauso gut ganz auf eine persönliche Note verzichten. Außerdem würde es ja sowieso Grovius' Schreibtisch bleiben, ganz egal, was sie auch anstellte.

Mit einer entschlossenen Bewegung schlug sie die Schranktür zu und zog ihre alte mechanische Schreibmaschine aus dem Regal unter der Theke hervor. Sie nahm sich ein Glas Wasser aus der Leitung, das sie hastig hinunterkippte, und tippte anschließend anhand ihrer Notizen ihre Berichte über die Gespräche, die Verhoeven und sie an diesem Tag geführt hatten, stolz, dass sie daran gedacht hatte, sich die entsprechenden Formulare mit nach Hause zu nehmen. Als sie fertig war, las sie alles noch einmal sorgfältig durch. Dann nickte sie zufrieden, stopfte die Aufzeichnungen in ihre Tasche und fuhr zum Präsidium, wo ihr auf ihrer Etage nur noch der Putztrupp begegnete.

Sie machte kein Licht, als sie das Büro betrat, konnte aber dennoch nicht umhin, zu bemerken, dass Verhoeven den

Schreibtisch seines Gottes tatsächlich ausgeräumt hatte. Das Relikt des selbst ernannten Superbullen des Jahrhunderts wirkte in seiner geplünderten Nacktheit überproportional riesig und erinnerte sie schmerzlich daran, dass sie in diesem Büro eine Fremde bleiben würde. Ein Eindringling in den Club der Macher, die sich gegenseitig die Ärsche küssten. Der mehr als armselige Ersatz für einen Pfeife rauchenden Obermacho, der an seiner Legende gestrickt hatte wie ihre Oma '42 für die Ostfront. Sie erschrak, als sie fühlte, wie die Enttäuschung, die sie bereits überwunden glaubte, unvermittelt wieder von ihr Besitz ergriff. Zögernd machte sie einen Schritt auf Grovius' Schreibtischmonster zu und berührte mit dem Finger das klapprig wirkende graue Telefon, das entfernt nach Desinfektionsmitteln roch. Ob Verhoeven tatsächlich erwartete, dass sie sich hier einrichtete, dass sie es wagte, die kostbare Reliquie mit ihrer eigenen Bedeutungslosigkeit zu entweihen? Sie zog die Hand zurück und schnaubte verächtlich. Ich kann ihn nicht leiden, dachte sie. Ich werde ihn nie leiden können. Sie legte ihren Bericht mitten auf Verhoevens Schreibtisch und ging zur Tür, von wo sie noch einmal zurückkehrte, um die Seiten ein wenig sorgfältiger auszurichten.

Dann fuhr sie zu ihrer Schwester.

Elli sah noch genauso schlecht aus wie gestern. Vielleicht sogar noch ein bisschen blasser. Außerdem wirkte sie eigenartig unruhig. Die Spasmen in ihren Gliedmaßen schienen sich verstärkt zu haben, und ab und an hob ein ungewöhnlich tiefer Atemzug die zarte Brust.

Winnie Heller zog sich einen Stuhl heran und überlegte, ob all dies ein Zeichen dafür sein konnte, dass ihre Schwester allmählich aus dem Koma erwachte. Dass der Tag, auf den sie seit sieben Jahren so sehnsüchtig wartete, endlich näher rückte. Auf sieben dürre Jahre folgten doch unweigerlich sieben fette, oder nicht? Hieß es nicht so, irgendwo in der Bibel? Oder brachte sie da etwas durcheinander?

»Ich weiß, dass es nicht leicht wird«, sagte sie laut, indem sie Ellis erschreckend kalte Hand fest in die ihre nahm. »Du wirst vieles neu lernen müssen und dich an ganz neue Leute gewöhnen. Aber wenn das einer schafft, dann du. Alles, was du tun musst, ist, den Mut dazu aufzubringen, verstehst du?« Sie ließ die Hand ihrer Schwester los und legte eine CD in den CD-Player, den sie auf den Tag genau zwei Jahre nach dem Unfall gekauft hatte. Kurz darauf durchflutete eine Welle von Wohlklang den Raum. Mozarts F-Dur-Sonate, erster Satz. Eine alte Aufnahme mit Clara Haskil, eine echte Rarität, nach der sie lange hatte suchen müssen. Aber es hatte unbedingt Clara Haskil sein müssen. Nicht nur, weil Elli die Art der Schweizerin, Klavier zu spielen, so besonders gemocht hatte, sondern auch, weil Clara Haskil das Musterbeispiel eines Menschen war, der sich nicht unterkriegen ließ, der um seinen Traum kämpfte. Wirbelsäulenverkrümmung, Gipskorsett, Hirntumor, nichts von alldem hatte sie stoppen können. Und dabei hatte ihre Karriere erst in einem Alter richtig begonnen, in dem andere bereits ans Aufhören dachten. Winnie beugte sich vor und fasste wieder nach der Hand ihrer Schwester. Sie selbst verstand nicht allzu viel von Musik, auch wenn sie als Kind einige Jahre Klavierunterricht erhalten hatte. Tochter aus gutem Hause und dieser ganze Mist. *Und Sie?*, hörte sie Verhoeven fragen. *Mögen Sie klassische Musik*? Sie verzog angewidert das Gesicht. Ein plumper, aber harmloser Versuch, Konversation zu machen, beruhigte sie sich, nichts weiter. *Mögen Sie klassische Musik?* Eigenartigerweise konnte sie sich nicht an ihre Antwort erinnern, obwohl das Gespräch, in dem Verhoeven ihr diese Frage gestellt hatte, erst ein paar Stunden zurücklag. Wenn sie darüber nachdachte, hielt sie es für wahrscheinlich, dass sie mit »Nein« geantwortet hatte, aber sicher war sie nicht. Sie war sich ja nicht einmal sicher, was für eine Antwort der Wahrheit entsprach. Sie wusste, dass sie Mozart lieber mochte als Bach und Schumann lieber als Bartok, und sie erinnerte sich dunkel, dass irgendwelche Etüden von Czerny sie beinahe in den Wahnsinn getrieben hatten, aber sie hätte nicht behaupten können, dass Musik sie in irgendeiner Weise geprägt hätte. Es war ihr lästig gewesen, wenn sie hier und da zu einem Konzert ihrer Schwester hatte gehen müssen, und sie hatte sich über die Blumen und das Goldkettchen geärgert, das ihre Eltern Elli geschenkt hatten, weil sie wieder einmal in irgendeine Endausscheidung gekommen war oder irgendeinen Nachwuchswettbewerb gewonnen hatte, für den sie selbst sich nicht im Mindesten interessierte. Trotzdem klammerte sie sich jetzt an Clara Haskil wie eine Ertrinkende an den sprichwörtlichen Strohhalm.

»Hörst du?«, flüsterte sie, indem sie sanft Ellis Hand drückte. »Dafür lohnt sich die Mühe, meinst du nicht auch?«

Als ihre Schwester endlich ein wenig ruhiger geworden war, lehnte sie sich in ihrem Stuhl zurück, starrte die gegenüberliegende Wand an und lauschte der Musik. Sie hatte keine Ahnung, ob ihre Schwester jemals wieder in der Lage sein würde, auch nur eine einzige Note auf dem Klavier zu spielen. Trotzdem hatte sie die Hoffnung, dass die Musik helfen würde. Sie würde Elli daran erinnern, wer sie gewesen war. Was sie gemocht, wofür sie gelebt hatte. Und wenn sie erst einmal wach war, würden sie schon etwas finden, das ihrem Leben einen neuen Sinn gab. Winnie betrachtete das zarte Gesicht, das bei aller Zeitlosigkeit, die in diesem Zimmer herrschte, erwachsener geworden war. Vom Kind zur Frau, ohne es zu merken, dachte sie und fühlte eine tiefe Traurigkeit bei dem Gedanken. Ihre Schwester war gerade einmal dreizehn gewesen, als ihr Vater sie von Winnies ausgelassener Abiturfeier geradewegs ins Koma gerast hatte.

Gerade erst dreizehn …

Winnie Heller bewegte die Zehen ihres rechten Fußes, weil das Bein einzuschlafen drohte. Im Geiste sah sie wieder die weiß lackierte Tür vor sich, durch die der bärtige Psychologe getreten war, den sie hinzugezogen hatten, um sicherzustellen, dass ihr die Schreckensnachricht so schonend wie möglich unterbreitet wurde. Sie sah sich selbst, die dünne Bettdecke eilig um ihren nackten Körper zerrend, und für einen flüchtigen Augenblick hatte sie sogar das Gefühl, noch einmal das billige Aftershave zu riechen, mit dem Timo Wendel sich auf ihre Entjungferung vorbereitet hatte. Neben ihm auf dem Nachtschrank hatten die Kondome gelegen, die sie besorgt hatten, jeder unabhängig vom anderen. Dazu seit ein paar Monaten auch die Pille, nur, um ganz sicherzugehen. Sie spürt die Kälte, die an ihrem nackten Rücken herunterstreicht, und weiß, dass etwas Schlimmes geschehen ist, lange bevor der Mann im Türrahmen den Mund aufmacht …

Die plötzliche Erinnerung an diesen einen, diesen folgenschweren Augenblick war so gestochen scharf, dass sie noch weniger als sonst verstand, wie ihr die Geschehnisse der darauffolgenden Monate beinahe komplett abhandenkommen konnten. Aber genauso verhielt es sich. Da war der Psychologe in der Tür zu Timo Wendels typischem Jungenzimmer, und dann folgte der Sprung auf jenen trüben Herbsttag, an dem Dr. Zilcher, ein anderer Psychologe, gewagt hatte, ihr zu sagen, dass sie den Beginn ihrer Ausbildung verpasst habe und deshalb ein halbes Jahr warten müsse. Aus dem halben Jahr war ein ganzes Jahr geworden. Und selbst dann, mehr als zwölf Monate nach dem Unfall, hatte sie nur unter Aufbietung all ihrer Kräfte die nötige Energie für das Grundstudium aufgebracht, wissend, dass sie sich ihre Zulassung mit einer faustdicken Lüge erschwindelt hatte, die jederzeit auffliegen konnte. Schon während der Gruppendiskussion und der anschließenden Einzelvorstellung vor der Auswahlkommission hatte sie Blut und Wasser geschwitzt vor Angst, dass sie sich irgendwie verraten würde, aber zu ihrer eigenen Überraschung war alles glattgegangen, und sie hatte ihre Ausbildung beginnen können. Damals war Elli bereits hier gewesen, in diesem stinkvornehmen Heim, dessen Pflegepersonal angeblich über besondere Qualifikationen auf dem Gebiet des apallischen Syndroms verfügte, obwohl es überwiegend an Demenz erkrankte Senioren zu betreuen hatte. Winnie Heller biss sich auf die Lippen. Sie hatte ihre Mutter nicht zurückgerufen. Nicht vom Präsidium aus und auch nicht später, von zu Hause. Warum auch? Sie hatten sich nichts zu sagen. Nichts, was sie einander nicht schon hundertmal gesagt hätten. Sie war in die Damentoilette gegangen und hatte den zusammengeknüllten Zettel, auf dem Werneuchen gewissenhaft sogar noch die Uhrzeit des Anrufs notiert hatte, in die Kloschüssel geworfen. Trotzdem konnte sie nicht aufhören, darüber nachzugrübeln, was ihre Eltern von ihr gewollt haben mochten.

Sie lehnte sich zurück und strich sich das Haar aus der Stirn, das am Ansatz noch immer ein wenig feucht war von der Dusche. Auf dem Nachtschrank hatte jemand die Liste vergessen, in der Ellis Werte eingetragen wurden. Daten, die ihr nichts sagten und die sie dennoch irgendwie beunruhigten. Blutdruck. Blutzucker. Puls. Was auch immer. Essen durch den Schlauch. Dreimal am Tag wurden die Windeln gewechselt.

»Ich weiß, du kannst es schaffen«, flüsterte sie ihrer Schwester ins Ohr, die jetzt ruhig und friedlich wirkte. »Du musst nur darum kämpfen.«

Donnerstag, 19. Oktober 2006

30 Am nächsten Morgen fuhr Verhoeven schon früh ins Präsidium. Obwohl er sich bemüht hatte, keinen Lärm zu machen, war Silvie aufgewacht.

»Wohin gehst du?«

»Zur Arbeit.«

Sie hatte sich auf die Seite gerollt und nach dem Radiowecker neben seinem Bett geblinzelt. »Ein Notfall?«

»Nein, nur viel zu tun.«

»Soll ich dir Frühstück machen?«

Er hatte sie auf die Stirn geküsst und gemurmelt, dass er problemlos unterwegs halten und sich ein belegtes Brötchen holen könne, doch sie hatte darauf bestanden, Kaffee zu kochen und Toastbrot zu rösten. Als er aus dem Bad gekommen war, hatten Marmelade und Honig und Joghurt mit frischen Apfelstücken auf dem Küchentisch gestanden, und Verhoeven hatte sich bei dem Verdacht ertappt, dass sie diesen Aufwand nur deshalb trieb, um ihm zu beweisen, dass er keine Abstriche zu befürchten brauchte. Dass sie das schaffte, Familie und Studium. Und genau das war ein Punkt, der ihm Sorgen machte. Er wusste, dass Silvie sich lieber zerrissen hätte, als zuzugeben, wenn eine Sache ihr über den Kopf wuchs. Das Problem war, dass sie nicht über die Vitalität und Kraft ihrer Schwester verfügte, der es mühelos gelang, morgens um sieben wie ein Filmstar auszusehen und nebenbei auch noch ein Frühstück auf den Tisch zu bringen, dessen Raffinesse und Umfang einem Grandhotel angemessen gewesen wäre. Und obwohl Silvie und er sich stillschweigend darauf geeinigt hatten, Madeleine nicht ausstehen zu können, schien seine Frau doch stets das Gefühl zu haben, hinter ihrer Schwester zurückzustehen, unterzugehen, unsichtbar zu bleiben. Im Schatten.

Die morgendliche Kühle ließ die Windschutzscheibe beschlagen. Verhoeven tastete in der Ablage neben seinem Sitz nach einem Tuch, doch er wurde nicht fündig. In den Straßen herrschte kaum Verkehr, und die Welt war noch dunkel und still, als er seinen Wagen in die Tiefgarage lenkte.

Im Büro checkte er als Erstes seine E-Mails, wobei er im Anhang an eine formelle Nachricht des Gerichtsmedizinischen Instituts den Obduktionsbericht zum Fall Leistner fand. Dr. Gutzkow hatte Wort gehalten. Verhoeven brühte sich einen Tee auf, wobei er es sorgsam vermied, Grovius' entbeinten Schreibtisch anzusehen. Er wagte nicht, sich vorzustellen, wie Holger mit den persönlichen Sachen seines Vaters verfahren würde, und er hatte es auch satt, darüber nachzudenken, was die beiden derart entzweit haben konnte. Nachdem er eine Weile vergeblich nach Würfelzucker gesucht hatte, rührte er zwei Süßstoffdragees in seinen Tee, gab einen Schuss Kondensmilch hinzu und setzte sich wieder an seinen Schreibtisch. Dort nahm er den Obduktionsbericht aus dem Drucker und überflog die nüchternen Zeilen. *Petechiale Blutaustritte in der Gesichtshaut, insbesondere im Bereich der Conjunktiva ... Blutungen in die Halsmuskulatur ... Bruch des Kehlkopfskeletts mit vitalen Blutungen am Zungenbein ... im Bereich der Schild- und Ringknorpel ... Hyperämie des Gehirns ... Dilation der rechten Herzkammer ...* Seine Augen wanderten tiefer. *Multiple abdominelle Stichverletzungen, postmortal ... Keine körperfremden Substanzen. Kein Blut. Kein Ejakulat.*

Verhoeven nahm einen Schluck von seinem Tee, der zu süß geraten war und unangenehm holzig schmeckte. Keine körperfremden Substanzen, kein Ejakulat ... Half ihnen diese

Erkenntnis irgendwie weiter? Dass der Mörder sich nicht an Susanne Leistner vergangen hatte, nicht einmal im Tod? Andererseits war Erdrosseln eine recht intime Art des Tötens. Und dann diese Blume … Er blickte wieder auf den Ausdruck hinunter. Im Anschluss an den eigentlichen Obduktionsbericht befand sich eine nachträglich angefügte Notiz der Pathologin: *Es finden sich zahlreiche eher oberflächliche Schnittverletzungen an den Armen (s. h. Bericht!), aber zwei besonders tiefe Verletzungen im Bereich der Pulsadern! Möglicherweise deutet der Täter hier symbolisch einen Suizid an?! … ((PS: Dies ist lediglich meine persönliche Ansicht!!!))* Der letzte Satz war doppelt unterstrichen und ließ Verhoeven unwillkürlich schmunzeln, weil die Vorsicht, die aus den Worten der Pathologin sprach, so gar nicht zu den vielen energischen Ausrufezeichen passen wollte, die ihre Ausführungen begleiteten.

Er heftete die Seiten zusammen und schob sie in den Aktendeckel auf seinem Schreibtisch, in dem bereits Winnie Hellers sorgfältig überschriebene Berichte lagen. Vernehmung G. Leistner. Vernehmungen Kollegen. Zeugin I. Zeugin II. Alles knapp, übersichtlich und absolut wertfrei formuliert. Verhoeven las den Abschnitt, der ihre Befragung von Susanne Leistners Witwer dokumentierte, ein zweites Mal und blätterte von dort eine Seite zurück. Winnie Hellers persönliche Meinung schien nicht einmal auf Umwegen in ihre Ausführungen eingeflossen zu sein, was zwar in der Sache wünschenswert war, ihn aber trotzdem irgendwie befremdete. Grovius war immer anzusehen, was in ihm vorging, dachte er, zumindest wenn man ihn kannte. Ein Blick hier, eine scheinbar unbedeutende kleine Geste dort, und man wusste, woran man war. Oder irrte er sich? Hatte sich auch zwischen ihnen so etwas wie echte Vertrautheit erst nach und nach eingestellt? Er überlegte eine Weile, kam jedoch zu keinem Ergebnis. Er trank einen Schluck Tee und sah seine eigenen Notizen durch. Verglich. Keine Frage, Winnie Heller verstand es ausgezeichnet, den Kern einer Sache zu erfassen. Und doch … Polizeiarbeit ist mehr, dachte Verhoeven. Zugleich war er sich sicher, dass Winnie Heller durchaus über dieses »Mehr« verfügte. Dass sie ihn nur nicht sehen lassen wollte, was sie fühlte. Und dachte. Als Erklärung fielen ihm nur zwei Gründe ein: die Angst, danebenzuliegen, oder der Wille, ihn auszuschließen. Und wenn er ehrlich war, glaubte er an den zweiten Grund. Winnie Heller schien keine Teamspielerin zu sein, sondern eher eine Frau, die ihr eigenes Ding machte. *Sie hat schon die Gruppendiskussion beim Auswahlverfahren komplett in den Sand gesetzt,* stimmte ein imaginärer Hinnrichs ihm zu. *Wenn es bei ihr hapert, dann in punkto Sozialverhalten.* Verhoeven griff wieder nach den Berichten und überlegte, wie er es anstellen konnte, sie stärker einzubinden. Ob sie zusammenwachsen würden, eines Tages? So weit, dass sie sich blind aufeinander verlassen konnten?

Er schob die Berichte an ihren Platz zurück und klappte dann mit einer entschiedenen Bewegung den Aktendeckel zu. Ein symbolischer Suizid … Was bedeutete das? Susanne Leistner war erdrosselt worden. So weit, so gut. Aber dann hatte sich ihr Mörder die Mühe gemacht, sie in den Wald zu schleifen, um ihren Körper mit einem Messer zu traktieren, ihre Arme und besonders die Handgelenke. Zwei tiefe Verletzungen im Bereich der Pulsadern. Eine Chrysantheme. Verhoeven wusste, diese Blume war ein Symbol. Aber für was? Und was war mit dem angedeuteten Suizid? War der ebenfalls ein Symbol? Und wenn ja, für wen waren all diese Symbole bestimmt? Für das Opfer? Er blickte zum Fenster hinüber. Irgendwann in der letzten halben Stunde hatte es wieder zu regnen begonnen. Die Tropfen rannen in dünnen Rinnsalen an der beschlagenen Scheibe hinunter, hinter der es allmählich etwas heller wurde. Bisher hatten sie keinen Hinweis darauf gefunden, dass Susanne Leistner irgendeine besondere Beziehung zu Chrysanthemen gehabt hatte. Aber wenn die Blume nichts mit dem Opfer zu tun hatte, musste sie zwangsläufig etwas mit dem Täter zu tun haben, oder nicht? Oder sollten sie auf eine falsche Spur gelockt werden? Verhoeven nahm einen letzten Schluck von seinem Tee und goss den Rest in das kleine, gesprungene Waschbecken in der Nische hinter Grovius' Schreibtisch. Auf jeden Fall hatten sie es hier nicht mit einer gewöhnlichen Beziehungstat zu tun. So viel immerhin war ihm klar.

31

Die Nacht war eine Katastrophe gewesen.

Jetzt saß sie wieder am Küchentisch und starrte die beiden Brötchen an, die auf ihrem Teller lagen und die ihr heute noch unwirklicher vorkamen als sonst. Durch die Lamellen des Rollos vor dem Fenster sickerte trübes Tageslicht ins Haus. Kein Bilderbuchherbst heute früh, stattdessen dumpfes Regengrau. *Bonjour tristesse.*

Sie hatte keinen Appetit, trotzdem zwang sie sich, ein Brötchen aufzuschneiden. Während ihre Augen dem Messer folgten, das schnell und mühelos durch die warme Kruste drang, stellte sie fest, dass ihr Arm zitterte. Verwundert hielt sie inne. Das war absurd! Gestern, beim Anblick der Chrysanthemen, wäre das Zittern vielleicht angebracht gewesen, aber gestern hatte sich ihr Arm ganz ruhig verhalten. Er hatte sich der Vase auf dem Tresen genähert, und die Finger hatten sich ohne Murren fest und sicher um das kühle weiße Porzellan geschlossen, während ihr Mund gelacht hatte. Zumindest war es so etwas Ähnliches wie ein Lachen gewesen. Oder hatte sie am Ende doch geschrien? Sie ließ Messer und Brötchen sinken und starrte auf die blitzsaubere Tischplatte hinunter. Sie konnte sich nicht genau erinnern, was gestern geschehen war. Was sie gesagt, wie sie reagiert hatte. Nur dass ihr Arm nicht gezittert hatte, wusste sie genau. Eigenartig, dass er ausgerechnet jetzt damit begann.

Routinemäßig blickte sie zum Fenster hinüber, um sich zu vergewissern, dass ihr Arm nicht vielleicht doch einen Grund hatte, aber natürlich war das Fenster fest verschlossen. Niemals würde sie das vergessen, ein Fenster zu schließen, nachdem sie es für einen kurzen Moment geöffnet hatte. Auch nicht die Tür ...

Sie sah wieder ihren Arm an, der zitternd wie Espenlaub über dem Marmeladenglas verharrte. *Eigenartig* war tatsächlich das Einzige, was ihr dazu einfallen wollte. Seit damals, seit der Geschichte im Schwimmbad, gehorchten ihr ihre Stimmbänder und auch der Rest ihres Körpers. Niemals wieder hatte sie die Kontrolle über irgendeinen Teil von sich verloren. Auch gestern nicht. Nicht einmal angesichts eines Straußes gelber Chrysanthemen, die ihr von der Theke am Empfang entgegengelacht hatten und die angeblich niemandem gehörten.

Oh doch, meldete sich eine Stimme tief in ihrem Kopf. Sie gehören jemandem. Sie gehören dir. Sie nickte. Ja, die Chrysanthemen waren für sie bestimmt gewesen ...

Sieh mal, die Blumen. Ich habe sie für dich gepflückt.

Ich habe dir doch schon gesagt, dass ich sie nicht will!

Niemand hatte ihr sagen können, woher die Chrysanthemen auf dem Tresen gekommen waren. Natürlich nicht. Die Leute achteten nicht auf solche Dinge. Sie achteten auf überhaupt nichts. Alle fühlten sich so entsetzlich sicher ...

Die Leute achteten nicht auf ihre Umgebung, widerliche, selbstgefällige Arschlöcher. Sie bemerkten nicht, wenn sich ihr Umfeld veränderte, sie wollten nicht einmal wissen, woher die Blumen stammten, die plötzlich in ihrer Nähe auftauchten wie leise Warnungen. Es fiel ihnen auch nicht auf, wenn sie angestarrt wurden, in der S-Bahn, auf der Straße, an der Kasse im Supermarkt. Und es machte ihnen nichts aus, wenn man sie berührte. Die Vorstellung schien ihr ungeheuerlich, auch wenn sie wusste, dass es sich tatsächlich so verhielt. Den meisten Menschen machten die Berührungen fremder Hände nicht das Geringste aus. Finger, die sie streiften, nahmen sie ebenso wenig wahr wie einen Blick, der auf sie fiel. Sie schüttelte den Kopf. Eigenartig, dachte sie wieder. Wann ist das geschehen? Wann haben wir die Intimsphäre abgeschafft? Hatte es denn nicht Zeiten gegeben, in denen Berührungen, in denen körperliche Nähe ausschließlich engen Freunden vorbehalten gewesen waren? In denen Mindestabstände gegolten hatten? Armlängen? Bis hierher und nicht weiter …

Ich weiß nicht, was Sie wollen, der Junge tut doch gar nichts.

Er steht den ganzen Tag dort am Fenster und sieht zu mir herüber. Von morgens bis abends. Andauernd.

Irgendwann verliert er die Lust.

Wann?

Sie schluckte. Ihre Kehle war trocken wie ein Reibeisen, aber sie sah sich außerstande, nach dem Glas Orangensaft zu greifen, das sie sich vor wenigen Minuten eingegossen hatte. Früher, in einer anderen Zeit, hätte man mich vielleicht verstanden, dachte sie. Aber heute? Wie machte man den Menschen klar, dass man nicht angetastet werden wollte, in einer Gesellschaft, die keine Grenzen kannte?

Wann, verdammt noch mal? Wann hört das endlich auf?

Beruhigen Sie sich.

Sie nahm das Kissen, das neben ihr auf dem Stuhl lag, und drückte es sachte an sich. Es fühlte sich nicht wie eine Katze an, das hätte sie nicht ertragen. Keine Katzen, keine Gesellschaft, keine Spaziergänge. Wenn jemand das Kissen aufschlitzte, würde sie einfach ein neues kaufen …

Man kann doch aber dem Kind nicht verbieten, am Fenster zu stehen.

Er ist kein Kind.

Die graue Katze, die ein paar Mal draußen im Garten herumgestrichen war, gehörte sicher zu einem der Häuser hinter dem Hügel. Sie waren von ihrem Haus aus nicht zu sehen, aber es war nicht allzu weit bis dorthin. Ein Katzensprung. Wortwörtlich …

Ist das deine Katze?

Sie zuckte zusammen. Ihre Augen suchten die Tür zur Diele. Zum Wohnzimmer. Von dort gähnte ihr regenschweres Dämmerlicht entgegen, das sie in sich aufzusaugen schien, je länger sie es betrachtete. Er ist nicht hier. Er *kann* nicht hier sein. Du bist allein. Du bist immer allein. Sie fühlte, wie mit einem Mal Tränen an ihren Wangen herunterliefen. Tränen, die sie sich ebenso wenig erklären konnte wie das Zittern in ihrem Arm. Eine wie sie weinte nicht. Nicht einmal in den eigenen vier Wänden.

Sie hatte die Katze vor ein paar Wochen entdeckt, an einem Morgen wie diesem. Ihre Fingernägel pulten am Etikett des Honigglases. Es war eine besonders hübsche Katze gewesen, und sie hatte sie zunächst eine Weile gewähren lassen. Erst als sich die Katze zum zweiten Mal für längere Zeit vor ihre Terrassentür gesetzt und miaut hatte, war sie zum Schreibtisch hinübergegangen und hatte nach dem Briefbeschwerer gegriffen, dessen Scherben noch immer überall verstreut lagen …

Schwärmerei. Jeder macht so eine Phase durch.

Es ist nicht einfach nur eine Phase.

Das legt sich wieder. Niemand tut so etwas sein ganzes Leben lang.

Sie hatte sich genau umgesehen, bevor sie das Fenster geöffnet und den Briefbeschwerer hinausgeschleudert hatte.

Katzen waren kluge Tiere.

Die Graue war nie mehr zurückgekommen …

32

»Indian Summer?«

Winnie Heller riss ihre Augen vom waffelartigen Muster des Fahrstuhlbodens los, zu dem sie sich geflüchtet hatten. »Bitte?«

Hermann-Joseph Lübke, der seinen massigen Körper zu ihr in den Lift gedrängt hatte, als sich die Türen eben wieder schließen wollten, zeigte auf einen Punkt irgendwo über ihren Brauen. »Ihre Haarfarbe.«

»Kupfergold.«

Der Leiter der Abteilung Spurensicherung runzelte die Stirn. »Sind Sie sicher?«

»Ja«, entgegnete sie knapp und wandte demonstrativ den Blick ab. Sie war sich sicher. Nicht, was ihren Farbtyp anging, aber sehr wohl über den Namen der Nuance, die ihr ein schieres Unmaß an ungewollter Aufmerksamkeit eintrug.

»Sieht heiß aus.«

Du mich auch, du Arsch, dachte sie entnervt.

»Erlauben Sie?« Die Frage war rein rhetorisch, denn er hatte bereits eine ziemlich dicke Strähne ihres Haars zwischen seine wulstigen Finger genommen. »Interessant«, sagte er nach kurzer, intensiver Begutachtung. »Welche Haarfarbe haben Sie von Natur?«

Sie sah ihn an. »Keine Ahnung.«

Er lachte laut und herzlich, als habe sie einen köstlichen Scherz gemacht. Aber sie verstand genau, welche Botschaft hinter seinem Heiterkeitsausbruch steckte. Was war das nur für eine Frau, die ihre eigene Haarfarbe nicht kannte! Sie verzog angewidert die Lippen und dachte wieder an den Schreibtisch ihres Vorgängers. An die Reliquie des heiligen Grovius. Ihr Start in dieser Abteilung war wirklich der Knüller des Jahres!

Indessen hatte Lübke die Strähne zwischen seinen Fingern zur Seite gezogen, sodass sie platt an der Kopfhaut anlag, und musterte den Ansatz. »Hell Mittelbraun«, befand er ohne Zögern.

Sie hob überrascht den Blick. »Mittelbraun?«

Er brummte etwas, das wohl Zustimmung ausdrücken sollte.

»Ich dachte eigentlich, ich sei dunkelblond.«

Lübke machte eine wegwerfende Geste. »Die meisten Frauen schätzen sich zu hell ein.«

Winnie Heller starrte ihn an. Im selben Moment stoppte der Lift, und die Türen glitten auseinander. »Warmer oder kalter Farbtyp?«, fragte sie hastig.

»Eindeutig kalt.« Er schnaufte und presste seine Körpermassen ganz an die Wand der Kabine, um ihr den Vortritt zu lassen. Dann gingen sie gemeinsam in das geräumige Sitzungszimmer hinüber, wo für neun Uhr eine Besprechung im Fall Leistner angesetzt war.

Draußen regnete es noch immer in Strömen. Auf einem Tisch in der Ecke standen Tassen und mehrere Thermoskannen, und über allem schwebte der Geruch nach erkaltetem Zigarettenrauch. Winnie Heller konnte sich lebhaft vorstellen, wie die hohen Herren hier tagten. Wie selbstgefällig sie sich in ihren Stühlen lümmelten und …

»Na?«, fragte Stefan Werneuchen hinter ihr, als sie eben im Begriff war, sich einen Kaffee einzuschenken. »Haben Sie alles gefunden?«

Sie drehte sich um und streckte ihm die volle Tasse entgegen. »Alles bestens.«

»Ich meinte eigentlich Ihren Schreibtisch«, sagte Werneuchen, indem er löffelweise Zucker aus einer angeschlagenen Porzellandose in seinen Schwarztee häufte.

Meinen Schreibtisch!, dachte Winnie Heller. Na, wenn das kein guter Witz war! »Ich war heute früh zwar noch nicht drüben«, entgegnete sie mit einem halbherzigen Lächeln, »aber falls hier nachts nicht irgendwelche Heinzelmännchen umgehen, die Möbel verrücken, rechne ich mir durchaus gute Chancen aus, ihn wiederzufinden.«

Er schien sich nicht sicher zu sein, ob sie einen Witz gemacht hatte, lachte jedoch vorsichtshalber trotzdem. »Na dann«, sagte er. »Und falls es Probleme mit dem Telefon geben sollte, sagen Sie einfach Bescheid.«

Sie nickte und setzte sich an die Längsseite des Tisches, Verhoeven gegenüber, der irgendetwas mit Lübke tuschelte und ihr flüchtig zunickte. Sie schielte nach dem Aktendeckel, der vor ihm auf dem Tisch lag, und fragte sich, ob er ihren Bericht gelesen hatte.

Um Punkt neun betrat Hinnrichs mit der ihm eigenen raumgreifenden Energie das Zimmer. »Also dann«, sagte er und blickte fragend in die Runde. »Was haben wir?«

Zunächst fasste Verhoeven noch einmal kurz die Obduktionsergebnisse zusammen.

»Todesursächlich war demnach asphyktischer Sauerstoffmangel infolge mechanischer Behinderung der Atmung«, schloss er. »Aufgrund des Fehlens einer ausgeprägten Strangmarke kommt als Tatwaffe am ehesten ein weiches Tuch, ein Schal oder Ähnliches in Betracht.« Die Beamten blätterten konzentriert in ihren Kopien, während Verhoeven fortfuhr, die Schnittverletzungen zu beschreiben, die der Mörder Susanne Leistner nach ihrem Tod beigebracht hatte. Besondere

Sorgfalt verwendete er auf die Schilderung der beiden Wunden an den Handgelenken des Opfers, allerdings enthielt er sich zunächst jeder Deutung. Aus den Augenwinkeln registrierte er, dass Winnie Heller sich bereits wieder eifrig Notizen machte, was ihn ärgerte.

»Was ist mit der Waffe?«, warf Hinnrichs ein, als er geendet hatte. Die Anspannung in seinen Zügen verriet, wie viel Bedeutung er diesem Fall beimaß. »So etwas trägt man doch nicht einfach bei sich.«

»Kaum«, stimmte Verhoeven ihm zu. »Dr. Gutzkow ist der Ansicht, dass die Verletzungen dem Opfer mit einem schmalen, äußerst scharfen Messer beigebracht wurden. Die Klinge ist zwischen zehn und fünfzehn Zentimeter lang.«

»Die Tatsache, dass der Täter ein solches Werkzeug mit sich führte, scheint mir ein sicherer Beweis für die Vorsätzlichkeit der Tat zu sein.« Hinnrichs schrieb etwas auf den Notizzettel vor sich und zündete sich eine Zigarette an, wobei er angriffslustig in die Runde blickte, als erwarte er, dass ihm jemand mit einer Verordnung zum Nichtraucherschutz kommen würde. Mit rauchfreien Zonen und der Rettung des Weltklimas. »Genau wie das Vorhandensein dieser Blume.«

Als Nächstes erläuterte Lübke, was die Auswertung der Spuren am Tatort ergeben hatte: Susanne Leistner war von hinten angegriffen und erdrosselt worden, und zwar mit größter Wahrscheinlichkeit bereits auf dem Waldweg. Anschließend hatte der Mörder die Leiche bis zu der Mulde geschleift, indem er ihren Oberkörper von hinten umfasst hielt, sodass nur die Füße des Opfers den Boden berührten. »Im Unterholz und bei der Toten haben wir Abdrücke von Sportschuhen gefunden, die sich bislang keiner der übrigen Personen, die sich in der Nähe des Fundorts der Leiche aufgehalten haben, zuordnen ließen«, führte der oberste Spurensicherer weiter aus. »Es handelt sich um ein gängiges Modell der Marke Nike, Größe 41.«

»Unser Täter ist also nicht besonders groß«, schloss Hinnrichs.

»Solche Schuhe werden von Männern und Frauen gleichermaßen getragen«, bemerkte Lübke und hustete wieder seinen verschlackten Husten.

Verhoeven sah ihn an. »Willst du damit sagen, dass auch eine Frau als Täterin in Betracht kommt?«

Lübke überlegte einen Augenblick. »Rein vom Kraftaufwand her hätte meiner Ansicht nach auch eine gut austrainierte Frau die Tat begehen können«, sagte er dann. »Der Transport der Leiche würde ihr sicherlich nicht leichtgefallen sein, aber unmöglich wäre es keineswegs.«

»Allerdings ließe mich die Psychologie dieses Verbrechens nicht unbedingt an eine Frau denken«, bemerkte Hinnrichs mit einem kurzen Seitenblick auf Verhoeven, der zustimmend nickte.

Lübke zuckte gleichgültig mit den Schultern. »Vergewaltigt worden ist sie jedenfalls nicht«, entgegnete er. »Der Täter trug Handschuhe. Er hat keine verwertbaren Spuren hinterlassen und, soweit wir feststellen konnten, auch nichts vom Tatort mitgenommen. Kein Kleidungsstück des Opfers etwa. Nicht die Papiere, Schlüssel oder Bargeld.«

»Der Mann, den wir suchen, braucht keine Trophäen«, schaltete sich Winnie Heller ein. Irgendwann in der vergangenen Nacht, als sie wach gelegen und auf den Verkehrslärm gelauscht hatte, der ihr Apartment nahezu rund um die Uhr in einen Kokon beruhigender Belebtheit hüllte, hatte sie beschlossen, ihre Strategie zu ändern. Aktiv zu werden. Sich nicht länger mit der Rolle der Beobachterin zu begnügen. Zuschauen, lernen, gewisse Dinge im Hinterkopf behalten, um sie bei passender Gelegenheit wieder hervorzukramen, so liefen die Dinge nun mal nicht, wenn man mit Verhoeven zusammenarbeitete. So viel immerhin hatte sie inzwischen kapiert. Und Burkhard Hinnrichs schien ihr durchaus ein Vorgesetzter zu sein, der ein gewisses Maß an Eigeninitiative zu schätzen wusste. »Aber dafür hat er etwas dagelassen …«

»Das ist richtig«, stimmte Lübke ihr mit einem geradezu mephistophelischen Grinsen in Verhoevens Richtung zu. »Wir haben diese Blume natürlich genau unter die Lupe genommen. Es handelt sich um eine *Chrysanthemum indicum* oder auch *Dendrathema Grandiflorum*. Zu deutsch: Goldblume. Sie war noch ziemlich frisch, hatte aber schon einige Zeit, bevor der Täter sie bei der Leiche zurückließ, nicht mehr im Wasser gestanden. Wir haben erhebliche Rückstände von Pestiziden gefunden, sodass davon auszugehen ist, dass die Blume aus dem Handel stammt und nicht etwa aus einem Privatgarten.«

»Typische Totenblumen sind Chrysanthemen übrigens nur hier bei uns«, ergänzte Winnie Heller, ohne von ihrer Kaffeetasse aufzublicken. Dennoch konnte sie nicht verhindern, dass sich ein Hauch von Verachtung in ihre Miene stahl. Tja, meine Herren, dachte sie, da staunt ihr! Aber es gibt tatsächlich Leute, die sich auf solche Besprechungen vorbereiten. Die ehrgeizig sind und nach Dienstschluss Besseres zu tun haben, als mit ihrer Tochter Lego zu spielen oder ihre Frau zu vögeln. »In ihrer Heimat China gelten sie als Symbol für ein langes Leben, weshalb sie vielerorts sogar gegessen werden. Und in Japan stehen sie für das Kaiserhaus.«

Wenn sie angesichts ihrer Expertise Beifall erwartet hatte, wurde sie enttäuscht. Einzig Lübke warf ihr einen durchaus amüsierten Blick zu. »Stimmt«, räumte er ein, indem er erneut und wenig diskret Verhoevens Reaktion auf den Alleingang seiner neuen Partnerin taxierte. »Trotzdem gab und gibt es hierzulande Absatzschwierigkeiten, weil die Leute echte Chrysanthemen nach wie vor nur zu den klassischen Totengedenktagen kaufen.« Das Holz seines Stuhls knarrte, als er sich zurücklehnte und seine schweren Beine unter dem Tisch ausstreckte. »Nur Arten, die von den Züchtern so weit verändert wurden, dass sie nicht mehr als eigentliche Chrysanthemen zu erkennen sind, werden auch zu anderen Jahreszeiten verkauft.«

»Ist es da nicht naheliegend, dass unser Täter die Chrysantheme ebenfalls im Sinne einer Totenblume verwendet hat?«, fragte Werneuchen.

Niemand antwortete ihm.

Trotz des geöffneten Fensters war die Luft so dick wie in einer Waschküche. Hinnrichs hatte sich eine weitere Zigarette angesteckt und blätterte in seinen Kopien, als erwarte er, dort die Antwort auf alle ungelösten Fragen zu finden, wenn er nur lange genug danach suchte. Lübke prustete und fuhr sich mit einem seiner dicken Finger in den Kragen seines schlecht gebügelten Hemds, wo er mit einer geübten Bewegung die obersten beiden Knöpfe aufriss. Verhoeven spielte am Henkel seiner Kaffeetasse und dachte an Susanne Leistners Kollegin. An die Art, wie Monika Gerling ihnen nachgeblickt hatte. *Was in aller Welt haben Chrysanthemen damit zu tun?* Tja, dachte er, das ist die Frage. Eine von vielen. Er blätterte in seiner Akte und starrte wieder Dr. Gutzkows energische Ausrufezeichen an. Eine Totenblume oder das Symbol für ein langes Leben, dachte er. Ein symbolischer Suizid oder eine Falle. Ein Täuschungsmanöver. Etwas, das krank aussehen sollte, aber nicht krank war. Oder?

»Was ist mit dem Umfeld des Opfers?«, riss Hinnrichs' schnarrende Stimme ihn aus seinen Überlegungen. »Sind Sie diesbezüglich fündig geworden?«

»Wir haben uns in Susanne Leistners Freundeskreis umgehört«, antwortete Verhoeven, nachdem er sich kurz mit Winnie Heller verständigt hatte. »Aber bislang haben wir keine Hinweise auf einen möglichen Verfolger gefunden. Das

Opfer war seit etwas mehr als drei Jahren verheiratet. Der Ehemann ist Freiberufler und kümmert sich um die gemeinsame Tochter. Nebenbei hatte Frau Leistner allem Anschein nach einen Liebhaber.« Er sah wieder zu Winnie Heller hinüber, die jedoch keine Anstalten machte, ihn bei seinen Ausführungen zu unterstützen. »Leider hatten wir bisher noch keine Gelegenheit, mit dem betreffenden Herrn zu sprechen«, fuhr er schließlich, an seinen Vorgesetzten gewandt, fort. »Er ist Pharmareferent und war seit Montag geschäftlich unterwegs. Allerdings erwartete seine Frau ihn gestern Abend zurück.«

»Eifersucht ist immer ein gutes Motiv«, sagte Werneuchen.

Verhoeven dachte an Susanne Leistners Witwer. Er hegte keinen Zweifel daran, dass Gernot Leistner von der Affäre seiner Frau gewusst hatte. Aber wie war er damit umgegangen? Hatte er den Betrug hingenommen, wie man eine unabänderliche Tatsache akzeptiert, oder hatte er um seine Ehe gekämpft? *Glaub mir, mein Junge, wenn Liebe im Spiel ist, sind die Menschen zu allem fähig,* hatte Grovius immer gesagt. Und die Kehrseite der Liebe war Hass, nicht Gleichgültigkeit. Aber war es das, womit sie es hier zu tun hatten? Hass? Er rief sich das Bild Susanne Leistners in Erinnerung, wie sie ausgestreckt im kalten Schlamm gelegen hatte, und dachte an den Ausdruck auf ihrem Gesicht. War die Chrysantheme, die sie gefunden hatten, tatsächlich der letzte Gruß des Mörders an sein Opfer? Ein Akt der Liebe? Seine Finger spielten mit dem Henkel der Kaffeetasse. Nein, dachte er. Dann hätte er sie auf eine andere Art und Weise zurückgelassen. Niemals hätte er ihr eigens zu diesem Zweck den Bauch aufgeschlitzt …

33 »Ihr habt Besuch.« Oskar Bredeney deutete auf die geschlossene Tür hinter sich. Winnie Hellers erstem Empfinden nach war er ein entschieden hässlicher Mann mit einem hageren, pockennarbigen Gesicht und spöttischen grauen Augen hinter den Gläsern seiner halben Brille, die ihm, wenn er sie nicht gerade zum Lesen brauchte, an einer hauchzarten Silberkette um den Hals baumelte. »Der Liebhaber von der Leistner ist da. Ist vor einer knappen Dreiviertelstunde gekommen.« Er sah sie an. »Ach ja … Und Ihre Mutter hat angerufen.«

Irgendwie brachte sie es zustande, keine sichtbare Reaktion zu zeigen, ein Umstand, der sie mit tiefer Erleichterung erfüllte. »Alles klar«, entgegnete sie aufgeräumt. »Danke.«

»Gern geschehen.« Bredeney schenkte ihr ein väterliches Lächeln. »Ihre Durchwahl ist übrigens die -32.«

»Wie bitte?«

»Da kann Ihre Mutter Sie dann in Zukunft direkt erreichen.« Bredeneys Blick wanderte von ihr zu Verhoeven. »Oder ist Karls Schreibtisch noch nicht …?«

»Doch«, antworteten der Angesprochene und Winnie Heller unisono.

Bredeney blickte irritiert von einem zum anderen und hob dann in einer entschuldigenden Geste die Hände in die Luft. »Ich wollte nur behilflich sein.«

»Haben Sie alles, was Sie brauchen?«, erkundigte sich Verhoeven, indem er sich anschickte, das Zimmer zu betreten, in dem die Beamten der umliegenden Büros ihre Zeugenbefragungen durchführten.

Winnie Heller legte alle Gleichgültigkeit, die sie im Angesicht dieses leidigen Themas noch zustande brachte, in das Lächeln, mit dem sie ihm antwortete. »Ja, sicher. Alles bestens.«

»Gut, dann wollen wir doch mal hören, was Herr Grabner uns zu sagen hat«, entschied Verhoeven und stieß die Tür auf.

Der Pharmareferent erhob sich von seinem Stuhl, als die beiden Beamten eintraten. Er war mittelgroß, dunkelhaarig und auf eine eigenwillige, fast aggressive Weise gut aussehend. »Meine Frau hat mir berichtet, dass Sie mich sprechen möchten.« Seine Körperhaltung drückte Vorsicht aus. »Wegen Frau Leistner. Sie …« Er stutzte. »Ist sie tatsächlich ermordet worden?«

Verhoeven nickte. »Aber Sie hätten doch nicht extra herzukommen brauchen. Wir hätten heute Nachmittag sowieso bei Ihnen vorbeigeschaut.« Und das ist genau das, was du vermeiden wolltest, nicht wahr?, dachte er bei sich.

»Ich war ohnehin in der Gegend«, entgegnete Grabner knapp.

Verhoeven schenkte ihm ein flüchtiges Lächeln. »Sie schliefen also mit Frau Leistner«, stellte er unsentimental fest.

Grabners schön geschwungene Lippen verzogen sich nach einem Moment des Zögerns zu einem breiten Grinsen. »Wenn Sie es unbedingt so direkt formulieren möchten.«

»Ein einfaches Ja oder Nein würde als Antwort vollkommen genügen«, entgegnete Verhoeven. »Haben Sie einander regelmäßig getroffen?«

»Anfangs ja.«

»Was soll das heißen?«

»In der letzten Zeit wurden unsere Treffen immer seltener.«

»Warum?«

»Ich denke, Susanne hatte ein schlechtes Gewissen. Ihrer Familie gegenüber.«

»Ein Gefühl, das Sie nachvollziehen können?«, stichelte Winnie Heller, die hinter Verhoeven an der Wand lehnte, obwohl an seiner Seite gleich zwei Stühle frei waren.

Grabner verzog keine Miene. »Das ist meine Sache«, sagte er.

»Wusste Frau Leistners Ehemann von Ihrer Affäre?«, fragte

Verhoeven, indem er wieder an die Chrysantheme dachte, mit der der Mörder Susanne Leistners zerstörten Körper geschmückt hatte. Eine gelbe Totenblume. Eine Glasschale mit roten Gerbera. Weiße Astern. *In China und Japan ist Weiß eine offizielle Trauerfarbe,* plärrte eine imaginäre Ulla in seinem Kopf.

»Susanne ging jedenfalls davon aus, dass er keine Ahnung hatte.«

»Aber Sie kennen Herrn Leistner?«

Grabner schüttelte den Kopf. »Nein.«

»Sie sind ihm nie begegnet?«

»Wie ich bereits sagte: Nein.«

Verhoeven glaubte, eine Spur von Gereiztheit in seiner Stimme auszumachen.

»Und ich hatte, ehrlich gesagt, auch kein gesteigertes Interesse an Susannes Familie, falls Sie darauf hinauswollen.« Grabner hob den Kopf und sah Verhoeven direkt in die Augen. »Und um es einmal ganz deutlich zu sagen, da Sie Deutlichkeit ja anscheinend so zu schätzen wissen: Das, was zwischen Susanne und mir lief, war keine große Sache. Wir hatten unseren Spaß und gingen anschließend wieder unserer Wege. Keiner von uns nahm besonderen Anteil am Leben des anderen.«

Verhoeven fragte sich, ob es tatsächlich Bitterkeit war, was er da heraushörte. Der Mann war ein Zyniker, kein Zweifel, aber auch verletzbarer, als er sie glauben machen wollte. Er blickte sich nach Winnie Heller um, die nach wie vor an der Wand lehnte und eine gänzlich unbeteiligte Miene aufgesetzt hatte. »Und wenn Frau Leistner das Verhältnis endgültig beendet hätte?«

»Dann hätte ich ihr alles Gute gewünscht und mich aus ihrem Leben verabschiedet«, antwortete Grabner leichthin, doch sein Lächeln hatte etwas Gezwungenes.

»Wirklich?«

Der Pharmareferent schien es nicht für nötig zu halten, seine Antwort zu wiederholen.

»Und was ist mit Ihrer Frau?«, fragte Winnie Heller aus ihrer Deckung in Verhoevens Rücken heraus. »Ist sie über Ihre kleinen Seitensprünge informiert?«

Verhoeven hatte den Eindruck, dass sie ganz bewusst im Plural sprach.

Grabner spähte an ihm vorbei und musterte Winnie Heller eine Weile schweigend. »Ich bin nicht geschmacklos«, sagte er schließlich.

»Wann haben Sie Frau Leistner zum letzten Mal getroffen?«

»Am Montag vergangener Woche. Wir waren in ihrer Mittagspause zum Essen verabredet.«

»Ist Ihnen bei dieser Gelegenheit etwas Besonderes an ihr aufgefallen?«

»Sie zog sich mehr und mehr von mir zurück«, lautete Grabners erstaunlich ehrliche Antwort. »Allerdings nicht erst seit letztem Montag.«

»Und das hat Sie nicht gestört?«

»Wie ich Ihnen bereits sagte, verband Susanne und mich nicht das, was man eine romantische Liebe nennt«, erwiderte der Pharmareferent. »Ich für meinen Teil hätte die Beziehung sicherlich noch eine Weile weitergeführt, aber ich hätte mich auch nicht in den Schlaf geweint, wenn Susanne Schluss gemacht hätte.«

Nach außen hin wirkte er gelassen, beinahe gleichgültig. Verhoeven fragte sich, womit die glatte Oberfläche aufzubrechen sei und was dahinterlag. »Was hätten Sie getan, falls Ihnen jemand damit gedroht hätte, Ihre Gattin von Ihren außerehelichen Umtrieben in Kenntnis zu setzen?«

»Finden Sie nicht, dass Ihre Fragen insgesamt ein wenig zu

hypothetisch formuliert sind?«, entgegnete der Pharmareferent belustigt.

Verhoeven sagte nichts. Er hatte das Gefühl, dass Grabner nur Zeit gewinnen wollte. Also lehnte er sich zurück und wartete, wobei er inständig hoffte, dass Winnie Hellers Ungeduld ihm keinen Strich durch die Rechnung machen würde. Doch sie schien zu spüren, was er vorhatte, und hielt sich zurück.

»Ich hätte denjenigen für einen Riesenspielverderber gehalten«, erklärte Grabner nach einer Weile, doch seine arrogante Kaltschnäuzigkeit wirkte nicht mehr ganz so glaubhaft wie zuvor. »Haben Sie etwa an diese fürchterliche Buchhalterin gedacht?«

Verhoeven lächelte. »Ich habe an niemanden gedacht.«

»Es wäre natürlich sehr ärgerlich gewesen, wenn meine Frau davon erfahren hätte«, fuhr Grabner nach einer Weile wie zu sich selbst fort. »Allerdings glaube ich kaum, dass eine solche Eröffnung ernsthafte Konsequenzen gehabt hätte. Meine Frau ist in dieser Hinsicht recht belastbar.« Er blickte an sich hinunter und zog dann sorgfältig seine Krawatte glatt. »Ein paar vorübergehende Unbequemlichkeiten vielleicht. Nichts Ernstes.«

Verhoeven lächelte noch immer. »Wo waren Sie am vergangenen Dienstag zwischen sechzehn und neunzehn Uhr?«

Der Pharmareferent grinste. »Aber das wissen Sie doch bereits«, antwortete er. »Ich war auf einer Dienstreise, genauer gesagt, auf einer Schulung meiner Firma. In Fulda. Seminare, Vorträge, das ganze Programm. Sie können das selbstverständlich überprüfen.«

»Das werden wir«, sagte Verhoeven. »Verlassen Sie sich darauf.«

34 Was zögerte sie denn?
Es war alles bereit. Es kostete nur eine Unterschrift. Nur eine einzige Unterschrift. Dann war es vorbei. Dann konnte sie gehen. Dann war sie frei.

Frei wofür?

Sie dachte an die anderen Städte, in denen sie gelebt hatte. Die anderen Häuser. Bei jeder Ankunft hatte sie gewusst, dass sie nicht bleiben würde. Jeder Neuanfang hatte bereits den Keim des Abschieds in sich getragen. VORÜBERGEHEND hatte in riesigen, gestochen scharfen Lettern über jedem neuen Heim geprangt, jeden einzelnen Einzug überschattet. Sie hatte das Wort in ihrem Bewusstsein verankern wollen. VORÜBERGEHEND. So fiel es leichter, sich nicht einzurichten …

Was machst du, wenn du älter bist? Erwachsen?

Was meinst du?

Willst du Kinder? Ein Haus? Mit einer grün-weiß gestreiften Hollywoodschaukel im Garten?

Oh nein, sie war nirgendwo lange geblieben, obwohl sie in keiner der anderen Städte einen konkreten Anlass zur Flucht gehabt hatte, so wie hier. Wie jetzt. In keiner der anderen Städte hatte eines Tages ein Strauß gelber Chrysanthemen auf sie gewartet. Oder doch? Mechanisch drückte sie die Klinke der Wohnungstür hinunter. Drehte den Schlüssel, der wie gewöhnlich im Schloss steckte, nach rechts, nur um zu sehen, dass es nicht ging, dass er auf Widerstand stieß, dass es keinen Spielraum gab. Dass sie nichts übersehen hatte. Dann schaltete sie das Flurlicht aus und ging ins Wohnzimmer hinüber, wo ganz leise der Fernseher lief. Nach den Abendnachrichten, zu denen sie sich irgendwie verpflichtet fühlte, nahm sie das Buch auf, in dem sie gelesen hatte. Bücher waren das Einzige, auf das sie nicht verzichten konnte, trotz der Probleme, die es ihr bereitete, in eine Buchhandlung zu gehen. Wann immer sie sich dazu überwinden konnte, kaufte sie ganze Stapel von Büchern, die sie in Kisten aufbewahrte, bis es wieder einmal so weit war. Bis es wieder einmal nicht mehr ging. Und dann, wenn es so weit war, stellte sie die Kisten mit ihren Büchern an die Straße. Zum Altpapier. Es fiel ihr nicht einmal schwer, alles fortzuwerfen, denn das, was ihr daran wichtig war, hatte sie ohnehin im Kopf. Der einzige Ort, an dem es sicher war. Die einzige Rückzugsmöglichkeit. Die Gedanken sind frei. Ein Satz, so wahr wie abgedroschen.

Sie dachte wieder an den Blumenstrauß auf der Theke im Studio. Vielleicht war es ja gar nicht so anders, dieses Mal. Nicht gefährlicher als sonst. Vielleicht war sie in den anderen Städten ja nur immer rechtzeitig genug gegangen. Gegangen, bevor die Chrysanthemen sie eingeholt hatten …

Sag schon, was machst du, wenn du älter bist? Wie wirst du leben?

»Überhaupt kein Problem«, hatte ihre Anwältin gesagt. »Eine Sache von wenigen Tagen, bei dieser Lage.« Nur eine Unterschrift. Eine einzige Unterschrift. Dann war sie frei. Dann konnte sie gehen. Gut, sie hatte die Angestellten kennengelernt im Laufe der Zeit. Da ergaben sich zwangsläufig gewisse Bindungen. Sympathien. Aber sie ging doch sowieso nicht mit diesen Leuten zum Essen, ins Kino, in die Oper. Da war es doch schließlich gleichgültig, mit wem sie nicht ins Kino ging, oder? Und wo …

Was zögerte sie denn?

Hier war sie ohnehin schon viel zu lange. Und sie hatte ja auch immer gewusst, dass sie nicht bleiben würde. Von Anfang an. Klare Verhältnisse. Keine Illusionen. Sie hatte es schon viel zu lange aufgeschoben, das Fortgehen. Nun war es höchste Zeit. Die Chrysanthemen bewiesen, dass es höchste Zeit war. Und auf Herbstspaziergänge konnte sie schließlich auch anderswo verzichten, in einer anderen Stadt, oder nicht? Und die weiche graue Katze war ja auch nie zurückgekommen …

Es gab keinen Grund hierzubleiben.
Es war höchste Zeit.
Was zögerte sie denn?

35

Nach dem Abendessen war Winnie Heller endlich dazu gekommen, die Mangrovenwurzel einzusetzen. Vor der improvisierten Höhle aus faustgroßen Steinen, die sie angelegt hatte, um ihren Fischen ein paar zusätzliche Rückzugsmöglichkeiten zu eröffnen, machte sich die Wurzel überaus edel aus, und Winnie nutzte die Gelegenheit, auch den Rest des Bassins wieder einmal einer ausführlichen Grundreinigung zu unterziehen. Als sie die Hand ins Becken schob, um das Glas von kleineren Algenresten zu reinigen, kam Da Ponte, ihr zweijähriges Paradiesfischmännchen, angeschwommen und begann sogleich, Salz und Luftbläschen von ihrer Haut zu fressen.

»Na, mein Schöner, wie geht es dir heute?«, fragte sie, seine Berührung genießend. »Was meinst du? … Wie *mein* Tag war?« Sie stieß einen tiefen Seufzer aus. »Frag nicht! Ich sage dir, dieser Fall, an dem ich arbeite, ist echt verzwickt. Da ist dieser milchige Ehemann des Opfers, weißt du, der uns bei jedem zweiten Satz anflunkert und dabei einen auf superweich gespült macht, aber trotzdem kann ich mir beim besten Willen nicht vorstellen, dass er seine Frau derartig zurichten würde. Nee, nee, mein Hübscher, wenn du mich fragst, steckt da etwas ganz anderes dahinter. Etwas …« Sie suchte eine Weile nach dem passenden Wort. »… Etwas ganz und gar Unnormales, verstehst du? Irgend so eine elende Psychopathenkiste. Und mir wäre bedeutend wohler, wenn mein neuer Boss nicht so ein stilles Wasser wäre. Bei Paul Cartier … Was?

Ja genau, der Deckhengst mit den schiefen Zähnen ... Na, wie auch immer, bei Cartier wusstest du auf Anhieb, wo du dran bist. Du brauchtest ihn nur anzusehen und hast genau gewusst, was er denkt. Aber Verhoeven ...« Sie verdrehte die Augen. »Ich sage dir, dieser Mann hat überhaupt keine Meinung. Zumindest keine eigene. Und dieser Bredeney sagt auch immer nur Ja und Amen. Oh Mann, der hat seinen kleinen, pockennarbigen Geist anscheinend schon vor Jahren in Pension geschickt und will bloß noch eins: keine Fehler mehr machen, die ihm Unannehmlichkeiten bescheren könnten. Aber irgendwann ...«, sie legte das Schwämmchen, mit dem sie die Scheiben gereinigt hatte, beiseite und rupfte ein paar welke Blätter aus dem Schwimmpflanzendickicht nahe der Oberfläche, »... irgendwann werden sich die alten Krusten lösen, und die Karten werden neu verteilt. Und wenn ich in den vergangenen sieben Jahren eines gelernt habe, dann ist es Geduld, weiß Gott!« Sie schob den Arm fast bis zur Achsel in das Becken und rammte eine entwurzelte Pflanze wieder in den lockeren Kies neben der Mangrovenwurzel. »Na, wenigstens dieser Werneuchen scheint ganz nett zu sein. Ich meine, ich dachte ja erst, er will mich verarschen, als er mich fragte, ob ich meinen Schreib... Oh nein!«, unterbrach sie sich selbst. »Nicht *meinen* Schreibtisch! Ob ich den Schreibtisch des Allmächtigen gefunden hätte. Aber später stellte sich dann heraus, dass er gar nicht den Tisch an sich meinte, sondern dieses komische *Welcome-Survival*-Paket, das er mir hingelegt hatte ... Wie? Was das sein soll?« Sie grinste. »Na ja, eine Packung Tee und ein eigener Becher dazu und so ein ziemlich geschmackloses Poster mit Polizistenwitzen drauf. Und eine Tüte Karamellbonbons. Du weißt schon, diese ganz besonders sahnigen, die dir sämtliche Zähne ziehen, wenn du nicht aufpasst ... Ja, das ist nett, nicht wahr? ... Und ... Hey! Aua! Wenn du bitte etwas sanfter sein könntest, ja? Wie hält denn deine Holde das aus, wenn du so wild bist?« Sie trat einen Schritt zurück und sah sich nach Despina, Da Pontes Gefährtin, um, die zu ihrer Freude bereits mit Feuereifer die Hohlräume unter der Mangrovenwurzel erkundete. Sie hatte sich ganz bewusst gegen eine Harems- und für eine Paarhaltung ihrer beiden Paradiesfische entschieden und beobachtete seither mit Stolz deren harmonisch-monogames Zusammenleben. »Ja doch, mein Dicker«, flüsterte sie, als Papageno, ihr dreijähriger Antennenharnischwels, nach vorn an die Scheibe kam. »Irgendwann sehen wir uns auch noch nach einer Gefährtin für dich um, was? Aber da sollten wir wirklich nichts überstürzen, weißt du … Ich meine, du kennst dich, nicht wahr? Es ist nicht leicht, mit dir auszukommen, und … Ja, klar, Da Ponte ist auch nicht immer pflegeleicht, das stimmt schon. Aber Paradiesfische sind nun einmal keine solchen Einzelgänger wie ihr Welse und … Ja doch, ich weiß, dass ihr nicht besonders gut miteinander auskommt, Da Ponte und du, aber so ist das nun mal im Leben. Man kann sich die Gesellschaft, in die man gerät, leider nicht immer aussuchen.« Sie bückte sich auf Augenhöhe zu ihrem Wels hinunter und lächelte. »Sollen wir denn mal nachsehen, ob wir im Gefrierfach noch ein paar Erbsen für dich finden? Sollen wir?« Sein Einverständnis voraussetzend, kramte sie eine Packung mit Tiefkühlerbsen aus dem Eisfach ihres Kühlschranks und warf eine Handvoll ins Wasser. Dann klappte sie den Deckel des Beckens zu und setzte sich auf ihren Beobachtungshocker.

Irgendwann merke ich das nicht mehr, dachte sie bei sich, während sie Papageno beim Fressen zusah. Irgendwann vergesse ich, dass ich nie eine Antwort bekomme. Irgendwann kommt der Tag, an dem ich mich endgültig mit der Stille, die mich umgibt, abgefunden habe. An dem ich meine eigenen Gedanken für Gespräche halte. Dieser Tag war gefährlich, dessen war sie sich durchaus bewusst. Aber sie hatte keine Ahnung, was sie tun sollte, um ihn abzuwenden. *Haben Sie jemanden, mit dem Sie reden können?*, hatte Dr. Zilcher, ihr Therapeut, sie bei ihrem Abschied aus der Institution, die sich selbst euphemistisch ein »privates Sanatorium« nannte, gefragt. *Jemanden, der Ihnen zuhört, wenn Sie Probleme haben?*

»Tja, ich schätze, das mit dem Zuhören ist nicht das Problem, was, Jungs?«, sagte sie laut, halb an sich selbst, halb an ihre Mitbewohner gewandt, wobei sie automatisch mit dem allabendlichen Durchzählen ihrer Zwergfadenfische begann, die die dritte und letzte Fischart stellten, die sie in ihrem Aquarium hielt. Dabei fiel ihr auf, dass ein paar dieser an und für sich überaus ruhigen und freundlichen Beckenbewohner sich irgendwie merkwürdig verhielten. Anders als sonst. Sie rückte ihren Hocker noch ein Stück näher heran und begann von Neuem zu zählen.

»Okay, da haben wir Willi, Wendelin und … ja, ich sehe Werner … Wichtelmann, Wladimir und … Hallo, John!« John Sinclair war der mit Abstand aufgeweckteste und selbstbewussteste Vertreter seiner Art, weshalb sie es als durchaus angemessen empfunden hatte, in seinem Fall von ihrem üblichen Namensschema abzuweichen. Oder waren ihr am Ende doch nur die W-Namen ausgegangen? Egal, jedenfalls war er da und … Moment, was war das denn? Weshalb zwickte er Da Ponte in die Flanke, einen Kerl, der gut doppelt so groß war wie er selbst … Da stimmte doch etwas nicht! Sie runzelte die Stirn, während der überaus zarte, rotsilberne John Sinclair den gestreiften Da Ponte energisch aus der Ecke mit dem dichtesten Pflanzenbewuchs vertrieb. Ausgeprägtes Revierbewusstsein. Verjagen von Eindringlingen. Das war eindeutig ein … Brutverhalten! Aber das war unmöglich! Von den Zwergfadenfischen hatte sie nur männliche angeschafft.

Oder? Und wo zum Teufel war eigentlich Walther? Sie stand auf, schob den Deckel des Bassins wieder zurück und tastete mit der rechten Hand nach der Pflanzenecke, die John Sinclair so vehement verteidigte. Zugleich ging sie ein wenig in die Knie, um das Ergebnis ihrer Aufscheuchaktion verfolgen zu können. Und tatsächlich: Da war er … Walther! Erschreckt stob er unter einem fedrigen Blatt hervor und wirbelte der Wasseroberfläche entgegen. Winnie Heller presste das Gesicht gegen die Glaswand, die sie trennte, und begutachtete Walther ausgiebig, während dieser langsam zur Ruhe kam und schnurstracks wieder auf das Pflanzendickicht zuschwamm. Gut, okay, da war nicht allzu viel Rot an ihm zu entdecken. Eher Silber. Ja, dachte sie, überwiegend Silber, und das bedeutete … Sie zog die Hand aus dem Wasser und nahm kopfschüttelnd wieder auf ihrem Hocker Platz. Das bedeutete, dieser Kerl war kein blasser Walther, wie sie immer angenommen hatte, sondern eine Waltraud! Und eine werdende Mutter obendrein! Überwältigt von dieser Erkenntnis, fuhr sie sich mit der nassen Hand übers Gesicht. Scheiße noch mal, sie wurde tatsächlich Oma!

36

»Dominik hat gesagt, in der Nudelsoße schwimmen lauter tote Tiere.«

»Und deshalb konntest du sie nicht essen?«

Nina Verhoeven schüttelte heftig den Kopf. *Natürlich konnte ich sie nicht essen*, sagte ihr Blick. *Ich meine, würdest du eine Soße essen, in der tote Tiere schwimmen?*

Verhoeven betrachtete seine Armbanduhr, bemüht, sich den Ärger, den er empfand, nicht anmerken zu lassen. Nicht jetzt. Nicht vor dem Kind. Ohne sich mit ihm abzustimmen, hatte Silvie beschlossen, dass es eine gute Idee sei, ihre Tochter behutsam an einen ganztägigen Hortaufenthalt zu gewöhnen, indem sie sie zunächst an zwei Tagen in der Woche erst am späten Nachmittag aus der Tagesstätte abholte. Und das Ergebnis war, dass seine Tochter heute kein Mittagessen bekommen hatte.

»Papa?«

»Was?«

»Du bist dran.« Sie zeigte auf das Spielbrett, das zwischen ihnen stand.

Er würfelte und setzte seinen Spielstein zwei Felder weiter. »Was ist das für ein Junge, dieser Dominik?«

Nina blähte die Backen auf und schielte, eine Reaktion, aus der Verhoeven ableitete, dass Dominik Wer-auch-immer ein ziemlich dicker Junge mit einem wie auch immer gearteten Sehfehler war. Seine Tochter war zumindest verbal ein überaus sparsames Kind, aber sie verstand es ausgezeichnet, den Kern einer Sache treffend darzustellen.

»Und Dominik hat folglich auch keine Spaghettisoße gegessen?«, hakte er nach.

Sie runzelte nachdenklich die Stirn. »Do-hoch.«

Er konnte zusehen, wie ihr die Bedeutung ihrer Antwort aufging.

»Siehst du«, sagte er, die Gunst des Augenblicks nutzend. »So schlimm kann das mit den toten Tieren doch gar nicht sein, wenn Dominik trotzdem von der Soße gegessen hat.«

»Sein Vater hat's aber verboten«, entgegnete seine Tochter mit einem Achselzucken.

»Und trotzdem hat Dominik Soße gegessen«, insistierte Verhoeven.

Nina nickte.

»Das war vernünftig.«

»Warum?«

»Warum was?«, erkundigte sich Silvie, die in diesem Augenblick mit unbekümmerter Heiterkeit durch die Hintertür trat. Sie hatte die Anwesenheit ihres Manns genutzt, um rasch ein paar Sachen aus der Reinigung zu holen.

»Unsere Tochter hatte heute kein Mittagessen.« Er bemühte sich wenig erfolgreich um einen neutralen, vorwurfsfreien Tonfall.

Seine Frau legte die sorgfältig in Zellophan verpackten Kleidungsstücke über den erstbesten Stuhl und sah ihn an. »Was soll das heißen, sie hatte kein Essen?«

»In der Nudelsoße waren lauter tote Tiere«, wiederholte Nina so ernsthaft wie zuvor.

»Das nennt man Hackfleisch«, entgegnete ihre Mutter lapidar.

Glücklicherweise schien Nina den Begriff Hackfleisch nicht in Verbindung mit all den anderen Dingen zu bringen, die sie gern aß. Frikadellen zum Beispiel. »Aber Dominik hat sie trotzdem gegessen«, setzte sie ihren Bericht unbekümmert fort. »Und jetzt wird er krank.«

»Er wird nicht krank«, widersprach Silvie Verhoeven ihrer Tochter lächelnd. Und an ihren Mann gewandt, fügte sie hinzu: »Dominiks Eltern sind in dieser Beziehung ein wenig radikal. Du weißt schon: Dinkelkekse ohne Zucker und Melasse aufs Brot und so was alles. Kein Wunder, dass ihr armes Söhnchen wie ein Besessener hinter allem her ist, was irgendwie unvernünftig aussieht.« Sie kicherte. »Ich sage dir, der kleine Fettsack würde einen Mord begehen für ein halbes Hähnchen mit Mayo.«

Verhoeven blickte auf. »Darum geht es hier nicht.«

»Ach nein?« Silvie trat kampfeslustig einen Schritt näher. »Dann klär mich doch bitte auf. Worum genau geht es hier?«

»Es geht darum, dass unsere Tochter nicht richtig versorgt wird.«

»Ach, du liebe Güte.« Sie verdrehte die Augen. »Das ist doch wohl nicht dein Ernst.«

»Sie hat diese verdammte Soße nicht essen können«, rief Verhoeven so aufgebracht, dass Nina erschreckt zusammenzuckte.

»Erzähl deinem Vater, was ihr nachmittags gemacht habt«, forderte Silvie ihre Tochter auf, ohne ihn aus den Augen zu lassen.

»Kekse.«

»Und was noch?«

Ninas Finger bearbeiteten den Farbwürfel in ihrer Hand. Es war mehr als offensichtlich, dass ihr die Situation nicht behagte. Vielleicht durchschaute sie, dass sie gegen ihren Vater ausgespielt werden sollte. »Nusskuchen«, sagte sie kleinlaut.

»Den mit den extragroßen, unbehandelten Haselnüssen aus kontrolliertem Anbau«, ergänzte ihre Mutter. »Dominiks Eltern achten auf so was. Zufrieden?«

»Nein.«

»Und warum nicht?«

»Weil wir von einem anständigen Mittagessen sprechen.«

»Herrgott noch mal!« Silvie Verhoeven fuhr sich entnervt durch die wie immer tadellos sitzenden Haare. »Es geht dir gar nicht um Nudelsoßen oder Kuchen oder die Sicherheit von Zäunen und Spielgeräten. Es geht dir nicht einmal um Nina.«

»Sondern?«

»Darum, dass ich wieder studieren will. Dass ich es wage, mir die Freiheit zu nehmen, etwas Eigenes aufzubauen.«

Er stand auf, um mit ihr auf Augenhöhe zu sein. »Deine Freiheit hat Grenzen«, sagte er in einem Tonfall, der ihn entfernt an Schmitz erinnerte. Das Letzte, was er wollte. »Du hast nämlich ein Kind.«

»Oh ja, allerdings. Wir haben eine wundervolle Tochter, die

ich ebenso sehr liebe wie du, falls du das noch nicht bemerkt haben solltest«, rief sie mit jener plötzlichen Leidenschaft, die er an ihr so sehr bewunderte wie die Lebendigkeit, die aus allem, was sie tat und sagte, hervorsprudelte, die unerschöpfliche Energie, mit der sie lebte und stritt. Er liebte sie für diese Energie und ihre Kraft und kam sich doch in ihrer Gegenwart oft blass und langweilig vor. »Aber weißt du, was dein Problem ist? Du wünschst dir eine Frau, die den lieben langen Tag zu Hause sitzt und Däumchen dreht und dabei immer unselbständiger wird, damit sie sich auch ja nicht traut, eines Tages aus der Tür zu gehen und nicht mehr zurückzukommen.« Sie nahm die Kleider, die sie über den Stuhl gehängt hatte, wieder auf. Erst jetzt sah er, dass auch sein Wintermantel darunter war. »Aber da spiele ich nicht mit. Ich werde wieder studieren, und es gibt nichts, absolut gar nichts, was mich davon abhalten kann, okay?« Sie drehte sich um und ging zur Tür. »Wirklich, Hendrik, ich habe nicht die leiseste Ahnung, was da nicht stimmt bei dir, aber ich lasse nicht zu, dass du Nina und mir damit das Leben zur Hölle machst.« Ihre Augen blitzten, als sie leise, aber überaus bestimmt hinzufügte: »Du wirst deine irrationalen Verlustängste irgendwie anders in den Griff kriegen müssen.«

37

»Ich bin's.«

»Winifred?«

»Was wollt ihr von mir?« Ihre Finger schlossen sich fester um den Hörer. Sie hatte beschlossen, diese leidige Angelegenheit zu klären. Keine Umschweife. Keine Zugeständnisse. Alles, was sie wollte, war eine Antwort. Wieder ruhig schlafen können. »Warum wolltest du mich sprechen?«

Ihre Mutter schien zu überlegen, ob es Sinn machte, irgendwelche Fragen zu stellen. *Wie geht es dir? Was machst du so? Bist du gesund?* Aber instinktiv spürte sie wohl, dass sie keine Chance hatte. Noch immer nicht. Vielleicht auch nie mehr. Der Krieg, der zwischen ihnen tobte, dauerte nun schon sieben Jahre. Wahrscheinlich war das selbst für einen Menschen wie ihre Mutter zu lange, um sich noch irgendetwas vormachen zu können. »Es geht um deine Schwester.«

Also doch! Winnie Heller spürte, wie sie zu zittern begann. Instinktiv ging sie zum Aquarium hinüber und legte die Hand gegen die kühle Scheibe. Dahinter tanzten ihre Fische. Neues Leben. Nachwuchs. »Was ist mit ihr?«

Gisela Heller antwortete mit einer Gegenfrage: »Bist du in letzter Zeit mal dort gewesen?«

»Natürlich«, entgegnete Winnie kalt. Und im Stillen ergänzte sie: Im Gegensatz zu euch besuche ich Elli regelmäßig. Ich fahre zu ihr, wann immer es meine Zeit erlaubt, und wenn ich neben ihrem Bett einen Blumenstrauß finde, der von euch sein könnte, werfe ich ihn in den Müll.

»Und ist dir an Elli nichts aufgefallen?«

»Nein.« Es war eine glatte Lüge. Aber die einzige Möglichkeit.

»Ihre Ärzte haben uns letzte Woche kontaktiert.« Gisela Heller zögerte. »Sie glauben, dass deine Schwester bald eine andere Form von Betreuung brauchen wird.«

»Was soll das heißen?«

Ihre Mutter gab einen seltsamen Laut von sich. Es klang wie ein Lachen, aber Winnie Heller war sich eigentlich sicher, dass sie nicht lachte. Hinter dem blau schimmernden Glas schwebte der werdende Vater John Sinclair wie schwerelos dahin. »Soweit ich verstanden habe, sprachen sie von intensivmedizinischer Betreuung.«

»Was?« Sie musste sich verhört haben.

Gisela Heller schluckte hörbar, bevor sie sagte: »Sie denken, dass Elli bald in ein Stadium kommt, in dem sie nicht mehr aus eigener Kraft atmen kann, weshalb wir …«

»Das ist nicht wahr«, fiel Winnie ihrer Mutter ins Wort. »Das kann nicht wahr sein. Ich war bei ihr. Erst gestern. Es geht ihr gut.«

»Nein«, war alles, was ihre Mutter sagte.

Sie überlegte, ob sie einfach auflegen sollte, aber irgendetwas hielt sie zurück. Sie waren noch nicht fertig miteinander. Nicht heute.

»Wir müssen nun entscheiden, wie es weitergehen soll, und … «

»Wieso ihr?«, schrie Winnie in einem irrwitzigen Anfall plötzlicher Wut in den Hörer. »Was, verdammt noch mal, habt ihr damit zu tun?«

»Wir sind ihre Eltern.« Gisela Hellers Stimme flatterte. Trotzdem schien sie wild entschlossen zu sein, dieses Gespräch mit Vernunft und Sachlichkeit zu Ende zu bringen. »Wir müssen entscheiden, ob wir ihr diesen Weg zumuten wollen oder ob es nicht besser wäre …«

»Oh, ich verstehe, darauf läuft die ganze Sache also hinaus!« Winnie fühlte einen dumpfen Schmerz hinter ihrem Brustbein. Als ob sich dort etwas festbrennen würde. Die Innenflächen ihrer Hände waren schweißnass. Unmissverständliche Vorboten eines drohenden Nervenzusammenbruchs, die ihr nur zu vertraut waren. »Ihr wollt sie endgültig loswerden, stimmt's?«, flüsterte sie tonlos. Ihre Lippen waren plötzlich zum Zerspringen trocken. »Es reicht euch nicht, dass ihr sie in dieses verdammte Heim abgeschoben habt. Jetzt wollt ihr auch noch die Erinnerung an sie auslöschen, damit euch das Bild eurer versehrten Tochter nicht behelligt, während ihr euren beschissenen Golfkurs auf Teneriffa genießt. Ist es nicht so?« Sie rang nach Atem. »Ihr habt anstandshalber ein paar Jahre gewartet, aber sie hat euch nicht die Freude gemacht, zu sterben. Und jetzt wollt ihr sie unter dem Deckmantel der Humanität umbringen. Aber so läuft das nicht.« Sie merkte, dass sie beim Sprechen gespuckt hatte. Mechanisch wischte sie sich mit dem Ärmel ihres Sweatshirts über die Lippen, während sich in ihrem Kopf ein vertrautes Bild manifestierte. Ein Hospiz. Eine dunkelhaarige Frau in einem schmucklosen Krankenbett. Terri Schiavo. Wie lange war das jetzt her? Ein Jahr? Zwei? Sie wusste es nicht genau, aber sie erinnerte sich an jedes Detail, das damals über die Medien verbreitet worden war. Der Ehemann hatte vor Gericht darum gekämpft, die Magensonde, die seine im Wachkoma liegende Frau fünfzehn Jahre lang ernährt hatte, entfernen zu lassen, und er hatte recht bekommen. Die Erlaubnis, seiner selbständig atmenden Frau Nahrung und Flüssigkeit vorzuenthalten. Die Genehmigung, zuzusehen, wie sie starb. Es hatte vierzehn qualvolle Tage gedauert, bis Terri Schiavo endlich verdurstet war. Vierzehn Tage, während deren Ärzte aller Couleur öffentlich darüber diskutiert hatten, ob die Patientin etwas von ihrem langsamen Sterben mitbekam, und wenn ja, wie viel. Für Winnie Heller symbolisierte dieser Fall das Äußerste, was Menschen einander anzutun fähig waren. Den absoluten Gipfel der Barbarei. »Glaub mir«, wiederholte sie, indem sie die freie Hand gegen ihre erhitzte Stirn presste. »So läuft das nicht. Denn was auch immer ihr vorhabt«, sagte sie mit einer Stimme, die blechern klang. »Ich werde es verhindern.«

Dann drückte sie auf die Taste, die das Gespräch beendete, und schaltete ihr Handy aus.

38

Verhoeven schlief schlecht. Als das Telefon zu läuten begann, stöhnte Silvie neben ihm leise auf. »Wie spät ist es?«

»Gleich eins.«

Sie legte sich einen Arm über die Augen zum Schutz gegen das Licht, das er eingeschaltet hatte, um das Display erkennen zu können, doch es zeigte lediglich die wenig hilfreiche Information: *Unbekannte Nummer.* »Ist das etwa dienstlich?«

»Ich weiß es nicht.« Ich hoffe nicht, ergänzte er im Stillen, auch wenn er sich keine andere Erklärung vorstellen konnte. »Verhoeven«, meldete er sich, nachdem er den Hörer abgenommen hatte.

»Hendrik?« Hinter ihren Worten flimmerte ein Pegel gedämpfter Geräusche. Musik. Andere Stimmen. Das Klappern von Gläsern. Eine Gaststätte, kein Zweifel. »Bist du das, Hendrik?«

»Ja«, entgegnete er schicksalsergeben, während Silvies Lippen die Worte *Wer zur Hölle ist das?* formten. »Hallo, Ulla.«

Silvie riss die Augen auf und tippte wütend auf die Uhr neben dem Bett. *Hat diese Frau jetzt völlig den Verstand verloren?*

»Dieses elende, verdammte Dreckschwein«, brach es derweil aus Ulla heraus, bevor Verhoeven Gelegenheit gehabt hätte, sie nach ihrem Befinden zu fragen. Doch das war eigentlich auch gar nicht nötig. Ihrer Stimme war deutlich anzuhören, dass sie getrunken hatte. »Er hat mich nicht in Karls Wohnung gelassen. Er sagte, ich sei eine Fremde und dass mich das alles nichts anginge.« Ihr hysterisches Lachen hallte in seinem Ohr wider. »Ausgesperrt, verstehst du?«

Verhoeven biss sich schuldbewusst auf die Lippen, weil er es versäumt hatte, Ulla von seinem Zusammentreffen mit Holger Grovius zu berichten. Wenn ich es getan hätte, wäre sie besser vorbereitet gewesen, dachte er.

»Dieser miese kleine Bastard«, fuhr Ulla indessen mit ungebremster Wut fort. »Dabei hat er alles zurückgeschickt, verstehst du? Jede verdammte Geburtstagskarte hat er genau in der Mitte durchgerissen, wie wenn er vorher 'n Lineal drangelegt hätte, und so hat er sie dann zurückgeschickt. Aber das Geld«, sie gab einen triumphierenden Laut von sich, »Karls Geld hat er vorher rausgenommen, das kannst du glauben. Dieser elende kleine Wichser. Bloß interessiert das hier niemanden, verstehst du? King Karl ist kaum kalt, aber schon tot und vergessen. Wusstest du eigentlich, wie schnell das geht?« Aus dem Gewirr im Hintergrund materialisierte sich eine andere bekannte Stimme. Luigi Scolari, der Inhaber der gleichnamigen Kneipe.

»Das ist doch kein Taxiunternehmen, mit dem du da redest, oder?«, hörte Verhoeven ihn fragen.

»Nein«, entgegnete Ulla Grovius würdevoll. »Das ist ein Freund. Nicht wahr, Hendrik? Wir sind doch noch Freunde, wir beide, oder hast du mich schon vergessen?«

»Natürlich nicht«, antwortete er. Neben ihm gestikulierte Silvie wie wild, um ihn dazu zu bewegen, den Lautsprecher einzuschalten, doch er dachte überhaupt nicht daran. Seine Frau war auch so schon wütend genug, und wenn jetzt noch Nina aufwachte …

»Siehst du!«, kreischte Ulla, offenkundig wieder in Luigis Richtung. »Er sagt, er ist mein Freund. Im Gegensatz zu dir, du dreckiger …« Ihr schien auf die Schnelle kein adäquates Schimpfwort mehr einzufallen, nachdem sie ihren diesbezüglichen Vorrat bereits für den Sohn ihres geschiedenen Mannes aufgebraucht hatte. Stattdessen lachte sie wieder. Hysterisch. Betrunken.

»So, nun bist du aber mal hübsch vernünftig«, hörte Verhoeven wieder Luigi Scolaris Stimme, während er fieberhaft überlegte, wie er reagieren sollte, wenn Ulla ihn bat, sie abzuholen. »Es ist weit nach Mitternacht und …«

»Ich bin vernünftig«, protestierte Ulla. »Ich bin viel zu vernünftig. Bin ich immer gewesen. Karl sagte immer zu mir, Ulla-Kind, sagte er immer …«

»Hallo?«, klang Luigi Scolaris sonorer Bariton nun direkt aus dem Hörer. Offenbar hatte er beschlossen, die Sache selbst in die Hand zu nehmen. »Ist jemand dran?«

»Hendrik Verhoeven«, sagte Verhoeven. »Guten Abend, Luigi.«

»Aaaah, tut mir schrecklich leid«, rief der Kneipier, als treffe ihn eine persönliche Schuld an dieser späten Störung. »Sie sagte, sie wolle sich ein Taxi rufen, und ich habe fälschlicherweise angenommen, dass sie dazu noch selbst in der Lage wäre.«

»Ich bin in der Lage«, kehlte Ulla. »Und jetzt gehe ich. Ich habe nämlich die Schnauze voll von dir, du gottverdammter Itaker.«

»Oh, nononono, du bleibst schön hier.« Ein Krachen in der Leitung verriet Verhoeven, dass es Luigi Scolari einige Mühe bereitete, Ulla von ihrem Entschluss abzubringen, aus eigener Kraft nach Hause zu finden. »Keine Sorge, ich kümmere mich um sie«, versicherte er ein wenig atemlos, als er wieder an den Apparat kam. Im Hintergrund hörte Verhoeven Ullas Stimme. Es klang, als schluchze sie, aber er war sich nicht sicher. »Ich sage dem Fahrer, dass er sie bis in die Wohnung bringen soll und …«

»Nicht nötig«, sagte Verhoeven. »Ich komme vorbei.«

»Aber …«, setzte Luigi an, und in Silvies Augen las er denselben Einwand.

»Zehn Minuten«, sagte Verhoeven und legte auf.

Er brauchte tatsächlich weniger als eine Viertelstunde, um zu Luigi's zu fahren und Ulla, die sich inzwischen beruhigt hatte und leise vor sich hin summte, in seinen Wagen zu verfrachten. Die Scheinwerfer der entgegenkommenden Fahrzeuge brannten in seinen Augen, die sich heiß und entzündet anfühlten, und er wunderte sich einmal mehr, wie viele Menschen in einer ganz normalen Nacht auf den Straßen unterwegs waren. Die Fahrt verlief friedlich und überwiegend schweigend. Nur von Zeit zu Zeit machte Ulla eine Bemerkung, die er nicht verstand, weil sie sich offenbar auf eine Vergangenheit bezog, an der er keinen Anteil hatte, aber das schien sie nicht einmal zu bemerken. Er brachte sie die vier Treppen hoch zu ihrer düsteren Mansardenwohnung, die er mit ihren hundertzehn Quadratmetern geradezu erschreckend riesig fand, und wartete geduldig, bis sie in einem knappen Satinnachthemd mit Spitzenbesatz, in dem sie wie ein vollbusiger alter Filmstar aussah, wieder aus dem Bad kam. Die bröckelige Wimperntusche, die sie nicht abgeschminkt hatte, war unter ihren Augen zu hässlichen blauschwarzen Straßen zerlaufen, als sie ihm ein glasiges Lächeln schenkte.

»Dank dir, Hendrik.«

Er lächelte auch, obwohl er sich durchaus im Klaren war, dass ihn lediglich sein schlechtes Gewissen in Bezug auf Holger Grovius zu dieser nächtlichen Hilfsaktion veranlasst hatte. »Keine Ursache«, sagte er, während ihm langsam bewusst wurde, dass er mit seinem Erscheinen bei Luigi's ganz zweifellos ein Zeichen gesetzt hatte. »Bist du sicher, dass du klarkommst?«

Sie nickte eifrig und streckte ihm zur Untermauerung dieses Nickens zwei erhobene Finger entgegen. Eine Art schiefes Victory-Zeichen, das ihn eher erschreckte als beruhigte. Was, wenn sie sich wieder die Pulsadern aufschnitt, so wie damals?

»Mach keine Dummheiten«, sagte er und ging zur Tür, ohne auf ihr energisches Kopfschütteln zu warten.

Zu Hause in der Einfahrt blieb er im Auto sitzen, bis Vladimir Ashkenazy und die Wiener Philharmoniker unter Zubin Mehta mit dem ersten Satz von Beethovens Klavierkonzert

Nr. 4 zu Ende waren. Dann stieg er aus und ging um das Haus herum in den Garten, wo er Holz, Säge, Schmirgelpapier, Leim und Nägel aus dem Geräteschuppen holte. Über ihm lag das Schlafzimmerfenster ganz im Dunkeln, und er war sich nicht ganz sicher, ob er sich freute, dass Silvie wieder schlief, oder ärgerlich war, dass sie nicht auf ihn gewartet hatte. Nachdem er ein paar leere Terrakotta-Töpfe von dem klapprigen Pflanztisch am hinteren Ende der Terrasse geräumt hatte, schlüpfte er aus seiner Jacke, öffnete den Kragen des Hemds, das er sich vor dem Schlafengehen zurechtgelegt hatte, um am Morgen nicht erst lange suchen zu müssen, krempelte die Ärmel hoch und genoss die kühle Nachtluft auf seiner Haut. Es hatte aufgehört zu regnen, und obwohl es recht frisch war, fror er nicht. Der kräftige Duft der feuchten, offenen Erde wehte zu ihm herüber, als er sich eines der Seitenteile, die er noch in der Woche vor Grovius' Tod zurechtgeschnitten hatte, vornahm und die Kanten mit Schmirgelpapier bearbeitete.

»Was in drei Teufels Namen treibst du da?«, fragte Silvie in der Terrassentür.

»Ich baue ein Vogelhaus.«

Sie nickte. »Um drei Uhr früh?«

»Warum nicht?« Er sah nicht auf. »Ich habe meiner Tochter ein Vogelhaus versprochen, und sie kriegt auch eins. Außerdem kommt der Winter.«

»Okay. Wie du meinst.« Sie drehte sich auf dem Absatz um und verschwand im Haus, ohne die Tür hinter sich zu schließen.

Sie ist wütend, dachte er. Wenn ich so weitermache, lässt sie sich scheiden. Er überlegte gerade, ob es Sinn machte, ihr nachzugehen, oder ob er sie lieber eine Weile in Ruhe ließ, als sie wieder aus der Dunkelheit des Wohnzimmers auftauchte. Sie trug einen dicken Wollpullover über ihrem Nachthemd und hatte die festen Schuhe angezogen, die sie sich vor ein paar Jahren für einen Wanderurlaub in den Pyrenäen zugelegt und seither nie mehr getragen hatte.

»Was soll das?«, fragte er. »Was hast du vor?«

»Mein Mann wünscht unserer Tochter ein Vogelhaus zu bauen«, entgegnete sie todernst. »Und ich erinnere mich dunkel, vor ein paar Jahren einem Standesbeamten und – was noch schwerer wiegt – einem Priester versprochen zu haben, diesem meinem Mann in guten wie in schlechten Zeiten zur Seite zu stehen.« Sie griff nach einem der beiden Dachteile, die Verhoeven bereits zur Hälfte mit daumendicken, halbierten Ästen beklebt hatte. »Tja, ich schätze, Vogelhäuser fallen in die Kategorie schlechte Zeiten. Zumindest, wenn man sich dafür die halbe Nacht um die Ohren schlagen muss. Aber was soll's. Versprochen ist versprochen. Also: Wo gehört das hin?«

Er reichte ihr eine Flasche mit Holzleim. »Da hinten liegen die restlichen Äste. Sie sind bereits auf eine Länge zugeschnitten, sodass du sie eigentlich nur aufzukleben brauchst.«

»Fein«, sagte sie und machte sich an die Arbeit. »Wie geht es Ulla?«

»Sie ist ziemlich fertig.«

Sie nickte. »Das bist du auch, falls du es noch nicht bemerkt haben solltest.«

»Ich habe Angst, dass sie Dummheiten macht«, sagte er, ohne auf ihren sorgenvollen Einwand einzugehen. »So wie damals.«

»Hendrik!« Sie sah ihn an. »Du bist nicht für sie verantwortlich. Weder für Ullas Seelenheil noch für Karls Nachlass.«

Er nahm sich das nächste Seitenteil vor und wunderte sich einmal mehr über die Selbstverständlichkeit, mit der seine Frau Grovius beim Vornamen nannte. Zugleich fühlte er etwas wie Wut in sich aufsteigen. Oder war es Enttäuschung?

Es gab so viele Menschen, von denen Grovius sich hatte duzen lassen. Dass er selbst nie zu diesem Kreis von Menschen gehört hatte, war in gewisser Weise symptomatisch für ihre Beziehung, die zu keinem Zeitpunkt eine Beziehung auf gleicher Augenhöhe gewesen war. Allerdings hatte ihn das bislang nicht gestört. Es war ihm nicht einmal aufgefallen. Er ließ sein Bauteil sinken und sah seine Frau an. »Weißt du, was mich von all den Dingen, die Holger jetzt einfach auf den Müll schmeißt, am meisten schmerzt?«

Silvie unterbrach ihre Arbeit und wandte sich ihm zu. »Was?«

»Das verdammte Scheiß-Projektil aus Grovius' Brieftasche.«

Zu seiner Überraschung lachte sie laut auf. »Und was würdest du damit machen?«

»Was meinst du?«, fragte er irritiert.

»Wenn Holger dir das verdammte Scheiß-Projektil geben würde, was würdest du damit anstellen?« Sie trat einen Schritt näher und legte ihm ihre zarten, lebendigen Hände auf die Schultern. »Würdest du es in die Nachttischschublade legen? Zu Karls Uhr?«

Er lächelte. »Du denkst, ich sollte sie tragen?«

»Nein, ich denke, dass Karl sie dir geschenkt hat, damit du sie in einen Safe legst, sodass sie nur ja keinen Kratzer abbekommt.« Sie öffnete einen Knopf seines Hemds und schob ihre Hand unter den Stoff. Er fühlte die Wärme ihres Körpers. »Das, was zählt, ist hier drin«, flüsterte sie. »Alles andere ist nicht der Rede wert.«

Er erwiderte ihren Kuss, während im äußersten Osten bereits die Vorboten der Dämmerung den Horizont in eine hellere Form von Tintenblau tauchten. »Wir könnten das Vogelhaus auch morgen bauen«, flüsterte er, indem er den Duft ihres Haars in sich aufsog.

»Oh nein«, versetzte sie. »Der Winter kommt, vergiss das nicht.«

»Scheiß auf den Winter«, sagte er und hob sie hoch.

»Glaubst du, unsere Tochter hat diese Werbung gesehen?«, fragte sie auf der Treppe. »Du weißt schon, die, wo Mike Krüger dieses mordsmäßig riesige Vogelhaus zimmert. Falls sie das nämlich gesehen hat, wird sie von unserer Version definitiv enttäuscht sein.«

»Unsere Tochter sieht alles«, antwortete Verhoeven.

»Na, das will ich aber nicht hoffen«, lachte Silvie und zog die Schlafzimmertür hinter ihnen zu.

Dienstag, 24. Oktober 2006

39

Susanne Leistner wurde genau eine Woche nach ihrem gewaltsamen Tod beigesetzt. Wieder war es ein strahlender Herbsttag, sonnig und kühl. Die Natur leuchtete in den reinsten Farben, und die Luft war frisch und klar wie Quellwasser. Doch sobald man aus der Sonne trat, begann man zu frösteln.

Sie saßen im Wagen und blickten über die niedrige Friedhofsmauer hinweg auf die kleine Trauergesellschaft, die sich am offenen Grab von Susanne Leistner versammelt hatte. Trotz des Sonnenscheins wirkte der Friedhof trostlos. Lange Reihen uniformierter Gräber säumten die abgezirkelten Wege. Der Stein des Nachbargrabs von Susanne Leistner erinnerte Verhoeven an ein überdimensionales Osterei. Er dachte an die Gespräche, die sie in den vergangenen Tagen geführt hatten, und aus irgendeinem Grund hatte er das Gefühl, dass sie sich abwärtsbewegten. Dass sie immer tiefer ins Tal gerieten, anstatt bergauf zu marschieren, zu einer höher gelegenen Stelle, von der aus sie sich einen Überblick verschaffen konnten. Eine Aussicht. Wir verzetteln uns, dachte er. Wir brauchen einen Punkt, an dem wir ansetzen können. Eine Unebenheit, an der wir uns festkrallen und hochziehen können. Einen Halt.

Er kniff die Augen zusammen und versuchte, den Rücken der Trauernden die entsprechenden Gesichter zuzuordnen. Alles in allem waren etwa fünfunddreißig Personen erschienen. Die meisten davon hatten sie im Zuge ihrer Ermittlungen bereits kennengelernt. Einzig Enrico Grabner war dem Begräbnis taktvollerweise ferngeblieben, und auch Amelie fehlte. Eine vernünftige Entscheidung, dachte Verhoeven.

Kindern sollten Beerdigungen grundsätzlich erspart werden. Hinter seiner Stirn flammten Bilder auf. Der billige Kiefernholzsarg, in dem sie seine Mutter begraben hatten. Das harte, faltige Gesicht der Frau von der Fürsorge. Ihre sehnige Hand vor dem unerträglich blauen Himmel. Das klapprige Bett im Heim, von unten aus betrachtet. Matratze. Rostige Federn. Ein Teller mit etwas Milchigweißem darauf, das angeblich ein Schnitzel sein sollte. Belanglosigkeiten. Er hatte oft versucht, andere Erinnerungen an seine Mutter aus den Tiefen seines Unterbewusstseins herauszugraben als ihren Sarg und die ordentlich auf Holzbügel gehängten Blusen im Schrank, die eine andere fremde Frau mit einer einzigen geübten Bewegung von der Kleiderstange gerissen und in einem großen Umzugskarton hatte verschwinden lassen. *Die bekommen jetzt die Kinder in Bangladesch. Die freuen sich, wenn sie was Schönes zum Anziehen kriegen.* Er hatte nicht die geringste Ahnung gehabt, wo das war, Bangladesch, aber er hatte verstanden, dass die Blusen seiner Mutter an einen Ort gebracht wurden, an den er ihnen nicht folgen konnte. Er erinnerte sich, wie gern er eine von ihnen behalten hätte, aber er hatte nicht gewagt, darum zu bitten. Später hatte er sich für dieses Versäumnis die Arme blutig gebissen. Zu diesem Zeitpunkt war er allerdings schon bei Schmitz gewesen. *Das, was zählt, ist hier drin,* flüsterte Silvie in seinem Ohr. *Alles andere ist nicht der Rede wert.*

Verhoeven warf einen flüchtigen Blick auf Grovius' Uhr, die er seit ein paar Tagen trug, und blinzelte hinauf in den strahlend blauen Himmel. Durch das spaltbreit geöffnete Autofenster drang Vogelgezwitscher herein. Sie sind nicht alle fort, dachte er. Ein paar sind noch hier. Sie singen, als ob schon wieder Frühling wäre, und picken die Apfelringe aus Ninas Vogelhaus. Der Gedanke hatte etwas so elementar Tröstliches, dass er sich zwingen musste, seine Aufmerksamkeit wieder auf die Trauergesellschaft zu konzentrieren.

Neben ihm stieß Winnie Heller einen entnervten Seufzer aus. »Scheiße, ich komme mir vor wie ein Leichenfledderer«, murmelte sie, während sie den stämmigen Rücken von Monika Gerling durch ihren Feldstecher musterte. »Das, was wir hier tun, ist irgendwie indiskret.«

»Es gehört zu unserem Job«, entgegnete Verhoeven achselzuckend.

Sie reagierte nicht, sondern hielt das Fernglas an die Augen gedrückt. Die schwarzen Ringe unter ihren Augen wurden mit jedem Tag tiefer, und sie wirkte erschöpft und irgendwie auch traurig. Verhoeven überlegte, ob er sie nach dem Grund fragen sollte, aber er war sich nicht sicher, wie sie darauf reagieren würde.

»Sie wollen sie loswerden?«, hatte Hinnrichs gefragt, als er ihm am Morgen in seinem Büro gegenübergesessen hatte.

»Nein«, hatte er geantwortet, und er hatte es tatsächlich ernst gemeint. Er wollte sie nicht loswerden. Sie war eine begabte junge Polizistin. »Aber sie verdient jemanden, der ihre Talente erkennt und zu fördern weiß. Jemanden, der Erfahrung hat.«

Hinnrichs' stahlblaue Augen hatten über den Rand seiner Brille geblickt. »Sie meinen jemanden wie Grovius?«

Da war etwas an seinem Tonfall gewesen, das Verhoeven nicht gefallen hatte. »Ich meine jemanden, der Erfahrung hat.«

»Von jetzt an sind Sie derjenige mit der Erfahrung. Sie können nicht bis an Ihr Lebensende hinter einem breiten Rücken in Deckung gehen.«

Verhoeven war aufgestanden und hatte das Büro verlassen, um sich später darüber zu ärgern, schon wieder einen falschen Eindruck hinterlassen zu haben. Er war nicht konfliktscheu. Er hatte kein Problem mit seinem Selbstbewusstsein, und er war niemals hinter irgendwem in Deckung gegangen, zumindest hatte er es nie so empfunden. Er hatte auch nicht das Gefühl, dass er den Anforderungen seines Berufs nicht gewachsen wäre. Aber Instinkt war die eine Sache und Erfahrung die andere. Ein Wert, zugegeben, der im Lauf der letzten Jahre und Jahrzehnte immer mehr an Bedeutung verloren hatte, in einer Gesellschaft, in der dreißigjährige Hochschulabsolventen Unternehmen führten und picklige Jünglinge ein Vermögen verdienten, indem sie eine sorgsam in Allerweltsweisheiten verpackte Rücksichtslosigkeit predigten und noch ihre größten Fehlkalkulationen als strahlende Siege verkauften. Nein, dachte Verhoeven, ich habe kein Problem mit meinem Selbstbewusstsein. Ich bin nur einer, der daran glaubt, dass gewisse Dinge Zeit brauchen.

Er sah wieder zu seiner Kollegin hinüber, die nach wie vor durch ihren Feldstecher starrte, als fürchte sie, er werde ein Gespräch beginnen, sobald sie das Fernglas absetzte.

Drüben auf dem Friedhof defilierten die Trauernden langsam am offenen Grab vorbei. Einige warfen Blumen auf den Sarg, und Verhoeven musste unwillkürlich wieder an die Cellistin bei Grovius' Begräbnis denken. An den Choral, den sie gespielt hatte. *So nimm denn meine Hände und führe mich*. Seine Augen folgten Gernot Leistner, der zwei große Sonnenblumen in der Hand hielt. Eine davon sollte wahrscheinlich von Amelie sein, die nichts davon ahnte, dass sie ihrer toten Mutter auf diese Weise einen letzten Gruß mit auf den Weg gab. Verhoeven rieb sich die trockenen Augen. Er war in Ninas Tagesstätte gewesen. Er hatte mit den Erzieherinnen gesprochen und sich den Speiseplan und sogar eine Liste mit Zusatzstoffen zeigen lassen. Trotzdem hatte er nach wie vor das Gefühl, einen Verrat zu begehen, wenn er an seine Tochter dachte. Und einen Verrat an seiner Frau, wenn er sich ihren Plänen weiterhin in den Weg stellte. *Man kann nicht leben, ohne sich die Hände schmutzig zu machen,* tönte Grovius in seinem Kopf.

Im selben Augenblick begann das Handy in seiner Tasche

zu summen. Verdammt gutes Stichwort, dachte Verhoeven, als er die Ziffernfolge auf dem Display als Ullas Büronummer identifizierte. Seit ihrem Aussetzer von letzter Woche hatte sie sich nicht mehr bei ihm gemeldet, was ihn zugleich erleichtert und beunruhigt hatte. Er wusste, er musste vorsichtig sein, durfte sich nicht zu sehr engagieren, und was noch viel wichtiger war: Er durfte Ulla auf keinen Fall das Gefühl geben, in ihm einen Ersatz für ihren Leitstern gefunden zu haben, jemanden, der ihr Leben ordnete und den Karren aus dem Dreck zog, wenn sie wieder einmal Mist gebaut hatte. Andererseits fühlte er sich ihr irgendwie verpflichtet.

»Störe ich?«

»Nein.«

»Ich wollte dich nur informieren, dass ich jetzt einen Anwalt eingeschaltet habe.« Sie klang selbstbewusst. Entschlossen.

»Wegen der Wohnung?«

»Ein paar von den Sachen gehören mir«, sagte sie. »Die will ich zurück.«

»Was für Sachen?«

»Der Radiowecker«, versetzte Ulla, nun wieder im Tonfall eines trotzigen kleinen Kindes. »Und die Handtücher mit den Monogrammen. Du weißt schon, die schönen blauen mit den eingestickten Rauten auf dem Rand. Die sind mal teuer gewesen, sage ich dir. Richtige Aussteuerhandtücher waren das. Nicht dieses billige Zeug aus Taiwan, für das sie auch noch die Dreistigkeit haben, zehn Euro zu verlangen.«

Blusen für Bangladesch, dachte Verhoeven müde, indem er sich dunkel an einen sperrigen Radiowecker aus den späten Siebzigern erinnerte, den Holger Grovius in seinem entschlossenen Bemühen, auch noch die letzte Erinnerung an seinen Vater auszulöschen, vermutlich längst auf den Müll geworfen hatte.

»Dieser verdammte Bastard hat kein Recht auf das Zeug«, echauffierte sich Ulla derweil weiter. »Und wir wollen erst mal sehen, wer von uns beiden am Ende dumm dasteht. Mein Anwalt wird ihm jedenfalls die Hölle heißmachen.« Sie lachte ein wenig zu laut. »Aber was ich dich eigentlich fragen wollte: Gibt es noch etwas, das du haben möchtest? Ein paar Fotos vielleicht? Oder eine von diesen scheußlichen Plaketten, mit denen eure Truppe ihre Helden ehrt?«

Ein Projektil, dachte Verhoeven, die Kugel aus Grovius' Weste. Laut sagte er: »Nein, danke.«

Seine Antwort schien sie zu überraschen. »Bist du sicher? Ich meine, es wäre ein Aufwasch und …«

»Vielen Dank«, wiederholte Verhoeven. »Ich habe alles, was ich brauche.«

»Ganz wie du meinst«, entgegnete Ulla kühl. »Aber ich werde Holger nicht kampflos überlassen, woran er keinerlei Rechte hat.«

»Ich wünsche dir viel Erfolg«, sagte Verhoeven und beendete das Gespräch, bevor sie noch etwas entgegnen konnte.

Verhoeven schob das Handy in seine Manteltasche zurück und betrachtete wieder die trostlosen Grabreihen. Er hatte das dringende Gefühl, dass ihm, was das Trauern betraf, noch etwas bevorstand. Ein Moment der Erkenntnis, ein Augenblick, in dem der neuerliche Schmerz eine alte Wunde zum Bluten bringen würde. Er hatte einfach noch keine Zeit gehabt, über alles nachzudenken. Das Ausmaß des Verlustes zu begreifen. Sich neu zu ordnen. Aber vielleicht würde der Schmerz auch im Laufrad des Alltags untergehen. Er wusste es nicht. Er musste die Entwicklung abwarten.

Unter seinem Blick trat unvermittelt seine Schwägerin, die vortreffliche Madeleine Leonidis, hinter dem Osterei-Grabstein hervor und lächelte siegesgewiss zu ihm herüber.

Wie ich höre, will Silvie wieder studieren …

Hinter ihr erschienen gut geratene dunkelhäutige Kinder in allen erdenklichen Größen, und Madeleine bückte sich und nahm das Kleinste von ihnen behutsam auf den Arm.

Tja, das wird eine ziemliche Umstellung für dich werden, nicht wahr? Aber du hast doch nicht ernsthaft angenommen, es sei meiner Schwester vollkommen gleichgültig, was unsere Eltern von ihr halten, nur weil sie ein einziges Mal ihren Willen durchgesetzt und dich geheiratet hat ...

Ihr Lächeln wurde breiter.

Hendrik?

Sie küsste das Kind und setzte es wieder auf dem Boden ab, ohne Verhoeven aus den Augen zu lassen.

Sag schon, hast du dir das alles so vorgestellt?

Verhoeven schüttelte unmerklich den Kopf. Nein, so hatte er sich die Sache ganz und gar nicht vorgestellt. Er wollte, dass seine Tochter ein Zuhause hatte. Ein richtiges Zuhause, in das sie gern zurückkehrte, wenn der Kindergarten oder die Schule zu Ende war. In dem jemand auf sie wartete, der sie liebte. Der ein Mittagessen gekocht hatte, ein richtiges Mittagessen. Nicht irgendwelche toten Tiere in Tomatensoße aus der Dose.

»Denken Sie, einer von denen hat es getan?«

Verhoeven zuckte zusammen. »Wie bitte?«

»Glauben Sie tatsächlich, dass einer dieser Leute ein Mörder ist?«, wiederholte Winnie Heller ihre Frage, indem sie zum Friedhof hinüberzeigte, wo die kleine Trauergesellschaft allmählich in Auflösung begriffen war.

»Ich hoffe es«, entgegnete Verhoeven und wandte den Blick von den dunkel gekleideten Gestalten ab, wieder dem Osterei zu. Doch Madeleine Leonidis und ihre Kinder waren verschwunden. »Denn wenn wir es hier nicht mit einer Beziehungstat zu tun haben, ist Susanne Leistner vermutlich nicht die Letzte gewesen ...«

II

Mohn

Der
blinde
scharlachrote Mohn
schreit blutend
über den sturmzerrissenen
Feldern meiner Seele
nach dir
immer nur
nach
dir

Montag, 13. November 2006

1 Wie so oft trieb Tamara Borg auf dem Nachhauseweg die Frage um, ob sie die Alarmanlage im Laden auch wirklich eingeschaltet hatte. Zwar war sie sich im Grunde sicher, den vierstelligen Zahlencode eingegeben und die Kontrolllampe aufleuchten gesehen zu haben, aber das konnte genauso gut gestern gewesen sein. Denn obwohl sie sich alle erdenkliche Mühe gab, die täglichen Routinehandgriffe ganz bewusst zu erledigen, damit sie eine fassbare Spur in ihrem Gedächtnis hinterließen, lief es letztendlich doch immer wieder auf die Frage hinaus, ob man nur *glaubte,* etwas getan zu haben, weil man es immer tat, oder ob man es auch tatsächlich *getan* hatte.

Sie warf einen kurzen Blick über ihre Schulter und bog dann in eine wenig befahrene Seitenstraße ein. In früheren Jahren wäre sie in einer solchen Situation zweifellos zurückgefahren und hätte nachgesehen. Sie konnte sich an zahllose Gelegenheiten erinnern, bei denen sie in ihren Laden, zu ihrer Wohnung oder zu ihrem Auto zurückgekehrt war, um zu kontrollieren, ob sie eine Tür verriegelt oder ein Fenster geschlossen hatte. Aber irgendwann war ihr aufgefallen, dass auch die erneute Kontrolle nur ein vorübergehendes Gefühl von Sicherheit mit sich brachte und dass die Zweifel von Neuem begannen, sobald man außer Sichtweite war. Sie schüttelte den Kopf und tastete in der Tasche ihrer Steppjacke nach einem Taschentuch. Vor Kurzem hatte sie in einer Zeitschrift gelesen, dass es bald möglich sein sollte, von jedem Ort der Welt aus über ein Computerprogramm abzufragen, ob man etwa die Herdplatte ausgeschaltet oder den Wasserhahn zugedreht hatte. Aber natürlich konnte der Rechner abstürzen, sobald man in Spanien saß und wissen wollte, ob die Waschmaschine noch lief. Oder die Anzeige war fehlerhaft. Wer wollte so etwas beurteilen, von Spanien aus?

Als ihr bewusst wurde, wie typisch solche Überlegungen für sie waren, musste sie lächeln. *Fräulein Zweihundertprozent*, so hatte ihre Mutter sie immer genannt. Sie war vor acht Jahren gestorben und hatte ihrer Tochter dank zweier lukrativer Scheidungen und lebenslanger Sparsamkeit eine ansehnliche Summe Geldes hinterlassen. Damit hatte sich Tamara Borg nicht nur eine exklusive Eigentumswohnung in einer Architektenvilla auf dem Sonnenberg, hoch über der Stadt, gekauft, sondern sich nach zehn Jahren als Angestellte einer großen Buchhandelskette auch beruflich auf eigene Füße gestellt. Ihre kleine Buchhandlung lag in unmittelbarer Nähe zum Staatstheater und konnte sich mittlerweile dank ihrer hervorragenden Fachkenntnisse und eines betont individuellen Service recht gut gegen die etablierten Geschäfte behaupten.

Sie nahm wieder das Taschentuch und wischte sich damit flüchtig über die Augen. In den vergangenen Tagen war es recht kalt gewesen, auch wenn die Meteorologen für die Nachtstunden bereits das nächste Sturmtief angekündigt hatten, das dem Rheingau eine deutliche Milderung bescheren sollte. Noch allerdings war davon nichts zu spüren. Der eisige Fahrtwind biss ihr ins Gesicht und ließ ihre Augen tränen, aber sie mochte auch jetzt, in der kalten Jahreszeit, nicht darauf verzichten, mit dem Rad zur Arbeit zu fahren, was, abgesehen von einem unbestreitbaren gesundheitlichen Nutzen, angesichts der Parkplatzsituation in der Innenstadt ohnehin das Vernünftigste war. Sie drosselte das Tempo und stieg vom Rad, als sie die Alte Stiege erreichte, einen steilen, mit längeren Treppenabschnitten durchsetzten Weg, der vom Vorplatz einer kleinen Kirche aus zickzackförmig den Hang hinaufführte. Auf diese Weise brauchte man nur knapp fünf Minuten für den Aufstieg, bedeutend weniger als über den Zubringer, weshalb die meisten Anwohner aus Tamara Borgs Gegend regelmäßig die Alte Stiege benutzten, wenn sie zu Fuß oder mit dem Rad unterwegs waren. Auf Drängen einer eigens zu diesem Zweck ins Leben gerufenen Bürgerinitiative hatte der Ortsverein vor wenigen Jahren für eine bessere Beleuchtung des Wegs gesorgt. In regelmäßigen Abständen waren halbhohe, kugelförmige Straßenlaternen angebracht worden, die ihr mattes Licht über die ausgetretenen Stufen gossen, sodass die Alte Stiege nun auch in der Dunkelheit gefahrlos zu begehen war.

Tamara Borg winkte einem älteren Herrn zu, den sie vom Sehen her kannte. Dann schob sie ihr Fahrrad den steilen Weg hinauf. Im Rucksack auf dem Gepäckträger befanden sich zwei Leseexemplare, mit denen sie es sich zu Hause gemütlich machen wollte. Den neuen Roman der vielversprechenden französischen Nachwuchsautorin hatte sie bereits mit Spannung erwartet, und wahrscheinlich würde sie sich damit die halbe Nacht um die Ohren schlagen. Sie blickte ein Stück den Hang hinauf und fluchte. Die Laterne an der nächsten Biegung war kaputt. Wo ihr Licht fehlte, gähnte beunruhigende Düsternis. Als Tamara Borg näher herankam, sah sie zersplittertes Glas, das rund um den Laternenpfahl auf dem Weg verstreut lag. Ärgerlich blieb sie stehen und schob die größten der Scherben mit dem Fuß beiseite, damit sich niemand daran verletzte. Wahrscheinlich hatten irgendwelche jugendlichen Vandalen ihren Aggressionen freien Lauf gelassen. Ausgerechnet hier, dachte sie. Und nun würde es mit Sicherheit wieder Monate dauern, bis die Lampe ersetzt wurde!

Seufzend schob sie ihr Rad um die Kurve und stutzte. Nur wenige Schritte von ihr entfernt kniete eine Frau auf den Stufen. Genauer gesagt, lag sie auf allen vieren und stützte sich mit den Händen auf dem Boden ab.

Tamara Borg blieb fast das Herz stehen vor Schreck. Automatisch blickte sie sich um, aber außer ihnen beiden war niemand zu sehen.

Die Frau sah gepflegt aus. Sie hatte langes blondes Haar und trug einen hellen Mantel. Vielleicht war ihr schlecht geworden. Oder sie war in der Dunkelheit gestürzt. Die kaputte Straßenlaterne fiel ihr ein. Ja, dachte sie, das wäre durchaus möglich. Wenn man sich hier nicht auskannte …

Sie lehnte ihr Rad an das Geländer auf der Talseite und trat vorsichtig an die Frau heran. »Ist Ihnen nicht gut?«, erkundigte sie sich behutsam. »Kann ich Ihnen helfen?«

Sie berührte die Unbekannte an der Schulter.

Die Frau zuckte nicht zusammen.

Die Berührung kam nicht überraschend für sie.

Sie hatte Tamara Borg erwartet.

Langsam drehte sie sich um.

2 Lore Simonis fror wie ein Schneider. Der Novemberabend war klirrend kalt, und die hauchzarte Bluse, die sie unter ihrem gut geschnittenen Tweedkostüm trug, vermochte sie ebenso wenig gegen die Kälte zu schützen wie der leichte Sommermantel, den sie anhatte. Aber leider hatte der Wintermantel farblich nicht besonders gut zu ihrem Kostüm gepasst, und sie achtete nun mal auf solche Dinge. Farben. Schnitte. Den Sitz einer Taille. Gut möglich, dass so etwas heutzutage nur noch eine untergeordnete Rolle spielte, aber sie war immer stolz auf ihr Auge und ihren guten Geschmack gewesen und weigerte sich kategorisch, ihre kompromisslos

gelebten modischen Tugenden dem fortschreitenden Alter und dem damit einhergehenden Wunsch nach mehr Bequemlichkeit zu opfern. Sie wusste, sie durfte nicht verlieren, was sie gewesen war. Was sie ausgemacht hatte. Das ist der Tod, dachte sie. Sich selbst zu verlieren.

Sie streckte den Rücken, der ein wenig steif war vom langen Sitzen. Bis vor wenigen Minuten hatte sie in einem gemütlichen Wohnzimmer gesessen und – wie jeden Montagabend – mit Freude und Ausdauer Rommé gespielt. Und sie hatte gewonnen! Ein zufriedenes Lächeln breitete sich über ihre feinen, schön geschwungenen Lippen, während ihre Finger mit den Plastikmünzen in ihrer Manteltasche spielten, ihrer Beute. Zugleich fühlte sie, wie der Schmerz in ihrem Rücken allmählich nachließ. Seit einiger Zeit wartete sie auf den Tag, an dem er ihr ständiger Begleiter bleiben würde, aber seltsamerweise wurde ihre Furcht vor diesem Tag stetig geringer. Natürlich hatte sie nach wie vor Angst vor dem Alter, dem *richtigen* Alter, jenem Augenblick, in dem man einsehen musste, dass man etwas, das einem am Herzen lag, nie mehr würde tun können. Doch die Angst wurde mit jedem Jahr schwächer, ohne dass sie ein Gefühl von Resignation in sich ausmachen konnte. Das ist auch eins von den Dingen, mit denen einen das Leben überrascht, dachte sie. Zu erkennen, dass man sich am Ende vielleicht doch ganz umsonst gefürchtet hat.

»Eines Tages holst du dir eine Lungenentzündung und stirbst«, prophezeite Isolde Reisinger, die neben ihr ging, mit einem missbilligenden Seitenblick auf die zarten Schühchen ihrer alten Freundin. »Und der Arzt wird sagen: Bei Gott, das ist die älteste Leiche mit den elegantesten Schuhen, die mir je untergekommen ist.«

Lore Simonis blickte ihre Freundin arglos an. »Mir ist nicht kalt.«

Isolde Reisinger grinste. Dieses verfluchte alte Weib mit den entzückenden blauen Augen log unverfrorener als drei Dutzend Buchmacher. *Unverfrorener.* Ein schönes Wort in diesem Zusammenhang, dachte sie amüsiert. Fräulein Sommerschuh log und spielte so falsch, dass sich die Balken bogen.

»Willst du denn wirklich schon wieder zu Fuß gehen?« Lore Simonis kräuselte ihr Näschen und betrachtete die Sichel des Mondes, die kalt und weiß über dem Rheintal stand. Der Himmel war vollkommen klar, nur ein paar lose Wolkenfetzen aus Westen trieben als dunkle Schatten über den tintenblauen Horizont. Der Wind war in den letzten Stunden deutlich aufgefrischt und riss an ihrem lindgrünen Seidenschal. »Wirklich, ich verstehe nicht, warum du dir nicht wenigstens bei einem solchen Wetter ein Taxi rufst.«

Isolde Reisinger verdrehte die Augen. »Was ist verkehrt an diesem Wetter?«, fragte sie. »Es ist klar. Es ist trocken. Und die Luft riecht schon fast wieder nach Frühling.«

Lore Simonis bedachte sie mit einem nachsichtigen Lächeln. »Ich weiß, dass die Cafés in diesem Land ihre Tische schon vor die Tür stellen, sobald es ein paar Tage nicht gefroren hat«, sagte sie. »Aber du bist achtundsiebzig Jahre alt, und es ist dunkel und windig und …«

»… und ich brauche vor dem Schlafengehen noch ein bisschen frische Luft«, unterbrach ihre Freundin sie mit einem zufriedenen Blick hinunter zu den dicken Sohlen ihrer soliden Halbschuhe, von denen sie jedes Jahr genau drei Paar aus dem Katalog eines Sanitätsversandhandels bestellte. »Vor allem, wenn ich mich gerade einen ganzen Abend lang in einem stickigen Wohnzimmer übers Ohr hauen lassen musste.«

»Aber was ist, wenn du hinfällst?«, merkte Lore Simonis sorgenvoll an, ohne auf die letzte Bemerkung einzugehen. »Um diese Zeit ist die Alte Stiege doch wie ausgestorben.«

»Unsinn«, konterte Isolde Reisinger zunehmend ungehalten, und Lore Simonis war sich nicht sicher, ob sie vom Hinfallen oder von der Belebtheit ihres Heimwegs sprach. Aber aus der Erfahrung einer jahrzehntelangen Freundschaft heraus verzichtete sie auf weitere Überredungsversuche, die angesichts eines einmal gefassten Entschlusses ihrer Freundin ohnehin pure Zeitverschwendung waren.

»Möchtest du nicht wenigstens noch auf eine Tasse Tee hereinkommen?«, bot sie an, als sie das Gartentor ihres Hauses erreicht hatten. »Bei der Gelegenheit könntest du mir auch gleich erklären, wie dieses schnurlose Telefon funktioniert, das Jörg für mich besorgt hat.« Sie seufzte und kramte in ihrer Handtasche nach dem Hausschlüssel. »Wie gesagt: Sobald ich es aus der Halterung nehme, hat es keinen Ton.«

Isolde Reisinger schüttelte den Kopf. »Nicht heute Abend«, sagte sie. »Auf *arte* bringen sie eine von den alten Aufzeichnungen aus dem Stuttgarter Ballett. Mit der Haydée. Das will ich unbedingt sehen.«

»Es ist wirklich zu dumm, wenn man so gar nicht telefonieren kann.« Lore Simonis' Tonfall hätte nicht neutraler sein können. Eine nüchterne Feststellung der Tatsachen. Mit Quengeleien erreichte man bei Isolde gar nichts. »Aber, na ja, halb so schlimm. Im Grunde habe ich ja sowieso nicht viel Neues zu erzählen, und ganz bestimmt wird es auch nicht ausgerechnet in den nächsten Tagen zu brennen anfangen oder so was, nicht wahr? Und man darf auch nicht zu ängstlich sein.« Sie drehte sich um und zog mit einer eleganten Bewegung das Gartentor hinter sich ins Schloss. »Also dann Gute Nacht«, sagte sie mit einem Lächeln. »Und pass auf dich auf.« Dann ging sie langsam den Kiesweg entlang zur Haustür, wo sie noch einmal kurz stehen blieb. »Hast du übrigens gewusst, dass einer ihrer Bewunderer ihr mal einen Autoschlüssel auf die Bühne geworfen hat?«

»Wovon sprichst du?«, fragte Isolde Reisinger, sichtlich verwirrt ob dieses abrupten Themenwechsels.

»Marcia Haydée«, antwortete Lore Simonis fröhlich. »Es soll ein Rolls-Royce gewesen sein. Und geradezu unanständig teuer. Aber sie durfte ihn behalten.«

Isolde Reisinger grinste. »Seit wann interessierst du dich fürs Ballett?«

»Tue ich nicht«, lächelte Lore Simonis und schloss die Haustür auf.

»Ich komme morgen Nachmittag vorbei«, rief Isolde Reisinger ihr nach und fügte überflüssigerweise hinzu: »Wegen deines Telefons.«

»Ganz wie du willst«, entgegnete Lore Simonis und betrat zufrieden ihr Haus, mit dem festen Vorsatz, sich unverzüglich ein schönes heißes Fußbad einlaufen zu lassen.

3

Er löste den Schal von ihrem Hals und betrachtete ihr Gesicht. Es war angeschwollen und wirkte auf eine befremdliche Weise ordinär.

Er musste sich beinahe zwingen, es anzusehen.

Ihr Mund war leicht geöffnet. Die Lippen aufgesprungen und mit schnell trocknenden Blutkrusten bedeckt. Die Verwesung beginnt mit dem Eintritt des Todes, dachte er. Sie blähen sich auf, und ihre Körperflüssigkeiten entweichen in alle erdenklichen Richtungen, als könnten sie es kaum erwarten, die Enge ihrer Leiber zu verlassen.

Seine doppelt behandschuhten Finger streiften ihren Mund, wo vor wenigen Minuten noch blühendes Leben gebebt hatte. Ja, dachte er, so schnell geht das.

Er ließ von ihren ausgedörrten Lippen ab und wandte sich

ihren Augen zu, die offen waren, aber nicht offen genug für seinen Geschmack. Er zog die dicken roten Lider nach oben. Gott, wie es ihn ekelte, sie anzufassen! Am liebsten hätte er diese dummen, nutzlosen Hautfalten in ihre Stirnhöhlen gestopft und dort festgenagelt, auch wenn der angstvolle Schimmer, der Ausdruck von Panik, der ihren Blick für einen kurzen, magischen Augenblick so lebendig gemacht hatte, schon längst wieder aus ihren Augen verschwunden war. Verstummt, dachte er. So hieß es bei Scheinwerfern. Nicht erloschen. *Solche Dinge merkte er sich. Komische Ausdrücke. Sprachmelodien. Tamara Borgs Scheinwerfer sind verstummt.*

Nicht!

Sein Kopf fuhr herum. Irgendwo in seinem Nacken knackte ein Wirbel. Es tat nicht weh. Nur dieses Geräusch. In seinen Ohren brüllte der Wind, während sein Blick ihre Lippen suchte, die noch genauso aussahen wie zuvor. Genauso tot. Aber was war …? Zeitachsen, dachte er. Die Dinge überlagerten sich. Das taten sie manchmal. Augenblicke, die so bis zum Rand angefüllt waren mit Eindrücken, dass das Gehirn erst nach und nach verarbeitete, was die Sinne ihm an Reizen angeboten hatten.

Nicht!

Ihr letztes Wort. Dann war sie vor ihm auf die Knie gefallen und losgekrochen, in dem irrwitzigen, verzweifelten Bemühen, ihm zu entkommen. Auf allen vieren wie ein Baby. Er verzog angewidert das Gesicht, als sein Blick ihre nasse, vollkommen verdreckte Hose streifte. Sie hatte sich vollgepisst. Er sah den Fleck zwischen ihren Beinen selbst noch durch die Dunkelheit, die er erschaffen hatte. Der Gestank, der von ihrem leblosen Körper aufstieg, steigerte den Ekel, den er vor ihr empfand. Vor ihrer Schwäche. Schnell sah er wieder nach ihren Augen. In ihrem rechten Augenwinkel hing eine Träne. Noch im Tod, dachte er, weint dieses armselige Nichts um sich selbst.

Er richtete sich auf und lauschte in die Dunkelheit hinaus wie ein witterndes Tier. Er durfte sich nicht zu lange aufhalten!

Mit einiger Mühe warf er sie an der Stelle über das Geländer, an der es in der Kurve einen spitzen Winkel bildete. Er hatte die Stelle mit Bedacht gewählt. Dort gab es dichtes Strauchwerk, das auch unbelaubt einen guten Sichtschutz bot. Sicherheitshalber schleifte er sie noch ein paar Meter weit in das Dickicht hinein. Er hatte sich vorgenommen, vorsichtig zu sein, auch wenn eigentlich nur Tamara Borg so dumm war, nach Einbruch der Dunkelheit noch über die Alte Stiege zu gehen. Diese Dummheit war eines der Kriterien für ihre Auswahl gewesen.

Ist Ihnen nicht gut?

Er richtete ihren Körper aus, bis sie genau so lag, wie er sie haben wollte.

Kann ich Ihnen helfen?

Oh ja, du kannst mir helfen, flüsterte er dicht an ihrem Ohr. Du kannst mir helfen, eine alte Freundin zu überraschen. Sie hatte eine Katze, die sie liebte. Und weißt du, was die Katze tat? Er beugte ihren Kopf zurück. Die Katze brachte ihr tote Mäuse und legte sie vor ihre Terrassentür. Sie waren ein Geschenk, diese Mäuse, verstehst du. Ein Zeichen der Zuneigung. Liebespfänder. Er genoss es, wie das Wort aus seinem Mund pfiff. Die Ästhetik, die es ausstrahlte. Sprachmelodie. Vielleicht sollte er es zu einem dieser Wettbewerbe einreichen: »Schönstes vom Aussterben bedrohtes Wort«. Liebespfänder …

Oh ja, dachte er, Wörter haben Farben, und dieses ist hellgelb. Man kann mit Sprache malen wie ein Künstler mit einer Palette voller Farben. Eine weit vollkommenere Form des Ausdrucks, fand er, als der rein visuelle, der von einem Gemälde ausging. Die Augen waren so leicht zu täuschen. Die Augen. Ihre Augen …

Er zog das Messer aus der Tasche und setzte es direkt unter ihren aufgedunsenen Lidern an.

Möchtest du eine Maus sein, Tamara?

Ihr blaulippiges Einverständnis voraussetzend, machte er sich an die Arbeit.

Die alte Dame, die sich vom oberen Ende der Alten Stiege her näherte, bemerkte er nicht ...

4

Ihr erster Gedanke war, dass irgendjemand einfach sein altes Fahrrad am Wegesrand entsorgt hatte, aber als Isolde Reisinger näher herankam, stellte sie fest, dass das Rad keineswegs alt war. Im Gegenteil: Es handelte sich um ein gepflegtes Damenfahrrad, das bestimmt nicht billig gewesen war. Es lehnte vollkommen ungesichert am Geländer auf der Talseite, obwohl eine stabile Sicherheitskette unterhalb des Sattels um den Rahmen geschlungen war. Auf dem Gepäckträger war ein großer Korb befestigt, in dem sich ein modischer Rucksack aus schwarzem Leder befand.

Isolde Reisinger blickte sich um. Weit und breit war niemand zu sehen. Die nächsten Häuser standen etwa zweihundert Meter entfernt, am unteren Ende der Alten Stiege. Hier, ungefähr auf der Mitte des Wegs, befand sich nichts, wo der Besitzer oder vielmehr die Besitzerin des Rades hingegangen sein konnte. Nachdenklich sah sie wieder das Fahrrad an. In einer lauen Sommernacht hätte sie vielleicht an ein Liebespaar gedacht, das sich irgendwo in der Nähe ein heimliches Stelldichein gab. Aber an einem windigen Novemberabend? Isolde Reisinger schüttelte den Kopf. Ebenso unwahrscheinlich war, dass jemand angehalten hatte und vom Rad gestiegen war, um die Aussicht ins Tal zu genießen. Die Stelle war dafür gänzlich ungeeignet, und außerdem war es bereits seit mehr als drei Stunden dunkel. Unschlüssig blickte sich die alte Dame noch einmal in alle Richtungen um. Sollte sie einfach weitergehen? Selbst auf die Gefahr hin, dass jemand ihre Hilfe brauchte?

Der Weg, der vor ihr lag, war schlecht beleuchtet. Wahrscheinlich war schon wieder eine der Laternen ausgefallen. Nur hier und da schimmerte bleiches Mondlicht durch die kahlen Baumkronen, in denen der Westwind rauschte. Ein erhabenes Geräusch, das Isolde Reisinger für einen Augenblick von allen anderen Gedanken ablenkte. Sie sah wieder nach oben und entdeckte ein paar vereinzelte Sterne, die fahl wirkten im Widerschein der Großstadtlichter, der aus dem dicht besiedelten Tal heraufdrang. Sie blinzelte, als eine Windbö ihr ein wenig Staub ins Gesicht fegte, und wünschte sich sehnlichst, an einem Ort zu sein, an dem ihr nichts den Blick in den Himmel versperrte. Auf einem Feld vielleicht oder am Meer. Als sie jung gewesen waren, hatten ihr Mann und sie im Urlaub manchmal in den Dünen von Spiekeroog übernachtet und sich dabei unendlich frei und verwegen gefühlt. Die silbrige Weite des Meeres, die klare Luft, die niemals völlig unbewegt war und sanft ihre Körper umschmeichelte. Und darüber die Sterne wie gestochen. Die Erinnerung entlockte ihr ein leises Lächeln. Sie dachte nicht viel an den Tod, sie wollte sich auf keinen Fall mit ihm infizieren, so wie andere Frauen ihres Alters, die über die Beschäftigung mit den eigenen Gebrechen immer egomanischer und ängstlicher wurden, aber wenn sie doch einmal ans Sterben dachte, dachte sie seltsamerweise immer an jene Nächte am Meer, in denen sie beide auf ihrer dünnen Baumwolldecke im Sand gelegen und die Sterne betrachtet hatten. Das ist meine Vorstellung vom Paradies, dachte sie. Frei sein und in die Sterne schauen …

Sie fuhr leise zusammen. Der Wind schien urplötzlich kälter geworden zu sein. In den Büschen etwas seitwärts knackte ein Zweig. Es war kein lautes Geräusch, nicht einmal ein unerwartetes, aber es löste etwas in ihr aus, das sie nicht deuten konnte. Da war ein rotes Lämpchen, das zu leuchten begann, irgendwo tief in ihr. Eine Alarmglocke. Ihre Augen wanderten zu dem mysteriösen Damenfahrrad zurück, und sie empfand mit einem Mal Wut. Wut auf sich selbst, weil sie nicht auf ihre Freundin gehört und sich ein Taxi gerufen hatte. Törichtes altes Weib, dachte sie. Du bist zu alt und zu langsam, um allein durch die Dunkelheit zu stolpern. Und mit diesem Fahrrad stimmte etwas nicht, so viel stand fest. Irgendwo hier, ganz in ihrer Nähe, war etwas, das ihr Herz schneller schlagen ließ, etwas Unheimliches, Dunkles. Etwas, dem sie unbedingt entgehen musste.

Entschlossen drehte sie sich um und ging den Hang hinunter. Einen Fuß vor den anderen. Nach Hause. So schnell sie konnte, aber nicht zu schnell. Sie musste achtgeben. Nicht stolpern. Bloß nicht. In der Düsternis zu ihren Füßen lauerten gefährliche Unebenheiten. Und sie durfte auf gar keinen Fall stürzen. Nicht hier. Nicht so weit von den nächsten Häusern entfernt. Denk an die Dünen, dachte sie. Lenk dich ab. Es ist ja nicht mehr weit. Nur noch drei Kehren. Dann hast du es überstanden. Dann bist du in Sicherheit.

Die Dunkelheit um sie herum vertiefte sich. Unter ihren Schuhsohlen knirschte etwas, das wie zerbrochenes Glas klang. Doch sie wagte nicht, stehen zu bleiben. Sehen konnte sie ohnehin nicht viel. Von Zeit zu Zeit blickte sie über ihre Schulter zurück, aber da war niemand, der ihr folgte. Keine aus der Finsternis heraneilende Unbekannte auf einem Fahrrad. Kein Schatten. Niemand. Nur das Rauschen des Windes und das Geräusch ihrer Schritte. Trotzdem wurde ihr Herzschlag erst wieder ruhiger, als sie den Platz vor der Kirche erreichte. Durch die Rollläden der umstehenden Häuser sickerte warmes, beruhigendes Licht. Überall hinter diesen Rollläden waren Menschen. Menschen, die fernsahen, stritten oder eine späte Mahlzeit zu sich nahmen. Isolde Reisinger seufzte erleichtert auf. Nächsten Montag würde sie auf ihre alte Freundin hören und sich ein Taxi nehmen!

Sie wollte sich gerade nach links wenden, wo in einer ruhigen Seitenstraße das Haus lag, in dem sie seit über zwanzig Jahren eine kleine Mietwohnung bewohnte, als sie die Katze entdeckte. Sie war wunderschön grauweiß gezeichnet, mit weißen Pfötchen und hellem Brustfleck, und strich auf der gegenüberliegenden Seite des Platzes zwischen den geparkten Autos herum. Isolde Reisinger lächelte. Solange sie denken konnte, hatte sie Katzen gehabt. Katzen hatten zu ihrem Leben gehört wie die Tageszeitung und die jährlichen Urlaube am Meer, aber nachdem ihre letzte Gefährtin im biblischen Alter von achtzehneinhalb Jahren gestorben war und sie das Haus verkauft hatte, das ihr nach dem Tod ihres Mannes riesengroß und fürchterlich einsam vorgekommen war, hatte sie sich keine mehr angeschafft. Katzen liebten die Freiheit, genau wie sie selbst, und sie brachte es einfach nicht übers Herz, einem dieser Tiere ein Leben in der langweiligen Enge einer Mietwohnung aufzuzwingen, nur um selbst ein wenig Gesellschaft zu haben. Und Kratzbäume und Plüschmäuse waren nun einmal ein erbärmlicher Ersatz für den freien Blick in die Sterne, da machte sie sich nichts vor.

Sie überquerte die Straße und sprach die Katze mit sanfter Stimme an. Das Tier hielt mitten in einer Bewegung inne und wandte ihr den Kopf zu. Dann kam es zögernd ein paar Schritte näher. Isolde Reisinger bückte sich und streckte die Hand aus, doch die Katze sprang weg und verkroch sich scheu unter einem der Autos.

»Du brauchst doch keine Angst zu haben«, flüsterte Isolde Reisinger, als ihr die großen grünen Augen durch die Dunkelheit entgegenfunkelten. Sie beugte sich noch weiter hinunter und versuchte das Tier anzulocken, doch als sie es beinahe geschafft hatte, fuhr ein Auto vorbei und erschreckte die Katze aufs Neue, sodass sie aus ihrem Versteck geschossen kam und mit anmutigen Bewegungen in einem der Vorgärten verschwand.

Isolde Reisinger blickte ihr nach, bis sie nicht mehr zu sehen war.

Als sie sich umdrehte, sah sie eine Frau auf den Platz vor der Kirche treten. Sie kam von der Alten Stiege her, und Isolde Reisinger wollte schon auf sie zugehen und sie auf das merkwürdige Fahrrad ansprechen, aber irgendetwas hielt sie zurück.

Die fremde Frau ging auf der anderen Straßenseite und hatte die alte Dame noch nicht bemerkt. Jetzt zog sie einen Autoschlüssel aus der Tasche ihres Trenchcoats.

Isolde Reisinger erstarrte. Das war keine Frau! Die langen blonden Haare hatten sie getäuscht. Wieso nur ließ man sich immer von derart vordergründigen Merkmalen leiten? Die blonden Haare gehörten zu einer Perücke. Doch das Gesicht unter dieser Perücke war ohne jeden Zweifel das Gesicht eines Mannes.

Und genau in diesem Augenblick blickte das Gesicht zu ihr herüber.

5

Er stieg in seinen Wagen und startete den Motor.

Im Rückspiegel konnte er die Alte sehen. Sie entfernte sich langsam, ohne sich umzublicken. Oh nein, sie sah sich nicht nach ihm um. Nicht ein einziges Mal. Dazu war sie viel zu schlau.

Sie hatte ihm in die Augen gesehen und dann schnell, aber nicht zu schnell, den Blick wieder abgewandt. Ohne erkennbare

Hast war sie einfach weitergegangen. Als ob nichts geschehen wäre. Wie klug von ihr! Aber sie hatte es gesehen. *Er hatte in ihren Augen gelesen, dass sie es gesehen hatte. Für den Augenblick hatte es sie nur verwundert. Vielleicht auch ein wenig erschreckt. Aber wenn man Tamara Borg fand, würde sie zu deuten beginnen, was sie gesehen hatte. Sie würde sich der Bedeutung ihrer Beobachtung bewusst werden und die Polizei anrufen. Vielleicht gar ein Kennzeichen nennen.*

Oh ja, sie war klug. Ganz so wie Tante Louise.

Und genauso gefährlich.

Hinter ihm hallten ihre Schritte auf dem Bürgersteig. Aber das konnte auch Einbildung sein, einander überlagernde Zeitachsen. Frauen ihres Alters trugen keine Schuhe, die Lärm machten.

Er parkte den Wagen hinter der nächsten Ecke und stieg aus. Aus dem Erste-Hilfe-Kasten im Kofferraum nahm er ein Paar Latexhandschuhe. Vorschrift in Zeiten von Aids und anderen Unwägbarkeiten. Vollkommen unauffällig. Selbst wenn man mehrere Paar dabeihatte, galt man allenfalls als überängstlich. Er streifte die Handschuhe über und riss die Verpackung eines weiteren Paares auf.

Dann ging er langsam zurück.

6

Sie träumte.

Sie ging einen Weg entlang, ein Pfad mehr, kaum einen Meter breit. Links neben ihr befand sich ein kleiner Bachlauf, von dem sie selbst im Schlaf wusste, dass sie ihn noch nie gesehen hatte, rechts wucherte dichtes Gestrüpp, das krank aussah. Verwahrlost. Es kroch ihren nackten Füßen entgegen, krallte seine dornigen Ranken in ihre Hosenbeine und schnellte zischend zurück, als sie sich gewaltsam losmachte. Im Gehen überlegte sie, wo der Weg hinführen mochte. Ob er irgendwann einfach endete? Und wo? Sie war diesen Weg niemals zuvor gegangen. Wege hatten in ihren Träumen bislang keine Rolle gespielt. War das nicht seltsam?

Sie konnte sich nicht entscheiden und ging schneller.

Vor ihr, in einiger Entfernung, lag ein Haus. Nein, nicht ein Haus, *das* Haus. Es wirkte heruntergekommen, ein weiteres Indiz dafür, dass sie träumte. Die hübsch gestrichenen Fensterläden, auf die Tante Louise immer so stolz gewesen und von denen die Farbe nun beinahe komplett abgeblättert war, hingen schief in den verrosteten Angeln. Und rechts die Tür. Sie war offen. Natürlich. Sie war immer offen. Dahinter gähnende Düsternis. Sie wollte sich umdrehen, dahin zurücklaufen, woher sie gekommen war, auch wenn sie sich nicht erinnern konnte, wo das war, aber es war alles in allem ein eher halbherziger Versuch, der erwartungsgemäß bereits ein paar Meter weiter im undurchdringlichen Dickicht endete. Weglaufen funktionierte nur im wahren Leben. Einer der Gründe, warum sie so ungern schlief. Schicksalsergeben kehrte sie um. Sie kannte ihre Träume zu gut und zu lange, um nicht zu wissen, dass es kein Entrinnen gab.

Das Haus vor ihr wurde größer. Reduzierte sich auf den gähnenden Türrahmen, hinter dem sie bereits die Treppe erkennen konnte. Vertraute Bilder, endlich. Und so schrecklich sie auch waren, nahm sie sie fast erleichtert zur Kenntnis.

Ich träumte, ich sei wieder in Manderley.

Obwohl sie genau wusste, was jetzt kam, fühlte sie eine dumpfe Beklommenheit, als sie über die Schwelle trat. Dann kam die Angst. Eine große, allumfassende Angst, die sie ansprang, plötzlich, wie ein Tiger. Von hinten, dachte sie, halb bewusst, halb im Traum. Immer von hinten. Tiger schauen ihren Opfern niemals direkt in die Augen. Im Gegenteil:

Wenn du eine Maske trägst, irgendein stilisiertes Gesicht auf deinem Hinterkopf, greifen sie dich nicht an. *Ich habe auch hinten Augen*, ruft ihre Mutter ihr aus der Dunkelheit des Dickichts zu und lacht, als sie vor lauter Schreck die Keksdose fallen lässt. Eine Maske, denkt sie. Zwei Gesichter. Janusköpfig.

Sie schaut hinter sich. *Mama?*

Sie ist nicht da, natürlich nicht. Sie ist gestorben, ohne dass sie einander noch einmal gesehen hätten. Nicht gewagt, zum Begräbnis zu gehen ... Kein Mut ... Der Gedanke und die Trauer, die ihm innewohnt, verlöscht in ihrem Unterbewusstsein, lange bevor sie Gelegenheit hat, ihn zu Ende zu denken. Dafür ist das Haus vertauscht, als sie sich wieder umdreht. Nun ist es der Bungalow. Der, in dem sie augenblicklich wohnt. Schläft. Träumt. Hier, denkt sie. Zu Hause. Vorübergehend ...

Sie wundert sich nicht über den Schlüssel in ihrer Hand, sondern schließt einfach die Tür auf. Diele. Briefschlitz. Extraschlösser. Ist das nicht gut? Bedeutet das nicht, dass es vorbei ist? Schon viele Jahre vorbei? *Es ist niemals vorbei*, pocht es hinter ihrer Stirn. *Es ist eine Falle.* Durch den Spion sieht sie den Schatten. Gebückt huscht er auf die Tür zu. Ihre Tür. Ein Mann, eindeutig. Blond, eigenartigerweise, nicht dunkel. Dabei nicht allzu groß. Austrainiert. Fit. In wachsender Panik legt sie die Sicherheitskette vor. Schlüssel nach rechts. Wieder nach links, nur zur Probe. Dann wieder rechts, bis sie es endlich glaubt, glaubt, dass es tatsächlich keinen Spielraum gibt. Dass sie es geschafft hat. Dass die Tür zu ist. Verschlossen. Dicht.

Ins Wohnzimmer, denkt sie. Die Terrassentür überprüfen. Doch als sie den Raum betreten will, sieht sie den Schatten an der Wand. Seinen Schatten. *Er ist im Haus.* Die Erkenntnis lähmt sie. Sie hat sich zusammen mit ihm eingesperrt und ...

Sie schreckte hoch. Ihr Herz flatterte in ihrem Brustkorb wie ein eingesperrtes Tier und pumpte das Blut in Blitzgeschwindigkeit durch ihre Adern, die fast barsten vor Druck. Mit einem leisen Stöhnen richtete sie sich auf und strich sich erschöpft die schweißnassen Haare aus der Stirn. Auch ihr Nachthemd war vollkommen durchnässt und klebte an ihrem Körper wie eine zweite Haut.

Er ist hier. Hier im Haus. Bei dir …

Nein! Sie schüttelte energisch den Kopf, um auch noch die letzten bedrängenden Bilder des Traums aus ihren Gedanken zu vertreiben. Er war nicht hier. Er konnte nicht hier sein. Vor dem Schlafengehen hatte sie ihren üblichen Kontrollgang absolviert. Dreimal täglich Schränke, Türen, Fenster. Alles dicht. Was immer im Traum möglich war, es funktionierte nicht in der Realität.

Nach und nach begann sich nun auch ihre Umgebung zu strukturieren. Zumindest akustisch. Sie nahm Wind wahr, einen kräftigen Westwind, der direkt auf ihrem Schlafzimmerfenster lag und einen neuen Tiefausläufer ankündigte. Die Rollläden klapperten unter seiner Wucht, obwohl sie sie wie immer bis zum Anschlag heruntergelassen hatte. Kein Spielraum, keine Ritze, die vielleicht ein wenig Mondlicht hereingelassen hätte. Die nächsten Straßenlaternen standen ohnehin zu weit entfernt. Auf dem Nachtschrank neben ihr tickte der Wecker. Ein mechanischer. Digitale Zahlen, die sie unvermittelt aus der Dunkelheit heraus anblitzen konnten, ertrug sie nicht, auch wenn das ewige Geticke dicht an ihrem Kopf sie nervte. Zeit, die ablief. Ihr Leben, das zerrann. *Manchmal steh ich auf, mitten in der Nacht, und lass die Uhren alle, alle stehn …*

Sie schwang die Beine aus dem Bett und stolperte Richtung Fenster. Unter ihren nackten Füßen fühlte sie den Bettvorleger. Wo er endete, war der Schrank. Sehen konnte sie nichts.

Das Zimmer um sie herum war stockfinster. In ihrem Kopf wogte das Blut. Warm und druckvoll schien es mit jedem Schlag ihres Herzens ein Stückchen höher zu steigen. Wenn es das Trommelfell erreicht, bin ich taub, dachte sie, und fast kam es ihr vor, als müsse sie sich darüber freuen. Wie war das noch gleich? Nicht hören, nicht sehen, nicht fühlen. Drei Affen in einer Person. Ihre Schultern erbebten unter dem Lachen, das aus den Tiefen ihres Körpers heraufdrang.

Zugleich schienen die Wände ringsum auf sie zuzukriechen. Immer wärmer, immer enger. Wechseljahrsbeschwerden, spottete ihr Verstand. Du wirst alt. Eine alte, einsame Frau. Das ist es, was er aus dir gemacht hat. Was *du* aus dir gemacht hast. Du hast dich in dich selbst zurückgesperrt. Du wolltest ihm zuvorkommen, und vor lauter Angst, dass er dir wehtut, kannst du nicht aufhören, dich selbst zu verletzen. Das ist deine Form von Selbstbestimmung. Die einzige, die er dir übrig gelassen hat. Er ist ein guter Lehrmeister gewesen. Du denkst wie er. Du fühlst wie er. Er ist in dich hineingeschlüpft und kontrolliert dein Leben. Ganz, wie es ihm gefällt.

Denk darüber nach.

Um sie herum wurde die Luft immer dicker. Wattig. Zäh. Dann roch sie das Blut. Es war frisch. Der metallische Geruch legte sich wie ein unsichtbarer Film auf ihre Haut und drohte ihre Poren zu verstopfen. Das Gefühl von akuter Luftnot verstärkte sich. Instinktiv griff sie nach ihrer Kehle. Ein Asthmaanfall vielleicht. Der erste seit Langem. In der Schublade ihres Nachtschranks lag eine Packung mit Cortisontabletten. Für den Notfall. Sie wusste, dass sich nur noch drei Tabletten in dem zerknickten Blisterstreifen befanden, und sie war entschlossen, diese nur zu nehmen, wenn es gar nicht anders ging. Wenn sie zu ersticken drohte. Wirklich zu ersticken. Wenn die Tabletten alle waren, würde sie zu einem Arzt gehen müssen. Vor ihrem inneren Auge erschien eine dieser Rezeptionen, die überall gleich aussahen. Dahinter die Arzthelferin. Geschäftig. Lächelnd. Indiskret.

Stimmt denn die Adresse noch?

Sie hört sich antworten. Ein hastiges *Ja, alles beim Alten,* bevor die Angestellte auf die Idee kommt, laut vorzulesen, was sie auf ihrem Computermonitor sehen kann.

Und Ihre Telefonnummer ist die 76834...

Stopp! Aufhören! Halten Sie endlich Ihre gottverdammte Fresse!

Bitte?

Nichts ... Ich wollte nur ... Sie strafft sich. Versucht, souverän auszusehen. Souverän selbst noch im tiefsten Elend. *Ja, die Nummer ist noch die gleiche.*

Sie leckte sich über die trockenen Lippen und stellte erleichtert fest, dass ihr Atem sich etwas beruhigt hatte. Kein Rasseln mehr in ihren Bronchien. Kein Gefühl der Beklemmung. Des Erstickens. Und drei gerettete Tabletten im Nachtschrank. Wenn das nicht ein glorreicher Abend war!

Sie ließ die Hand, die noch immer auf ihrer Kehle lag, sinken und lauschte wieder in die Stille des Bungalows. Kein Laut, nur der Westwind, der mit ungebrochener Gewalt an den Rollläden rüttelte. Es spitzt sich zu, dachte sie, und erst mit einer gewissen Verzögerung wurde ihr klar, dass sie tatsächlich den Klimawandel meinte. Die Erderwärmung. Herbststürme von ungewohnter Heftigkeit über dem sonst so milden und sonnenverwöhnten Rheingau. Sie dachte an die Weinreben, die noch nicht abgeerntet waren. Die auf den Frost warteten. Den besonderen Eisweingeschmack. Kein Zweifel, ihr Hirn war Weltmeister darin, sich auf alles zu stürzen, das man als Ablenkung begreifen konnte. Ihre Zehen krallten sich in den Bettvorleger, der weich und hochflorig war. Wie Fell. Katzenfell ...

Minnie!

Sie erstarrte und presste sich eine Hand vor den Mund. Hatte sie den Namen tatsächlich laut herausgeschrien? Oder nur gedacht? Sie überlegte fieberhaft, aber sie konnte es nicht sagen. Ich werde allmählich verrückt, dachte sie. Irgendwann musste das passieren. Niemand würde das aushalten. Nicht über einen so langen Zeitraum. Du bist krank, frohlockte eine Stimme tief in ihr. Ein fremder Klang. Nichts, was sie je zuvor gehört hatte. *Du bist genauso krank wie er.*

Sie schloss die Augen und versuchte verzweifelt, sich wieder auf den Blutgeruch zu konzentrieren, der noch immer dicht vor ihrer Nase schwebte. Ein vertrauter Geruch. Ein vertrautes Bild, das aus ihrem Innersten heraufdämmerte. Vorsichtig, als fürchte sie, enttäuscht zu werden, machte sie die Augen wieder auf und … Ja! Da lag sie! Zu ihren Füßen. Minnie! Sie fiel auf die Knie. Etwas knackte, als sie auf dem Boden aufschlug, so als splittere irgendwo in ihrem Bein ein Knochen. Aber das interessierte sie nicht. Nicht jetzt. Sie beugte sich vor, um besser sehen zu können. Er hatte sie gesäubert. Das verklebte Fell mit einem Tuch gereinigt. Er war immer sehr sorgfältig gewesen. In allem. Ein Pedant, absolut detailbesessen. Sie sollte in die Falle gehen, die er für sie errichtet hatte und die er nun aus sicherer Distanz beobachtete. Es genügte ihm nicht, ihr wehgetan zu haben. Er wollte zusehen, wie sie sich zu ihrer Katze hinunterbeugte. Er wollte ihre Hoffnung spüren, ihr Bemühen, das geliebte Tier zu retten.

Minnie, Liebling! Was hast du denn? Was ist mit dir?

Die winzige blassrote Zunge hängt seitlich zwischen den Zähnen hervor. Da weiß sie eigentlich schon Bescheid. Aber sie will es nicht glauben. Sie *kann* nicht. Noch nicht. Die Hoffnung stirbt zuletzt. Heißt es nicht so? Sie beobachtet ihre wild zitternden Hände, die nach dem dunklen Bündel greifen. Fühlt das Gewicht des zierlichen Körpers, der nurmehr lauwarm ist. Trotzdem hebt sie ihre Katze hoch. So behutsam sie kann, zieht sie das weiche Knäuel an sich. Doch der Schnitt ist bis zur Wirbelsäule durchgezogen. Der Kopf klappt nach hinten, Barthaare streifen ihren nackten Arm, und klaffend öffnen sich ihr die tiefen Wunden an der Kehle des Tiers. Sie schreit und lässt Minnie fallen, ein Umstand, den sie sich nie verzeihen wird – dass sie den kleinen Kadaver schutzlos auf der Terrasse liegen lässt und ins Haus zurückstürzt. In die Arme ihres Vaters. Ihre Hände an seinem Rücken sind fast unbefleckt. Kaum noch Blut, das hätte herausfließen können. Kein Leben mehr. Nichts als ein toter Fellsack.

Ich habe das mit deiner Katze gehört.

Seine Augen sind eifrig. Sie suchen nach dem Schmerz, den er ihr bereitet hat, aber sie werden nicht fündig. Sie hatte eine ganze Nacht, sich zu wappnen. Zehn Stunden, die Spuren zu tilgen.

Tut mir leid, dass du so traurig bist.

Sie war krank.

Sein Blick seziert ihr Gesicht, während der Rest von ihm ihr den Weg versperrt. *Was willst du damit sagen?*

Ich will sagen, dass sie ohnehin bald gestorben wäre. Es klingt durchaus glaubhaft, wie sie das sagt. Selbst in ihren eigenen kritischen Ohren. Sie hat sich im Griff. Die Erkenntnis ist verbunden mit einem elementaren Triumphgefühl. Sie ist imstande, etwas zu tun, das er nicht erwartet hat. Es gelingt ihr, ihn zu täuschen. Unvorhersehbar zu sein. Dieses Gefühl ist es, das sie kühn hinzufügen lässt: *Vielleicht ist es am Ende sogar gnädiger so …*

Etwas in seinen Augen zuckt unter ihren Worten zusammen, aber sie vermag nicht mit letzter Sicherheit zu sagen, ob es tatsächlich der erhoffte Ärger ist, der die Veränderung bewirkt. Nein, wenn sie es genau bedenkt, ist es wohl eher … Nein! *Nein!* Sie fühlt, wie sich eine eisige Kälte über ihren Körper breitet, und sie weiß plötzlich, dass sie einen gravierenden Fehler gemacht hat. Er fasst das, was ich sage, als Ansporn auf, denkt sie, ohne einordnen zu können, woher ihr diese Erkenntnis zufliegt. Es ist eine Art Wettbewerb. Er spielt mit mir, ein perverses, gottverdammtes Spiel.

Weg! Flucht! Bevor er …

Wo willst du hin?

Ich habe Schule, wie du weißt.

Sie dreht sich nicht um.

Und er scheint ihr auch nicht zu folgen. Nicht dieses Mal.

Am Abend fahren sie in den Wald. Nur sie und ihr Vater. Die Mutter spielt derweil ein bisschen Normalität. Damit er keinen Verdacht schöpft. Es gibt eine Stelle dort im Wald, die mag sie besonders. Ein kleiner See mit weichem Wasser, das im Sommer manchmal ihre erhitzten Fußknöchel umschmeichelt hat. Damals, als sie sich noch getraut hat, am Sonntag mit ihren Eltern spazieren zu gehen. Es ist ganz still, als sie graben, kein Lüftchen, nicht einmal ein Flugzeug über ihren Köpfen. Ihr Vater erzählt etwas vom Kreislauf des Lebens, von Humus und vom Aufgehen der Dinge ineinander. Sie denkt da eher an Ratten und Käfer, Zersetzung und Verfall. Aber das sagt sie nicht laut.

Vielleicht wächst an dieser Stelle einmal eine besonders schöne Eiche. Der Vater überlässt ihr die Schaufel. Die lockere Erde nur noch glatt zu streichen. Kein Kreuz, keine Blumen, keinen Hinweis. Minnie soll ihre Ruhe haben. Wenigstens jetzt. Im Tod. *So eine wie die dort drüben. Siehst du?*

Eine Eiche, gedüngt mit Minnies Kadaver. Wie tröstlich. *Ja, vielleicht.*

Sie sieht ihm an, dass er mit dem Gedanken spielt, etwas zu unternehmen. Auf eigene Faust. Etwas, das nicht legal ist.

Während sie die Erde glatt streicht, überlegt sie, ob sie ihn darauf ansprechen soll. Ihn abhalten. Aber da ist etwas tief in ihr, das sie zurückhält. Das danach schreit, sich zu rächen. Ihn verletzt zu sehen. Am Boden. So wie Minnie. Insgeheim will sie, dass er leidet. Selbst wenn ihr Vater dadurch in Schwierigkeiten gerät.

Können wir?

Sie nickt. Nickt und wartet, dass ihr Vater handelt. So lange, bis sie verstanden hat, dass auch Eltern nicht allmächtig sind. Dass es Grenzen gibt, sogar für den Schutz, den ein Vater seiner Tochter geben kann.

Noch so eine Lektion, die sie nie hatte lernen wollen.

Dienstag, 14. November 2006

7 »Tut mir leid, dass ich Sie an Ihrem freien Vormittag behelligen muss.«

»Kein Problem.« Winnie Heller rammte das Bügeleisen in die dafür vorgesehene Halterung des Bügelbretts und nahm ihr Handy in die andere Hand. »Was gibt's?«

»In einem Gebüsch am Sonnenberg haben sie eine tote Frau gefunden, und Dr. Gutzkow ist der Ansicht, dass die Sache uns angehen könnte.«

»Ach, du Scheiße.«

»Allerdings.« Verhoeven räusperte sich. Es klang irgendwie gehetzt. »Wo sind Sie gerade?«

»Zu Hause.«

»Soll ich Sie abholen?« Er zögerte. »Es kann allerdings einen Moment dauern, ich muss zuerst meine Tochter in die Tagesstätte bringen.«

Etwas an seiner Stimme vermittelte ihr den Eindruck, dass er verärgert war, ohne dass sie sich erklären konnte, was der Grund dafür war. Etwa die Tochter? Sie runzelte die Stirn. In den knapp vier Wochen, die sie nun zusammenarbeiteten, waren sie einander noch nicht nennenswert nähergekommen, und Verhoeven schien die Distanz, die zwischen ihnen herrschte, ebenso recht zu sein wie ihr. »Danke«, sagte sie. »Nicht nötig.«

»Dann treffen wir uns dort?«

»Alles klar.«

Nachdem er ihr eine kurze Wegbeschreibung gegeben hatte, zog sie den Stecker des Bügeleisens aus der Steckdose und stellte es zum Auskühlen auf die Arbeitstheke vor der Küchenzeile. Dann riss sie Parka und Autoschlüssel vom Haken neben der Tür und machte sich auf den Weg. Als sie die Treppen hinunterrannte, ertappte sie sich bei dem Wunsch, schnell zu sein. Schneller als Verhoeven. Sich einen Vorteil verschaffen. Die Erste sein. Ganz so wie früher in der Schule.

Sie startete den Wagen und hoffte inständig, dass der morgendliche Berufsverkehr inzwischen abgeebbt war. Bislang hatten sich alle Spuren, denen sie im Zuge ihrer Ermittlungen gefolgt waren, als Sackgasse erwiesen. Es gab keinerlei Hinweise darauf, dass einer der Menschen in Susanne Leistners Umfeld die grausige Tat begangen hatte. Ebenso wenig hatten sie irgendwelche Anhaltspunkte dafür gefunden, dass ein Fremder die junge Mutter über einen längeren Zeitraum hinweg verfolgt oder belästigt hatte. Sie hatten unzählige Gespräche geführt. Sie hatten überall im Wald Zettel mit dem Foto der Toten ausgehängt, auf denen eventuelle Zeugen gebeten wurden, sich mit der Polizei in Verbindung zu setzen. Sie hatten sämtliche Blumengeschäfte der Umgebung abgeklappert. Alles ohne jeden Erfolg.

Zu ihrer größten Freude brauchte sie weniger als eine Viertelstunde bis zum Sonnenberg. Als sie ihren Polo auf dem Parkplatz vor der Kirche abstellte, hatten sich bereits zahlreiche Schaulustige am Fuß der Alten Stiege eingefunden. Ein paar uniformierte Beamte bemühten sich, die Gaffer daran zu hindern, den Weg zu betreten.

Winnie Heller nestelte ihren Ausweis aus der Tasche ihres Parkas und erfuhr von den Kollegen, dass Verhoeven noch nicht eingetroffen war. Sie zögerte einen Moment und überlegte, ob sie auf ihn warten sollte oder vielmehr: ob er sauer wäre, wenn sie es nicht tat. Und wenn schon!, dachte sie. Wer zu spät kommt, den bestraft das Leben, und es war, verdammt noch mal, nicht ihr Problem, wenn Verhoeven sich zuerst um seine hochheilige Familie kümmern musste. Er hatte seine Prioritäten, und sie hatte ihre! Entschlossen schob sie ihren

Dienstausweis wieder in die Tasche zurück und stieg die Treppen hinauf. Auf halbem Weg kam ihr Dr. Gutzkow entgegen, die ihre Arbeit vor Ort offenbar bereits erledigt hatte.

»Meine Leute warten mit dem Abtransport, bis Sie sich die Leiche angesehen haben«, begrüßte sie Winnie Heller mit einer Selbstverständlichkeit, für die diese ihr am liebsten um den Hals gefallen wäre. »Sie ist zwölf bis vierzehn Stunden tot. Auf keinen Fall länger. Buchhändlerin. Einundvierzig Jahre. Die Papiere wurden bei ihrem Fahrrad gefunden. Es lehnte ein paar Meter vom Fundort entfernt am Geländer.«

Winnie nickte. »Todesursache?«

»Sie ist erdrosselt worden.«

»Unser Blumenfreund?«

Ein sarkastisches kleines Lächeln zuckte um die Mundwinkel der Pathologin. »Davon würde ich ausgehen«, entgegnete sie. »Er hat uns zwar dieses Mal keine Blume hinterlassen, aber dafür hat er etwas in ihre Wunden gestreut, das wie Blumen*samen* aussieht.« Sie verlagerte ihr beträchtliches Gewicht auf den anderen Fuß. Irgendwo hatte sie einen Becher Kaffee aufgetrieben, an dem sie von Zeit zu Zeit nippte, während der noch immer recht frische Westwind in ihrem Haar spielte. Es sah aus, als bürste man einen kurzflorigen Teppich in die falsche Richtung. »Außerdem hat er ihr die Augen ausgestochen.«

Einen flüchtigen Augenblick lang war Winnie Heller sich nicht ganz sicher, ob sie richtig gehört hatte. Schlimmer noch: Die ganze Situation kam ihr mit einem Mal verwirrend irreal vor. War das hier am Ende alles nur irgendein bizarrer Albtraum, in den sie geraten war? Sie starrte auf den Weg vor sich und sah urplötzlich wieder den Hightech-Bleistiftanspitzer aus Plexiglas vor sich, dessen Mechanik die Komplexität eines Uhrwerks besaß und der sie erstmals hatte zweifeln lassen, dass sie an die richtige Adresse geraten war. FACHANWALT

FÜR FAMILIENRECHT hatte in verschlungenen Goldlettern neben der Tür geprangt, aber was bedeutete schon ein ausgezeichneter Ruf, wenn der Mann auf der anderen Seite des Schreibtischs einfach nicht verstehen wollte, worum es ihr ging?

»Meine Eltern wollen meine Schwester umbringen«, hatte sie ein zweites Mal gesagt, nachdem er ihrer ersten diesbezüglichen Eröffnung keinerlei sichtbare Beachtung geschenkt hatte und ihr Ansinnen auf Vormundschaft oder Pflegschaft oder was auch immer sonst nötig war, um ihre Schwester zu retten, mit einem einzigen zweifelnden Stirnrunzeln vom Tisch gewischt hatte. *Schwierig bis unmöglich, so wie die Dinge liegen, nach all diesen Jahren und ohne konkrete Beweise, noch dazu, wo die leiblichen Eltern …* »Sie haben es gründlich satt, dass irgendwo in dieser Stadt ein Mensch liegt, der sie an ihre Schuld erinnert. Und deshalb behaupten sie, es sei ein Akt der Barmherzigkeit, Elli verhungern zu lassen.«

Er hatte sie aus prüfenden grauen Augen angesehen. So lange, dass sein Blick in ihr ein beklemmendes Gefühl von Nacktheit und Ausgeliefertsein wachgerufen hatte. »Ich fürchte, dass Sie sich da in etwas verrennen.«

Zu diesem Zeitpunkt hatte sie schon nur noch lachen können. »Glauben Sie?«

»Wenn ich Sie richtig verstanden habe, sind die Ärzte …«

»Scheiß auf die verdammten Ärzte«, hatte sie ihm mitten in sein feistes Gesicht geschrien. »Ich kenne meine Schwester. Ich kenne sie besser als jeder andere Mensch auf diesem Planeten, und wissen Sie auch, warum? Weil ich in den letzten sieben Jahren jede freie Minute an ihrem Bett verbracht habe. Merkwürdig nur, dass ich unsere verehrten Eltern dort nie getroffen habe, finden Sie nicht? Dieselben Leute, die jetzt so verdammt sicher sind, dass ihre Tochter nicht mehr lange leben wird. Erklären Sie mir das!«

Er hatte geschwiegen. Sie einfach nur angesehen. Er hatte sie wahnsinnig gemacht.

Irgendwann war sie einfach aufgestanden. »Ich werde einen anderen Weg finden«, war das Einzige, was sie noch gesagt hatte, dann hatte sie die Tür zu seinem Büro hinter sich geschlossen.

Das Ganze war jetzt beinahe drei Wochen her, und bislang gab es keinerlei Anzeichen dafür, dass sich Ellis Zustand verschlechterte oder dass ihre Eltern es tatsächlich wagten, etwas an der Betreuung ihrer Schwester zu verändern, was dazu führte, dass sich allmählich ein Gefühl von vorsichtigem Optimismus in ihr festsetzte. Sie hatte ihre Schwester besucht, so oft es ihre Zeit erlaubt hatte, und jedes Mal war Elli ganz wie immer gewesen. Gut, ein bisschen unruhiger vielleicht, aber das deutete sie eher als gesteigerte Aktivität …

Winnie Heller riss den Blick von einer gesprungenen Treppenstufe los, als ihr bewusst wurde, dass Dr. Gutzkow auf eine Reaktion von ihr wartete.

»Bitte?« Sie merkte, wie ihr das Blut in den Kopf schoss. Unaufmerksam. Unsachlich. Absolut unprofessionell. Sie schluckte. So wird das nichts mit einer Karriere bei der Mordkommission, Frau Heller. »Der Täter hat was getan?«

Dr. Gutzkow betrachtete sie interessiert und schien zu überlegen, ob sie einer erneuten Schilderung des Sachverhalts überhaupt gewachsen war. »Kommen Sie, ich zeige Ihnen, was ich meine«, sagte sie schließlich und ging mit energischen Schritten voraus, denselben Weg zurück, den sie soeben gekommen war.

Verdammt, dachte Winnie Heller, jetzt denken alle, ich sei nicht in der Lage, mir ohne gerichtsmedizinischen Beistand eine Tote anzusehen! »Das ist wirklich nicht nötig«, rief sie Dr. Gutzkows Rücken zu, doch die Pathologin ging einfach weiter, und Winnie Heller wurde den Verdacht nicht los, dass die ganze Angelegenheit sie königlich amüsierte.

Die Leiche lag auf einer schwarzen Plastikplane. In den kahlen, aber dichten Sträuchern ringsum schwebte der Geruch des Todes. Winnie Heller schlüpfte unter der Absperrung hindurch und dankte dem Herrgott dafür, dass es in den vergangenen Tagen recht kühl gewesen war. Sie wagte gar nicht, sich vorzustellen, wie ganze Schwärme von Fliegen bei ihrem Näherkommen aus den blutigen Augenhöhlen emporspritzten. Und wenn diese Fliegen sich dann mit ihren blutig behaarten Beinen auf ihren Armen oder, schlimmer noch: in ihrem Gesicht niederließen. Wenn sie …

»Hey, Schätzchen, brauchen Sie vielleicht 'ne Kotztüte?«

Toll, danke, überaus konstruktiver Vorschlag. »Ich komme schon klar.«

»Sicher?«

Winnie Heller versuchte ein Lächeln, das angesichts der Umstände überaus sparsam ausfiel. »Vertrauen Sie mir.«

»Wie Sie meinen.« Dr. Gutzkows längst wieder behandschuhten Hände kreisten über dem Hals der Toten wie ein rüttelnder Raubvogel. Durch die zarte Haut schimmerte ein Band aus kleineren Blutergüssen. »Sehen Sie sich die Strangmarke an. Sie ist der von der Leistner nicht unähnlich, wenngleich diese Unregelmäßigkeiten hier darauf hindeuten, dass dieses Opfer sich gewehrt hat. Allerdings erst, als ihm die sprichwörtliche Schlinge bereits um den Hals lag.« Die grauen Augen bohrten sich in Winnie Hellers Gesicht. »Hey, hören Sie mir eigentlich zu?«

»Natürlich.«

»Na großartig«, entgegnete die Pathologin lakonisch. »Wie Sie sehen, haben wir dieses Mal keine abdominellen Stichverletzungen, aber dafür die typischen Schnitte an ihren Handgelenken. Einige von ihnen sind nicht besonders tief und erinnern an präsuizidale Probierschnitte. Sie hat ein paar gebrochene Rippen, die wahrscheinlich vom Transport herrühren. Ein älteres, vitales Hämatom am rechten Handgelenk, das aufgrund seines Alters mit der Tat selbst nichts zu tun haben kann. Die restlichen Verletzungen sind perimortem.« Sie stemmte die Hände in ihre fleischigen Schenkel und erhob sich aus ihrer gebückten Haltung. »Kotzen Sie mir hier bloß nicht alles voll, Herzchen.«

»Warum sollte ich?«, fragte Winnie Heller angriffslustig. »Weil ich jung bin? Weil ich eine Frau bin? Weil ich ...?«

»Glauben Sie mir, da wären Sie weiß Gott nicht die Erste«, fiel die Pathologin ihr mit größter Gelassenheit ins Wort. »Und aus der Erfahrung von zweiundzwanzig Berufsjahren kann ich Ihnen versichern, dass das Kotzen im Angesicht des Todes nichts mit dem Geschlecht zu tun hat.«

»Ich habe mich im Griff«, wiederholte Winnie Heller, indem sie sich demonstrativ eines von Werneuchens Karamellbonbons in den Mund schob.

Dr. Gutzkow nickte. »Okay.«

»Was ist das für Blut in ihrem Mund? War *er* das?«

Die Gerichtsmedizinerin schüttelte den Kopf und ging erneut in die Knie. »Sie hat sich in die Zunge gebissen, als er sie stranguliert hat. Passiert nicht selten.« Sie bog den Hals der Toten zurück und öffnete die Kiefer. Winnie Heller zwang sich, genau hinzusehen. Selbst als die Pathologin den Kopf der Leiche zur Seite drehte. Ins Licht. Das Gewebe rund um die Augen war von tiefen Stichen fast vollkommen zerfetzt. Etwas Milchigweißes war von dort über die Wangen der Toten gelaufen und in ihrem Haar versickert, das unter dem harten Novemberhimmel stumpf und strohig wirkte. Ob es aus ihren zerstörten Augen gequollen war, vermochte Winnie Heller nicht zu sagen, dennoch musste sie unwillkürlich an eine von diesen Madonnen denken, die angeblich blutige Tränen weinen. »Sehen Sie das hier?« Zu Winnie Hellers blankem Entsetzen angelte Dr. Gutzkow eine sorgfältig verschlossene Kanüle aus ihrem Koffer und streckte sie ihr entgegen. »Glaskörperflüssigkeit«, erklärte sie unsentimental. »Aber wofür halten Sie das Dunkle?«

Winnie kniff die Augen zusammen und betrachtete die dunklen Pünktchen, die sich an der Oberfläche der Flüssigkeit abgesetzt hatten. »Mohn?«

Dr. Gutzkow stieß einen zufriedenen Seufzer aus. »Na, das ist doch meine Rede. Ob wir richtig liegen, wird die Laboranalyse zeigen.«

Winnie Heller sah sich nach den dichten Sträuchern um, die sie vom Fußweg der Alten Stiege trennten. Ein dunkler, leerer Ort. »Warum ist sie eigentlich so schnell gefunden worden? Wieder jemand mit Hund?«

Die Pathologin schüttelte den Kopf. »Ein Anwohner, der heute früh auf dem Weg zur Arbeit hier vorbeimusste, hat sich über das Fahrrad gewundert. Er hat sich das Ding ein bisschen genauer angesehen, und als er dabei auf die Papiere des Opfers stieß, hat er zu suchen begonnen.«

»Tja, Glück gehabt«, murmelte Winnie Heller, indem sie wieder die Tote ansah. Multiple Schnittverletzungen. Ausgestochene Augen. Eine blutige Chrysantheme in der Bauchhöhle einer jungen Mutter. Und dennoch, nach ihrem ganz persönlichen Empfinden hatten diese Morde bei aller offensichtlichen Brutalität etwas seltsam Klinisches. Eine immense Distanz, dachte sie. Etwas, das den Eindruck von Desinteresse vermittelt. Von Langeweile beinahe. Das hier sind keine Verbrechen aus Leidenschaft, dachte sie, sondern kühle, wohlkalkulierte Arrangements. *Du tötest diese Frauen, doch du interessierst dich nicht für sie. Aber wenn du dich nicht für sie interessierst* … Sie runzelte die Stirn … *warum tust du ihnen dann all diese furchtbaren Dinge an?*

8 Sie schob ihren Rock hoch und betastete den Bluterguss an ihrem Knie, der ziemlich übel aussah. Das hatte man davon, wenn man vor dem Zubettgehen Rilke las! Rilke vor dem Einschlafen war pures Gift für die Nachtruhe.

Ein weißes Schloss in weißer Einsamkeit. In blanken Sälen schleichen leise Schauer … Ein Schloss. Ein Haus. *Das* Haus, von ihr aus. Aber das erklärte noch lange nicht den Pfad, den ihr Traum-Ich entlanggestolpert war. Und den Haustausch. Den Bungalow. Sie stieß einen tiefen Seufzer aus, was sie gefahrlos tun konnte, denn keine ihrer Angestellten würde es wagen, ihr Büro zu betreten, ohne anzuklopfen. *Todkrank krallt das Gerank sich an die Mauer. Und alle Wege weltwärts sind verschneit.* Was mochte sie eigentlich an diesen Versen? Und warum war sie unfähig, Rilke zu hassen? Lyrik überhaupt? War das Dummheit, Schwäche, eine Art geistige Lebensmüdigkeit? Oder ein winziger Funken Gesundheit inmitten der Katastrophe ihres Lebens?

Darüber hängt der Himmel brach und breit.
Es blinkt das Schloss. Und längs den weißen Wänden
hilft sich die Sehnsucht fort mit irren Händen …

Rilke zu mögen, vor allem die frühen Gedichte, sei ein sicheres Indiz dafür, dass sich der Verstand noch immer im Stadium der Pubertät befinde. Das hatte eine Buchhändlerin auf Ischia einmal zu ihr gesagt, Muriel. Ein gut sortierter Laden, viele Klassiker, vorwiegend deutsche Kundschaft. Sie schmunzelte, während ihr Gedächtnis, das sich zu ihrem Unglück schon immer viel zu gut gemerkt hatte, was sie las, die Sache zu Ende brachte: *Die Uhren stehn im Schloss: Es starb die Zeit.*

Sie sah wieder ihr Knie an und nahm die Flasche mit Franzbranntwein vom Schreibtisch, die sie aus dem Erste-Hilfe-Kasten neben der Rezeption stibitzt hatte. Sie musste das unbedingt besser trennen. Die Realität und … das andere.

Ich weiß es im Traum, und der Traum hat recht.

Die Tatsache, dass er ihr bis in ihr Haus gefolgt war, ließ sie nicht los. Albträume veränderten sich nicht einfach so, ohne Grund. Nicht, wenn sie so alt waren wie die ihren. Und dabei war der Schatten, den sie gesehen hatte, ihm nicht einmal ähnlich gewesen. Blond. Da war sie ganz sicher. Sie massierte etwas von der kühlenden Flüssigkeit in ihr Knie, das heiß und geschwollen war, aber nicht schmerzte. Und seltsamerweise musste sie dabei schon wieder an Muriel denken. An die Wellen, die am Ufer auslaufen. Zu ihren Füßen. Der Kies, auf dem sie sitzen, ist warm von der Sonne. Sie fühlt Muriels Blick auf ihrem Gesicht. Und vor ihnen die Wellen. Wieder Wasser. Türkisblau und funkelnd. Das Meer …

Was ist los mit dir? Hat dich mal jemand …?

Das Unausgesprochene verschleiert Muriels Augen, und sie kann fühlen, wie die andere die Luft anhält vor Angst, eine Antwort zu erhalten, mit der sie nicht fertig wird. Sie fühlt auch ihr eigenes Kopfschütteln. Fremd. Als gehöre es nicht zu ihr. Eine Marionette, das ist sie. Eine gefühl- und willenlose Holzpuppe, an deren Fäden ein anderer zieht. Ganz, wie es ihm gefällt.

Nein.

Sicher nicht?

Die Erleichterung, die in den beiden Worten liegt, macht sie zornig. *Nicht so.*

Wie dann?

Anders.

Warum klingt das so bitter?

Bitter? *Ich …*

Da war dieser Moment gewesen, ein winziger Augenblick, in dem die Tür offen gestanden hatte. Einen Spalt nur, aber ein Spalt genügte. Wer wüsste besser als sie, wie viel schon der winzigste Spalt ausmachen konnte? Wenn es mir gelungen wäre, dachte sie. Wenn ich damals …

Geh bitte.

Was?

Geh weg und komm nie wieder.

Aber ... Oh nein, sie gibt sich nicht so einfach zufrieden. Nicht Muriel. Das ist einer der Gründe, weshalb sie sie so ...

Ich sagte, du sollst mich in Ruhe lassen.

Warum denn?

Hau einfach ab. Ich will nichts von dir. Du bist nicht mein Typ. Verstanden?

Sie blickt ihr nach. Fühlt ihre Enttäuschung. Den Knacks, den ihre barsche Abfuhr Muriels an und für sich recht ausgeprägtem Selbstbewusstsein beigebracht hat. Sie war eine Zerstörerin. Dabei wäre es am Ende vielleicht gar nicht so schwer gewesen. *Ich möchte dich nicht in Gefahr bringen.* Warum hatte sie diesen einen Satz nicht über die Lippen gebracht? Weil er die Bitte nach einer Erklärung nach sich gezogen hätte, zwangsläufig? Weil sie ihre Muriel nicht beschmutzen wollte, infizieren mit dem Keim des Verderbens?

Sie lehnte den Kopf gegen das kühle Leder ihres Chefsessels und wusste, sie würde niemals aufhören, über diese Frage nachzudenken.

9

»Also doch ein Serientäter?«

Burkhard Hinnrichs rieb seine Stirn, bis sie sich rötete.

»Es sieht ganz danach aus«, sagte Winnie Heller. »Beide Frauen wurden mit einem Schal erdrosselt. Beide haben keine nennenswerte Gegenwehr geleistet, woraus wir wohl schließen können, dass der Angriff des Täters überraschend kam und dem Mord nicht etwa ein Streit vorausging oder Ähnliches.« Sie blickte kurz zu Verhoeven hinüber, der mit ausdrucksloser

Miene in seiner Kaffeetasse rührte. Sie hatte bei Tamara Borgs Leiche auf ihn gewartet, zusammen mit Dr. Gutzkow, die ihre Ausführungen bei seinem Eintreffen bereitwillig wiederholt hatte. Trotzdem schien er irgendwie sauer zu sein, und sie fragte sich, ob ihr eigenmächtiges Verhalten der Grund dafür war. Er verzieht nie das Gesicht, dachte sie. Er hat überhaupt keine Mimik. Nur dieses glatte Lächeln. Vielleicht hat er vor, faltenfrei zu bleiben, bis er hundert ist. Ich mag ihn nicht, schoss es ihr durch den Kopf. Vielleicht beneide ich ihn auch. Sie sah wieder sein Gesicht an, was sie gefahrlos tun konnte, denn er starrte noch immer in seine Kaffeetasse hinunter. »In beiden Fällen hat der Mörder die Frauen nach der Tat an einen abseitsgelegenen Ort geschleift«, fuhr sie fort, als ihr auffiel, dass Hinnrichs sie erwartungsvoll anblickte, »wo er ihre toten Körper mit einem Messer traktiert hat.«

»Dieselbe Waffe wie im Fall Leistner?«

»Scheint so.« Sie nickte. »Festlegen wollen sie sich natürlich erst nach einer eingehenden Untersuchung.«

»Was sagt die Spurensicherung?«

»Allem Anschein nach nicht viel zu holen.«

»DNA?«

Sie schüttelte den Kopf. »Auf den ersten Blick sieht's nicht danach aus.«

»So eine verdammte Scheiße«, fluchte Hinnrichs und starrte aus dem gekippten Fenster in den fahlen Novemberhimmel hinaus. »Was ist das nur für ein krankes Arschloch?«

»Das Opfer war alleinstehend«, setzte Winnie Heller ihren Bericht fort, indem sie nach der Thermoskanne in der Mitte des Tisches angelte. »Die Frau wohnte etwa drei Gehminuten vom oberen Ende der Alten Stiege entfernt. Sie ist offenbar bei Wind und Wetter mit dem Fahrrad zur Arbeit gefahren, und aller Wahrscheinlichkeit nach benutzte sie dabei regelmäßig die Alte Stiege.«

»Sie sieht dem ersten Opfer übrigens nicht ähnlich«, bemerkte Verhoeven. »Überdies ist sie deutlich älter.«

»Keine Fixierung auf einen bestimmen Typ also«, murmelte Hinnrichs.

»Nein.«

»Sonstige Gemeinsamkeiten zwischen den beiden Opfern?«

Verhoeven wollte antworten, doch Winnie Heller kam ihm zuvor. »Keine.«

Hinnrichs blickte auf. Zu Verhoeven. *Was ist mit Ihnen? Sind Sie auch dieser Ansicht?*

Winnie Heller bemerkte die unausgesprochene Frage in seinem Blick und wandte zornig den Kopf ab. *Und? Wie kommen Sie klar mit Verhoeven?* Hinnrichs' Frage vorhin, als ihr Boss noch kurz im Büro gewesen war. Sie hatte Hinnrichs angesehen, offen und ohne erkennbare Scheu, und in aller Eile die Alternativen erwogen. Sollte sie ehrlich sein und riskieren, bei den neuen Kollegen von Beginn an als Nestbeschmutzerin zu gelten? Eine, die Konflikte zu Vorgesetzten trug, anstatt sie geradeheraus anzugehen, von Angesicht zu Angesicht? Was hielt man von so einer? Sie hatte zwar eigentlich nicht das Gefühl, dass Hinnrichs Verhoeven besonders schätzte, auch wenn sie altersmäßig nicht allzu weit auseinanderlagen, aber man konnte schließlich nie wissen, wie weit diese Männerbündelei reichte. *Sein Arbeitsstil ist ...* Sie hatte gezögert und es dann doch ausgesprochen: *Sein Arbeitsstil ist gänzlich anders als meiner.* Hinnrichs hatte sie mit einem Blick bedacht, der ihr unvermittelt das Gefühl gegeben hatte, Teil eines Experiments zu sein, von dem selbst der entschieden von seiner Menschenkenntnis überzeugte Leiter des KK 11 zum gegenwärtigen Zeitpunkt nicht sagen konnte, wie es ausgehen würde. *Das ideale Team ist eines, bei dem sich die Partner in all ihren Stärken und Schwächen ergänzen,* hatte er nach einer ganzen Weile gesagt. *Vergessen Sie das nicht.* Wütend stellte sie ihre volle Kaffeetasse auf dem Boden neben ihrem Stuhl ab. Allerweltsgetue!

»Zumindest rein äußerlich bestehen tatsächlich keinerlei Gemeinsamkeiten zwischen Tamara Borg und Susanne Leistner«, sagte Verhoeven nach kurzem Überlegen. Auf dem Weg in die Tagesstätte hatte er seiner Tochter erklärt, warum sie das geplante Eis auf später verschieben mussten. Er hatte sich die Zeit genommen, Nina bis in ihren Gruppenraum zu begleiten, und sogar gewartet, bis sie sich in die Bauecke zu den Jungen gesellt und damit begonnen hatte, einen hochkomplizierten Turm zu errichten. Trotzdem ließ ihm sein schlechtes Gewissen einfach keine Ruhe, und nach und nach wurde ihm klar, dass sich dieses schlechte Gewissen auch auf Tamara Borg erstreckte. *Du bist nicht verantwortlich,* mahnte Silvie hinter seiner Stirn. »Dieses Mal können wir allerdings mit ziemlicher Sicherheit ausschließen, dass der Täter seinem Opfer gefolgt ist«, fuhr er fort, bevor Winnie Heller das Heft wieder an sich reißen konnte. Doch sie schien sich über irgendetwas geärgert zu haben und machte keine Anstalten, seine Ausführungen zu kommentieren. »Er hat vielmehr an einer günstigen Stelle des Treppenaufgangs eine der Straßenlaternen zerschlagen, wodurch die Biegung, hinter der er ihre Leiche über das Geländer geworfen hat, fast völlig im Dunkeln lag.«

»Ich würde auch annehmen, dass er an derselben Stelle auf sein Opfer gelauert hat«, mischte sich Winnie Heller nun doch wieder in die Diskussion ein. »Auf diese Weise hat sie ihn erst sehr spät bemerken können.«

Verhoeven betrachtete ihr Profil. Ihm war klar, dass sie versucht hatte, ihn abzuhängen. Und irgendwie konnte er sie sogar verstehen. Sie war jung. Sie war ehrgeizig. Und sie hatte sich ihren ersten Einsatz bei der Mordkommission ganz sicher anders vorgestellt. »Offensichtlich geht es dem Täter nicht vorrangig um das Töten seiner Opfer«, bemerkte er in Hinnrichs' Richtung, doch der sah schon wieder aus dem Fenster, als wolle er seinen Kommissaren und den unbequemen Wahrheiten, von denen sie berichteten, ausweichen. »Von zentraler Bedeutung scheint vielmehr zu sein, was er anschließend mit den toten Frauen anstellt.«

Das Klingeln des Telefons unterbrach seine Mutmaßungen. Hinnrichs nahm ab. Dann reichte er Verhoeven den Hörer über den Schreibtisch. »Das kriminaltechnische Labor für Sie.«

Verhoeven hörte eine Weile schweigend zu. »Ja«, sagte er schließlich. »Das ist allerdings seltsam ... Aha ... Ja gut, ich danke Ihnen.« Er legte auf. »Sie haben das Zeug identifiziert, das der Täter in die Wunden des Opfers gestreut hat. Es handelt sich dabei tatsächlich um Mohnsamen.«

Winnie Heller blickte auf. »Und damit hätten wir also schon wieder einen Bezug zu Blumen.«

»Man kann das Zeug in jedem Supermarkt kaufen. Es wird zum Backen verwendet.«

»Scheiße«, sagte Hinnrichs wieder. »Und was will dieser verdammte Arsch uns damit sagen?«

»Soweit ich informiert bin, gilt Mohn gemeinhin als Symbol für Vergänglichkeit, weil die Blüten so schnell verwelken, wenn man sie pflückt.« Verhoevens Hände schlossen sich fester um die Lehnen seines Stuhls. »Zugleich könnte man natürlich auch Dinge wie Schlaf, Vergessen und Drogenrausch assoziieren.«

»Und was hat ihn dazu gebracht, ihr die Augen auszustechen?«, fragte Hinnrichs, der sich eine seiner Mentholzigaretten angesteckt hatte, mit zunehmender Aggression. »Hatte er das Gefühl, dass sie ihn beobachtet?«

»Dann hätte er eigentlich auch Susanne Leistner die Augen

ausstechen müssen, nicht wahr?«, sagte Verhoeven und verspürte einen leichten Brechreiz, als urplötzlich das Gesicht der toten Tamara Borg durch seine Gedanken zuckte. Der qualvoll geöffnete Mund. Geronnene Glaskörperflüssigkeit …

»Vielleicht waren die Augen der Frau nach Eintritt des Todes noch offen«, mutmaßte Hinnrichs, indem er mit der freien Hand ein Foto der toten Tamara Borg auf dem Tisch hin und her schob, ohne es näher anzusehen. Die Frau. Das erste Opfer. Das zweite Opfer. Besser, man blieb auf Distanz.

»Oder aber das Ausstechen der Augen ist schon wieder eine Art Symbol«, sagte Verhoeven. Blumen für die Toten. Ein symbolischer Suizid. Eine Chrysantheme. Schnittverletzungen. Tote Tiere in Tomatensoße. Mohnsamen. Nusskuchen. Bauklötzchen …

»Aber wo ist das Bindeglied?« Hinnrichs hatte die Arme vor der Brust verschränkt und blickte entnervt zwischen seinen beiden Kommissaren hin und her. *Pass auf, jetzt macht er dicht,* flüsterte Grovius in Verhoevens Kopf. »Was hat eine Chrysantheme mit ausgestochenen Augen zu tun?«

»Ich habe nicht die geringste Ahnung«, räumte Verhoeven ein, indem er urplötzlich wieder die alte lähmende Hilflosigkeit fühlte.

»Suchen Sie nach Berührungspunkten«, sagte Hinnrichs. »Irgendetwas muss diese Frauen verbinden.«

»Wir haben alles abgeklopft«, entgegnete Verhoeven frustriert.

»Dann fangen Sie von vorne an.« Sein Vorgesetzter stampfte die erst halb gerauchte Zigarette in den Aschenbecher neben seinem Telefon und blitzte ihn über den Rand seiner Brille hinweg an. »Es muss ein Bindeglied zwischen diesen Frauen geben. Irgendwo sind ihm beide aus welchem Grund auch immer aufgefallen. Und ich will wissen, wo das gewesen ist.«

»Vielleicht gibt es eine Art von Verbindung, die auf den ersten Blick nicht zu erkennen ist, die aber für jemanden, der mit dem Code oder dem Muster vertraut ist, auf der Hand liegt«, mutmaßte Verhoeven. »Wir dürfen vielleicht nicht immer von uns ausgehen.«

Hinnrichs schob sich eine neue Zigarette zwischen die Lippen, verzichtete jedoch darauf, sie anzustecken. »Sie meinen, dass es schwer ist, eine Antwort zu finden, wenn man die Frage nicht versteht?«

»Genau das«, nickte Verhoeven. »Meiner Ansicht nach muss die Symbolik dieser beiden Morde mit dem Täter zu tun haben, nicht mit den Opfern. Oder anders ausgedrückt: Wahrscheinlich werden wir in Tamara Borgs Umfeld ebenso wenig von Mohn zu hören bekommen, wie uns Susanne Leistners Umfeld von Chrysanthemen erzählen konnte.«

»Nehmen wir also an, der Täter spricht eine bestimmte Sprache.« Winnie Heller lehnte sich in ihrem Stuhl zurück. »Aber Sprache ist Kommunikation. Und Kommunikation ist keine einseitige Sache.« Sie streckte die Beine aus. »Rein sprachwissenschaftlich betrachtet, ist Kommunikation der Austausch von Informationen. Jemand sagt etwas, und ein anderer hört zu. Sender und Empfänger …«

»Und der Empfänger muss dieselbe Sprache sprechen wie der Sender«, führte Verhoeven ihren Gedankengang weiter. »Denn sonst könnte er mit den übermittelten Informationen ja nichts anfangen.«

»Also schön, unser Mörder sendet demnach mit seinen Taten eine Botschaft an eine bestimmte Person, von der er zumindest annimmt, dass sie seine Symbolik zu deuten versteht«, resümierte Hinnrichs an der Zigarette in seinem Mundwinkel vorbei.

»Das würde auch erklären, warum er seinen Opfern so distanziert gegenübersteht«, sagte Winnie Heller.

Hinnrichs' Lächeln fehlte jede Freundlichkeit, als er sich ihr zuwandte. »Sie finden Blumen und Messerstiche distanziert?«, fragte er mit sarkastischem Unterton.

»Arrangiert«, korrigierte sie sich hastig. Klinisch, fügte sie in Gedanken hinzu. Desinteressiert. »Was ich meine, ist, dass die Art, wie er mit den Frauen umgeht und ihre Leichen zurücklässt, nichts Leidenschaftliches an sich hat. Zumindest keine Leidenschaft, die mit den Opfern selbst zusammenhängt«, fügte sie einschränkend hinzu, als sie die Skepsis in Hinnrichs' Blick bemerkte. Sie hatte etwas falsch gemacht, ganz klar. Aber sie hatte nicht die geringste Ahnung, ob es sich um einen sachlichen oder einen menschlichen Fehler handelte. Lag sie total daneben? War sie zu forsch? Oder ging es in Wahrheit um das Gespräch, das sie mit Hinnrichs geführt hatte, vorhin? *Wie kommen Sie klar mit Verhoeven?* Gütiger Gott, dachte sie, warum kann ich nicht einfach meine verdammte Klappe halten? Sie sah Burkhard Hinnrichs direkt in die Augen, auch wenn sie am liebsten den Raum verlassen hätte. »Die Frauen sind nur ein Haufen passives Fleisch für ihn«, sagte sie fest. »Sein Medium.«

»Die Sache mit der Botschaft hat nur einen Haken«, gab Verhoeven zu bedenken, bevor Hinnrichs seinerseits dazu kam, etwas zu sagen. »Bisher weiß nur ein ganz beschränkter Kreis von Personen von den Morden. Von den näheren Umständen der Taten ganz zu schweigen.«

»Susanne Leistners Angehörige wissen von der Chrysantheme«, sagte Winnie Heller.

»Aber sie wissen nichts von Tamara Borg«, konterte Verhoeven, der sich insgeheim fragte, auf wessen Seite Hinnrichs stand. »Und nichts von Mohnsamen und ausgestochenen Augen. Andererseits wissen die Personen, die die Leichen gefunden haben, nur entweder von der Chrysantheme oder vom Mohn.« Seine Finger berührten eines der zahlreichen

Tatortfotos, die auf dem Tisch verstreut lagen. Der erste Fall, für den er die Verantwortung trug. Und dann gleich so einer. Wie viele Fälle dieses Kalibers hatte Grovius gehabt? Zwei? Drei in dreißig Jahren? Laut sagte er: »Keiner kennt bislang die ganze Geschichte.«

»Und dabei wollen wir es auch belassen«, brummte Hinnrichs, indem er nun doch nach seinem Feuerzeug griff. Es war das erste Mal im Verlauf ihrer Bekanntschaft, dass Verhoeven sichtbare Zeichen von Nervosität an ihm entdeckte.

»Unter den gegebenen Umständen wird es sich wohl kaum vermeiden lassen, die Presse einzuschalten«, sagte er. »Als Frau Heller und ich die Alte Stiege verließen, hatte sich dort schon ein ganz hübscher Menschenauflauf gebildet.« Er zuckte mit den Schultern. »Die Presse hat mit Sicherheit längst Wind von der Sache bekommen.«

»Dann werden Sie heute Nachmittag eine Pressekonferenz geben.« Hinnrichs starrte dem Qualm seiner Zigarette hinterher. »Auf diese Weise können wir vielleicht wenigstens den wildesten Spekulationen Einhalt gebieten.«

»Warum ich?«, fragte Verhoeven. Schließlich hatten sie einen Pressesprecher.

»Und wieso nicht?«, fauchte sein Vorgesetzter. »Es ist Ihr verdammter Fall!« Sein Blick war angriffslustig, aber Verhoeven tat ihm nicht den Gefallen, weiteren Widerspruch zu leisten. »Erwähnen Sie bei dieser Gelegenheit auch noch einmal den Leistner-Mord, denn damit werden uns die Pressefritzen früher oder später sowieso kommen. Aber hüten Sie sich, von einem Zusammenhang zwischen den beiden Fällen zu sprechen. Und formulieren Sie's leicht verdaulich. Die Polizei bittet die Bevölkerung um Mithilfe bei der Aufklärung zweier noch ungeklärter Todesfälle, irgendwas in dieser Art. Showdown ist ...« Seine Augen suchten die Uhr, die zwischen wenigen ausgewählten Auszeichnungen an der Wand rechts des Schreibtisches hing. »Sagen wir um siebzehn Uhr. Dann haben Sie beide noch genug Zeit, sich vorher die Wohnung des Opfers anzusehen. Vielleicht finden Sie dort etwas, das uns weiterhilft.« Er stutzte. »Die Identität der Frau ist ja wohl eindeutig bestätigt, oder? Ich möchte in dieser Hinsicht keine bösen Überraschungen erleben.«

»Natürlich ist sie das«, entgegnete Verhoeven kühl und stand auf. »Eine Angestellte von Frau Borg hat ihre Chefin anhand eines Fotos zweifelsfrei identifiziert.«

»Dann ist es ja gut.«

Verhoeven folgte seiner Kollegin zur Tür.

»Und keine Silbe über Chrysanthemen oder Mohnsamen oder Psychopathen«, rief Hinnrichs hinter ihnen her. »Wir haben schon genug Probleme. Das Letzte, was wir jetzt brauchen, ist eine Serienkiller-Hysterie!«

10

Lore Simonis hängte den Hörer ein und verließ die Telefonzelle.

Sie war zutiefst beunruhigt. Den ganzen Nachmittag über hatte sie versucht, ihre Freundin zu erreichen, seit sie von dem Mord an der Alten Stiege gehört hatte. Doch Isolde Reisinger nahm nicht ab. Sie war auch nicht wie versprochen vorbeigekommen, um nach dem Telefon zu sehen. Und genau das sah ihr überhaupt nicht ähnlich! Gedankenverloren schob Lore Simonis das Portemonnaie in ihre Handtasche zurück. Normalerweise war Isolde die Zuverlässigkeit in Person. Natürlich war sie stur wie ein Esel, und es war einfach unmöglich, sie zu etwas zu bewegen, was sie nicht wollte. Aber wenn sie erst einmal zugesagt hatte, sie käme am Nachmittag vorbei, konnte nur eine Naturkatastrophe oder ein

Krieg sie davon abhalten. Die einzig plausible Erklärung war, dass ihr etwas geschehen sein musste …

Unschlüssig blieb die alte Dame einen Moment mitten auf dem Gehweg stehen und blickte die Straße hinunter, ohne wirklich etwas von ihrer Umgebung wahrzunehmen. Man hatte die Leiche der Frau am Vormittag in einem Gebüsch an der Alten Stiege gefunden, nur wenige Meter abseits des Fußwegs. Wie lange die Tote dort gelegen hatte, war bislang nicht bekannt geworden. Und genau das war der springende Punkt! Was, wenn sie erst gestern Abend ermordet worden war? Was, wenn Isolde auf dem Nachhauseweg etwas beobachtet hatte oder, schlimmer noch: wenn sie dem Mörder *begegnet* war? Lore Simonis schüttelte ratlos den Kopf. Andererseits hatte die Polizei doch bestimmt die ganze Gegend abgesucht. Und wenn Isolde ebenfalls ermordet worden war, hätten sie ihre Leiche gefunden. Aber warum meldete sie sich dann nicht? Es war natürlich auch möglich, dass ihr schlecht geworden war. Vielleicht lag sie in ihrer Wohnung und war bewusstlos. Oder unfähig, zum Telefon zu gelangen.

Entschlossen kehrte Lore Simonis in die Telefonzelle zurück. Das Vernünftigste war, wenn sie sich ein Taxi rief, zu Isoldes Wohnung fuhr und den Hausmeister bat, in der Wohnung ihrer Freundin nach dem Rechten zu sehen.

11

»Das Letzte, was wir jetzt brauchen, ist eine Serienkiller-Hysterie«, ahmte Verhoeven den schnarrenden, leicht überheblichen Tonfall seines Vorgesetzten nach.

Winnie Heller quittierte diesen ihrer Meinung nach reichlich plumpen Anbiederungsversuch mit einem müden Lächeln und wies dann über die Kreuzung nach rechts. »Die

Querstraße dort drüben führt genau auf die Alte Stiege zu. Wahrscheinlich kam Tamara Borg hier vorbei, wenn sie abends nach Hause gefahren ist.«

»Denken Sie, der Täter hat ihre Gewohnheiten gekannt?«

»Muss er ja wohl«, entgegnete sie. »Es ist im Grunde genau wie im Fall Leistner: Auch dieses Mal konnte der Mörder kaum damit rechnen, zur Tatzeit am entsprechenden Ort auf eine Frau zu treffen, die ohne Begleitung unterwegs ist. Ich meine, ein einsamer Waldweg an einem Wochentag kurz vor Einbruch der Dunkelheit und ein Treppenaufgang, der fast ausschließlich von Anwohnern genutzt wird, an einem kalten Novemberabend gegen neun Uhr ... Das sind keine Orte, an denen man sich auf die Lauer legen würde, wenn man sozusagen auf einen Zufallstreffer hofft.« Sie schüttelte den Kopf. »Nein, er muss jeweils ein ganz bestimmtes Opfer im Auge gehabt haben und genau darüber informiert gewesen sein, wann und wo er dieses Opfer allein antrifft.«

Verhoeven wechselte die Spur, um an der nächsten Kreuzung abbiegen zu können. Dann führte die Straße den Hang hinauf. »Das würde aber doch zwingend bedeuten, dass er die Frauen zuvor beobachtet hat.«

Winnie Heller nickte ohne rechte Überzeugung.

Verhoeven dachte wieder an Monika Gerling und überlegte, ob die Buchhalterin ihnen tatsächlich alles erzählt hatte, was sie wusste. Würde sie es denn nicht zwangsläufig bemerkt haben, wenn Susanne Leistner verfolgt worden wäre? Oder täuschte er sich, was das betraf, weil auch Susanne Leistners neugieriger Kollegin hin und wieder etwas entging? »Na schön«, sagte er. »Angenommen, unser Mann beobachtet die Frauen, bevor er sie tötet. Dann müssen wir uns die Frage stellen, warum zumindest im Fall Leistner niemand etwas davon bemerkt hat.«

Winnie Heller zerbiss den Rest ihres Karamellbonbons.

»Vielleicht hat er es sehr geschickt angestellt«, sagte sie. »Und wenn Susanne Leistner sich nicht bedroht gefühlt hat, mag es durchaus sein, dass sie nicht besonders auf ihre Umgebung geachtet hat.«

»Oder der Beobachter gehörte so selbstverständlich zu ihrem Umfeld, dass er ihr gar nicht aufgefallen ist.« Verhoeven hielt vor einer modernen Villa, in der sich, wie er wusste, vier exklusive Eigentumswohnungen befanden.

Tamara Borg hatte die Wohnung in der ersten Etage bewohnt. Winnie Heller kannte den Streifenbeamten, der in der geöffneten Wohnungstür stand, und wechselte ein paar Worte mit ihm, während Verhoeven das Wohnzimmer der Toten betrat. Es war geschmackvoll eingerichtet und verfügte über einen grandiosen Ausblick, der bei gutem Wetter sicherlich bis in die Pfalz reichte.

»Wonach suchen wir?«, erkundigte sich Winnie Heller, während sie respektvoll den großen offenen Kamin betrachtete.

»Wenn ich das wüsste«, seufzte Verhoeven. »Im Grunde bin ich davon überzeugt, dass wir hier nichts finden werden, was unmittelbar mit dem Verbrechen zu tun hat.« Er blickte sich um. »Trotzdem muss es einen Grund geben, warum der Täter Tamara Borg ausgewählt hat. Also sollten wir uns ein möglichst genaues Bild von ihrer Persönlichkeit machen. Von ihren Gewohnheiten. Wie sie ihre Freizeit verbracht hat, wo sie eingekauft hat, wen sie getroffen, wen sie gehasst, wen sie gefürchtet hat.« Ihre Blicke trafen sich. »Vielleicht finden wir doch noch etwas, das sie mit dem ersten Opfer verbindet.«

In den folgenden zwei Stunden durchsuchten sie Tamara Borgs persönliche Habe, sahen Bankauszüge und Papiere durch, lasen persönliche Aufzeichnungen und betrachteten Fotos von Menschen, deren Gesichter ihnen vollkommen fremd waren. Der erste Eindruck bestätigte sich: Tamara

Borg hatte keinerlei finanzielle Sorgen gehabt. Sie hatte einige recht wertvolle Schmuckstücke besessen und böhmisches Kristall gesammelt. Darüber hinaus war offenbar das Lesen ihre große Leidenschaft gewesen. Die ganze Wohnung war vollgestopft mit Büchern, unter denen sich einige sehr wertvolle Faksimile- und Erstausgaben befanden. Die Buchhändlerin war Einzelkind gewesen, beide Elternteile waren bereits seit Jahren tot. Eine Cousine lebte in Süddeutschland. Mit ihr hatte Tamara Borg anscheinend mehr oder weniger regelmäßig korrespondiert. Winnie Heller notierte sich die Adresse. Vielleicht hatte die Buchhändlerin in einem ihrer Briefe irgendetwas erwähnt, das für den Fall von Bedeutung war.

Nachdem sie zwei Beamte des Erkennungsdienstes beauftragt hatten, detaillierte Listen aller Namen, Daten und Kontakte zu erstellen, fuhren sie ins Präsidium zurück, wo Verhoeven sogleich ins Büro des Pressesprechers zitiert wurde, der sich mit ihm über Verlauf und Inhalt der anstehenden Pressekonferenz abstimmen wollte.

Winnie Heller lehnte dankend ab, in diese unangenehme Aufgabe einbezogen zu werden, und fuhr stattdessen zu Tamara Borgs Buchhandlung, die seit ein paar Stunden geschlossen war. Bredeney und Werneuchen hatten die Angestellten befragt und nach Hause geschickt. Sie benutzte den Schlüssel, den sie aus Tamara Borgs Wohnung mitgenommen hatte, und sah sich gründlich um. Nach einer guten Stunde rief Verhoeven an. Er klang ziemlich geschafft. Es hatte unangenehme Fragen gegeben. Hinnrichs hatte eine Sonderkommission mit dem bezeichnenden Namen »Blume« ins Leben gerufen, was bedeutete, dass sie ab sofort von einem weiteren Team unterstützt werden würden.

»Morgen früh um acht im Besprechungszimmer«, sagte Verhoeven. »Da verteilen wir die Aufgaben.«

»Gut.«

»Wo sind Sie?«

Dieser Kerl fragt immer dasselbe, dachte Winnie Heller. »In der Buchhandlung.«

»Was gefunden?«

»Negativ.« Sie betrachtete ihr Spiegelbild in der Fensterscheibe. Es war verschwommen. Nur das resistente Kupferrot funkelte im Neonlicht. »Ein paar Adresslisten im Büro. Ich vergleiche sie nachher noch mit den privaten.«

Nachdem sie das Gespräch beendet hatte, fuhr Winnie Heller zur Alten Stiege. Sie parkte etwas weiter entfernt als am Vormittag. Der Fußweg war bereits seit einigen Stunden wieder freigegeben, doch jetzt, nach Einbruch der Dämmerung, begegnete ihr niemand. Sie ging zügig und blieb erst stehen, als sie die Lampe erreichte, die der Täter zerschlagen hatte. *Du bist schon da gewesen, als sie kam. Dieses Mal warst du vor ihr da und hast auf sie gewartet. Aber wo?*

Ihre Augen suchten die Biegung. Dahinter das Gebüsch, in dem die Leiche gelegen hatte. Es gab nicht viele Möglichkeiten. Wenn ich allein in der Dunkelheit diesen Weg gehen müsste, dachte Winnie Heller, würde ich da nicht wachsam sein? Frühzeitig darauf achten, ob mir jemand entgegenkommt? Und wenn es ein Mann wäre, den ich nicht kenne, würde ich dann nicht reaktionsbereit sein, mich wappnen, vielleicht gar damit rechnen, dass er mich angreift? Wie war es möglich, dass er seine Opfer derart überrascht hatte? Wo hatten diese Frauen ihre Instinkte? Tamara Borg hat sich gewehrt, dachte sie. *Allerdings erst, als ihr schon die buchstäbliche Schlinge um den Hals lag,* erinnerte sie eine imaginäre Dr. Gutzkow. Warum so spät? Sie ging ein paar Schritte weiter und blickte über das Geländer auf das Lichtermeer der Stadt. Eine Verkleidung, fuhr es ihr durch den Sinn. Wir suchen nach jemandem, der eine Maske trägt!

12

Seine Frau hat gemahahaaaalt. Er könnte schreien vor Lachen, aber er beherrscht sich. Sonst hat er sie und ihre gekränkte Seele die nächsten paar Tage am Hals, und das kann er jetzt nicht brauchen.

Ein Aquarellkurs. Volkshochschule. Berge in Babyrosa! Geradezu rührend in ihrer Uninspiriertheit.

»Wie hübsch.«

Nicht gerade der Kommentar, den sie erwartet hat, aber ein Anfang. Ihre Lippen stülpen sich ihm entgegen. »Es ist natürlich nur ein erster Versuch. Um die Technik kennenzulernen.«

»Es ist toll.« Wie viele von diesen scheußlichen Panschereien hat sie weggeworfen, bis ihr eine davon gut genug gefallen hat, um sie ihm zu zeigen? Dreißig? Vierzig?

Sie tritt einen Schritt zurück und betrachtet ihr Werk aufs Neue, als sähe sie es in diesem Augenblick zum ersten Mal. »Denkst du, es ist zu …?«

… Rosa? Sicher ist es das. Es brüllt nur so vor Rosaheit, du dreckige alte Fotze.

»… gegenständlich?«

»Oh nein, ganz und gar nicht.«

Sie trieft ihn an. Dankbar. »Meinst du?«

Er nickt, während ihr nichtssagendes Gesicht zu einem milchigen Auge verschwimmt, aus dessen Pupille unvermittelt eine blutige Fontäne schießt. Sprudelt. Die Gewalt des Bildes, seines Bildes, lässt ihn leise aufschreien, während das Blut aus ihrem Auge auf den Küchenboden spritzt und in den Ritzen zwischen den Kacheln versickert, aus denen Blumen sprießen. Mohn. Ein ganzes Feld voller scharlachroter Blüten. Ihm ist nach Singen. Wieder. Noch immer. Die Gedichte, die er heute schreibt, können nicht anknüpfen an die anderen, die alten, natürlich nicht, dazu fehlt es ihm an Inspiration, aber er schreibt sie trotzdem, schreibt sie auf das beste Papier, das er kriegen kann, und wenn sie fertig sind, frisst er sie auf. Sprachkannibalismus …

»Ist dir nicht gut?«

»Was?«

Kann ich Ihnen helfen?

»Oh ja«, hört er sich sagen, bevor er etwas dagegen unternehmen kann. »Du kannst mir helfen, eine alte Freundin zu überraschen. Sie hatte eine Katze, die sie liebte, weißt du?«

Sie starrt ihn an. »Was meinst du?«

»Nichts.« Die Dinge überlagern sich. Er muss aufpassen. In seinem Inneren pocht noch immer das Scharlachrot des Mohns und bringt den Ton zum Schweigen, der seit der Alten wieder in ihm schwingt, ohne dass er ein Mittel wüsste, ihn abzustellen. »Wie wäre es, wenn wir es rahmen ließen?«

Glück gehabt! Sie ist geschmeichelt. »Ich weiß nicht …«

»Doch, doch«, sagt er eifrig. »Das sollten wir unbedingt tun.«

13

»Aber wenn ich wieder einmal plötzlich zu einem Fall muss und du bist nicht da …«

»Ich war auch heute nicht da.«

»Du warst beim Arzt.«

»Sage ich ja.« Silvie Verhoeven saß an ihrer Schminkkommode und kämmte ihr Haar, das im weichen Licht der Nachttischlampe wie Silber glänzte.

»Das ist doch etwas völlig anderes.« Verhoeven nahm Grovius' Uhr ab und legte sie in das Etui auf dem Nachttisch. »Ich spreche nicht von Ausnahmen.«

»Nicht?« Allmählich verlor sie die Geduld. Er spürte es deutlich. Aber er konnte nicht aufhören. Das war schon immer sein Problem gewesen. Nicht aufhören zu können. »Also schön.« Sie drehte sich um. »Wenn es wirklich wieder einmal vorkommen sollte, dass ich weg muss und du es ganz und gar nicht einrichten kannst, dich um Nina zu kümmern, könnten ja auch meine Eltern ...«

»Nein.« Sein Tonfall war zu scharf, aber die Hilfe seiner Schwiegereltern in Anspruch zu nehmen war so ziemlich das Letzte, was er wollte. Für seinen Geschmack reichte es vollkommen, was Nina von den turnusmäßigen Besuchen bei ihren Großeltern an krausen Ideen und unbequemen Fragen mit nach Hause brachte. *Warum haben wir kein Privatflugzeug? Stimmt es, dass Opa den Leuten Gold in den Mund spritzt? Wie schmeckt denn das, Gold?* Oh nein, da konnte er unter keinen Umständen auch noch Extrarationen an Snobismus verantworten. Nicht einmal in Notfällen.

»Okay«, sagte Silvie. »Dann nicht.«

Er betrachtete ihren schlanken, fast knochigen Rücken und fragte sich, ob er wütend war oder Angst hatte. Oder beides. Seit Grovius' Tod befand er sich wieder in einer jener Phasen, in denen er nicht sicher war, was er fühlte. Ob er überhaupt etwas fühlte. Wie es ihm ging. »Ich habe einfach Angst, dass Nina ...«

»Ja doch, ich weiß.« Sie stand auf, kam mit geschmeidigen Schritten herüber und setzte sich neben ihn auf die Bettkante. »Aber sie ist eine starke kleine Persönlichkeit, die hin und wieder mal ein bisschen Freiraum braucht. Das tut ihr gut, auch wenn es dir nicht gefällt.«

Er wusste, dass sie recht hatte. Trotzdem würde er nicht aufhören, auf seine Tochter aufzupassen. Nicht bevor sie mindestens achtzig war. Er würde hinterfragen, was mit ihr geschah, was sie machte, in den Zeiten, in denen sie sich nicht unter seiner oder Silvies Beobachtung befand. Er würde sich die Menschen ansehen, denen er sie anvertraute, und auch die, von denen sie mehr als einmal erzählte. Apropos ... »Was ist das übrigens für ein Junge, von dem sie da immer spricht?«

»Dominik Rieß-Semper?« Sie lachte. »Ein netter kleiner Fettsack mit ökologisch-kritischen Eltern.«

»Klingt ziemlich harmlos«, gab er zu.

Sie nickte. »Solange es nicht um Fast Food geht, ist der Junge das reinste Lamm.«

»Und sonst?«

»Was meinst du?«

»Was genau findet Nina so toll an ihm?«

»Keine Ahnung.« Sie zuckte die Achseln, bevor sie ihm mit Verschwörermiene zuflüsterte: »Wenn ich sie richtig verstanden habe, besitzt er einen Experimentierkasten. Oh nein, nicht was du denkst«, setzte sie eilig hinzu, als sie seinen entsetzten Blick bemerkte. »Es geht dabei um Wetter und Luftdruck und solche schönen Dinge. Du weißt schon, eins von diesen Galilei-Thermometern mit Glaskugeln, die aufsteigen und so was alles. Ich meine, sie stellen kein Nitroglyzerin her oder so. Und es fliegt auch nichts in die Luft.«

»Schielt er?«, fragte Verhoeven.

»Dominik?«

»Ja.«

»Nicht, dass ich wüsste.«

Er runzelte die Stirn. »Ich möchte ihn kennenlernen.«

»Wozu?«

»Ich will einfach wissen, mit wem sie Umgang hat.«

»Du liebe Güte, Hendrik«, rief Silvie mit einem leisen Lachen. »Deine Tochter ist vier.«

»Ja«, sagte er. »Genau.«

Sie kniete sich hinter ihn und begann, seinen Nacken zu massieren. »Na schön, ganz wie du meinst. Und was macht dein Fall?«

»Eine Katastrophe.«

»Warum?«

»Weil ich keine einzige der Fragen beantworten kann, die ich mir stelle.«

»Das liegt nicht an dir.«

Er schloss die Augen und fühlte ihre Hände auf seinen Schultern. Bemerkte erst jetzt, wie verspannt seine Muskeln waren. Steinhart. Ich nehme das alles mit nach Hause, dachte er. Die Leichen. Die Fragen der Journalisten. Diesen ganzen gottverdammten Fall. Schon früher an diesem Tag war ihm aufgefallen, dass er die Bilder nicht mehr loswurde, die Toten, die Gesichter der ermordeten Frauen, und zum ersten Mal im Verlauf seiner Karriere fürchtete er sich davor, Schaden zu nehmen an seinem Beruf. »An wem sollte es sonst liegen?«, fragte er.

»Und die Neue?«, erkundigte sich Silvie, ohne auf seine Frage einzugehen.

»Was soll mit ihr sein?«

»Magst du sie?«

Verhoeven dachte einen Moment nach. »Sie ist begabt.«

»Das wollte ich nicht wissen.«

Er seufzte. »Ich weiß. Aber mehr kann ich noch nicht sagen.«

Mittwoch, 15. November 2006

14

»Haben Sie ein Taschentuch?«

»Nein, tut mir leid«, entgegnete Winnie Heller mit überaus halbherzigem Bedauern. Ich habe kein Taschentuch, keine Büroklammern, keine Ersatzbriefumschläge. Keine Pflanze, keine von diesen kleinen grünen Plastik-Gießkannen und nur einen einzigen Gummiring, aber den brauche ich für meine Haare. Sorry. Genau genommen habe ich nicht mal einen eigenen Schreibtisch, sondern ein Relikt, nein: eine Reliquie des heiligen Grovius, in der vermutlich jede Delle eine aufregende Geschichte von Verwegenheit und Männerbündelei erzählt. Sie blickte auf, weil sie fühlte, dass Verhoeven sie noch immer ansah. »Soll ich welche besorgen?«

»Nein.«

»Nicht, dass Sie mir am Ende einen Tadel in die Beurteilung schreiben.« Sie lächelte, aber ihre Wangen waren von einer unnatürlichen Röte überzogen.

Verhoeven bemerkte es und fragte sich, was er falsch gemacht hatte.

»Frau Heller war vorlaut, aufbrausend und hatte nie Taschentücher«, rief sie pathetisch.

Er beugte sich vor. »Haben Sie irgendein Problem mit mir?«

»Mit Ihnen?«

»Ja.«

»Warum sollte ich ein Problem mit Ihnen haben?«

»Ich weiß nicht, sagen Sie's mir.«

Sein Blick schien eher scheinheilig als interessiert, was wahrscheinlich bedeutete, dass Hinnrichs ihm von ihrem Gespräch gestern erzählt hatte. *Das ideale Team ist eines, bei dem sich die Partner in all ihren Stärken und Schwächen ergänzen*. Bullshit!, dachte sie und blitzte ihn zornig an. Im Grunde war sie noch immer davon überzeugt, dass er ein Schwächling war. Der Protegé des heiligen Grovius. Immer durchlaviert, immer den geraden Weg gegangen, immer schön in Fließrichtung. Seine Frau war vermögend, was man so hörte. Die Schwiegereltern bewohnten eine stinkvornehme Villa in Langen bei Frankfurt. Angeblich besaßen sie sogar ein Privatflugzeug. Gütiger Himmel, dachte sie, ein Privatflugzeug! Na, wenn das nicht der Gipfel der Dekadenz war! Sie straffte die Schultern. »Wenn ich ehrlich sein soll, denke ich, dass unsere Arbeitsstile …«

»Entschuldigt die Störung«, Werneuchen steckte den Kopf durch den Türspalt, »aber hier bei mir sitzt eine alte Dame, und ich finde, ihr solltet euch anhören, was sie zu sagen hat.«

Winnie Heller tauschte einen kurzen Blick mit Verhoeven. Doch der Augenblick der Wahrheit war vorüber. Die Chance auf ein klärendes Wort vertan. Hin- und hergerissen zwischen Enttäuschung und Erleichterung folgte sie Werneuchen nach nebenan, wo eine hübsche, weißhaarige Dame auf einem unbequemen Holzstuhl saß. Vor ihr auf dem Tisch stand eine leere Kaffeetasse.

»Das ist Kriminalhauptkommissar Hendrik Verhoeven«, übernahm es Werneuchen, seine beiden Kollegen vorzustellen. »Er leitet die Ermittlungen in diesem Fall. Die Kollegin ist seine Partnerin, Frau Heller.«

Winnie Heller hob grüßend die Hand. Partner!, dachte sie. Dass ich nicht lache!

»Frau Simonis macht sich große Sorgen um eine Freundin«, sagte Werneuchen, vielleicht, weil er annahm, dass die alte Dame nicht wisse, wo sie beginnen sollte, doch Lore Simonis übernahm sofort und wie selbstverständlich die weitere Schilderung des Sachverhalts.

»Ich wohne seit über dreißig Jahren oben auf dem Sonnenberg.« Sie hatte eine angenehme Stimme. Hell, aber warm wie die Frühlingssonne. »Jeden Montag spiele ich mit ein paar Bekannten Rommé im Haus einer Freundin. Und so auch am Abend des Mordes.« Sie hielt inne und blickte Verhoeven an, als wolle sie sich vergewissern, dass er ihr folgen konnte. »Gegen neun Uhr bin ich gemeinsam mit meiner Freundin von dort aufgebrochen. Isolde … Frau Reisinger hat mich nach Hause begleitet. Ich bot ihr an, ihr ein Taxi zu rufen, aber sie wollte unbedingt zu Fuß gehen. Das tut sie meistens. Und über die Alte Stiege sind es nur ein paar Minuten bis zu ihrer Wohnung.« Sie machte eine erneute Pause, und einen Augenblick lang fürchtete Winnie Heller, sie werde zu weinen beginnen, doch zu ihrer Überraschung lächelte die alte Dame, als sie fortfuhr. »Isolde ist nicht der Typ Frau, um den man sich Sorgen machen muss, wissen Sie. Sie ist in hervorragender körperlicher Verfassung und hat es darüber hinaus schon immer ganz ausgezeichnet verstanden, auf sich aufzupassen.«

»Und dennoch machen Sie sich jetzt Sorgen um sie?«

Sie nickte. »Zum einen ist doch diese Buchhändlerin am selben Abend ganz in der Nähe getötet worden.« Sie stutzte, und ihre schönen, leuchtend himmelblauen Augen nahmen einen skeptischen Ausdruck an. »Das heißt, wenn es stimmt, was in den Zeitungen steht …«

»Der Mord geschah am Montagabend«, bestätigte Verhoeven, wobei er es sorgsam vermied, die genaue Tatzeit zu nennen.

Lore Simonis sah an ihm vorbei, zur Tür. »Der weitaus wichtigere Grund aber ist, dass Isolde mir versprochen hat, mich am nächsten Tag zu besuchen, als wir uns verabschiedeten.«

Verhoeven beugte sich vor. »Und das tat sie nicht?«

Die alte Dame schüttelte den Kopf. »Nein, das tat sie nicht.«

»Könnte sie es vielleicht vergessen haben?«

»Nein«, entgegnete Lore Simonis mit Bestimmtheit. »Isolde mag viele Fehler haben, aber Unzuverlässigkeit gehört nicht dazu. Ich kann mich nun schon seit beinahe einem halben Jahrhundert in jeder Lebenslage tausendprozentig auf sie verlassen.« Sie zwinkerte Winnie Heller zu. »Es mag vielleicht ein Problem sein, Isolde überhaupt dazu zu bringen, etwas Bestimmtes zu tun. Aber sie von etwas abzubringen, das sie sich vorgenommen hat, ist vollkommen unmöglich.« Sie blickte jetzt auf ihre Hände hinunter, die ruhig und entspannt auf ihren Knien lagen. »Außerdem geht sie seit diesem Abend auch nicht ans Telefon.« Ihre Miene wurde ernst. »Sie ist überhaupt nicht mehr zu erreichen.«

Verhoeven spürte ein eigenartiges Kribbeln in seinen Unterarmen. Eine brennende Unruhe. Ein Gefühl von zunehmender Dringlichkeit. Isolde Reisinger war die Alte Stiege hinuntergegangen, etwa zur selben Zeit, als dort Tamara Borg ermordet wurde. Und seither war sie *überhaupt nicht mehr zu erreichen*. Was hatte sie gesehen, als sie den dunklen Treppenaufgang hinuntergekommen war? Wem war sie auf ihrem Weg begegnet?

»Und Sie sind sich ganz sicher, dass Ihre Freundin nicht doch überraschend verreist sein kann?«, wandte er sich wieder an Lore Simonis. »Hat sie vielleicht Verwandte, die sie besuchen könnte?«

»Auf keinen Fall«, antwortete die alte Dame. »Isolde ist verwitwet. Die Ehe war kinderlos, und ihre einzigen Verwandten leben in den Vereinigten Staaten. Außerdem hätte sie niemals gesagt, sie käme am nächsten Tag vorbei, wenn sie schon etwas anderes vorgehabt hätte«, beharrte sie.

»Haben Sie in der Wohnung Ihrer Freundin nachgesehen?«,

erkundigte sich Winnie Heller, die aufgestanden war und eine halb volle Kaffeekanne vom Sideboard neben der Spüle nahm.

Das Gesicht der alten Dame verfinsterte sich. »Ich habe es versucht«, sagte sie. »Glauben Sie nur nicht, mir sei nicht auch der Gedanke gekommen, dass Isolde vielleicht gestürzt ist und einfach nicht ans Telefon oder zur Wohnungstür gelangen kann. Sie ist zwar kerngesund, aber in unserem Alter geschehen hin und wieder unvorhergesehene Dinge, nicht wahr?« Sie hob abwehrend die Hände, als Winnie Heller ihr Kaffee nachschenken wollte. »Also war ich gestern Abend dort und habe den Hausmeister gebeten, in ihrer Wohnung nach dem Rechten zu sehen.«

Über ihre Wangen breitete sich eine zarte Röte, und Winnie Heller registrierte mit Verwunderung, dass ein solcher Farbwechsel durchaus etwas Apartes haben konnte. Zugleich dachte sie an Elli und fragte sich, warum ihre Eltern keine von ihnen beiden Isolde genannt hatten, nach der Hauptperson ihres Lieblings-Wagners. Winifred und Senta-Elisabeth stattdessen, *Holländer* und *Tannhäuser*. Vielleicht haben meine Eltern auf einen Tristan gewartet, der nicht gekommen ist, dachte sie. Ob sie sich beruhigt hatten? Vielleicht hatten sie Elli wieder vergessen, die Existenz ihrer Tochter endgültig aus ihrer Erinnerung gelöscht. Sie trank einen Schluck von ihrem Kaffee, der kaum mehr als lauwarm war, und empfand diese Möglichkeit zum ersten Mal in ihrem Leben als wünschenswert.

»Aber er hat sich kategorisch geweigert, mir die Tür aufzuschließen«, fuhr Lore Simonis unterdessen fort, und Winnie brauchte ein paar Augenblicke, um zu verstehen, dass sie über einen Hausmeister sprach. Den Hausmeister, der für die Wohnung ihrer Freundin zuständig war. Sie musste unbedingt besser bei der Sache bleiben! »Vermutlich hatte er Angst, dass ich mit dem Tafelsilber verschwinde, wenn er mir den Rücken zudreht«, sagte Lore Simonis mit nur unvollkommen verborgenem Ärger. »Dabei kennt er mich seit Jahren als Isoldes Freundin.«

Verhoeven nickte und erhob sich von seinem Stuhl. »Meine Kollegin und ich müssen ohnehin noch einmal hinüber zum Sonnenberg«, sagte er. »Bei dieser Gelegenheit werden wir bei Ihrer Freundin vorbeifahren und gegebenenfalls Nachforschungen anstellen, wenngleich ich mir sicher bin, dass es eine ganz harmlose Erklärung für Frau Reisingers Verschwinden gibt.«

Lore Simonis blickte ihn prüfend an. »Sind Sie das?«, fragte sie, und eine unerwartete Strenge mischte sich in den Klang ihrer Stimme. »Sind Sie sicher, dass es eine harmlose Erklärung gibt?«

Verhoeven hielt ihrem Blick stand. Dann schüttelte er langsam den Kopf. »Nein«, sagte er. »Da bin ich keineswegs sicher.«

Lore Simonis, die ebenfalls aufgestanden war, nickte.

Verhoeven drehte sich zu Stefan Werneuchen um. »Würdest du bitte dafür sorgen, dass Frau Simonis nach Hause gefahren wird?«

»Das wird nicht nötig sein«, sagte Lore Simonis lächelnd, indem sie Werneuchen, der eben zum Telefon greifen wollte, eine ihrer zarten Hände auf die Schulter legte. »Ich fahre mit Ihnen und Frau …« Fragend blickte sie Winnie Heller an.

Diese musste sich mühsam das Lachen verbeißen, als sie Verhoevens Gesichtsausdruck sah. »Heller«, antwortete sie fröhlich. »Winifred Heller.«

15

Da ist er wieder, dieser Ton, der ihn seit geraumer Zeit begleitet und fast in den Wahnsinn treibt. Manchmal hat er ihn fast vergessen, bis er unvermittelt wieder mit Allgewalt über ihn hereinbricht. So wie jetzt. Vor ihm fuchtelt ein Mann, dessen Namen er bereits wieder vergessen hat, an einem Flipchart herum. Verkaufszahlen, gar nicht mal schlechte. Kein Grund zum Fuchteln. Und kein Grund, warum der Ton in seinem Kopf auf einmal anschwillt wie eine Beule. Ein Eitergeschwür. Vielleicht das Einzige, was er fürchtet. Ein Ton. Ein Geräusch. Mit Mühe widersteht er dem Impuls, sich die Ohren zuzuhalten. Nicht hier. Nicht jetzt.

Alle anderen Geräusche treten hinter ihn zurück, diesen Ton. Der Mann, dessen Namen ihm nicht mehr einfallen will, besteht nur noch aus Gesten wie die Gebärdendolmetscherin abends in der Tagesschau. Und dann wird auch der Ton, sein Ton, endlich schwächer. Er versinkt in einem Meer aus Stille. Genau wie damals, denkt er. Damals ist es auch so still gewesen. So ungewöhnlich still.

Dabei ist der Rollladen oben. Das hat er bereits gesehen, als er um die Ecke gebogen ist. Aber das Lied, das ihn für gewöhnlich empfängt, wenn seine Mutter zur Abwechslung mal Tageslicht erträgt, findet nicht statt an diesem müden Dienstagnachmittag. Manisch, denkt er, als er seinen Schlüssel ins Türschloss steckt. Maaaanisch. Mama hat heute eine ihrer maaanischen Phasen. Wörter haben Farben, und dieses ist tiefblau mit einem extrem langen »a«. Maaaanisch. In solchen Phasen singt seine Mutter. Nicht für ihn natürlich. Für sich. Alles, was sie tut, tut sie für sich. Die Welt dreht sich um einen Mittelpunkt, der tief in ihr vergraben ist. Jeder zweite ihrer Sätze beginnt mit »Ich«, die anderen mit »Mama« oder »Mein«, und das ist beides auch bloß wieder sie. Es soll nur klingen, als spräche sie über eine dritte Person, eine, mit der sie nichts zu tun hat. Aber das durchschaut er früh. Zur selben Zeit, als er beschließt, dass er anders wird, *dass er sich einen Mittelpunkt außerhalb von sich selbst sucht. Einen Mittelpunkt, um den er kreisen kann.*

Jemanden, der seiner würdig ist.

Nicht maaanisch.

Sondern stark.

Er lauscht wieder nach dem Gesang, der nicht stattfindet. Seine Mutter hat eine hässliche Stimme, findet er, eine, die so gar nicht zu ihrem Gesicht zu passen scheint. Eine Stimme, die schrillt. Aber das ist definitiv nicht der Ton, den er hört, ihre Stimme. Das hat er bereits analysiert. Genau wie den Rest seiner verkorksten Kindheit. Gott, wie ihn das nervt, wenn er etwas nicht erklären kann, und dieser Ton entzieht sich jeder Deutung. Er ist wie ein Nachhall von etwas, über das er sich einfach nicht klar wird.

Unter seinen Füßen knarrt die Treppe. Im Gehen überlegt er, ob er nicht besser warten soll. Manchmal denkt er, es ist besser, sich einfach auf die Stufen zu setzen. Still zu sein. Zu warten, bis seine Mutter sich beruhigt hat. Bis sie aufhört zu singen und wieder schläft. Aber an diesem Tag geht er weiter. Neugier vielleicht, weil sie nicht singt.

Sie hat ein neues Kleid, er sieht es sofort. Sie war in der Stadt, ganz allein. Eigentlich etwas, über das er sich freuen sollte. So wie sein Vater. Der wird sie loben, wenn er nach Hause kommt. Du warst in der Stadt? Das ist ja toll. *Und selbst als Kind ist ihm schon klar, dass bei ihnen zu Hause mit anderen Maßstäben gemessen wird. Ein hochintelligenter Mann wie sein Vater findet es toll, wenn seine Frau es schafft, einen ganzen Tag wach zu bleiben. Und wenn sie einmal pro Jahr daran denkt, die Mülltonne rauszustellen, vielleicht sogar selbst vor die Tür geht, um sie nach vorn an die Straße zu rollen, haben sie richtig was zu feiern. Er denkt an seine eigene Frau und ihre rosa Berge, die er jetzt dauerhaft ertragen muss, weil er so verdammt unachtsam gewesen ist, und schüttelt verständnislos den Kopf. Er hat sich immer gefragt, wo sein Vater die Geduld für seine Mutter hergenommen hat. Für sie und ihre Affären. Für sie und ihre Pillen. Ihre Launen. Und wie er überhaupt an eine wie sie geraten konnte. Natürlich ist seine Mutter schön gewesen, das schon, sogar außergewöhnlich schön. Und doch will ihm ihre Schönheit allein als Erklärung nicht einleuchten.*

Er nimmt eine Kopie der Flipchart-Zahlen entgegen und sieht das Bild seiner Mutter auf dem Sofa. Er hat es selbst gemalt. Sein Kunstlehrer ist sichtlich entsetzt. Aber dieses Bild, das eigene, das gemalte, ist das Einzige, was er noch hat. Was ihm geblieben ist von diesem Tag. Zumindest visuell. Dafür kann er noch immer ihren Tod riechen. Selbst jetzt wieder. Ein alter Tod. Ein überfälliger, ganz ohne Zweifel. Trotzdem ist das Erste, was er sich fragt, als er neben dem Sofa steht und auf seine Mutter hinuntersieht, warum sie nicht einfach gegangen ist. Tausende Frauen tun das. Gehen, wenn ihnen das Leben, von dem sie denken, dass es sich ohne ihr Zutun irgendwie von selbst ergeben hat, zu viel wird. Sie packen eine Tasche mit dem Nötigsten und sind auf und davon, bevor ihre Kinder aus der Schule kommen. Aber nicht seine Mutter. Sie wählt den dramatischen Weg.

Er tritt näher. Sie würde wollen, dass er sie ansieht. Sie hat es so eingerichtet, dass er es tun muss. Also sieht er sie an. Ihr Blut stinkt ihm entgegen. Kupfergeschmack auf seiner Zunge. Er zuckt zurück, als ihre bluttriefende Hand ihm zum Scherz über den Kopf fährt. Kein Bild, nur ein Gefühl.

Mein Junge.

Jetzt ist auch der Ton wieder da. Zurück in seinem Ohr. Und er wird lauter. Das tut er immer, wenn er sich an diese Stunden zu erinnern versucht. Erfolglos meist, denn der Ton hält der Erinnerung den Mund zu. Wann hat das angefangen, der Ton?, denkt er, aber er findet keine Antwort. Manchmal hat er das Gefühl, dass es enden wird, wenn er sein Ziel erreicht hat. Ist es am Ende gar diese Hoffnung, aus der heraus er sich entschlossen hat, es schließlich und endlich doch noch zu einem Ende zu bringen? Die Hoffnung, dass der Ton, der ihn quält, mit ihr sterben wird? Oder ist es doch die Hoffnung auf neue Inspiration abseits der gähnenden Leere, die ihn umgibt? Die ihn zermürbt, die in ihn hineinzukriechen und unter der er nach all diesen Jahren allmählich zu zerbrechen droht? Er weiß es nicht. Er weiß nur, dass er es satthat, Gedichte zu fressen.

Seine Gedanken tasten sich zur Treppe seines Elternhauses zurück, wo er sich hinsetzt und geduldig wartet, dass die Ratten auftauchen. Die, die angeblich im Keller hausen. Ihnen beim Fressen zugucken, denkt er. Vielleicht ist sie abgenagt, wenn Papa nach Hause kommt. Dann merkt er vielleicht gar nicht, dass sie …

Die Zeit vergeht. Die Dunkelheit auf der Treppe vertieft sich. Aber das bemerkt er nicht. Unter seinem Hintern verliert sich die Stufe, auf der er sitzt, in einem Gefühl wattiger Schwerelosigkeit, das ist zumindest einer der Eindrücke, die von Zeit zu Zeit aus der allumfassenden Leere in seinem Inneren heraufdämmern. Ein anderer ist, dass ihm einfach nur der Arsch eingeschlafen ist. Erst als er die Stimme seines Vaters hört, weiß er wieder, wo er ist. Er will mitgehen, noch einmal hinein zu ihr, aber er darf nicht. Also wartet er. Dass er dabei auf die Treppe kotzt, merkt er nicht. Auch nicht, dass er sich beim Kotzen anfasst. Aber der Blick, mit dem sein Vater ihn bedenkt, als er wiederkommt, gefällt ihm nicht …

16

Der Mann, der ihnen die Tür öffnete, trug ein speckiges Jeanshemd, das über dem Bauch spannte. »Ja?«, brummte er und schob geräuschvoll seinen Kaugummi auf die andere Seite. »Was gibt's denn?«

»Herr Dalm?«

»Ja doch«, entgegnete der Hausmeister unfreundlich. »Und?«

»Kriminalpolizei.« Verhoeven zeigte ihm seinen Ausweis. »Ich muss Sie bitten, uns Frau Reisingers Wohnung aufzuschließen. Wir haben Grund zu der Annahme, dass sie nicht aus eigener Kraft an die Tür kommen kann.«

Der Hausmeister warf Lore Simonis einen verächtlichen Blick zu. »Sie erreichen immer, was Sie wollen, was?«, bemerkte er giftig. Dann nahm er einen dicken Schlüsselbund von der Kommode neben der Tür. »Also schön, kommen Sie«, knurrte er und schlurfte voran.

Jeweils zwei Wohnungen lagen einander auf einer Etage gegenüber. Die von Isolde Reisinger befand sich im zweiten Stock auf der linken Seite. An der Tür hing ein Kranz aus Tannengrün und roten Schleifen, der Verhoeven daran erinnerte, dass es nur noch wenige Wochen bis Weihnachten waren.

Nachdem er ein paar Mal vergeblich geklingelt hatte, trat er einen Schritt zurück und bedeutete dem Hausmeister, ihnen die Wohnung aufzuschließen. Dalm hantierte eine Weile reichlich umständlich mit seinen Schlüsseln, bevor sich die Tür ins Innere der Wohnung öffnete.

»Vielen Dank«, sagte Verhoeven. »Wir geben Ihnen dann Bescheid, wenn wir hier fertig sind.«

Mit spürbarem Widerwillen zog sich der Hausmeister in die Tiefen des Treppenhauses zurück, doch Verhoeven war überzeugt, dass er sich nicht allzu weit entfernen würde. Er hatte ein ungutes Gefühl. Aus den Augenwinkeln registrierte er, wie Winnie Heller ihre Dienstwaffe aus dem Halfter zog. Vorschriftsmäßig. »Frau Reisinger?«

Wie erwartet, erhielt er keine Antwort.

In der Wohnung war es unangenehm kühl. Kein gutes Zeichen, dachte Verhoeven. Alte Damen mochten es für gewöhnlich warm. Er blieb stehen und sah sich um. Winnie

Heller hielt sich dicht hinter ihm, die Waffe im Anschlag. Er spürte ihre Anwesenheit und stellte verwundert fest, dass sie ihm ein Gefühl von Sicherheit vermittelte, das er nicht erwartet hatte. Er blieb kurz stehen und zog nun seinerseits die Dienstwaffe aus dem Halfter. Schließlich trug er die Verantwortung, und man konnte nie wissen …

Von der Diele zweigten vier Türen ab, die alle geschlossen waren. Eine von ihnen hatte einen Einsatz aus buntem Milchglas. Verhoeven verständigte sich kurz mit seiner Kollegin, bevor er die erste Tür auf der linken Seite aufstieß. Dahinter befand sich das Schlafzimmer der alten Dame. Oder vielmehr das, was davon übrig war. Verhoeven betrachtete das Bild der Verwüstung, das sich ihm bot. Sämtliche Schränke waren geöffnet, die Schubladen herausgerissen. Kleidungsstücke und Papiere lagen überall auf dem Fußboden verstreut. Er war sich nicht sicher, was er erwartet hatte, in Isolde Reisingers Wohnung vorzufinden. Aber ein verwüstetes Schlafzimmer gehörte definitiv nicht dazu. Seine Besorgnis wuchs.

»Das Wohnzimmer«, sagte er.

Dieses Mal ging Winnie Heller voran.

Nachdem sie sich vergewissert hatten, dass es keinen Hinterhalt gab, sahen sie sich um. Isolde Reisinger lag bäuchlings auf dem Teppich hinter der Couch. Ihr weißes Haar war steif von geronnenem Blut. An Hinterkopf und Schläfe befanden sich zwei tiefe Wunden. Die hellbraune Strickjacke war bis zu den Schulterblättern hochgerutscht, darunter schimmerte zwischen Unterhemd und Rock ein Streifen weißer Haut hervor. Neben der Leiche lag eine Art Pflasterstein. Er war blutverschmiert.

Winnie Heller hörte ihr eigenes Schlucken in der gespenstischen Stille, die sie einhüllte. Natürlich, sie hatte damit gerechnet. Nach allem, was Lore Simonis ihnen erzählt hatte, hatte sie tatsächlich erwartet, dass Isolde Reisinger nicht mehr am Leben war. Aber so? Auf diese Weise? In den eigenen vier Wänden? Sie schüttelte nachdenklich den Kopf. Irgendwie passte das nicht ins Gesamtbild. Wenn die alte Dame hatte sterben müssen, weil sie auf dem Nachhauseweg an der Alten Stiege etwas beobachtet hatte, warum hatte der Mörder sie gehen lassen? Wieso riskierte er es, einer alten Frau in ihre Wohnung zu folgen, ein Fremder, der leicht jemandem auffallen konnte? Sie sah Verhoeven an, der neben der Leiche niedergekniet war, und wünschte auf einmal brennend, sich mit ihm austauschen zu können. Zu diskutieren. Die einzelnen Möglichkeiten durchzuspielen. Das alles ergab doch einfach keinen Sinn!

»Sie ist schon eine ganze Weile tot«, befand Verhoeven und blickte sich im Zimmer um. Auch hier sah es aus, als sei eine Bombe eingeschlagen. »Rufen Sie einen Krankenwagen und die Kollegen vom Erkennungsdienst. Und sorgen Sie dafür, dass unsere alte Dame da draußen vor der Tür irgendwohin gebracht wird, wo sie von dem hier«, er machte eine umfassende Geste, »so wenig wie möglich mitbekommt.«

»Das wird nicht notwendig sein.« Regungslos und mit hoch erhobenem Kopf stand Lore Simonis im Türrahmen. Ihre Wangen waren von der Aufregung leicht gerötet, aber ansonsten machte sie einen absolut gefassten Eindruck. Sie starrte an den beiden Kommissaren vorbei auf die Beine ihrer toten Freundin. Kopf und Oberkörper wurden durch das Sofa verdeckt.

»Bitte gehen Sie zurück ins Treppenhaus.« Verhoeven blickte sich Hilfe suchend nach seiner Kollegin um, doch Winnie Heller hatte sich bereits abgewandt und telefonierte. »Es wird sich gleich jemand um Sie kümmern.«

»Er hat ihr die Strumpfhose zerrissen«, stellte Lore Simonis tonlos fest. Den Blick noch immer starr auf die Beine der Toten gerichtet, kam sie ein paar Schritte näher.

Verhoeven stellte sich ihr in den Weg. »Frau Simonis, bitte«, sagte er. »Ich kann Ihnen nicht erlauben, dieses Zimmer zu betreten.«

»Wie ist sie gestorben?«

Er betrachtete das schöne Gesicht, dessen Züge bei aller Zartheit einen starken Charakter verrieten. Lore Simonis machte keineswegs den Eindruck, als ließe sie sich mit vorsichtig formulierten Halbwahrheiten abspeisen. »Soweit ich das beurteilen kann, ist sie erschlagen worden.«

»Ich möchte sie mir ansehen.«

»Nein«, entgegnete Verhoeven bestimmt. »Das ist unmöglich.« Und etwas sanfter fügte er hinzu: »Behalten Sie Frau Reisinger lieber so in Erinnerung, wie Sie sie gekannt haben.«

Ein flüchtiges Lächeln huschte über das Gesicht der alten Dame. »Oh, das werde ich ganz sicher«, sagte sie. »Glauben Sie mir: Keine Macht der Welt könnte das Bild verändern, das ich mir in fast fünfzig Jahren von Isolde gemacht habe. Und dennoch …« Sie suchte eine Weile nach den richtigen Worten. »Sehen Sie, es gibt Menschen, deren Sicht der Welt leicht erschütterbar ist. Menschen, die ein gewisses Maß an Illusionen brauchen, um verkraften zu können, was um sie herum und mit ihnen geschieht. Menschen, für die der Blick hinter den Spiegel belastend, vielleicht sogar gefährlich ist. Auf der anderen Seite gibt es Menschen, die Gewissheit brauchen, um mit dem Leben fertig zu werden, verstehen Sie?« Sie sah ihn eindringlich an, und Verhoeven verstand, was sie meinte. Eigenartigerweise musste er dabei an seine Tochter denken. An Nina, die einen fetten kleinen Jungen mochte, weil er einen Experimentierkasten besaß. »Ich bin ein Mensch, dem nicht die Wahrheit, sondern die Ungewissheit gefährlich werden kann«, fuhr Lore Simonis fort, »und ich möchte mich nicht dabei ertappen, wie ich nach Isolde suche oder auf sie warte. Ihren Tod und auch die Art und Weise ihres Todes zu begreifen ist für mich ein wichtiger Teil des Abschiednehmens. Und außerdem«, setzte sie betont sachlich hinzu, »werden Sie ohnehin jemanden brauchen, der Isolde für Sie identifiziert, nicht wahr?«

»Eine Identifizierung anhand eines Fotos wäre absolut ausreichend«, entgegnete Verhoeven ebenso sachlich.

Ein leises Lächeln spielte um Lore Simonis' Mundwinkel, als sie nickte. »Da haben Sie vermutlich recht«, sagte sie.

Verhoeven trat einen Schritt zur Seite. »Passen Sie auf, dass Sie nichts berühren.«

17

Klaus Brauner kurbelte das Seitenfenster seines Opel Omega herunter. Trotz der mageren sieben Grad plus, die das Thermometer neben dem Kilometerzähler anzeigte, schwitzte er wie im Hochsommer, was kein Wunder war, denn er stand unter Hochspannung. Etwas ging hier vor. Etwas, das verdammt noch mal nach einer großen Sache roch!

Seit dem frühen Morgen war er in der Gegend rund um die Alte Stiege unterwegs, sah sich um und versuchte, mit den Anwohnern ins Gespräch zu kommen. Und jetzt kreuzte doch tatsächlich die Kripo in Begleitung einer alten Schachtel auf! Nur durch Zufall hatte er die drei ankommen sehen: Hendrik Verhoeven, den er vor der gestrigen Pressekonferenz nur als bleichen Schatten des großen Grovius wahrgenommen hatte, dazu irgendein rotblondes Pummelchen, das vermutlich zu Verhoevens Mitarbeitern gehörte, und eine zierliche alte Dame mit wachen Augen und blütenweißem Haar. Sie waren aus dem Wagen gestiegen und in einem gepflegten Mehrfamilienhaus verschwunden. Einem Haus, das mehr als zehn Gehminuten von der Wohnung der ermordeten Buchhändlerin entfernt war, wohlgemerkt. Und selbst wenn Verhoeven tatsächlich weitere Zeugen befragen wollte, warum, zum Teufel, hatte er dann eine Großmutter im Schlepptau?

Ohne den Blick von dem Gebäude abzuwenden, schüttelte Brauner eine weitere Zigarette aus dem zerknitterten Päckchen, das er für Notfälle wie diesen im Handschuhfach seines Wagens aufbewahrte, brach den Filter ab und entzündete sie am Stummel der alten. Nachdem die Haustür hinter Verhoeven und seinen Begleiterinnen ins Schloss gefallen war, hatte er sich entschieden, zu warten und die Dinge aus sicherer Distanz zu beobachten. Und siehe da, vor wenigen Minuten war ein Streifenwagen vorgefahren. Das wiederum konnte nur heißen, dass es um etwas ganz anderes als um Zeugenbefragungen ging.

Brauner nahm einen tiefen Zug und blies den Rauch gegen die niedrige Decke. Es ging um irgendetwas anderes und ... Augenblick mal! War das nicht ...? Na, und ob! Er grinste. Die Dinge kamen voran! Soeben hievte sich die alte Potemkin aus ihrem Auto und watschelte mit ihrem Einsatzkoffer ebenfalls auf das Haus zu. Das bedeutete zweifellos eine weitere Leiche und damit eine interessante Entwicklung. Brauner nestelte ein Taschentuch aus seinem Jackett und wischte sich den Schweiß von der Stirn. Der Mord an der Alten Stiege hatte von Anfang an sein Interesse geweckt. Sein journalistischer Instinkt sagte ihm, dass mehr dahintersteckte. Und nach allem, was ihm der Kerl, der über die Leiche gestolpert war, erzählt hatte, war die Buchhändlerin in einem schlimmen Zustand gewesen. Allerdings war diese Tatsache bei der Pressekonferenz mit keinem Wort erwähnt worden. Kurzum: Die ganze Sache stank zum Himmel!

Frau Dr. Potemkin war unterdessen in der Eingangstür verschwunden.

Brauner drückte seine Zigarette aus, zog die Autoschlüssel ab und stieg aus dem Wagen.

Was immer hier gespielt wurde, er würde es schon herausfinden.

18

Einige Minuten lang hatte Lore Simonis neben ihrer toten Freundin ausgeharrt. Jetzt wandte sie sich ab und trat zu Verhoeven, der ein gerahmtes Aquarell neben der Tür betrachtete. Es zeigte eine neblige Küstenlandschaft.

»Isolde liebte das Meer«, sagte sie. »Wir waren einmal zusammen dort, als die Heide blühte. Das war schön.«

Verhoeven drehte sich um.

»Ich verstehe nicht genug von diesen Dingen«, sagte Lore Simonis. »Aber wissen Sie …« Sie schluckte. »Können Sie mir sagen, ob Isolde sehr gelitten hat?«

»Die Wunden sehen ziemlich tief aus«, entgegnete Verhoeven. »Ich könnte mir denken, dass sie gleich mit dem ersten Schlag das Bewusstsein verloren hat.«

Lore Simonis blickte ihn eine ganze Weile prüfend an, dann nickte sie. »Danke«, sagte sie.

Winnie Heller kam aus der Diele zurück, gefolgt von Dr. Gutzkow. Die Pathologin hob verwundert die Augenbrauen, als sie Lore Simonis erblickte, sagte aber nichts.

»Dürfen wir Sie bitten, sich später, wenn die Kollegen von der Spurensicherung hier fertig sind, noch einmal ganz genau in der Wohnung umzusehen?«, fragte Verhoeven. »Wir müssen so schnell wie möglich wissen, ob etwas fehlt.«

Lore Simonis nickte. »Natürlich.«

»Dann wird Sie ein Kollege von der Streife jetzt nach Hause

fahren und bei Ihnen auf unseren Anruf warten, wenn es Ihnen recht ist. Wir melden uns, sobald wir so weit sind.«

Er begleitete die alte Dame in den Flur hinaus und gab den uniformierten Kollegen ein paar kurze Instruktionen. Dann kehrte er ins Wohnzimmer zurück.

Dr. Gutzkows Stirn war in tiefe Falten gelegt.

Verhoeven zeigte auf den Pflasterstein. »Ist das die Tatwaffe?«

»Ich bin noch keine zwei Minuten hier, und Sie wissen doch, wie das läuft.«

Obwohl die Gerichtsmedizinerin nicht aufblickte, glaubte Verhoeven ein nachsichtiges Lächeln auf ihrem Gesicht zu sehen. Im selben Augenblick flammte von der Tür her ein Blitzlicht auf. Verhoeven fuhr herum. »Was soll das? Wer zum Teufel sind Sie?«

Im Türrahmen lehnte ein Mann mittleren Alters. Er trug ein graues Sakko zu seinen schwarzen Jeans und hielt eine Kamera in der Hand. »Klaus Brauner, freier Journalist«, antwortete er selbstbewusst. »Darf ich fragen, was hier vorgefallen ist?«

Im Türrahmen hinter Brauner erschien ein Streifenpolizist. »Er hat gesagt, er gehöre zum Erkennungsdienst.«

»Und da lassen Sie ihn einfach rein?«, schrie Verhoeven den Beamten an. »Hat er Ihnen einen Ausweis gezeigt?«

Der Streifenpolizist schüttelte den Kopf und blickte betreten auf den Teppich hinunter.

»Rechnen Sie mit Konsequenzen«, wetterte Verhoeven, während Winnie Heller dem Reporter mit einem entschiedenen Handgriff die Kamera abnahm.

»He, Moment«, protestierte Brauner. »Das dürfen Sie nicht.«

»Und ob ich das darf«, entgegnete Winnie Heller ruhig. »Der Film ist beschlagnahmt. Er stellt einen Eingriff in laufende Ermittlungen dar. Ihre Kamera können Sie sich später im Präsidium abholen. Und jetzt verschwinden Sie, bevor Sie eine Anzeige wegen Behinderung der Polizei am Hals haben.«

Dr. Gutzkow warf ihr einen amüsierten Blick zu. »Hey, Herzchen, jede Wette, dass Sie 'ne glatte Eins in Rechtskunde hatten.«

»Psychologie und Kriminalistik«, entgegnete Winnie Heller achselzuckend, während der Beamte in Uniform Brauner in den Flur hinausdrängte. »Und ich wäre Ihnen dankbar, wenn Sie mich nicht Herzchen nennen würden.«

Die Pathologin stieß ein heiseres Lachen aus. »Ach, du große Güte!«

»Damit kommen Sie nicht durch«, schrie Brauner irgendwo im Treppenhaus. »Die Öffentlichkeit hat ein Recht, zu erfahren, was hier vorgeht.«

»Ja doch, Sie uns auch«, rief Verhoeven und riss ärgerlich sein Handy vom Gürtel, das unter dem Vibrationsalarm erzitterte. »Ja?«

»An der Jacke von der Borg war ein Haar, das nicht ihr gehört«, meldete sich Lübke aus seinem Labor.

Verhoeven horchte auf. Das war doch mal was! »Männlich?«

»Es ist gut vierzig Zentimeter lang und blond.«

»Also von einer Frau?«

»Tja, ursprünglich stammt es von einer Asiatin«, erklärte Lübke mit vielsagendem Unterton.

»Eine Perücke?«

»Bingo.«

19

Zufrieden rieb Klaus Brauner seinen rechten Arm und zündete sich eine neue Zigarette an. Da war er also auf eine richtig gute Story gestoßen! Die Alte auf dem Teppich hatte verdammt tot ausgesehen, und die Wohnung war ein Schlachtfeld. Im Grunde war es überhaupt nicht mehr nötig, hier im Wagen zu sitzen und auf den Abtransport der Leiche zu warten, aber er wollte ganz sichergehen, dass er nichts verpasste. Präsenz war das A und O in seinem Beruf. Präsenz und Instinkt. Und auf seinen Instinkt konnte er sich verlassen, das hatte sich soeben wieder einmal erwiesen.

Drei tote Frauen in fünf Wochen. Kein Wunder, dass diesem Verhoeven die Nerven durchgingen. Sicher, in der Pressekonferenz hatte er jeden Zusammenhang zwischen den ersten beiden Morden geleugnet. Aber Brauner hatte die Besorgnis in seinen Augen gesehen. Und er war viel zu lange im Geschäft, um nicht zu merken, wann eine Sache absichtlich heruntergespielt wurde. Das, was bisher über die beiden Morde bekannt geworden war, konnte nur ein Bruchteil der Wahrheit sein, dessen war er sich absolut sicher. Und durch seinen Instinkt und den glücklichen Zufall von heute, ohne den er von dem dritten Mord überhaupt nichts erfahren hätte, war er all seinen Kollegen meilenweit voraus. Das Einzige, was ihm jetzt noch fehlte, waren ein paar Hintergrundinformationen über die ersten beiden Morde.

Er schnippte die Kippe seiner Zigarette aus dem Fenster und zog sein kleines persönliches Telefonbuch, das er immer bei sich trug, aus der Tasche seines Jacketts. Er blätterte eine Weile, bis er die richtige Nummer gefunden hatte, dann griff er zu seinem Handy.

Es war an der Zeit, eine kleine Verabredung zu treffen.

20

Warum ich?

Die Frage, die sie seit sechsundzwanzig Jahren mit sich herumschleppte.

Tausend andere. Hundert schönere. Warum ausgerechnet ich?

Sie hatte viele Bücher gelesen und doch keine Antwort gefunden. Pech. Schlechtes Karma. Zufall. Keine dieser Erklärungen befriedigte sie. Sie strahlte etwas aus. Etwas, das das Kranke anzog. Das Dunkle.

Sie fröstelte.

Vor ihr lag die Treppe, die sie hatte vermeiden wollen und die doch so unvermeidlich gewesen war. Die Architektur des Altbaus. Kein Platz für ein Büro im Parterre. Und es hatte ja auch durchaus Zeiten gegeben, in denen die Treppe ihr kaum etwas ausgemacht hatte. In denen sie sie nur ganz beiläufig registriert hatte, wenn sie die achtzehn Stufen in den ersten Stock hinaufgestiegen war. Aber diese Zeiten gehörten nun endgültig der Vergangenheit an. Notiz an den Makler: alles ebenerdig, nächstes Mal. Keine Treppen, keinen Keller, einen neuen Anwalt als Mittelsmann.

Draußen hatten sich die Wolken, die den Rheingau am Vormittag in einen Schleier aus Nieselregen gehüllt hatten, verzogen, und die Sonne schien vom beängstigend blank geputzten Himmel. Sie blieb an einem der Fenster zum Park stehen, um sich in den noch immer kräftigen Strahlen zu wärmen und auch, um die Treppe noch ein paar Minuten aufzuschieben. Die Scheibe vor ihr war lauwarm. Vorsichtig legte sie die Finger dagegen. Die einschneidendsten Katastrophen, dachte sie, während sie für einen kurzen Moment die Augen schloss, ereignen sich im hellsten Licht. Eine Welle, die so vollkommen harmlos aussieht, dass man sie fast schön finden könnte, und die nur wenige Sekunden später Hunderttausende Menschen in den Tod reißt. Die einstürzenden Twin

Towers vor dem postkartenblauen Himmel Manhattans. Ein Sommermorgen im Schwimmbad. Und ein tückischer Maitag, als das Grauen längst vorbei zu sein scheint …

Die Tür steht offen. Das ist das Erste, was sie wahrnimmt.

Das Zweite ist, dass es nicht nach Kaffee riecht. Dabei trinkt Tante Louise Kaffee wie andere Leute Mineralwasser. Der hält mich jung, sagt sie, und ihr Blutdruck ist ohnehin immer viel zu niedrig. Vielleicht ist das auch der Grund, warum sie zuerst denkt, es sei Tante Louise einfach nur schlecht geworden. Schwindlig. Wie das eben manchmal passiert, noch dazu im Alter. Der Wetterwechsel. Ein wenig zu schnell aufgestanden. Unachtsam. Was sonst? Was, zur Hölle, denn sonst? *Er ist doch noch ein Kind, verdammt noch mal!* Und er ist fort. Seit Monaten schon. Fort seit dem einunddreißigsten Oktober neunzehnhundertachtzig, elf Uhr dreiundvierzig vormittags. Etwas, das sie immer ganz genau wissen wird. Für den Rest ihres Lebens.

Tante Louise?

Sie tritt näher. Die Gliedmaßen sehen verdreht aus. Grotesk. Fast wie bei Glenn Close in *Der Tod steht ihr gut*. Nur dass Tante Louise sich nicht rührt, als sie sie anfasst. Damals mit Minnie hat sie sich geschworen, nie mehr in eine seiner Fallen zu gehen. Und nun wird sie sich untreu. Unabsichtlich natürlich, aber was macht das schon? Es ist trotzdem ein Fehler. Ihr Fehler. Sie hört ihren eigenen angstvollen Atem. Dabei hat sie sich schon fast wieder sicher gefühlt. Erwacht aus dem Albtraum, zu dem er ihr Leben gemacht hat. Und sie will doch von der Klausur erzählen. Achtstündig. Deutsch. Sie hatte Glück, beide Themen, die zur Auswahl standen, waren wie für sie gemacht gewesen. Gedichtinterpretation, Hölderlin. Oder Goethes Naturverständnis im *Werther*. So viel zu sagen, dass die Zeit kaum ausreicht …

Tante Louise?

Ihre Haut ist kalt, als sie sie mit ihren Lippen berührt. Warum sie das tut, warum sie die Lippen nimmt, weiß sie selbst nicht. Vielleicht, weil ihre Hände so zittern.

Was ist mit dir? Was hast du?

Ein mehr als seltsames Déjà-vu, denkt sie und lässt ihre Blicke über Tante Louises Gesicht wandern. Hinunter zur Kehle. Die heil ist. Intakt. Gott sei Dank! Sie hat sich geirrt! Sie muss einen Krankenwagen rufen. Sie muss …

In diesem Augenblick wird es hinter ihr plötzlich dunkler. Genau wie damals. Wie in der Umkleidekabine im Schwimmbad. Aber das Schwimmbad ist weit weg. Abgehakt. Vorbei. Sie kann fast wieder lachen. Geht sogar schon mal allein bis zum Bäcker, wenn sie einen guten Tag hat. Zwischen Düsseldorf und Hamburg liegt eine Welt. Oder nicht?

Durch die Dunkelheit hindurch fühlt sie einen Blick auf sich gerichtet. Er brennt zwischen ihren Schulterblättern. *Dreh dich nicht um*. Es ist nur ein Traum. Ein Albtraum, hörst du? Du stehst jetzt auf. Ganz langsam auf. Und dann gehst du aus dem Haus, denselben Weg entlang, den du gerade gekommen bist. Du gehst durch das Gartentor, das Papa erst kürzlich für Tante Louise geölt hat, und bewahrst die Ruhe, und drüben, bei euch in der Küche, wird deine Mutter dich fragen, was mit dir los ist und warum du so blass bist. Und dann wirst du ihr erzählen, dass Tante Louise gestorben ist. Und deine Mutter wird lachen und sagen, mein armes Kind, wird sie sagen, wir müssen mit dir am Ende wohl doch noch zu einem Psychiater gehen, aber das machen wir morgen, jetzt gehen wir erst mal zum Fenster, ja, komm nur, hierher zum Fenster, siehst du, du brauchst gar keine Angst zu haben, es ist alles in Ordnung, die Sonne scheint, und da ist auch Tante Louise, siehst du, dort bei den Rosen, die treiben bereits kräftig aus, so kräftig, dass man fast schon die ersten Knospen erkennen kann, und schau nur, jetzt winkt sie dir, und es geht ihr gut, wie du siehst, na los, wink mal zurück!

Ihre Knie knirschen, als sie aufsteht. Sie wirft einen letzten Blick auf die Leiche. Dann dreht sie sich um.

Sein Schatten, der eben noch die Türöffnung verdunkelt hat, ist fort. Aber sie weiß, was sie gesehen hat. *Wen* sie gesehen hat.

Sie sagt es auch der Polizei. Später. Als sie wieder zu sich gekommen ist.

Doch die Polizei glaubt ihr nicht ...

21

»Sie sterben wie die Fliegen.« Hermann-Joseph Lübke biss mit spürbarem Widerwillen in einen schon etwas verschrumpelten Apfel und streckte seine Ringerbeine unter dem Konferenztisch aus.

Niemand lachte.

Die ersten Untersuchungen am Tatort waren abgeschlossen. Lore Simonis hatte festgestellt, dass ein Pelzmantel und einige Schmuckstücke aus der Wohnung ihrer Freundin fehlten. Auch ein wertvolles altes Schachspiel war nicht aufzufinden gewesen. Obwohl noch kein Obduktionsbefund vorlag, stand fest, dass Isolde Reisinger mit einem schweren, kantigen Gegenstand erschlagen worden war. Der Pflasterstein, der neben der Leiche gelegen hatte, war mit an Sicherheit grenzender Wahrscheinlichkeit die Tatwaffe. Aufgrund einer ersten Begutachtung der Toten und Lore Simonis' Aussage konnte als Tatzeitpunkt der späte Montagabend als sicher gelten. Da am Schloss der Wohnungstür nicht manipuliert worden war, mussten sie davon ausgehen, dass Isolde Reisinger ihrem Mörder selbst die Tür geöffnet hatte oder dass dieser die Wohnung gemeinsam mit ihr betreten hatte. Gegen die letztere Möglichkeit sprach allerdings die Tatsache, dass die alte Dame sich offenbar noch kurz vor ihrem Tod eine Tasse Kakao gemacht hatte. Winnie Heller hatte die fast volle Tasse auf dem Küchenschrank entdeckt.

»Drei Morde in noch nicht einmal fünf Wochen«, resümierte Verhoeven. »Zwei der Opfer wurden auf die gleiche Art und Weise getötet, nämlich mit einem schalähnlichen Werkzeug erdrosselt. Das dritte Opfer ist erschlagen worden. Die äußeren Umstände dieser Tat weichen deutlich von den beiden anderen Morden ab.« Er blickte in seine Kaffeetasse hinunter. Die vier Thermoskannen auf dem Tisch waren seit Langem leer. »Dennoch gehen wir davon aus, dass es sich in allen drei Fällen um ein und denselben Täter handelt, denn wir wissen, dass sich Frau Reisinger zum Zeitpunkt des Mordes an Tamara Borg ganz in der Nähe des Tatorts aufgehalten hat. Und sie starb noch am selben Abend. Das kann unmöglich ein Zufall sein.«

Hinnrichs war aufgestanden und zum Fenster gegangen, hinter dem es bereits stockfinster war. Jetzt kam er mit eiligen Schritten an den Konferenztisch zurück. »Sie meinen also, dass die Ermordung von Isolde Reisinger im Gegensatz zu den beiden anderen Morden nicht geplant war«, sagte er. Auf seinem Gesicht zitterte der Widerschein des Standbilds, das Lübkes Laptop an die Wand projizierte. »Dass sich der Täter mit dem Mord an Frau Reisinger nur einer Augenzeugin entledigt hat?«

»Anders ist das alles nicht zu erklären«, nickte Verhoeven. »Der Mord an Frau Reisinger passt nicht ins Schema der beiden anderen Taten. Sie wurde nicht erdrosselt, und der Mörder hat an ihrer Leiche keinerlei Manipulationen vorgenommen.«

»Wenn du recht hast«, schnaufte Lübke apfelkauend, »frage ich mich, wieso unser Mann sie nicht gleich bei der Alten Stiege erledigt hat.«

»Das ist seltsam, ja«, antwortete Verhoeven zögernd. »Aber wenn er Frau Reisinger gleich an Ort und Stelle getötet hätte, dann hätte niemand bezweifelt, dass die beiden Taten miteinander im Zusammenhang stehen, nicht wahr?« Er sah sich in den Gesichtern seiner Kollegen um. Doch seine Suche nach Einverständnis verlief erfolglos. Die Stimmung begann umzuschlagen. Resignation machte sich breit. Das muss ich unbedingt verhindern, dachte er. Verhindern, dass wir uns festbeißen. Laut sagte er: »Vielleicht wollte der Mörder genau das vermeiden. Das würde auch erklären, warum er eine andere Tötungsart wählte.«

»Und Wertsachen aus der Wohnung des Opfers mitnahm«, ergänzte Winnie Heller, die an der Längsseite saß und den Ellenbogen auf dem Tisch abstützte. »Er wollte wahrscheinlich einen Raubmord vortäuschen.«

»Wozu die Mühe?«, fragte Werneuchen.

»Wir können wohl als gegeben voraussetzen, dass der Mörder mit seinen Taten eine bestimmte Aussage treffen will«, entgegnete Verhoeven. »Die Art und Weise, wie er mit seinen Opfern verfährt, nachdem er sie getötet hat, beweist das ganz deutlich.« Sein Hemd hatte einen Fleck, den er erst jetzt bemerkte. Er überlegte, ob es helfen würde, wenn er die Knöpfe an seinem Jackett schloss. »Angenommen, der Täter hat das Gefühl, dass diese Aussage durch einen weiteren Mord, der nicht geplant, sondern nur durch einen unglücklichen Zufall nötig geworden ist, verfälscht würde.« Er rückte seine Krawatte zurecht. »Würde er dann nicht alles versuchen, um dem Mord an Isolde Reisinger ein völlig anderes Gesicht zu geben?«

»Stimmt«, nickte Bredeney, dessen Finger nervös an seinem puppigen Brillenkettchen spielten. »Wenn wir durch die Aussage von Lore Simonis nicht ganz sicher wüssten, dass Frau Reisinger zum Zeitpunkt des Mordes an Tamara Borg ebenfalls an der Alten Stiege war, wäre es uns verdammt schwergefallen, eine Verbindung zwischen den beiden Taten herzustellen.«

»Augenblick mal«, sagte Winnie Heller. »Diese Theorie hat eine ganz entscheidende Schwäche.« Sie lehnte sich zurück und schloss die Augen, als sie die Blicke ihrer Kollegen spürte. *Was nimmt diese unerfahrene Kuh sich heraus? Kann sie nicht einfach mal still sein?* Konzentrier dich, dachte sie. Du weißt, was du tust. Also tu es! »Frau Reisinger kommt mit Frau Simonis vom Rommé«, fuhr sie fort, die Augen noch immer geschlossen. »Sie verabschieden sich. Es ist dunkel. Frau Reisinger geht die Alte Stiege hinunter und beobachtet, wie ein Mann eine Frau erdrosselt oder eine Leiche über ein Geländer wirft – irgendetwas in dieser Art müsste es doch gewesen sein, oder? Schön und gut. Der Täter bemerkt sie. Ob sie sich darüber im Klaren ist, lassen wir mal außen vor. Aber versetzen Sie sich in Frau Reisingers Lage. Was würden Sie in einem solchen Fall tun?« Sie schlug die Augen wieder auf und blickte fragend in die Runde. »Also, ich für meinen Teil würde machen, dass ich wegkomme, an der erstbesten Haustür klingeln und die Polizei rufen. Aber tut Frau Reisinger das?« Sie stand auf und tippte mit ihrem Kugelschreiber auf den Stadtplan, der an der Wand hing. »Nein, sie läuft mit ihren achtundsiebzig Jahren quer über diesen Platz, überquert diese Straße, geht anschließend rund einhundert Meter weit bis zu dieser Kreuzung und von dort weiter zu dieser Seitenstraße, in der ihre Wohnung liegt. Und das alles – wohlgemerkt –, nachdem sie gerade einen Mord beobachtet hat.« Sie hielt einen Augenblick inne, um ihren Kollegen die Möglichkeit eines Kommentars zu geben, doch die Männer schwiegen, und sie spürte, dass sie sie am Haken hatte. Sie hörten ihr tatsächlich zu! »Frau Reisinger erreicht ihre Wohnung auch tatsächlich unbeschadet«, fuhr sie ermutigt fort. »Aber selbst dort ruft sie nicht die Polizei oder wenigstens eine Freundin an, um ihr von ihrer Beobachtung zu erzählen. Nein, sie macht sich in aller Seelenruhe eine Tasse Kakao, um anschließend demselben Mann eigenhändig die Tür zu öffnen, den sie soeben beim Morden beobachtet hat.« Sie setzte sich wieder auf ihren Stuhl und warf ihren Kugelschreiber mitten auf den Tisch. »Erklären Sie mir das!«

Wie auf ein geheimes Kommando hin standen alle auf. Standen um den Konferenztisch herum, auf dem die Fotos der toten Frauen lagen. Sprachen. Mutmaßten. Jeder sah in eine andere Richtung.

Nach einer Weile ergriff Verhoeven das Wort. »Dafür gibt es nur zwei Erklärungsmöglichkeiten«, sagte er. »Entweder wir irren uns und Frau Reisinger hat an der Alten Stiege überhaupt nichts gesehen, was natürlich bedeuten würde, dass damit auch unser Motiv für diesen Mord und die Verbindung zu den beiden anderen Taten hinfällig wäre. Oder aber ...« Er machte eine bedeutungsvolle Pause. »Oder aber sie war sich der Bedeutung dessen, was sie beobachtet hatte, nicht bewusst.«

Winnie Heller, die sich stillschweigend wieder auf ihren Platz gesetzt hatte, blickte ihn an. »Sie meinen, Frau Reisinger hat etwas gesehen, das nicht unmittelbar mit dem Mord an Tamara Borg zu tun hatte?«

»Etwas, das zwar nicht direkt mit dem Mord zu tun hatte, aber vielleicht einen Hinweis auf den Täter liefern würde«, nickte Verhoeven. »Etwas, das für sich allein genommen bedeutungslos ist, aber im Kontext eines Mordes möglicherweise in einem ganz anderen Licht erscheint. Wir dürfen nicht vergessen, dass der Mord an Tamara Borg zu diesem Zeitpunkt noch gar nicht entdeckt war.«

»Und was sollte das gewesen sein?«, fragte Hinnrichs mit einer Miene, die erhebliche Zweifel ausdrückte.

»Eine blonde Langhaarperücke«, sagte Lübke und beförderte den Rest seines Apfels mit einem gezielten Wurf in den Papierkorb.

III

Ratten

weiß
der Tod
mit tausend Ratten
kommt er still
aus den Fluten steigen sie
unzählig
und nagen
was blieb
von Haar und Geäst

Donnerstag, 16. November 2006

1 »Was hat diese verdammte Scheiße zu bedeuten?« Hinnrichs knallte eine Ausgabe des *Kurier* auf Verhoevens Schreibtisch und wartete auf eine Reaktion.

»Sieht aus wie die Zeitung von heute«, entgegnete Verhoeven ruhig. Natürlich wusste er genau, worauf sein Vorgesetzter hinauswollte. Aber er hatte keine Lust, ihm auf halbem Weg entgegenzugehen.

»Sie haben es also gelesen?«

»Ja.«

»Fantastisch, dann können Sie mir ja vielleicht auch erklären, wie dieser«, er warf einen Blick in die Zeitung, »wie dieser Klaus Brauner …« Irritiert blickte er Verhoeven an. »Heißt der Kerl wirklich so, oder ist das ein verdammter Deckname?«

Verhoeven zuckte mit den Schultern.

»Wie jedenfalls dieser Klaus Brauner auf die Idee kommt, dass wir einen Serienkiller suchen! Und woher weiß dieser Kerl von der Chrysantheme?«

»Ich habe nicht die geringste Ahnung«, antwortete Verhoeven wahrheitsgemäß, wohl wissend, dass sein Vorgesetzter diese Sparsamkeit seiner Reaktion falsch auslegen würde. Als defensiv. Im schlimmsten Fall sogar als unbeteiligt.

»Wir waren uns doch wohl einig, dass wir jede Form von Panikmache vermeiden wollten«, polterte Hinnrichs weiter. »Aber nachdem das jetzt raus ist, wird der Teufel los sein.«

»Dessen bin ich mir bewusst«, entgegnete Verhoeven. »Und ich kann Ihnen beim besten Willen nicht sagen, wie dieser Kerl an seine Informationen gekommen ist. Fest steht, dass er sich seit dem Mord an Tamara Borg in der Gegend der Alten

Stiege herumtreibt und jede Menge Fragen stellt. Und dadurch hat er gestern wohl auch zufällig mitbekommen, dass es eine weitere Tote gegeben hat.«

Hinnrichs zog misstrauisch die Stirn in Falten. »Haben Sie sich ihm gegenüber zur Sache geäußert?«

»Nein«, sagte Verhoeven. Am Morgen war ihm aufgefallen, dass er für den Weg zur Arbeit immer länger brauchte. Dass er langsamer wurde, je näher er seinem Büro kam. Dass er die Treppe nahm statt den Aufzug. Das Unausweichliche aufschieben. Kleine Fristen, um wieder zu Kräften zu kommen. »Natürlich nicht.«

»Und was ist mit der Heller?«

»Weder Frau Heller noch ich haben einen Kommentar abgegeben«, sagte Verhoeven noch einmal. »Aber offensichtlich hat dieser Brauner es verstanden, sich die entsprechenden Informationen anderswo zu beschaffen.«

»Was soll das heißen?«, fragte Hinnrichs alarmiert.

Verhoeven hielt seinem Blick stand. Eisern. Keine Miene verziehen, keinen Blick hinter die Fassade gewähren. »Vielleicht hat er gewisse Kontakte hier ins Präsidium.«

»Das muss er wohl«, stimmte Bredeney in Hinnrichs' Rücken zu. »Denn bisher verfügt ja eigentlich nur die Polizei über die entsprechenden Informationen.«

»Na, großartig«, rief Hinnrichs. »Teilen wir unser Wissen also mit der Öffentlichkeit. Die Leute werden uns bereitwillig unterstützen.« Er schenkte Verhoeven ein hässliches kleines Lächeln. »Sie werden in Hinweisen ersticken.«

Hinter ihm zwängte sich Winnie Heller an Bredeney vorbei, der noch immer mit unverhohlener Neugier im Türrahmen lehnte. »Was Neues?«

»Anzeigen will dieser Komiker Sie übrigens auch«, fuhr Hinnrichs, an Verhoeven gewandt, fort, ohne ihrer Frage Beachtung zu schenken. »Tätlicher Angriff. Mutwillige und unerlaubte Einschränkung der Pressefreiheit. Körperverletzung. Suchen Sie sich was aus.« Er riss die Zeitung an sich und stürmte zur Tür. »Und der Nächste, der hier mit Journalisten plaudert, ist suspendiert, verstanden?«

»Ich wünsche Ihnen auch einen schönen Tag!«, rief Verhoeven hinter ihm her.

»Dieser Reporter von gestern?«, erkundigte sich Winnie Heller, indem sie ihren Hals von einem wuscheligen blauen Fransenschal befreite und diesen zusammen mit ihrem Parka über die Lehne ihres Bürostuhls warf.

Verhoeven nickte. »Haben Sie's noch nicht gelesen?«

Sie verneinte.

Bredeney reichte ihr eine Zeitung über den Tisch. »Es ist ganz groß aufgemacht: Perverser Serienkiller tötet drei Frauen innerhalb von nur vier Wochen.« Er seufzte. »Dieser Brauner scheint seinen Job zu verstehen. Er ist sowohl über die Chrysantheme als auch über die Mohnsamen informiert. Und er wirft der Polizei vor, die Sache unter den Teppich zu kehren.«

»Verdammter Mist«, entfuhr es Winnie Heller. »Das bedeutet eine ganze Menge Extraarbeit und viele falsche Spuren.«

»Wer weiß, wozu es gut ist«, entgegnete Verhoeven. »Vielleicht ist der eine oder andere nützliche Hinweis dabei ...«

2

Durch die gemütliche Düsseldorfer Altstadtwohnung schwebte der belebende Duft von frisch gebrühtem Kaffee. Alois Breidstettner saß an seinem Küchentisch, einen Stapel Zeitungen vor sich, und las. Das Zeitunglesen gehörte zu den wenigen Hobbys, die ihm geblieben waren, und er tat es ausgiebig, um nicht zu sagen: exzessiv, wobei er eine, wie er es ausdrückte, »gesunde Mischung« aus Boulevardblättern und Zeitungen gehobenen Anspruchs bevorzugte. Zu seinem achtzigsten Geburtstag hatten ihm seine Söhne einen ungeheuer komfortablen und sicherlich sündhaft teuren Ledersessel mit dazu passendem Fußschemel geschenkt. Er stand drüben im Wohnzimmer und sah überaus dekorativ aus, und wenn die Familie zu Besuch kam, setzte sich Alois Breidstettner sogar hinein.

In der übrigen Zeit saß er am liebsten in der Küche. Dort hatte er mit seiner Frau die kleinen und großen Probleme des Alltags diskutiert und seine Unterrichtsstunden vorbereitet. Dort hatte er gestritten, gelacht, Bohnen geputzt, seine Magisterarbeit geschrieben, seinen Heiratsantrag gemacht, die Geburt seines ältesten Sohns gefeiert, Aufsätze korrigiert und Mensch-ärgere-dich-nicht gespielt. Natürlich waren es verschiedene Küchen gewesen, die sein Leben begleitet hatten, zunächst die winzige Küche seiner Referendarszeit, dann eine größere für die junge Familie, am längsten die geräumige Küche in seinem alten Haus, so groß wie ein Wohnzimmer, und jetzt, nach dem Tod seiner Frau, eben diese Altbauwohnungsküche mit Blick in den Hinterhof. Aber auch wenn seine Frau diese letzte Küche nie betreten hatte, konnte Alois Breidstettner hier ihre Gegenwart spüren. Alles an diesem Raum war ihm so lieb und vertraut wie das Gluckern und Zischen der alten Kaffeemaschine, die schon wieder lief, um Nachschub zu produzieren, den er eigentlich gar nicht trinken durfte.

Im Radio spielten die Wiener Philharmoniker unter Karl Böhm die Neunte Sinfonie von Beethoven, doch Alois Breidstettner nahm die Musik nur am Rande wahr. Bereits zum zweiten Mal las er den Artikel. Aufmerksam studierte er jedes Wort.

Eine Chrysantheme. Mohnsamen …

Vor seinem inneren Auge erstanden Bilder. Gesprächsfetzen jagten durch seinen Kopf, mischten sich mit Beethoven und hallten von den Küchenwänden wider. Ein aufgebrachter Mann vor seinem Schreibtisch. Ein Vater, dem er nie zuvor begegnet ist, weil er der Vater eines Mädchens ist, das er nicht kennt und nie unterrichtet hat. Ein Briefbogen von eigenartiger Farbe. Und vor dem Fenster ein Garten, in dem die Rosen beinahe verblüht sind.

Sehen Sie sich das an!

Eine Frau mit dunklen Haaren auf einer Couch. Von ihren Handgelenken tropft Blut herab. War das nicht eine Zeichnung gewesen? Ein Bild?

Er hat diesen Dreck mit Blut geschrieben.

Der fremde Vater ist aufgebracht.

Nicht mit meiner Tochter!

Er hält ein Foto in der Hand. Ein schönes junges Mädchen mit blondem Haar und großen, eigenwilligen Augen.

Sehen Sie sie an, verdammt noch mal. Sie geht nicht mehr aus dem Haus. Sie trifft keine Freundinnen. Sie lebt wie eine Gefangene. Tun Sie etwas dagegen!

Der Mann sieht ihn an. Sieht ihm direkt in die Augen, als wolle er ihn ganz persönlich zur Verantwortung ziehen für das, was auf ihm und seiner Familie lastet.

Irgendjemand muss etwas unternehmen.

Alois Breidstettner nickte gedankenverloren vor sich hin, während die Überschriften der Zeitung unter seinen Augen zu schwarzweißen Klecksen verschwammen. Ein fremdes, eigenwilliges Mädchen. Vor dem Fenster der verblühende Garten. Und wenig später ein Gespräch mit einem anderen Vater. Auch vor dem Schreibtisch. Auch im September.

Er fand seine Mutter auf der Couch. Irgendetwas stimmte nicht mit ihr. Von Anfang an nicht. Und eines Tages muss sie wohl ...

Die Augen des Manns sind genauso müde wie die des unbekannten Vaters, der ihm den Briefbogen dagelassen hat. Aber diesen Vater kennt er. Professor Martin, Neuere Deutsche Geschichte. Er hat schon vorher ein paar Mal mit ihm gesprochen. Vor diesem Tag im September. Sein Sohn ist hochbegabt. Jede Arbeit eine Eins.

Haben Sie den Titel gesehen? Der erste Vater starrt ihn an.

Oh ja, er hat den Titel gesehen. Er steht ganz oben auf dem Briefbogen. *Requiem für eine Freundin.* Vielleicht meint er ja doch seine Mutter, nur seine Mutter, unternimmt er einen neuen, halbherzigen Versuch, den aufgebrachten Mann auf der anderen Seite des Schreibtisches zu beschwichtigen.

Er verarbeitet das eben auf seine Weise.

Mit Bildern. Mit Worten.

Die Stimmen in seinem Kopf gerieten durcheinander. Dahinter schimmerte wie ein Rettungsanker der erhabene dritte Satz von Beethovens Neunter.

Nur Fiktion.

Lediglich eine Phase.

Vielleicht sollte er einen von diesen Tests machen ...

Alois Breidstettner schob seine Kaffeetasse von sich und griff nach dem Stock, der an der Tischkante lehnte. Seit Jahren litt er an der parkinsonschen Krankheit. Alles in allem kam er noch recht gut allein zurecht, aber nach dem Aufstehen dauerte es immer eine Weile, bis die Medikamente ihre Wirkung entfalteten. Am besten ging es ihm am frühen Nachmittag. Aber so lange konnte er nicht warten. Nicht heute. Er musste sich Gewissheit verschaffen, obwohl er eigentlich längst sicher war. Es konnte unmöglich ein Zufall sein!

Quälend langsam arbeitete er sich mit seinem Stock voran, durch den Flur, hinüber ins Wohnzimmer. An den Wänden standen Regale, die bis zur Decke reichten. Bücher. Schubladen. Er brauchte nicht zu suchen. Er hatte in den vergangenen sechsundzwanzig Jahren immer gewusst, wo sie sich befanden. Warum, konnte er nicht sagen. Er hatte es einfach gewusst. Vielleicht hatte er sie im Auge behalten wollen, obwohl er sie hätte wegwerfen können, denn die Martins waren ja fortgezogen, bald danach. Nach den Gesprächen, die ihn so sehr beunruhigt hatten, dass sie ihm noch Jahre danach in seinen Träumen begegnet waren. Raphael Martin war mit seinem Vater nach Hamburg gezogen, und das fremde junge Mädchen mit den eigenwilligen Augen hatte wieder aus dem Haus gehen können. Oder etwa nicht?

Er öffnete eine der Schubladen und zog einen abgegriffenen schwarzen Ordner heraus. Der Briefbogen steckte in einer Klarsichthülle, ganz hinten. *Requiem für eine Freundin,* stand in blassroten Buchstaben über dem ersten Gedicht. Alois Breidstettner las alles sorgfältig durch und nickte. Sein Gedächtnis ließ ihn nie im Stich!

Mit dem Briefbogen in der Hand schleppte er sich zum Telefon und ließ sich von der Auskunft mit dem zuständigen Polizeipräsidium verbinden.

In der Küche wurde indessen sein Kaffee kalt.

3

Im Frauen-Fitnesscenter Fit for Life durchwühlte Hedi Apsner fieberhaft den kleinen Schrank unter dem Tresen an der Anmeldung.

»Was zum Teufel suchst du eigentlich?«, erkundigte sich Johanne Hallenberg, die die meisten Frauen, die bei Fit for Life trainierten, nur als »Shanice« kannten, mit leicht gelangweilter Miene. Ihr nächster Kurs begann erst in einer halben Stunde, und sie nutzte die freie Zeit, um sich mit einem doppelten Milchkaffee für den bevorstehenden – und ihrer persönlichen Meinung nach ganz und gar aussichtslosen – Kampf gegen hausfrauliche Fettdepots zu wappnen.

»Die Kurspläne vom Oktober«, versetzte Hedi Apsner keuchend und schleuderte einen Stapel Papiere auf den Boden.

Etwas an ihrer Stimme machte Johanne Hallenberg stutzig. »Oktober?«, fragte sie, indem sie träge von ihrem Barhocker rutschte und ihre halb leere Tasse auf der Theke abstellte. »Wozu'n das?«

»Weil ich wissen muss, wann der neue Spinning-Kurs angefangen hat«, antwortete Hedi Apsner zerstreut und kippte den Inhalt eines monströsen Zettelkastens auf das blanke Linoleum zu ihren Füßen. Aus der Richtung, in der die Duschen lagen, wehte ein Hauch von Zitrusduft an ihre Nase. »Gütiger Gott, ist das ein Saustall! Wer soll sich denn da noch durchfinden? ... Und dabei sage ich ihr jedes Mal, dass sie ... Ha!« Sie stieß einen spitzen Schrei aus und hielt triumphierend ein eselsohriges Blatt in die Höhe. »Dem Himmel sei Dank, hier ist er!« Ihre sorgfältig in Form gezupften Augenbrauen zogen sich zu einer rotbraunen Linie zusammen, während ihr Finger suchend über die Einträge fuhr. »Das gibt es doch gar nicht«, murmelte sie leise vor sich hin. »Gottverdammich, das muss etwas bedeuten!«

Johanne Hallenberg war indessen ein paar Schritte um den Tresen herumgekommen und blickte neugierig auf sie hinunter. »Worum geht's hier eigentlich?«

»Hast du den Artikel über die drei Frauen gelesen, die hier in den letzten vier Wochen ermordet worden sind?«, fragte Hedi Apsner anstelle einer Antwort.

Die Trainerin nickte. »Klar. War ja groß genug aufgemacht.«

»Und bei der ersten Frau hat der Mörder eine Chrysantheme zurückgelassen, stimmt's?«

»Mhm«, entgegnete Johanne Hallenberg vage. »Kann schon sein.«

»Von *Kann schon sein* habe ich gar nichts«, entgegnete Hedi Apsner ärgerlich und erhob sich mühsam aus ihrer gebückten Haltung. »Wo ist die Zeitung von heute?«

Die Trainerin zuckte die muskulösen Achseln. »Keine Ahnung.«

»Aber sie lag hier.« Hedi Apsner stöhnte und sah sich um.

»Vielleicht hat eine von meinen fetten Kühen sie gefressen«, schlug Johanne Hallenberg grinsend vor, indem sie mit dem Kinn Richtung Dusche wies. »Ich sage ja immer, die sind wie die …«

»Da ist sie ja!« Hedi Apsner stürmte an ihr vorbei zu einem gemütlichen Korbstuhl in der Ecke und riss mehrere Teile einer zerlesenen Zeitung an sich, während hinter ihr drei Nachzüglerinnen aus Johanne Hallenbergs Kurs aus der Tür zu den Umkleideräumen kamen und fröhlich schwatzend dem Ausgang entgegenstrebten.

»Ciao, ciao, Shanice«, rief eine kräftig gebaute Mittvierzigerin in einem hellblau gemusterten Sweatshirt. »Hat wieder mächtig Spaß gemacht heute!«

»Ciao, ciao«, gab Johanne Hallenberg mit mechanischer Munterkeit zurück. »Bis nächste Woche, die Damen! Und keinen Eisbecher, bevor der Bus kommt, Frau Bretz. Sonst sind wir mit Ihrem Blutdruck ganz schnell wieder in der kritischen Zone.«

Die Angesprochene antwortete mit einem vergnügten Kichern, das befürchten ließ, dass sie nicht vorhatte, dem Rat ihrer Trainerin Folge zu leisten.

»Ich mein's ernst«, rief Johanne Hallenberg ihr nach und verdrehte die Augen. »Gott, war das 'n Viechskampf, bis ich die so weit hatte, dass sie mir nicht schon nach 'ner Viertelstunde schlappmacht.« Sie japste und blähte wenig schmeichelhaft die Backen auf. »Hundertfünfundachtzig zu hundertzehn nach fünf Minuten. Ich sage dir, irgendwann explodiert sie und … Sag mal, hörst du mir überhaupt zu?«

Hedi Apsner war mit der Zeitung an die Empfangstheke

zurückgekehrt und überflog mit ernster Miene den Artikel, den sie gesucht hatte. »Hier steht es schwarz auf weiß«, sagte sie. »Bei seinem ersten Opfer hat der Täter eine Chrysantheme hinterlassen. Und die Frau wurde am siebzehnten Oktober getötet.«

Johanne Hallenberg, die unterdessen wieder auf dem Hocker Platz genommen und ihre vollendet geformten Beine mit geradezu erschreckender Geschmeidigkeit um dessen Füße geschlungen hatte, bedachte sie mit einem Blick, der zugleich Unverständnis und Nachsicht spiegelte. »Na und?«

»Und am fünfundzwanzigsten Oktober hat der neue Spinning-Kurs begonnen.«

Die Trainerin runzelte die Stirn. »Was soll'n der neue Spinning-Kurs jetzt wieder damit zu tun haben?«

Hedi Apsner schüttelte nachdenklich den Kopf. »Ich weiß noch nicht, was das alles zu bedeuten hat. Aber ich bin mir sicher, dass am achtzehnten Oktober – also einen Tag nach dem Mord – ein großer Strauß Chrysanthemen im Studio gestanden hat.«

»Hier?«, fragte Johanne Hallenberg und blickte sich ungläubig um.

Hedi Apsner nickte. »Ich weiß das Datum deshalb so genau, weil dieses verdammte Spinning falsch eingetragen war«, erklärte sie mit gedämpfter Stimme. »Ich sage dir, das war vielleicht ein Ärger! Andauernd hat jemand danach gefragt … nach dem Kurs, meine ich. Und du weißt ja, wie die Leute sind. Manche sind einfach gekommen und haben sich dann natürlich fürchterlich aufgeregt, als ich ihnen sagen musste, dass der Kurs erst am fünfundzwanzigsten beginnt.« Sie schnappte nach Luft. »Es war nämlich eine Woche zu früh, verstehst du?«

»Kein einziges Wort«, seufzte Johanne Hallenberg und warf einen Blick in den Kalender auf dem Tresen, als sei dort der Weisheit letzter Schluss verborgen.

»Jemand hat *Chrysanthemen* hier ins Studio gestellt«, wiederholte Hedi Apsner dezidiert. »Einen Tag nach dem Mord an einer jungen Frau, bei deren Leiche der Täter eine *Chrysantheme* als Souvenir zurückgelassen hat.« Sie sah die Trainerin an. »Zuerst haben wir ja gedacht, dass jemand Geburtstag hat, weißt du, aber dann würde man doch wiederum keine Chrysanthemen nehmen. Ich meine, das sind doch im Grunde Blumen für den Friedhof, nicht wahr?« Sie vergewisserte sich, dass keine Lauscher in der Nähe waren, bevor sie bedeutungsvoll hinzufügte: »Totenblumen.«

Johanne Hallenberg schüttelte den Kopf und strich sich in wachsender Verwirrung über ihren sorgfältig gegelten Kurzhaarschnitt. »Wovon zum Henker redest du bloß?«

»Ich hätte das Ganze vielleicht längst vergessen, wenn die Siemssen nicht so ein Theater darum gemacht hätte«, sprudelte Hedi Apsner weiter, ohne auf die Frage der Trainerin einzugehen. »Aber als sie kam und die Chrysanthemen gesehen hat, ist sie kreidebleich geworden und hat herumgeschrien, was das soll und wer die Blumen da hingestellt hat und so weiter. Und dann hat sie sie in die Mülltonne geworfen. Den ganzen Strauß!« Sie machte eine wohlbedachte Pause. »Was hältst du davon?«

Johanne Hallenberg dachte eine Weile nach. »Ich denke, du solltest zur Polizei gehen«, sagte sie schließlich und griff wieder nach ihrer Tasse, in der der Milchschaum inzwischen zu einer schlammigen graubraunen Masse zerfallen war.

»Meinst du wirklich?« Hedi Apsner machte ein zweifelndes Gesicht. »Ich meine, es … Es muss ja auch gar nichts bedeuten.«

»Aber *wenn* es was bedeutet …«

Hedi Apsner seufzte. »Ja«, sagte sie. »Vielleicht hast du recht.«

4

In der Telefonzentrale des Polizeipräsidiums massierte sich Kriminalobermeister Bernd Zürl die Nackenmuskulatur. Er war Hobby-Basketballer und hatte sich bei einem Regionalligaspiel am vergangenen Wochenende an der Schulter verletzt. Seither wurde er die stechenden Schmerzen, die bis in den Kopf ausstrahlten, einfach nicht mehr los. Vermutlich war irgendwo ein Nerv eingeklemmt. Er neigte den Kopf, bis der Schmerz unerträglich wurde. Es war wahrscheinlich das Beste, wenn er einen Arzt konsultierte.

Er stand auf und holte sein Mittagessen, ein belegtes Brötchen mit Salami und Käse, aus dem Kühlschrank im Nebenzimmer. Den ganzen Vormittag hatte das Telefon nicht stillgestanden. Wie immer, wenn ein Fall in der Presse aufgebauscht wurde, schienen die Leute nichts Besseres zu tun zu haben, als bei der Polizei anzurufen. Sie stellten neugierige Fragen zum Stand der Ermittlungen, waren besorgt um ihre Kinder oder wollten wissen, wie sie sich und ihre Häuser vor dem Serienmörder schützen konnten. Einige der Anrufer wollten auch etwas gesehen haben, das im Zusammenhang mit den Verbrechen stand, wobei sich jedoch meist schon während des Gesprächs herausstellte, dass die jeweilige Beobachtung nichts mit der Tat zu tun haben konnte. *Mein Nachbar zur Linken hat ein Messer. Herr Soundso hält sich mehrere Stunden täglich im Keller auf. Frau X. empfängt gaaaanz eigenartigen Besuch. Den Herrn Z. sollten Sie mal überprüfen, der hat so einen irren Blick,* und, und, und …

Zürl biss in sein Brötchen und dachte über einen Anruf nach, der vor wenigen Minuten eingegangen war. Ein pensionierter Lehrer hatte irgendetwas von Gedichten geredet, die angeblich so etwas wie die Vorlage für die Morde bildeten. Wahrscheinlich dummes Zeug. Er fischte eine Tomatenscheibe zwischen seinen Brötchenhälften hervor und warf sie in den Papierkorb. Der Mann hatte etwas stockend gesprochen und sehr aufgeregt geklungen. Sicher schon mit einem Fuß im Grab, dachte Zürl respektlos, doch sein Instinkt warnte ihn davor, die Information einfach unter den Tisch fallen zu lassen. Immerhin hatte der Alte den Namen des Mannes genannt, der die entsprechenden Gedichte geschrieben hatte, und für eventuelle Rückfragen seine Telefonnummer hinterlassen.

Zürl überlegte einen Augenblick. Dann nahm er einen Zettel, schrieb den Namen und die Telefonnummer von Alois Breidstettner darauf und notierte darunter: *Requiem für eine Freundin – Inspirieren diese Gedichte den Täter.* Hinter das letzte Wort setzte er ein dickes Fragezeichen. Dann legte er den Zettel in den Korb zu den anderen Hinweisen, die er für interessant befunden hatte.

Sollten Verhoeven und seine Leute sich doch mit dem Alten herumärgern!

5

»Ingwerplätzchen und Kinderbowle?« Verhoeven schüttelte den Kopf. »Gütiger Gott, das klingt ja nach einem richtigen Exzess.«

»Was ist ein Ecksess?«

Er schmunzelte über die Mühe, die ihr das Wort bereitete, aber auch über die Tapferkeit, mit der sie es dennoch gebrauchte. »Ingwerplätzchen mit Kinderbowle«, entgegnete er vergnügt, indem er seiner Tochter die Autotür aufhielt.

Nina war ganz offensichtlich nicht zufrieden mit dieser Antwort, aber Winnie Hellers Anwesenheit auf dem Beifahrersitz lenkte sie von weiteren Rückfragen ab. »Wer ist das?«

»Hallo.« Winnie Heller drehte sich um und reichte ihr über die Mittelarmlehne hinweg die Hand. Sie hatten noch einmal mit den Angestellten der Buchhandlung gesprochen, sogar mit denen, die nur aushilfsweise für Tamara Borg gearbeitet hatten, und Verhoeven hatte gefragt, ob es ihr etwas ausmache, auf dem Rückweg zum Präsidium seine Tochter aus der Tagesstätte abzuholen. Silvie Verhoeven hatte ihren Mann auf dem Handy angerufen, weil ihr Auto nicht ansprang. »Ich bin Winnie.«

»Hi, Winnie.«

»Hi, Nina.«

»Bist du auch ein Bulle?«

Winnie nickte. »Ich fürchte, ja.«

»Mein Papa ist einer.«

»Das weiß Frau Heller schon, Schatz«, entgegnete Verhoeven zerstreut.

»Sie heißt Winnie«, protestierte seine Tochter.

Er warf seiner Kollegin einen kurzen Seitenblick zu. »Entschuldigen Sie.«

»Keine Ursache.« Sie verrenkte den Hals, um Nina Verhoeven besser ansehen zu können. Ein niedliches Kind, dunkelblond, mit ernsthaften Augen und einer sehr angenehmen, erstaunlich dunklen Stimme. »Wie war der Kindergarten?«

»Toll«, rief Nina, und Verhoeven fühlte einen leisen Stich in der Brust. Es fiel ihm nicht leicht zu akzeptieren, dass seine Tochter sich ganz offenbar auch in der Obhut fremder Leute wohlfühlte. »Wir hatten einen Geburtstag. Und es gab Kinderbowle.«

»Orangensaft mit Limo und kleinen Mandarinenstückchen«, erklärte Verhoeven eilig.

»Und Ingwerplätzchen«, ergänzte seine Tochter.

»Klingt ja irre.« Winnie Heller schob anerkennend die Unterlippe vor.

»Was ist Ingwer?«

»Tja ...« Winnie Heller sah ihren Vorgesetzten an, aber Verhoeven zuckte nur mit den Achseln. »Ein Gewürz. Aus Südostasien, glaube ich.«

»Wie Pfeffer?«

»So ähnlich.«

»Hat Dominik auch Ingwerplätzchen gegessen?«, fragte Verhoeven eilig, um sich und seiner Kollegin weitere heikle Fragen nach Gewürzen und ihrer Herkunft zu ersparen, aber auch, um wieder einmal auszuloten, wie hoch Dominik Öko-Fettsack augenblicklich in der Gunst seiner Tochter stand.

»Dominik isst alles«, antwortete Nina. »Außer Chips, davon bekommt er rote Flecken und stirbt. Weil da etwas drin ist, von dem man immer noch mehr essen muss …« Sie runzelte die Stirn. »Platzt man dann?«

Verhoeven hielt an der nächsten roten Ampel. »Was?«

»Wenn man immer mehr Chips isst.«

»Keine Ahnung«, entgegnete er. Und an Winnie Heller gewandt, fügte er hinzu: »Eine anstrengende Phase.«

Sie nickte. »Wie alt ist sie?«

»Vier.«

»Bald fünf«, krähte seine Tochter von der Rückbank.

»Nächsten Sommer.«

»Kriege ich dann einen Hund?«

»Nein.«

»Warum nicht?«

»Weil Mama das niemals erlauben wird.«

»Aber du?«

Peng, da hatte er's! Sie war vier, aber sie legte ihre zarten Fingerchen mit der Unbarmherzigkeit eines Oberlehrers auf den wunden Punkt seiner Formulierung. *Wir müssen an einem Strang ziehen, wenn das hier funktionieren soll*, sagte Silvie oft, wobei »das hier« die Erziehung ihrer gemeinsamen Tochter umschrieb. *Wir müssen uns einig sein, sonst tanzt sie uns auf der Nase herum …*

»Aber du erlaubst es, ja?«, insistierte seine Tochter, als Verhoeven schwieg, und er wusste, es war eine Feststellung, auch wenn sie es als Frage formuliert hatte. Ihm war auch klar, dass sie seine Antwort im Hinterkopf behalten würde, um sie notfalls gegen die Argumente ihrer Mutter zu verwenden. Vielleicht wird sie eines Tages auch mal Anwältin, dachte er mit einem Anflug von Gehässigkeit.

»Papa!«

»Mama ist diejenige, die das entscheiden muss, weil sie auch diejenige ist, die die Arbeit damit hat«, versuchte er es mit einem Kompromiss. »Mama muss das Haus putzen. Mama muss mit dem Hund Gassi gehen und …«

»Das könnte *ich* tun«, rief Nina eifrig.

»Vielleicht, wenn du etwas älter bist.«

»Aber ich bin alt«, widersprach sie.

Verhoeven sah, dass Winnie Heller auf dem Beifahrersitz Mühe hatte, nicht laut loszulachen. »Wir sprechen ein anderes Mal darüber, okay?«

Nina gab ein widerwilliges Brummen von sich.

Winnie Heller drehte sich zu ihr um. Seit sie das Foto in seiner Brieftasche gesehen hatte, war sie entschlossen gewesen, Verhoevens Familie furchtbar zu finden, damit die Mauer, die sie zwischen sich und ihm errichtet hatte, nicht ins Wanken geriet. Aber dieses Kind dort, mit seinen riesigen braunen Augen und dem wachen Blick, hatte sie buchstäblich im Sturm erobert. »Darfst du ein Karamellbonbon vor dem Essen?«

Neben ihr nickte Verhoeven, noch bevor seine Tochter »Jaaaa« krähen konnte.

»Danke, Winnie.«

»Keine Ursache.« Sie nestelte zwei weitere Bonbons aus der Tasche ihres Parkas. »Möchten Sie auch eins?«

»Gern.«

»Okay.« Sie zögerte. »Soll ich's für Sie auspacken?«

»Ich glaube, das kriege ich hin.« Verhoeven streckte ihr die Hand entgegen.

Winnie Heller legte das Bonbon hinein und kam sich wie eine Zoologin vor, irgendeine von diesen Gorilla-Forscherinnen, die vor Staunen kaum zu atmen wagt, bloß weil das Alpha-Männchen, der Silberrücken, eine angebotene Leckerei angenommen hat. Sie schielte nach links, wo es Verhoeven tatsächlich gelungen war, sein Bonbon auszuwickeln. Ihr war aufgefallen, dass er sich anders verhielt, seit das Kind dabei war. Da war ein Leuchten in seinen Augen, das sie bislang noch nicht an ihm kannte. Zugleich wirkte er noch verspannter als sonst. Wie kann einer wie er eine Tochter haben, die so angstfrei und begierig in die Welt blickt?, dachte sie und sah wieder hinter sich. Suchte im Gesicht seines Kindes nach Ähnlichkeiten. Schnittmengen. Dieselbe Nase, ohne Zweifel. Andere Lippen vielleicht, aber die Augen waren einander recht ähnlich. Zumindest von der Form her. Die Erkenntnis verwunderte sie, und sie fragte sich, ob Verhoeven seine Umgebung jemals mit der gleichen Unerschrockenheit betrachtet hatte wie seine Tochter. Und was passiert war, um ihn zu dem zaudernden Duckmäuser werden zu lassen, für den sie ihn hielt.

»Kannst du auch Vogelhäuser bauen?«, wollte Nina bonbonlutschend wissen.

Winnie Heller dachte einen Augenblick nach. »Ich glaube nicht«, erwiderte sie.

»Papa kann«, rief das Mädchen eifrig.

»Tatsächlich?« Winnie Heller warf ihrem Vorgesetzten einen interessierten Seitenblick zu.

»Die ganz einfache Form«, versicherte dieser eilig. »Ein Boden, ein Dach und ein Einflugloch. Nicht diese Mike-Krüger-Variante, Sie wissen schon …« Er seufzte. »Aber es wird trotzdem ganz gut angenommen.«

Winnie Heller grinste.

»Man muss das Haus regelmäßig sauber machen, sonst werden die Vögel krank«, erklärte Nina ernsthaft, während ihr Vater an der nächsten roten Ampel halten musste und nervös auf seine Armbanduhr blickte.

»Sehen Sie's einfach als verspätete Mittagspause«, schlug Winnie Heller vor, als sie merkte, dass ihm der Zeitverlust Sorgen machte.

Er sah kurz herüber und lächelte dankbar. »Okay.«

Rund zehn Minuten später hielten sie vor Verhoevens Zuhause. Seine Frau stand bereits in der Tür und kam eilig die Auffahrt herunter, als sie den Wagen sah. Sie war recht groß, dabei jedoch grazil wie eine Tänzerin, und trug ein petrolfarbenes Twinset zur grauen Marlenehose.

»Das ist Winnie«, rief ihre Tochter ihr entgegen. »Sie ist auch ein Bulle und sie hat ganz coole Haare.«

Winnie Heller ließ das Seitenfenster herunter und streckte Silvie Verhoeven die Hand entgegen. »Schön, Sie kennenzulernen.«

Silvie Verhoeven erwiderte ihr Lächeln. »Ganz meinerseits.« Sie öffnete die Autotür und löste den Gurt des Kindersitzes. »Ich würde Sie ja liebend gern hereinbitten, aber wie ich sehe, sind Sie in Eile.« Der Blick, mit dem sie ihren Mann bedachte, irritierte Winnie, ohne dass sie hätte sagen können, weshalb. »Na ja«, sie warf das halblange Blondhaar zurück, »vielleicht ein andermal.«

»Ja, sicher. Wiedersehen, Nina.«

»Wiedersehen, Winnie.«

Ihr Winken verschwand im Rückspiegel.

»Meine Frau ist der Ansicht, dass eine stärkere Einbindung in die Verantwortung für unsere Tochter hilfreich wäre, um mich von meinen irrationalen Verlustängsten zu befreien«, sagte Verhoeven, als sie an der nächsten Kreuzung hielten, und Winnie Heller fragte sich, ob er nur allgemein gesprochen oder soeben einen ganz bestimmten Verdacht mit ihr geteilt hatte.

6

Uwe Dierck nahm an einem kleinen Tisch direkt beim Fenster Platz und bestellte ein Bier. Bis zur Abfahrt seines Zuges hatte er noch eine gute halbe Stunde Zeit. Vor dem Fenster hasteten Menschen in schweren Wintermänteln vorbei. Rücken in Grau, Schwarz, Dunkelgrün. Hier und da ein Hut. Auf dem Bahnhofsvorplatz war bereits die Tanne für Weihnachten aufgestellt worden. Noch war sie ungeschmückt.

Die Bedienung, eine korpulente junge Frau in Gesundheitsschuhen, brachte das Bier und entzündete bei dieser Gelegenheit auch die rußschwarze Kerze auf dem Tisch, die in einem undefinierbaren Etwas aus rotem Stanniolpapier steckte. Uwe Dierck nickte ihr zu und beglich die Rechnung, um später gleich gehen zu können. Dann lehnte er sich zurück und sah wieder zum Fenster hinaus. Irgendwo in einem fernen Radio sang Liza Minelli *Small World*. Er wippte im Takt mit der Fußspitze und musste unwillkürlich lächeln. Recht hat sie, dachte er, die Welt ist tatsächlich ein Dorf! Noch immer lächelnd, schob er sein Bierglas zur Seite und wuchtete seine Aktentasche, die er auf einen der freien Stühle neben sich gestellt hatte, auf den Tisch. Das Seminar lief unter dem Titel »Verkaufsstrategien im Versandhandel – ein Leitfaden für Manager und Firmenrepräsentanten«. Ein guter, prägnanter Titel, sagte er sich, und ganz allein darauf kam es an, denn der Inhalt seiner Seminare war stets der gleiche: ein paar aufgeblasene Allgemeinplätze, verbunden mit etwas Elementarrhetorik und Ratschlägen zu Körperhaltung und Gestik. Genau genommen handelte er in ganztägigen Schulungen Dinge ab, für die seine Großmutter zu Hause am Küchentisch drei Sätze gebraucht hatte: *Ein freundliches Gesicht erreicht mehr. Zeig niemandem deine Schwachstelle. Wer zahlt, hat recht*. Doch seit er vor etwas mehr als vier Jahren seinen gut bezahlten Job im Vertrieb eines großen Pharmaunternehmens aufgegeben und sich als selbstständiger Unternehmensberater auf eigene Füße gestellt hatte, war er fast ständig ausgebucht, und er war immer wieder aufs Neue erstaunt, was Firmen für die Verkündung auch noch der elementarsten Wahrheiten zu zahlen bereit waren. So gesehen rechtfertigten sich seine Seminare auf verblüffende Weise selbst, denn sie bewiesen, dass man den größten Müll an den Mann bringen konnte, wenn man ihn nur mundgerecht verpackte. Er lächelte zufrieden. Und wenn es ihm gelang, seinen Möchtegernmanagern wenigstens einen Bruchteil dieser Fähigkeit zu vermitteln, war er weiß Gott jedes Honorar wert, das man ihm bezahlte!

Die »Verkaufsstrategien im Versandhandel« fanden nächsten Montag statt. Heute war er lediglich zu einer Vorbesprechung mit der Geschäftsleitung gekommen, eine Aufgabe, die er normalerweise telefonisch erledigte, doch die Tatsache, dass es sich bei diesem Kunden um ein großes Medienhaus handelte, rechtfertigte durchaus einen größeren persönlichen Einsatz. Bei großen Kunden bestand schließlich auch ein großer Bedarf an Mitarbeiterschulungen, und da konnte es durchaus von Vorteil sein, wenn man sich im Vorfeld eines Seminars ein wenig Mühe gab.

Uwe Dierck nahm einen Schluck von seinem Bier und zog die Teilnehmerliste aus der Tasche, die ihm der Geschäftsführer mitgegeben hatte. Er hatte vorhin einen kurzen Blick darauf geworfen und dabei einen Namen entdeckt, der ihn hatte stutzen lassen, weil sich viele persönliche Erinnerungen mit ihm verbanden: Richard Jannsen. Sein Finger fuhr suchend über die Namen auf der Liste. Richard und er waren zusammen zur Schule gegangen, damals in Bielefeld, und wenngleich sie nie wirklich enge Freunde gewesen waren, hatten sie sich doch stets gut verstanden. Einmal waren sie sogar für ein paar Wochen zusammen in Irland gewesen. Eine Gruppe Austauschschüler in kurzen Hosen, bewaffnet mit billigen Fotoapparaten und rudimentären Sprachkenntnissen. Die Erinnerung an fünf unbeschwerte Wochen zwischen ulkigen Menschen und eigenartiger Marmelade zauberte ein Lächeln auf Uwe Diercks Lippen. Richard hatte früh seine Eltern verloren und war bei den Großeltern aufgewachsen, ein ernster, stiller Junge, hilfsbereit und rücksichtsvoll. Nach dem Abitur hatten sie einander allerdings aus den Augen verloren. Das Letzte, was er von Richard gehört hatte, war, dass dieser nach dem Zivildienst Psychologie studieren wollte, doch offenbar hatte er diesen Plan später aufgegeben, denn jetzt arbeitete er hier in Dortmund als Vertriebsleiter.

Natürlich konnte der Mann auf der Teilnehmerliste auch ein anderer Richard Jannsen sein, aber der Name war zumindest in dieser Schreibweise recht selten, und das Alter stimmte überein, wie Dierck in Erfahrung gebracht hatte. Zwar befand sich sein alter Freund augenblicklich auf einer Geschäftsreise, doch die Sekretärin in der Personalabteilung war sehr hilfsbereit gewesen. Sie hatte sich sogar erinnert, dass Herr Jannsen im vergangenen Jahr – ebenso wie Dierck selbst – seinen vierzigsten Geburtstag gefeiert hatte.

Dierck hatte sich Richard Jannsens Telefonnummer geben lassen, damit er sich vor dem Seminar mit ihm in Verbindung setzen konnte. Vielleicht fand sich eine Gelegenheit, zusammen zu essen und Erinnerungen auszutauschen. An Irland.

Er überlegte einen Augenblick, dann griff er zu seinem Handy. Wenn es einen Anrufbeantworter gab, konnte er sich sofort Gewissheit verschaffen, denn die Stimme seines alten Freundes würde er unter Garantie wiedererkennen. Er tippte die Nummer ein und wartete.

Das Telefon klingelte einige Male ins Leere, dann wurde überraschenderweise abgehoben.

»Ja?«, meldete sich eine helle Mädchenstimme.

Dierck war einen Augenblick lang völlig perplex. Hatte er sich verwählt? »Wer ist denn da?«, erkundigte er sich vorsichtig.

»Ich!«, entgegnete das Mädchen am anderen Ende der Leitung und kicherte.

Dierck runzelte die Stirn. Um Kinder machte er gern einen großen Bogen. Sie rochen merkwürdig, er verstand selten oder nie, was sie sagten, und nicht zuletzt deshalb verunsicherten sie ihn. Darüber hinaus schienen ihn die meisten Kinder auch nicht besonders zu mögen. »Und wer bist du?«, versetzte er nicht eben freundlich, als ihm einfiel, dass das Kind am anderen Ende der Leitung Richards Tochter sein könnte, immer vorausgesetzt, er hatte die richtige Nummer gewählt. Halbherzig versuchte er ein Lächeln, um seiner Stimme mehr Wärme zu geben, eine Technik, die er in seinen Seminaren immer wieder predigte. »Ich wollte eigentlich mit Herrn Jannsen sprechen.« Er räusperte sich. »Richard Jannsen.«

Schweigen.

»Ist das vielleicht dein Papa?«

»Ja«, antwortete die Kleine knapp.

Sie kann mich nicht ausstehen, befand Dierck fatalistisch. Sollte er einfach auflegen?

»Mein Papa ist aber nicht da«, verkündete das Mädchen indessen ungefragt.

Das weiß ich, du altkluges Mistgör, dachte Dierck und beschloss, später im Zug noch einmal sein Glück zu versuchen. Wo ein Kind war, war auch eine Mutter. Und da diese

Mutter ihre kleine Tochter vermutlich nicht den lieben langen Tag allein ließ, würde er sie früher oder später am Apparat haben. Dann konnte er sie fragen. Grüße ausrichten. Seine Nummer hinterlassen, damit Richard ihn zurückrufen konnte. Er nickte leise vor sich hin. Vielleicht war die arme Frau im Moment einfach mit etwas anderem beschäftigt oder im Keller oder in der Küche bei einem störanfälligen Soufflé.

»Hallo?«

Er schreckte aus seinen Gedanken hoch. »Ja?«

»Bist du noch dran?«

»Ja.«

»Wie heißt du denn?«, erkundigte sich das Kind am anderen Ende der Leitung mit plötzlichem Interesse.

»Uwe«, entgegnete er und fügte mechanisch hinzu: »Und du?«

»Jinka«, rief die Kleine triumphierend und unterbrach die Verbindung.

7 »Vielleicht war es …« Hedi Apsner biss sich auf die Unterlippe. »Ich meine, es könnte natürlich auch ein Zufall sein.«

Winnie Heller blickte sich nach dem Fenster um, das beschlug, obwohl sie es erst vor wenigen Minuten geschlossen hatte. Es regnete wieder. Dicke, schwerfällige Tropfen, die fast ein wenig nach Schnee aussahen. Verhoeven war noch immer in der Gerichtsmedizin, wo er der Obduktion von Isolde Reisingers Leiche beigewohnt hatte oder noch immer beiwohnte, und Winnie Heller fragte sich allmählich, ob es nicht angenehmer gewesen wäre, ihn zu begleiten. Warum waren neunundneunzig Prozent aller Frauen unfähig, einfache, klare Sätze zu bilden? Warum schränkten sie alles immer schon im Voraus ein und formulierten die elementarsten Dinge so vorsichtig, als fürchteten sie, für ein falsches Wort auf der Stelle erschossen zu werden? *Ich glaube, also meiner Meinung nach könnte heute eventuell Donnerstag sein, meinen Sie nicht auch?* Sie warf ihrem Gegenüber einen verächtlichen Blick zu. Man sollte gewissen Frauen den Gebrauch von einschränkenden Füllwörtern grundsätzlich untersagen, dachte sie. Das würde vieles erleichtern! Laut sagte sie: »Wir sind für jeden Hinweis dankbar. Erzählen Sie mir einfach alles, was Sie für wichtig halten.«

»Nun ja«, setzte ihre Zeugin erneut an. »Ich habe in der Zeitung über diese Frauenmorde gelesen.« Sie blickte die Kommissarin an. »So etwas macht einem doch richtig Angst, nicht?«

»Sicher«, entgegnete Winnie Heller knapp. *Oh ja, selbstverständlich, das ist doch auch ganz natürlich* wäre wahrscheinlich produktiver gewesen.

»Und in dem Artikel stand doch, dass der Täter bei seinem ersten Opfer eine Chrysantheme zurückgelassen hat, als eine Art Souvenir, nicht wahr?«

Sie nickte.

»Na ja, und da ist mir wieder eingefallen, dass Frau Siemssen … das ist meine Chefin, wissen Sie … dass also Frau Siemssen neulich ausgerechnet wegen einem Strauß Chrysanthemen einen Wutanfall hatte. Und dabei neigt sie überhaupt nicht zu Ausbrüchen, müssen Sie wissen, eher im Gegenteil. Sie ist eine ziemlich unterkühlte Person.« Sie holte tief Luft und sah Winnie Heller an. »Aber als sie die Chrysanthemen auf der Theke im Studio gesehen hat, ist sie völlig von der Rolle gewesen, Frau Siemssen meine ich. Sie hat die Blumen noch am selben Tag in den Müll geworfen.«

»In dem Fitness-Studio, in dem Sie arbeiten, stand ein Strauß Chrysanthemen?«, resümierte Winnie Heller.

Hedi Apsner nickte. »Ja, auf der Theke an der Rezeption.«

»Und wer hatte den Strauß dort hingestellt?«

»Das ist es ja gerade«, entgegnete Hedi Apsner aufgeregt. »Das haben wir einfach nicht herausbekommen. Dabei kann es eigentlich nur jemand gewesen sein, der einen Schlüssel für das Studio hat, denn die Blumen standen schon da, als ich morgens kam. Und dass am Abend vorher keine Chrysanthemen auf der Theke standen, weiß ich genau.«

»Kommt so etwas öfter vor? Dass jemand Blumen ins Studio stellt?«

»Nein.« Hedi Apsner schüttelte den Kopf. »Das ist noch nie vorgekommen. Und diese Chrysanthemen gehörten ja auch niemandem. Wie gesagt, wir haben überall herumgefragt. Und es hatte auch niemand Geburtstag.«

»Könnten die Blumen nicht doch geliefert worden sein?«

»Nein.«

»Sind Sie sicher?«

Der Blick der anderen wurde eindringlich. »Sie waren einfach *da*.«

Winnie Heller runzelte die Stirn. »Welche Farbe hatten diese Chrysanthemen?«

»Gelb«, lautete die prompte Antwort.

»Okay«, sagte Winnie Heller und griff wieder nach ihrem Kugelschreiber. Draußen prasselte der Regen gegen die Scheibe. »Beschreiben Sie mir bitte noch einmal genau, wie Ihre Chefin auf diese Blumen reagiert hat.«

»Frau Siemssen kam gegen Mittag.« Hedi Apsner warf einen Blick auf ihre Hände, die verkrampft die Lehnen des Stuhls umklammerten. »Als sie die Chrysanthemen gesehen hat, ist sie kreidebleich geworden, und dann sagte sie irgendwas wie: Was soll das? Wer war das?, oder so ähnlich. Wir wussten zuerst gar nicht, was sie meint.«

»Und sie war wütend?«

»Na ja … Also auf den ersten Blick wirkte sie ärgerlich. Aber manche Menschen reagieren auch aggressiv, wenn sie …« Sie zögerte. »… wenn sie Angst haben.«

»Und dieses Gefühl hatten Sie bei Frau Siemssen?«, hakte Winnie Heller nach. »Dass sie Angst hatte?«

»Sie schien diese Blumen irgendwie als Angriff zu empfinden.«

»Aber sie hat sich nicht näher dazu geäußert?«

Hedi Apsner schüttelte den Kopf. »Sie hatte sich ziemlich schnell wieder im Griff und ist in ihrem Büro verschwunden. Am Nachmittag hat sie dann noch mal nachgefragt, ob wir inzwischen wüssten, woher die Blumen stammen. Und als ihr niemand diese Frage beantworten konnte, hat sie sie in die Mülltonne geworfen.«

»Und was das Datum angeht, sind Sie ganz sicher?«

»Vollkommen«, nickte Hedi Apsner. »An diesem Tag herrschte nämlich ein ziemliches Chaos, weil ein Kurs falsch eingetragen war und andauernd jemand kam und danach fragte.«

»Gab es in der letzten Zeit noch andere Vorkommnisse, die auf irgendeine Weise bemerkenswert wären?«, fragte Winnie Heller auf gut Glück.

»Nein, nichts«, entgegnete ihre Zeugin. »Nur …«

»Ja?«, nickte sie aufmunternd. »Sagen Sie ruhig alles, was Ihnen einfällt. Auch wenn Sie sich nicht sicher sind, ob es etwas zu bedeuten hat.«

Hedi Apsner lächelte sie dankbar an. »Sicher bin ich mir wirklich nicht«, sagte sie. »Frau Siemssen benimmt sich eigentlich genau wie immer, und ich hab ja auch gar nicht alles richtig verstehen können.«

»Sie haben also zufällig etwas gehört?«, fing Winnie Heller den Ball, den ihre Zeugin ihr zugeworfen hatte, bereitwillig auf.

»Die Tür stand offen«, entgegnete Hedi Apsner mit einem sehr unschuldigen Lächeln. »Und da habe ich zufällig gehört, dass Frau Siemssen das Studio verkaufen will.«

Nachdem sie gegangen war, nahm Winnie Heller sich die Listen vor, auf denen Tamara Borgs persönliche Habe verzeichnet war. Sie suchte eine Weile vergebens, bis sie einen Eintrag fand, der zu den vagen Erinnerungsfetzen in ihrem Gedächtnis passte. »Bingo, ein Mitgliedsausweis für ein Fitness-Studio namens Fit for Life«, murmelte sie leise vor sich hin. »Sieht ganz so aus, als müssten wir uns mal mit dieser Chrysanthemen-Dame unterhalten.«

8

Das Studio war in den beiden unteren Etagen eines eleganten Altbaus untergebracht und verfügte neben den verschiedenen Trainingsbereichen auch über eine Saunalandschaft, Solarien und einen eigenen Kosmetiksalon. Die Schriftzüge in den hohen Fenstern versprachen Frauen ein ungestörtes, effektives Problemzonentraining in angenehmem Ambiente. Eine Angestellte in knapper Trainingskleidung führte die beiden Kommissare in den ersten Stock, wo sie an eine Tür mit der Aufschrift BÜRO klopfte. »Frau Siemssen? Hier sind zwei Beamte von der Kriminalpolizei, die Sie sprechen möchten.« Sie wartete die Reaktion ihrer Chefin ab, dann trat sie einen Schritt zur Seite und bedeutete Verhoeven und seiner Kollegin einzutreten.

Die Fenster des Büros gingen auf einen begrünten Innenhof hinaus, waren jedoch durch Vertikaljalousien vor unerwünschten Einblicken geschützt. Die Einrichtung war nüchtern und zweckmäßig, beinahe provisorisch, ohne eine persönliche Note zu verraten. Verhoeven wunderte sich darüber, denn die anderen Bereiche des Studios, die sie zu Gesicht bekommen hatten, wirkten auf eine recht intime Weise gemütlich. Offenbar hatte man alle Anstrengungen unternommen, damit sich die Mitglieder dort wie zu Hause fühlten.

Die Erscheinung der Frau, die bei ihrem Eintreten am Fenster gestanden hatte und sich in diesem Augenblick zu ihnen umdrehte, stand jedoch in krassem Gegensatz zu der Nüchternheit ihres Büros. Marianne Siemssen war groß und schlank, ohne übertrieben dünn zu sein. Ihr Gesicht hatte einen schwärmerischen, beinahe entrückten Ausdruck, wenngleich durchlittene Krisen deutliche Spuren darin hinterlassen hatten. In der Romantik hätte man für eine Frau wie sie Klavierstücke geschrieben, dachte Verhoeven. Klavierstücke und Gedichte, die jemand in einem schönen, dämmrigen Zimmer vorliest, während draußen der warme Sommerregen auf die Blätter der Rosen fällt …

»Bitte, nehmen Sie Platz«, sagte Marianne Siemssen, wobei sie die Besucher aus großen blauen Augen musterte, die bei allem Interesse etwas abwesend wirkten. Das lange naturblonde Haar trug sie zu einem schlichten Knoten hochgesteckt. Verhoeven schätzte, dass sie etwa Mitte vierzig war.

»Wir ermitteln in dem Mordfall an der Alten Stiege, von dem Sie wahrscheinlich schon gehört haben«, begann er, als sie saßen.

Marianne Siemssen warf einen flüchtigen Blick auf ihre sorgfältig lackierten, aber kurz geschnittenen Fingernägel. »Ja, ich habe darüber gelesen.«

Verhoeven sah sie an. Eigentlich müsste sie sich jetzt erkundigen, was das mit ihr zu tun hat, dachte er, warum wir hier sind, was wir von ihr wollen. Doch Marianne Siemssen stellte keine Fragen. »Das Opfer, Tamara Borg, war Mitglied in Ihrem Fitness-Studio«, erklärte er schließlich ungefragt. »Ist Ihnen diese Tatsache bekannt?«

Marianne Siemssen zögerte einen Augenblick. »Ja.«

Verhoeven betrachtete den Schreibtisch, der sie trennte. Keine Fotos, keine Accessoires, keine Blumen. Wegwerfkugelschreiber. Dieser Frau schien ihre Umgebung vollkommen gleichgültig zu sein. Verhoeven fragte sich im Stillen, wie viele Stunden sie tagtäglich in diesem Büro verbrachte. Und wie es bei ihr daheim aussehen mochte. »Haben Sie Frau Borg persönlich gekannt?«

»Ich nehme es an«, antwortete Marianne Siemssen. »Allerdings kann ich diesem Namen kein Gesicht zuordnen.« Sie zuckte entschuldigend mit den Achseln. »Wir haben zurzeit etwa zweihundertachtzig feste Mitglieder. Dazu kommen die vielen Frauen, die hier mit Gastkarten trainieren. Ich verbringe die meiste Zeit des Tages hier im Büro und habe darüber hinaus überhaupt kein Gedächtnis für Gesichter.« Sie machte eine kurze Pause. »Gut möglich, dass ich ihr gelegentlich begegnet bin«, fügte sie dann mit einem sehr charmanten Lächeln hinzu.

»Aber Sie können sich nicht bewusst an Frau Borg erinnern?«

»Nein«, entgegnete sie, und Verhoeven dachte eine Weile über die Frage nach, ob diese Aussage der Wahrheit entsprach. Während er überlegte, bemerkte er, dass Winnie Heller neben ihm ungeduldig wurde. Aber Marianne Siemssen war keine Frau, die man leicht unter Druck setzte. Sie wirkte wie jemand, der sich lange in der Kunst des Abstandhaltens geübt hatte. Vielleicht auch in der Kunst der Verstellung. Falls sie ein Geheimnis hatte, würde sie es sich nicht mit Gewalt entreißen lassen. Oder? Verhoeven dachte an die Befragung Gernot Leistners. An sein Gefühl, zu passiv geblieben zu sein. Nicht die richtigen Fragen gestellt zu haben. Aber das hier war etwas anderes. Wenn wir zu laut sind, dachte er, überhören wir die Zwischentöne.

»Haben Sie vielleicht irgendwann einmal mitbekommen, dass sich …« Er zögerte. »… dass sich ein Mann nach einem Mitglied Ihres Studios erkundigt oder auf eine der Frauen gewartet hat?«

Die Inhaberin des Fitness-Studios lächelte noch immer: »Männer haben hier keinen Zutritt«, entgegnete sie lakonisch.

»Danach habe ich nicht gefragt«, sagte Verhoeven.

»Ich habe nichts bemerkt.«

Er sah Marianne Siemssen an. Was sie sagte, wirkte durchaus glaubhaft. Nichtsdestotrotz hatte er das Gefühl, dass sie spielte. Ein Spiel. Eine Rolle. »Ich muss Sie bitten, uns eine Liste aller Mitglieder Ihres Studios zu geben.«

Die blauen Augen, die bislang leicht verschleiert gewirkt hatten, nahmen plötzlich einen wachsamen Ausdruck an. Oder war es Angst? »Wenn Sie glauben, dass Ihnen eine solche Liste weiterhilft …«, sagte die Inhaberin des Fitness-Studios mit einer Gleichgültigkeit, die nicht recht zu dem Ausdruck ihrer Augen passen wollte. »Wollen Sie, dass ich Ihnen die Liste sofort ausdrucke?«

Verhoeven nickte. »Wenn Sie so freundlich wären.«

Marianne Siemssen rollte auf ihrem Bürostuhl zum Computer hinüber und zog den Auszug für die Tastatur unter der Schreibtischplatte hervor. Der Bildschirmschoner, eine Allee in Schwarzweiß, verschwand. »Es dauert einen Augenblick«, sagte sie, ohne sich umzublicken. »Ich muss zuerst eine andere Anwendung beenden.«

»Kein Problem«, versicherte Verhoeven und sah sich erneut in dem Büro um. Eine seltsame Frau, dachte er. Sie hatte ein schönes, eigenwilliges Gesicht und verfügte ganz offensichtlich über eine außergewöhnlich starke Persönlichkeit. Umso seltsamer, dass diese Persönlichkeit nicht auf ihre Umgebung abzufärben schien. Er hatte selten ein Zimmer gesehen, das so wenig über den Menschen verriet, der es nutzte, wie dieses Büro.

War das Absicht? Oder ein unbewusster Ausdruck der Mauern, die Marianne Siemssen in sich trug? Seine Augen folgten ihren Fingern, die wie schwerelos über die Tastatur glitten. Es musste ziemlich anstrengend sein, zu verhindern, dass man seiner Umgebung einen persönlichen Stempel aufdrückte. Abermals fragte er sich, wie es bei Marianne Siemssen zu Hause aussehen mochte. Was sie tat, wenn sie allein war. Und warum sie überhaupt keine Fragen stellte.

Im selben Moment begann in einer anderen Ecke des Zimmers ein Drucker zu rattern.

Marianne Siemssen schob den Tastaturauszug unter den Schreibtisch zurück und wandte sich wieder den beiden Kommissaren zu. »In ein paar Minuten haben Sie, was Sie brauchen.«

»Was haben Sie gedacht, als Sie von dem Mord an der Alten Stiege erfahren haben?«, fragte Winnie Heller in die Stille, die nur vom gleichmäßigen Schnarren des Druckers durchbrochen wurde.

Marianne Siemssen lehnte sich in ihrem Stuhl zurück. »Wie bitte?«

»Ich hätte gern gewusst, was Ihr erster Gedanke gewesen ist.« Sie fixierte die Frau auf der anderen Seite des Schreibtischs. »Immerhin wird in einer Stadt wie dieser ja nicht jeden Tag eine Frau auf so bestialische Weise ermordet.«

Marianne Siemssen verzog keine Miene, nur der Schleier über ihren Augen war jetzt vollständig verschwunden. »Ich habe mich gefragt, wie lange Tamara Borg Angst haben musste«, entgegnete sie. Dann stand sie auf, nahm ein paar Papierbögen aus dem Drucker und heftete diese zusammen. »Hier ist Ihre Liste.«

Verhoeven überflog die Namen. Winnie Heller beobachtete ihn und registrierte einen flüchtigen Schatten von Enttäuschung auf seinem Gesicht, als er die Liste zusammenfaltete und in die Tasche seines Mantels steckte. Dann erhob er sich. »Sagt Ihnen der Name Susanne Leistner etwas?«

Falls Marianne Siemssen mit diesem Namen etwas anzufangen wusste, gelang es ihr zumindest ausgezeichnet, diese Tatsache zu verbergen. Ihre Antwort kam prompt und ungerührt: »Wie ich Ihnen bereits sagte, habe ich überhaupt kein Gedächtnis für Namen. Wenn dieser Name auf der Liste steht, mag es sein, dass ich die Frau vom Sehen kenne. Mehr sicher nicht.«

Verhoeven nickte und ging zur Tür.

Winnie Heller folgte ihm mit ausgesprochenem Widerwillen. Das konnte doch wohl nicht sein Ernst sein! Ein paar warme Worte, gepaart mit ein paar routinierten Fragen – und sonst nichts? Was war mit dem Druck, den man hin und wieder ausüben musste, um zu brauchbaren Ergebnissen zu kommen? Immerhin war das hier *die* Gelegenheit. Die erste vielversprechende Spur überhaupt, und sie, Winnie Heller, hatte diese Spur aufgetan und Verhoeven den Knochen bereitwillig zu Füßen gelegt. Sie hatte ihm in allen Einzelheiten von ihrem Gespräch mit Hedi Apsner berichtet, und seit sie hier waren, hatte sie ihre persönliche Neugier kompromisslos dem Bemühen um eine gute Beurteilung ihrer Teamfähigkeit und um einen Hauch mehr Wir-Gefühl untergeordnet. Und was machte Verhoeven aus alldem? Sie sah seinen geraden, aber trotzdem irgendwie müde wirkenden Rücken an und schüttelte unwillig den Kopf. Seit er aus der Gerichtsmedizin zurück war, strahlte ihr Vorgesetzter wieder die alte Passivität aus. Die Ich-kann-nichts-will-nichts-wissen-und-ums-Verrecken-keine-Fehler-machen-Ausstrahlung. Oder verfolgte er mit seiner Zurückhaltung am Ende doch einen ganz bestimmten Zweck? Tja, mein Lieber, dachte sie, wenn dem so ist, hättest du dich vorher mit mir abstimmen sollen! Sie blieb mitten im Türrahmen stehen und drehte sich noch einmal zu Marianne Siemssen um. »Was haben Sie eigentlich gegen Chrysanthemen?«, fragte sie und glaubte zu sehen, wie das Gesicht auf der anderen Seite des Schreibtischs eine Nuance blasser wurde.

»Ich fürchte, ich verstehe Ihre Frage nicht.«

»Tatsächlich nicht?«, fragte sie bewusst provozierend. »Das finde ich sehr merkwürdig, wo Sie doch erst kürzlich einen Strauß Chrysanthemen in den Müll geworfen haben, nachdem Sie sich fürchterlich über dessen Existenz aufgeregt hatten.«

»Ich habe keine Ahnung, wovon Sie sprechen«, entgegnete Marianne Siemssen, die sich schnell gefasst hatte. Sie strahlte jetzt eine ungeheure Stärke aus.

Winnie Heller lächelte sie an. »Wie Sie meinen«, sagte sie und verließ das Büro.

9

Im Präsidium warteten Neuigkeiten auf sie. Der Pflasterstein, mit dem Isolde Reisinger erschlagen worden war, stammte aus dem Vorgarten eines Hauses, das sich auf halbem Weg zwischen der Kirche unterhalb der Alten Stiege und der Wohnung des Opfers befand. Der Besitzer hatte im Sommer seine Einfahrt neu gepflastert. Die überzähligen Steine lagen noch immer auf einer Palette neben der Garage.

»Dort waren sie von der Straße aus gut zu sehen«, sagte Bredeney, »was unsere Annahme bestätigt, dass der Täter den Mord an Frau Reisinger nicht geplant hatte. Er ist ihr gefolgt und hat unterwegs nach einer geeigneten Tatwaffe Ausschau gehalten.«

Winnie Heller strich sich eine verirrte Haarsträhne aus dem Gesicht. »Irgendwelche Spuren an der Palette oder im Garten?«

»Nichts.«

»Hätte mich auch gewundert«, sagte Verhoeven und warf einen raschen Blick in den Bericht des kriminaltechnischen Labors, der auf seinem Schreibtisch lag.

»Außerdem hat sich noch ein Herr gemeldet, der Tamara Borg am Montagabend an der Kirche begegnet ist.« Bredeney warf einen flüchtigen Blick in seine Notizen. »Gegen einundzwanzig Uhr. Der Zeuge wohnt in der Nähe der Kirche und kannte das Opfer vom Sehen. Tamara Borg habe ihm fröhlich zugewinkt und sei dann vom Rad gestiegen, um es die Stiege hinaufzuschieben.«

Verhoeven blickte auf. »Hat er jemanden gesehen, der ihr gefolgt ist?«

»Der Zeuge hat niemanden bemerkt«, erwiderte Bredeney. »Die Borg hätte, im Gegenteil, einen absolut unbekümmerten Eindruck gemacht. Sie habe sich nicht besonders beeilt und sich auch nicht umgeblickt.«

»Das deckt sich mit dem, was wir bereits vermutet haben«, bemerkte Winnie Heller an Grovius' Schreitisch, hinter dem sie wie ein verirrtes Kind wirkte. »Er hat ihr an der Treppe aufgelauert, nachdem er an der entsprechenden Stelle eine der Laternen zerschlagen hatte.«

Verhoeven betrachtete ihre Hände, die verloren auf der kahlen Schreibtischplatte lagen, und zum ersten Mal kam ihm der Gedanke, dass sie sich nicht wohlfühlte. Dass sie den Schreibtisch, den sie so unfreiwillig geerbt hatte, vielleicht gar als eine Art Last empfand. Ja, dachte er, im Grunde wirkt ihr Arbeitsplatz genauso unpersönlich wie der von Marianne Siemssen. Keine Fotos, keine Blumen. Nicht einmal eine Packung Taschentücher. Er dachte darüber nach, wie der Schreibtisch ausgesehen hatte, als Grovius dort gesessen hatte, aber es wollte ihm nicht mehr viel einfallen. Ein kitschiger Briefbeschwerer. Tabletten gegen Reizmagen. Eine Bananenkiste voller Persönlichkeit. Blusen für Bangladesch. War es eigentlich ein Fluch oder ein Segen, dass man so schnell vergaß? War es Glück, dass Holger Grovius den Hausstand seines Vaters aufgelöst hatte, ohne ihnen ein Andenken anzubieten, ihm und Ulla? *Was würdest du damit gemacht haben?*, spöttelte Silvie in seinem Kopf. *Wenn Holger dir das verdammte Scheiß-Projektil gegeben hätte, was würdest du damit angestellt haben? Hättest du es in die Nachttischschublade gelegt? Zu Karls Uhr?* Er schleuderte die Akte mit dem Untersuchungsbericht auf den Schreibtisch und sah Werneuchen an. »Was habt ihr in Bezug auf die Perücke herausgefunden?«

»Gar nichts«, seufzte dieser. »Wir waren in allen Geschäften und Friseursalons, die hier in der Stadt solche Dinger verkaufen. Aber nirgendwo konnte sich jemand explizit an den Verkauf einer blonden Langhaarperücke erinnern, schon gar nicht an einen männlichen Kunden.«

»Natürlich kann man so ein Ding auch über ein Versandhaus oder über das Internet beziehen«, sagte Bredeney. »Möglicherweise hat der Kerl die Perücke schon seit Jahren, oder er ist nicht aus dieser Gegend, oder er hat sie in irgendeiner Kaschemme in Hamburg oder München erstanden.«

»Trotzdem sollten wir den Radius noch einmal ausdehnen«, sagte Verhoeven mit dem unangenehmen Gefühl, die sprichwörtliche Nadel im Heuhaufen zu suchen.

Bredeney nickte nur, aber sein Blick sagte deutlich, wie viel Chancen er diesem Vorschlag einräumte. Aber wo sonst sollten sie ansetzen? Wo war das Bindeglied? Der rote Faden? Sie fanden ihn einfach nicht. Liegt es am Ende daran, dass ich es versäumt habe, zu lernen?, dachte Verhoeven. Damals, als ich noch Zeit dazu hatte? Oder kommt etwas wie das hier grundsätzlich zu früh? Ist man jemals ausreichend vorbereitet? Vorbereitet auf das Ungeheuerliche? Er blickte auf die Kompassnadel an Grovius' Uhr hinunter. Immer noch keine Zeit zum Trauern, dachte er. Keine Gelegenheit zum Innehalten. Wir werden von immer neuen Ereignissen überrannt, die unser Fassungsvermögen übersteigen. »Was sagt der Psychologe?«

»Das Hinterlassen von Blumen ist vieldeutig.« Werneuchen zuckte mit den Achseln. »Es könnte seine Kondolenz bekunden. Er könnte aber auch ein Fetischist sein.« Er warf einen Blick in seine Notizen. »Er ist konsequent, überaus gut vorbereitet, und er fackelt nicht lange. Er beobachtet die Frauen, aber er ist kein gewöhnlicher Spanner. Vermutlich will er seine Opfer einfach nur kennenlernen. Ihre Gewohnheiten. Um keine Fehler zu machen. Er ist ein Sicherheitsfanatiker. Ein Kontrolleur. Wenn er Gewalt anwendet, unterliegt sie einem bestimmten Zweck, und falls er wütend ist, hat er diese Wut zumindest so weit unter Kontrolle, dass sie ihm keinen Strich durch die Rechnung macht. Er beherrscht seine Emotionen, nicht umgekehrt.«

Bredeneys Brille schlug gegen die Tischkante, als er sich vorbeugte. »Dass er die Frauen nicht mit bloßen Händen erwürgt, sondern mit einem Schal erdrosselt, könnte bedeuten, dass er seinen Opfern mit einer gewissen Distanz begegnet.«

Verhoeven sah Winnie Heller an, die mit unbewegter Miene hinter ihrem leeren Schreibtisch saß. Etwas Ähnliches hat sie schon vor zwei Tagen gesagt, dachte er. Dass die Art, wie dieser Täter mit den Frauen umgeht, nichts Leidenschaftliches an sich hat. Zumindest keine Leidenschaft, die mit den Opfern selbst zusammenhängt. Sie ist gut, dachte er. *Eine glatte Eins in Psychologie.*

»Unser Mann scheut den direkten Hautkontakt und verzichtet auf jede Form von sexuellem Missbrauch«, fuhr Bredeney fort. »Er ist intelligent und geht überaus methodisch vor. Doktor Willing bezeichnet das als kognitiv-objektorientiert.«

»Und wonach sollen wir suchen?«

»Das konnte der Doc uns leider nicht verraten.« Werneuchen lächelte freudlos. »Nur, dass er es mit großer Wahrscheinlichkeit wieder tun wird.«

»Wann?«

Werneuchen zuckte erneut mit den Schultern.

Die Sprache des Täters, dachte Verhoeven. Wir verstehen sie nicht. Und vielleicht deuten wir das alles völlig falsch. Vielleicht sind wir bereits kilometerweit in die falsche Richtung gegangen, ohne es zu merken. Er starrte auf die Schreibtischkante hinunter und überlegte, ob er sich die Zeit nehmen sollte, einen Tee aufzubrühen. Er brauchte dringend einen Energieschub, etwas, das ihn wieder wach machte, aber er ertrug es nicht, Kaffee mit Zucker zu trinken, jedenfalls keinen deutschen. Davon wurde ihm übel. Unwillkürlich musste er an Winnie Hellers Antwort denken, als er sie gefragt hatte, ob sie keine Laster habe. *Müsliriegel. Die Dosis macht das Gift*. Die Erinnerung entlockte ihm ein Lächeln, auch wenn er sich nicht sicher war, ob sie ihn nicht zum Narren gehalten hatte. Er reckte sich nach seinem Mantel und zog die Mitgliederliste, die Marianne Siemssen ihnen gegeben hatte, aus der Tasche. »Im Gegensatz zu Tamara Borg hat Susanne Leistner nicht in diesem Studio trainiert«, resümierte er. »Dennoch gibt es ein Bindeglied zwischen ihr und Marianne Siemssen.«

»Chrysanthemen«, sagte Winnie Heller, die sich Kaffee nachgegossen hatte und die volle Tasse zu ihrem Schreibtisch hinüberbalancierte.

Verhoeven nickte. »Chrysanthemen. Und damit hat unsere verehrte Frau Siemssen schon zu zwei von drei Mordopfern eine Verbindung. Oder ich sollte wohl besser sagen: Sie hat eine Verbindung zu jenen beiden Frauen, deren Ermordung im Voraus geplant war.«

»Die Verbindung zu Susanne Leistner zu beweisen dürfte aber nicht ganz einfach werden«, wandte Werneuchen ein. »Eine Aversion gegen eine bestimmte Sorte Blumen ist ein ziemlich dürftiger Beweis.«

»Dessen bin ich mir bewusst.« Verhoeven betrachtete die Liste auf seinem Schreibtisch. Sie durften sich nicht scheuen, die Laufarbeit zu machen. Noch mehr Fragen zu stellen. Irgendwo musste es einen roten Faden geben. Irgendetwas verband diese Frauen. Sie mussten lernen, die Sprache des Täters zu verstehen. »Ich möchte, dass du dich mit Bredeney noch einmal ausgiebig in Marianne Siemssens Studio umhörst«, wandte er sich wieder an Werneuchen. »Versucht herauszufinden, wer alles einen Schlüssel hat und seit wann genau diese Blumen auf der Theke standen. Und überprüft die Siemssen. Ich möchte über diese Frau so viele Informationen wie möglich haben. Vor allem will ich wissen, ob sie tatsächlich vorhat, das Studio zu verkaufen.« Er griff wieder nach der Liste. »Wenn Susanne Leistner auch Mitglied in diesem Studio gewesen wäre …«

»Vielleicht war sie das ja«, sagte Winnie Heller hinter ihrem leeren Schreibtisch. »Ihren Namen von der Liste zu löschen wäre eine Sache von Sekunden. Und wenn die Siemssen wirklich in diese Sache verstrickt ist, wird sie doch den Teufel tun, uns ihre Verbindungen zu den Opfern auf dem silbernen Tablett zu servieren.«

»Aber sie ist bestimmt nicht so naiv, sich einzureden, dass sie damit durchkommt, wenn sie uns wissentlich täuscht«, widersprach Verhoeven. »Außerdem ist Susanne Leistner mehrmals in der Woche zum Joggen gegangen, wie wir wissen. Tut man das, wenn man in einem eleganten Fitness-Studio teure Mitgliedsbeiträge zahlt?«

»Ich finde, wir sollten trotzdem noch einmal mit Susanne Leistners Mann sprechen«, insistierte Winnie Heller. »Vielleicht hatten seine Frau und Marianne Siemssen auf irgendeine andere Weise Kontakt.« Sie nippte an ihrem Kaffee. »Ist Ihnen übrigens die Zeitung aufgefallen, die auf dem Aktenschrank lag? Der Immobilienteil war aufgeschlagen. Und einige der Anzeigen waren mit Rotstift markiert.«

Verhoeven sah sie an. »Sie meinen, die Siemssen sucht eine neue Wohnung?«

»Wenn ja, wäre das nicht ganz uninteressant«, erwiderte Winnie Heller mit einem schlitzohrigen Lächeln. »Es war nämlich der Immobilienteil der *Süddeutschen.*«

10

Marianne Siemssen starrte auf die Tür, die sich hinter den beiden Kommissaren geschlossen hatte. Wann war das gewesen? Vor zehn Minuten? Vor einer Stunde? Sie wusste es nicht. Sie wusste überhaupt nichts mehr. Sie saß einfach da und starrte die Tür an, die Aktenschränke, die unter ihren Augen verschwammen.

Die Zeit hatte aufgehört zu existieren, und obwohl sie durchaus das Gefühl hatte, ihr Atem würde ruhig und gleichmäßig strömen, ging ihr Herzschlag noch immer so schnell, als habe sie erst vor wenigen Sekunden einen Vierhundertmeterlauf absolviert.

Was haben Sie eigentlich gegen Chrysanthemen?

Was für ein schlechter Scherz! Ich hasse sie, hätte sie am liebsten geantwortet. Ich hasse sie abgrundtief, weil sie bedeuten, dass er mich gefunden hat. Dass nun alles wieder von vorn beginnt. Dass die Ruhe, an die ich beinahe geglaubt hatte, tatsächlich nichts anderes als eine törichte Illusion gewesen ist. Sie merkte, dass ihr kalt war. Ihre Jacke hing am Haken neben der Tür. Aufzustehen und die Jacke zu holen schien ihr undenkbar. Begann es nun wirklich einfach wieder von vorn? Oder war es viel schlimmer? Konnte es noch schlimmer werden als damals?

Drei Frauen waren gestorben. Ihretwegen?

Was hatte er vor?

Sie zog die Ärmel ihres Pullovers über die Handgelenke. Im Saal unter ihr rangen fremde Frauen nach Luft. Stepp-Aerobic für Fortgeschrittene. Neunzig Minuten. Hätte sie etwas sagen sollen? Von ihm? Von den Gedichten? Sie würden ihr doch sowieso nicht geglaubt haben. Sie hätten sie nur ausgelacht.

Nur eine Phase.

Sie gar nicht ernst genommen.

Er ist doch noch ein Kind.

Er hatte es schon immer ganz ausgezeichnet verstanden, die Menschen in seiner Umgebung zu täuschen. Und er würde keinen Fehler gemacht haben. Keinen einzigen. Da war sie sich ganz sicher. Er hatte für alle infrage kommenden Zeitpunkte das wasserdichteste Alibi der Welt. Er machte keine Fehler, nicht *er*. Er war ja so gottverdammt intelligent, dass er immer an alles dachte, alle Eventualitäten einkalkulierte, alles doppelt und dreifach absicherte. Nur sie war blöd genug, zweimal hintereinander denselben Weg zur Schule zu nehmen, ein T-Shirt zu probieren in einer winzigen Kabine, die sich als unentrinnbare Falle entpuppte, ihre Post selbst zu lesen, ihre Katze aus dem Haus zu lassen, ein Päckchen voller Sexspielzeug anzunehmen, zu glauben, dass sie wie jeder andere Mensch das Recht auf ein Bad im türkisblauen Wasser hatte. *Nur sie war blöd genug!* Sie fühlte einen entfernten Schmerz, der davon kam, dass ihre Fingernägel sich in ihre Handballen bohrten. Nur mit Mühe gelang es ihr, den Krampf zu lösen. Es blutete, obwohl sie die Nägel so kurz hielt, wie es nur irgend möglich war, damit so etwas nicht geschehen konnte, nachts oder in einem Moment der Unaufmerksamkeit, so wie jetzt. Mechanisch tastete sie nach einem Taschentuch und wischte sich das Blut von ihrer Handfläche. Oh ja, er hatte es schon immer ganz ausgezeichnet verstanden, die Menschen in seiner Umgebung zu täuschen. Und ihr hatte man noch nie geglaubt …

Es hieß, es sei unmöglich, seinem Schicksal zu entgehen.

Marianne Siemssen schloss die Augen. Vielleicht war das die Wahrheit. Aber sie war entschlossen, dem ihren so schnell und so weit wie möglich davonzulaufen.

Sie griff zum Telefon und wählte die Nummer ihrer Anwältin. »Schön, dass ich Sie gleich dran habe«, hörte sie sich sagen, nachdem diese abgenommen hatte. Ihre Stimme klang erstaunlich normal. Grotesk gefasst. »Ich habe mich entschieden: Ich verkaufe an Breitenstein. Und ich möchte, dass der Vertrag so schnell wie möglich unter Dach und Fach kommt.«

11

»Du hast mir nie erzählt, dass du in Irland warst …« Ihre Stimme zitterte von den Vibrationen der elektrischen Zahnbürste, die summend in ihrem Mundwinkel steckte. Wieso wartete sie mit dem Sprechen nicht einfach, bis sie mit dem Zähneputzen fertig war? Sicher spritzten gerade jetzt, in diesem Moment, unzählige kleine Schaumtröpfchen aus ihrem Mund gegen den Badezimmerspiegel. Morgen früh würde sie die angetrockneten Ränder mit dem Fingernagel bearbeiten. In solchen Dingen war sie überaus geduldig. Ihren eigenen Dreck wegzumachen. Er hörte das Schaben und Kratzen ihrer Nägel auf dem Glas. Anhauchen, kratzen. Anhauchen, wischen. Getrocknete Spucke und dahinter ihr Gesicht. Er schloss die Augen. Was redete sie da überhaupt wieder für einen Unsinn zusammen?

»Was?« Die Zahnbürste summte noch immer. »Hast du was gesagt?«

Nein, ich habe nichts gesagt, du tumbe, widerliche Kuh. Er machte die Augen wieder auf und blickte zur Zimmerdecke hinauf. Durch das Fenster fiel das helle, fast aggressive Licht der Straßenlaterne, die vor dem Haus stand. Er wälzte sich aus dem Bett und ließ die Rollläden herab. Schließlich musste man das Grauen nicht noch extra beleuchten.

»Schatz?«

Wenigstens hatte sie endlich die verdammte Zahnbürste ausgeschaltet. Aber er spürte, dass die Gefahr noch nicht gebannt war. Wenn sie wollte, konnte sie recht hartnäckig sein. Geradezu penetrant. Tumbe, penetrante Kuhuhu …

»Hörst du?«

Eilig griff er ein Thema auf, von dem sie beim Abendessen gesprochen hatte. »Wann ist denn eigentlich diese Aufführung?« Er erinnerte sich dunkel daran, dass sie eine Aufführung erwähnt hatte, vorhin. Und er musste sie ablenken. Etwas an der Art, wie sie heute Abend mit ihm sprach, gefiel ihm ganz und gar nicht.

»Was?« Sie trat aus dem Bad und rieb sich die Hände. Sie waren knallrot, so als habe sie sie bis über die Ellenbogen in einen Eimer voller Rinderblut getaucht. Er roch die Creme, die sie benutzt hatte. Reines Erdöl, aber sündhaft teuer. Von dem Geruch wurde ihm schlecht. Diese tumbe, penetrante Kuh verursachte ihm Übelkeit, und sie stellte immer dieselben Fragen.

»Die Aufführung«, wiederholte er vage. Irgendetwas wurde in diesem Kindergarten schließlich immer aufgeführt. Außerdem war bald Weihnachten. Da gab es Krippenspiele, Nikolausspiele, Adventsspiele, was auch immer. Und sie hatte doch selbst von einer Aufführung gesprochen, vorhin beim Abendessen. Was das betraf, war er sich ganz sicher. Er hob den Kopf und sah, dass sie noch immer in der Badezimmertür stand und ihn

komisch anstarrte. In letzter Zeit tat sie das manchmal, ihn komisch anstarren, das war ihm aufgefallen.

»Am Wochenende nach Nikolaus.«

Er lächelte ihr zu.

Sie langweilte ihn. Im Grunde hatte sie ihn von Anfang an gelangweilt. Die trüben braunen Augen. Die devote, fast hündische Art, wie sie ihn ansah, wenn sie wieder einmal Sex wollte. Die roten Flecken auf ihren Händen, die mit jedem Jahr und jeder Creme schlimmer wurden und die ihn entfernt an Stigmata erinnerten. Sie hatte sich ihm ausgeliefert, ihr bisschen Leben so bedenkenlos und bereitwillig an das seine geknüpft, dass er ihr am liebsten den Schädel eingeschlagen hätte für ihre Dummheit. Aber er brauchte sie nun einmal. Sie war wie eine Perücke, die man aufsetzte, wenn man nicht erkannt werden wollte, genauso dumm, aber auch genauso nützlich. Der Gedanke an Perücken erregte ihn, und er spielte einen flüchtigen Moment lang mit dem Gedanken, sie zu rufen. Sie mochte es unsanft, zumindest beschwerte sie sich nie, aber meistens ließ sie ihn anschließend eine Weile in Ruhe.

»... und ich bin wirklich nicht begeistert davon, das weißt du«, sagte sie jetzt.

Er hörte es nur, weil die Matratze unter ihrem Gewicht plötzlich nachgab. Schnell nickte er wieder. Er hatte sie so unvorstellbar leicht bekommen, obwohl er sie gar nicht haben wollte. Er hatte nie wieder jemanden haben wollen. Nur die eine ...

Nach der einen hatte ihn keine jemals wieder inspiriert. Nicht in Hamburg und auch nicht später. Er hatte ein paar ausprobiert. Ein paar für Geld, ein paar umsonst, solche, die auch ohne Geld taten, was er verlangte. Solche, die sogar seine Blumen behielten. Aber er hatte festgestellt, dass er sie alle nicht haben wollte. Nur die eine. Die Erste. Sie war so stark gewesen, so anders als alle anderen, und er hatte sie nie vergessen. Und irgendwann, als er erkannt hatte, dass er eine wie sie nie wieder finden würde, hatte er sich auf die Suche nach ihr gemacht …

»Aber sie kann doch nicht gezwungen werden, sich ganz gegen die eigenen Bedürfnisse zu entscheiden und …«

Es war nicht einfach gewesen, sie zu finden, denn sie hatte viel dazugelernt. Sie verwischte ihre Spuren jetzt sorgfältiger als früher, und sie ging auch nicht mehr zum Schwimmen. Es hatte viel Zeit und Mühe gekostet, sie zu finden. Unzählige Briefe, Fahrten, Anrufe. Die Eltern schon tot. Immer andere Namen an den Türen. Nirgendwo Nachbarn, die sie zu Gesicht bekommen hätten. Er schüttelte den Kopf. Oh nein, es war ganz und gar nicht einfach gewesen. Ein paar Mal war er kurz davor gewesen, aufzugeben. Doch dann hatte er seine Frau angesehen. So wie jetzt.

»… meinst du nicht auch?«

Er lächelte sie an. »Du weißt, wie ich darüber denke«, entgegnete er.

Sie sah nur kurz herüber, dann bearbeitete sie wieder die Nagelhaut an ihrem rechten Daumen. Selbstverständlich wusste sie nicht, wie er über irgendetwas dachte. Aber es schien sie auch nicht sonderlich zu stören. Sie war zufrieden. Sie hatte einen schönen Mann, eine grün-weiß gestreifte Hollywoodschaukel im Garten und die Tochter, die sie sich immer gewünscht hatte. Was machten da ein paar harmlose Bisswunden hin und wieder für einen Unterschied?

»Und ganz bestimmt wird es ihr auch nicht helfen, wenn sie ihn wie einen gewöhnlichen Bekannten behandelt«, sagte sie jetzt.

Die Worte prallten irgendwo vor seinem Ohr gegen eine Mauer und liefen sich im Zimmer tot. Keine hatte ihn je wieder inspiriert. Keine hatte von ihm gefordert, dass er sich Mühe gab. Keine hatte gesagt, dass ihr seine Rosen nicht gefielen. Sie waren alle so banal gewesen. So einfach zu haben …

Das Licht erlosch.

Es war ganz still im Zimmer.

Das freute ihn. Es erinnerte ihn an die Nächte am Fenster, ihr gegenüber. Sie war oft umgezogen. Neun Mal in sechsundzwanzig Jahren. Sie konnte kaum mehr Möbel besitzen, als sein Vater und er damals gehabt hatten. Nur das Nötigste. Die Nachbarn hatten sie nie zu Gesicht bekommen. Nicht einmal beim Auszug. Vielleicht war sie ja nachts gegangen. Hatte sich davongestohlen wie ein Dieb.

Er rollte sich auf den Rücken und genoss den Gedanken. Wie mochte ihr Bett aussehen? Bestimmt schlief sie nicht auf einer Couch wie seine Mutter mit den blutenden Händen. Er dachte wieder an ihre Katze, an das Zucken des Pulses in der klaffenden Wunde, an den metallischen Geruch des Blutes, das in dem weichen Pelz versickert war wie Regen in einem ausgedörrten Acker. Wie lange das her war! Sehr lange. Oh ja, es hatte viel Zeit gebraucht, sie zu finden, und er hatte sich viel Mühe geben müssen.

»Schatz?«

»Was denn?« Seine Hand krallte sich in das kühle weiße Laken. Warum, zum Teufel, war sie nicht einfach still?

»Warum hast du mir nie erzählt, dass du in Irland warst?«

Samstag, 18. November 2006

12 »Was soll das sein?« Winnie Heller hielt einen gelben Notizzettel in die Höhe. Sie fühlte sich wie gerädert, aber noch hielt sie durch. Erledigte ihren Job. Befragte angebliche Zeugen. Überprüfte Angaben. Arbeitete Hinweise ab.

»Was denn?« Verhoeven rieb sich die trockenen Augenwinkel. Sie fingen um halb acht an und verließen ihre Schreibtische nur zum Schlafen. Trotzdem hatte er das Gefühl, dass sie keinen Schritt vorankamen. Mittlerweile war die Stimmung so gereizt, dass ein Funke genügt hätte, um den Cocktail aus Frustration, Übermüdung und Ratlosigkeit zur Explosion zu bringen. Irgendwann muss ich ihnen freigeben, dachte er. Oder etwas finden, das der Mühe lohnt. Sonst drehen sie durch. Sonst drehe ich durch.

»Requiem für eine Freundin«, las Winnie Heller von ihrem Zettel ab. »Inspirieren diese Gedichte den Täter? Nichts weiter. Nur das und eine Telefonnummer in Düsseldorf.«

»Gehört das überhaupt zu unserem Fall?«, fragte Bredeney, der gerade hereinkam und einen Stapel Kopien auf Verhoevens Schreibtisch knallte.

»Sieht so aus«, entgegnete Winnie Heller. »Jedenfalls lag es hier zwischen den Hinweisen von all diesen Irren, die unseren Mörder bei der Arbeit beobachtet haben oder seit Jahren mit ihm Tür an Tür wohnen oder mit ihm verheiratet sind oder …«

»Zeigen Sie das mal her«, sagte Verhoeven, indem er ihr den Zettel aus der Hand nahm. *Requiem für eine Freundin*. Er runzelte die Stirn. *Inspirieren diese Gedichte den Täter?* In der

Romantik hätte man für eine Frau wie Marianne Siemssen Gedichte geschrieben, fuhr es ihm durch den Sinn. Und Klavierstücke. »Überprüfen Sie das«, sagte er und gab ihr den Zettel wieder zurück. »Auch wenn ich nicht die leiseste Ahnung habe, was es bedeuten soll.«

Winnie Heller nickte.

Im selben Augenblick klingelte das Telefon. Verhoeven nahm ab und hörte eine Weile aufmerksam zu. »Man hat Gegenstände aus Isolde Reisingers Wohnung auf einem Rastplatz an der A 3 gefunden, ungefähr hundertvierzig Kilometer südlich von hier«, sagte er, nachdem er aufgelegt hatte. »Ich fahre hin und sehe mir an, was die Kollegen entdeckt haben.«

»Soll ich Sie begleiten?«, fragte Winnie Heller.

Verhoeven nahm seinen Mantel vom Haken. »Nicht nötig. Aber rufen Sie diesen Mann mit den Gedichten an. Ich will wissen, was er gemeint hat.«

13

Alois Breidstettner war unruhig. Wieder und wieder hatte er den Artikel über die Morde gelesen. Jedes einzelne Wort hatte er sich genau angesehen, akribisch genau, als sei den knappen, reißerischen Zeilen vielleicht doch noch ein Geheimnis zu entlocken, wenn man sich nur lange genug mit ihnen beschäftigte.

Drei tote Frauen …

Er blickte zum Fenster hinaus in den fahlen Novembermorgen. Gegenüber brannte hier und da noch Licht. In der Bauchhöhle der ersten Toten hatte man eine Chrysantheme gefunden. Dem zweiten Opfer waren die Augen ausgestochen worden. Außerdem hatte man bei der Leiche Blumensamen entdeckt, Mohn. Aber was war mit der dritten Frau?

Über diesen Mord war nichts Näheres erwähnt. Nur, dass die ältere Dame in ihrer Wohnung erschlagen worden war. Wenn dieser Mord mit den beiden anderen im Zusammenhang stand, konnte das unmöglich alles sein. Aber warum war dann nichts über die Ratten geschrieben worden? Hielt die Polizei etwas zurück? Der Autor des Artikels behauptete das. Aber warum nur in diesem einen Fall? Waren Ratten denn tatsächlich so viel schrecklicher als Blumen? Und die ausgestochenen Augen hatten sie doch auch zugegeben.

Oder gab es gar keine Ratten?

Alois Breidstettner nahm seine Lesebrille ab und sah wieder zum Fenster hinaus. Auf der anderen Seite des Hinterhofes saß eine schmächtige junge Frau über ihre Nähmaschine gebeugt. Der Mörder würde nicht grundlos von seinem Konzept abweichen. Oder irrte er sich? Gab es gar kein Konzept? War das alles nur ein dummer Zufall und die Gedichte auf dem mauvefarbenen Briefbogen tatsächlich so harmlos, wie er immer gehofft hatte? Nur eine Schwärmerei. Eine harmlose Phase in der Pubertät. Schließlich hatte der arme Junge doch so früh seine Mutter verloren. Da steigerte man sich vielleicht nur allzu leicht in etwas hinein.

Sehen Sie sich die Tinte an, forderte eine aufgebrachte Stimme in seinem Kopf. *Er hat diesen Dreck mit Blut geschrieben. Er ist gefährlich.*

Alois Breidstettner nahm einen Schluck von seinem Kaffee, der ihm nicht schmeckte, und schüttelte nachdenklich den Kopf. Seine linke Hand zitterte heute besonders stark. Schnell stellte er den Kaffeebecher wieder auf dem Küchentisch ab. Er musste unbedingt noch einmal im Präsidium anrufen und sich erkundigen, ob man bei der dritten Frau die Ratten gefunden hatte. Erst dann würde er wieder schlafen können. Erst dann konnte er ganz sicher sein, dass die Sache tatsächlich ungefährlich gewesen war, damals. Mit einer entschlossenen Bewegung schob er den Artikel von sich und griff nach seinem Stock. Aber zuerst würde er hinunter zum Briefkasten gehen und die Zeitungen heraufholen. Vielleicht enthielten sie neue Informationen, beruhigende Informationen. Vielleicht ersparten sie ihm den Anruf, vor dem er sich so sehr fürchtete.

Unter erheblichen Mühen verließ er die Wohnung. Die Krankheit machte ihm heute besonders zu schaffen. Schon die Türschwelle bedeutete ein beinahe unüberwindliches Hindernis, einen heimtückischen, gefährlichen Stolperstein. Alois Breidstettner seufzte. Die Medikamente brauchten immer länger, bis sie wirkten, und die Wirkung ließ immer schneller nach. Die Phasen, in denen er nach seinen Wünschen leben konnte, wurden immer kürzer. Er wusste, eines nicht mehr allzu fernen Tages würden sie ganz verschwunden sein.

Als er eben die Wohnungstür hinter sich zugezogen hatte, hörte er drinnen im Flur das Telefon läuten. Er blieb stehen und blickte sich unschlüssig um. Bis er zurück beim Apparat war, würde das Klingeln längst aufgehört haben.

Er verharrte auf dem Treppenabsatz vor seiner Wohnung und lauschte dem Läuten des Telefons nach, das nicht aufhören zu wollen schien und erst nach einer Zeit, die ihm unendlich lang vorkam, verstummte. Dann begann er, langsam und vorsichtig die Treppen hinabzusteigen.

14

Schief! Alles war schief. Das ganze Bild verzerrt, kaputt, entstellt, obwohl er alles richtig gemacht hatte. Das war es, was ihn am meisten ärgerte. Dass er alles richtig gemacht hatte und irgendetwas trotzdem schiefgelaufen war.

Seine Finger umschlossen das Lenkrad so fest, dass die Knöchel weiß hervortraten.

Selbst im Tod versuchte diese verfluchte Alte noch, ihm einen Strich durch die Rechnung zu machen. Durch sie bekamen die Dinge einen völlig falschen Akzent, ausgerechnet jetzt, wo es endlich so weit war, dass sie von ihm Notiz nahmen. Er hatte den Artikel gelesen. Er musste rasch handeln. Den falschen Eindruck korrigieren.

Manchmal war man im Leben gezwungen, seine Pläne zu ändern.

Im Rückspiegel sah er, wie sich die Schranke an der Einfahrt hinter ihm schloss. Er lenkte den Wagen auf den Parkplatz, der für ihn reserviert war, und kurbelte das Seitenfenster herunter. Sofort drang die abgestandene Tiefgaragenluft herein. Er lehnte sich zurück und atmete ein paar Mal tief durch. Schweiß rann an seinem Rücken hinunter, und er fragte sich, wann er das letzte Mal gefroren hatte. Aber er konnte sich nicht erinnern.

Aus der Brusttasche seines Jacketts zog er die Liste. Vier Namen standen darauf. Neben jedem Namen ein Datum und eine Adresse, dazu kleine Hinweise zu Ort und Zeit, günstige Gelegenheiten.

Die Liste war im Grunde überflüssig. Er kannte alles auswendig. Schon lange.

Hinter dem letzten Namen war nichts vermerkt. Dieser Name war eingekreist. Wie die Person, zu der er gehörte. Er wischte sich den Schweiß von der Stirn und zog einen Kugelschreiber und ein Lineal aus seinem Aktenkoffer. Die ersten beiden Namen auf der Liste waren durchgestrichen. Das Datum hinter dem dritten

Namen lautete: 7. Dezember 2006. Sorgfältig legte er das Lineal an und löschte das Datum mit einem sauberen Strich aus.

Die Abstände waren mit Bedacht gewählt. Dienstreisen. Nicht zu schnell hintereinander. Er wollte ihre Angst dehnen, sich vorstellen, wie ihr bewusst wurde, dass sich alle paar Wochen der Kreis um sie ein wenig enger schloss, sie vielleicht sogar so weit bringen, dass sie wieder davonlief. Doch jetzt ging es um etwas anderes. Möglicherweise hatten die Todesumstände der Alten sie beruhigt. Vielleicht war sie dadurch sogar in der Lage, sich einzureden, alles sei nur ein seltsamer Zufall. Das würde er auf keinen Fall dulden!

In großen, ordentlichen Zahlen schrieb er ein neues Datum neben den dritten Namen:

20. November 2006.

Manchmal war man im Leben gezwungen, seine Pläne zu ändern.

20. November. Er starrte auf die erste Zahl hinunter, die er geschrieben hatte. Eigentlich wäre dieser Termin aufgrund des Seminars gar nicht möglich gewesen. Es wäre ihm nie gelungen, rechtzeitig genug aus dem Büro wegzukommen, um Anna-Lena Kluger abholen zu können. Aber nun wusste er ja, dass das Seminar »Verkaufsstrategien im Versandhandel« nicht stattfinden würde.

Uwe Dierck würde leider verhindert sein.

Seine Frau war sehr zuverlässig in diesen Dingen. Sie hatte ihm die Grüße ausgerichtet, gestern Morgen, nachdem sie sich wieder ein wenig beruhigt hatte. Er schnalzte mit der Zunge und schüttelte bedauernd den Kopf. Dierck hätte sich eben nicht mit seinem alten Schulfreund verabreden sollen …

15 Es war ein Gefühl, als seien seine Füße von einer Sekunde zur anderen mit der Treppenstufe verwachsen.

Obwohl er nun schon so viele Jahre mit der Krankheit lebte, wurde Alois Breidstettner noch immer von jenen Momenten urplötzlicher Bewegungsunfähigkeit überrascht, die die parkinsonsche Krankheit mit sich brachte. Sie kündigten sich nicht an, diese Momente. Sie waren einfach da und nagelten seine Füße an den Treppenabsatz, auf den Teppich, auf die Straße, den Asphalt. Und jeder Versuch, den in Starre gefangenen Körper durch Willenskraft voranzubringen, machte alles nur noch schlimmer.

Seine Augen suchten das Treppengeländer. Dahinter gähnte, einem düsteren Abgrund gleich, der lichtlose Lichtschacht über den alten Mosaiken. Vier Treppen lagen noch vor ihm. Stufen, die sich von Monat zu Monat zu vermehren schienen. Irgendwann, das wusste er, würden es zu viele werden. Irgendwann würde er umziehen müssen. Noch einmal umziehen. Ein letztes Mal. Seine Hand, die sich um den Knauf seines Stockes krampfte, war weiß und durchsichtig. Der Ärger, nicht voranzukommen, ließ sein Herz schneller schlagen und die Adern hervortreten. *Du darfst nicht dagegen an,* hörte er die Stimme seiner Frau. *Dagegen an zu wollen macht es nur schlimmer.* Er betrachtete seine Hand, als gehöre sie nicht zu ihm. Er war zeit seines Lebens ein ungeduldiger Mensch gewesen. Seit er denken konnte, hatte er in dem Gefühl gelebt, mit allem und jedem fertig werden zu können, solange er die Kontrolle über sein Handeln, seine Entscheidungen behielt. Doch dann war er an Parkinson erkrankt, und die Krankheit hatte die Kontrolle über sein Leben an sich gerissen. Zögerlich zuerst, dann immer nachdrücklicher. Sie hatte ihn ausgelacht und seine Bemühungen, sich mit ihr anzulegen, ihr irgendwie Herr zu werden, mit zunehmender

Strenge abgestraft. Sie schrieb ihm vor, wann er das Haus, die Wohnung, das Bett verlassen konnte, wann er stehen bleiben musste und wann er weitergehen durfte. Wenn der Mensch aus seinen Krankheiten lernen soll, ist Parkinson vermutlich die schwierigste Aufgabe, die das Schicksal für mich bereithalten konnte, dachte er. *Vielleicht auch diejenige, die am besten zu dir passt*, entgegnete seine Frau hinter seiner Stirn.

Er schüttelte den Kopf und spürte auf einmal, wie die Blockade sich löste. Endlich! Er reckte sich vor. Wollte weiter. Nach unten. Zu den Zeitungen mit den neuen, beruhigenden Informationen.

Sein Fuß machte einen Schritt vorwärts.

Zu schnell. Alois Breidstettner geriet ins Trippeln. Merkte, wie er stolperte. Sein Körper fiel nach vorn. Verzweifelt bemühte er sich, einen Halt zu finden. Irgendwo. Doch das Gummi an der Stockspitze rutschte über die Kante der nächsten Stufe. Die freie Hand tastete nach dem Geländer. Aber er war nicht schnell genug und stürzte kopfüber in ein schwarzes, bodenloses Nichts.

16

»Die Sachen haben da unten gelegen. Hinter den Büschen.«

Verhoevens Blick folgte dem nackten, überaus kräftigen Arm, an dem die Sehnen deutlich hervortraten, bis zu einer kahlen Buschgruppe in etwa hundert Meter Entfernung. »Und was hatten *Sie* dort unten zu suchen?«

»Ich pinkel, wo's mir passt«, entgegnete der Fernfahrer.

Verhoeven nickte und sah sich nach den Kollegen des örtlichen Erkennungsdienstes um.

»Wurde nur abgedeckt«, bemerkte sein Gesprächspartner.

»Bitte?« Ein böiger Wind fegte über den Rastplatz. Verhoeven kniff die Augen zusammen. Irgendwo in seinem Nacken krampfte ein Muskel. »Was meinen Sie?«

»Wurde nich' vergraben, mein ich«, brummte der Trucker achselzuckend. »Aus'n Einbruch, ja?«

»Etwas in dieser Art«, antwortete Verhoeven ausweichend. »Haben Sie hier sonst noch irgendetwas Verdächtiges bemerkt?«

Der Fahrer schüttelte den Kopf, und Verhoeven ging den Hang hinunter. Er fror, obwohl es eigentlich nicht kalt war. Aus der Nähe betrachtet, sahen die Sträucher aus, als wollten sie bereits wieder austreiben. Verhoeven schob ein paar Äste beiseite und blieb neben der schwarzen Plastikplane stehen, auf der die örtlichen Kollegen Isolde Reisingers Sachen ausgebreitet hatten. Sie schienen komplett zu sein. Verhoeven betrachtete den Schmuck, den Mantel, das Schachspiel.

»Hilft Ihnen das weiter?«, erkundigte sich einer der Kriminaltechniker, die den Fund sichergestellt hatten.

Verhoeven nickte. »Ich denke schon«, sagte er. »Unser Täter wollte das Zeug so schnell wie möglich loswerden. Einerseits musste er den ganzen Kram mitgehen lassen, damit wir an das Märchen vom Einbruch glauben, andererseits hatte er natürlich keine Ahnung, wo er damit hinsollte. Also schmeißt er das Zeug hier in die Büsche und hofft, dass es nicht so bald gefunden wird.« Er drehte sich nach der massigen Silhouette des Fernfahrers um, die sich gegen den fahlen Himmel abzeichnete. Der Mann wird erst gehen, wenn wir fort sind, dachte er. »Aber zum Glück gibt es Leute, die ungern Toiletten benutzen.«

»Sie können die Sachen mitnehmen und von Ihren Leuten noch genauer untersuchen lassen«, sagte der Einsatzleiter mit einem leisen Lächeln. »Ich würde allerdings bezweifeln, dass viel dabei herausspringen wird.«

»Garantiert nicht«, entgegnete Verhoeven. »Aber wenigstens bestätigt der Fund eine Theorie, für die wir bislang keinerlei Beweise hatten.« Er sah abermals nach den Sträuchern, die dem herannahenden Winter mit ihren knospenden Zweigen ins Gesicht lachten, und fühlte wieder jene tiefe Müdigkeit, die ihm Sorge bereitete. Kein Zweifel, seine Kräfte stießen allmählich an eine Grenze, und er fragte sich, ob das jetzt immer so weiterging. Würde seine Arbeit, würde die Verantwortung, die er trug, ihn so in Anspruch nehmen, dass es ihm eines Tages zu viel sein würde, nach Dienstschluss noch eine Weile mit seiner Tochter zu spielen? Er dachte an Grovius' gescheiterte Beziehungen. Wie lange würde Silvie es ertragen, mit einem Mann verheiratet zu sein, der den Ballast seines Jobs mit nach Hause brachte? Wie lange durften die viel beschworenen »schlechten Zeiten« dauern, bevor die Belastung zu groß wurde, bevor eine Beziehung trotz aller Bemühungen um gegenseitiges Verständnis und Rücksichtnahme in die Brüche ging? Das darf mir nie passieren, dachte er. Meine Familie darf niemals zu kurz kommen. Sie ist meine einzige Rückzugsmöglichkeit. Das Einzige, womit ich mich gegen Fälle wie diesen wappnen kann.

Als er gerade aufbrechen wollte, rief Bredeney an. »Was Neues über die Siemssen?«, fragte Verhoeven.

»Sie ist blütenweiß und unauffällig.«

»Nicht mal ein Ticket wegen Falschparkens?«

»Nicht einmal das. Allerdings ist letzten August in ihrem Studio eingebrochen worden. Zwar stellte sich später heraus, dass nichts gestohlen worden war, aber sie hat es gemeldet.«

»Die Siemssen hat einen Einbruch gemeldet, bei dem nichts gestohlen wurde?«, resümierte Verhoeven ungläubig.

»Es war nur die Vordertür aufgebrochen worden.«

»Sonst nichts?«

»Sonst nichts.«

»Und wann genau war das?«

Er zögerte kurz. »Am 14. August 2005.«

Verhoeven notierte sich das Datum.

»Glaubst du, dass diese Sache mit unserer Mordserie zu tun hat?«, fragte Bredeney.

»Zumindest laufen etliche Spuren in diesem Studio zusammen.« Mit der freien Hand betastete Verhoeven seine Unterlippe, die sich anfühlte, als ob er Herpes bekäme. Wenn wir nur nachweisen könnten, dass auch Susanne Leistner eine Verbindung zu Marianne Siemssen hatte, dachte er. Er hatte in den letzten Tagen mehrfach bei Gernot Leistner angerufen, ihn jedoch nie erreicht. Ob er verreist war? Er nahm das Handy in die andere Hand und stieg in den Wagen. »Wenn die Leistner die Siemssen gekannt hätte …«

»Pass auf, dass du dich da nicht verrennst«, mahnte Bredeneys knisternde Stimme.

»Die Siemssen hat vor irgendetwas Angst«, entgegnete Verhoeven. »Und wenn du mich fragst, ist sie eine Frau, die einen sehr guten Grund braucht, um Angst zu haben.«

Nachdem er aufgelegt hatte, blieb er eine Weile im Auto sitzen. Untätig und erschöpft. Als ihm einfiel, dass die Kollegen vor Ort sich darüber wundern könnten, fuhr er los. Auf der Rückfahrt hörte er Mahler. Das ausladende Finale der zweiten Symphonie mit seiner Vertonung von Klopstocks Hymne *Die Auferstehung*. Während er auf die Fahrbahn vor sich starrte und der Musik lauschte, dachte er an Silvies Behauptung, Mahler sei gefährlich für seinen Seelenfrieden und überdies zu sehr auf vordergründige Effekte bedacht. Er tastete nach rechts und drehte den Ton lauter, doch nach ein paar Minuten hatte er genug. Stattdessen suchte er im Radio nach einem Klassiksender. Als er einen gefunden hatte, bemühte er sich eine Weile vergeblich, den Komponisten des Stückes zu erraten, das gerade gespielt wurde. Irgendetwas

Barockes. Aber keinesfalls Bach. Vom Stil her eher leicht und heiter, vielleicht italienisch. Er überlegte, aber ihm wollte kein passender Komponist einfallen. Schließlich drückte er erneut auf den Sendersuchlauf und blieb bei den Nachrichten zur halben Stunde hängen. Als sie vorbei waren, schaltete er das Radio ab.

17

Er überprüfte noch einmal den Knoten, mit dem er den Sack zugebunden hatte.

Wie sehr er das Geräusch der kleinen Füßchen hasste, die an dem rauen Jutestoff kratzten. Er konnte ihre huschenden Bewegungen durch den Stoff fühlen. Die Wärme ihrer kleinen Körper. Selbst noch durch die zwei Paar Latexhandschuhe, die er trug.

Die Verkäuferin in der Zoohandlung hatte ihn ganz merkwürdig angesehen, als er gesagt hatte, er nehme sie alle.

Er warf einen flüchtigen Blick hinüber zum anderen Ufer des Sees.

Sicher, er brauchte sie erst am Montagabend. Aber er wusste auch, dass er tagsüber keine Gelegenheit haben würde, welche zu besorgen. Auch nicht am Wochenende. Und sie hielten sich lange genug. Sie mussten ja nicht im allerbesten Zustand sein, wenn man sie fand. Das waren die Mäuse ja auch nicht …

Nachdem er gesagt hatte, er nehme sie alle, hatte sich die Verkäuferin viel Mühe gegeben. Wahrscheinlich war sie froh gewesen, sie auf einen Schlag loszuwerden. Eine nach der anderen hatte sie sie in einen großen Karton gesetzt, Luftlöcher im Deckel. Dabei hatte sie pausenlos geredet. Über das geeignete Futter, den Käfig, die Lebenserwartung. Er hatte sie angelächelt. Zumindest über diesen letzten Punkt hätte sie sich wirklich keine Gedanken zu machen brauchen!

Im Schilf neben ihm schnatterte eine Ente. Ein leiser Windhauch kräuselte die Wasseroberfläche. Es war nicht ungefährlich herzukommen, schon jetzt *herzukommen, aber es ging nicht anders. Es sollte, es musste alles perfekt sein. Stimmig. Das richtige Ambiente. Das richtige Wasser in den kleinen Lungen. Falls sie sich die Mühe machten, sie zu obduzieren. Und die Zoohandlung, in der er sie gekauft hatte, war mehr als dreihundert Kilometer entfernt. Es würde ihnen niemals gelingen, eine entsprechende Verbindung herzustellen.*

Er sah sich noch einmal genau um. Dann nahm er den Sack und tauchte ihn mit beiden Händen tief unter Wasser. Sie rangen verzweifelt um ihr bisschen Leben. Er fühlte es an der Art, wie sie sich bewegten. Oh ja, die kleinen Biester kämpften verbissen gegen den unaufhaltsam nahenden Tod an. Aber es nützte ihnen nichts. Es war ihnen bestimmt, zu sterben. Fast schien es ihm, ihren Atem hören zu können. Das verzweifelte Pumpen ihrer winzigen Herzen. Die CO_2*-Anreicherung im Blut würde eine Reizung ihres Atemzentrums bewirken. Er schloss die Augen und stellte sich vor, wie das kühle Wasser in die kleinen Körper einströmte, wie es von den Alveolarwänden resorbiert wurde, wie sich innerhalb kürzester Zeit ihr Blutvolumen verdoppelte und wie sich dann unter den krampfhaften Atembewegungen winzige Schaumpilze vor ihren kleinen Schnäuzchen bildeten, bis sie schließlich buchstäblich von innen heraus platzten.*

Obwohl er längst keine Bewegung mehr fühlte, hielt er den Sack unter Wasser gedrückt, bis er ganz sicher war, dass keine Luftblasen mehr daraus emporstiegen.

18 Bernadette Evershagen liebte Nachtdienste. Sie schätzte nicht nur die Ruhe, die nach zweiundzwanzig Uhr auf der Station herrschte, sondern auch das Gefühl, Hüterin der Menschen zu sein, die in den Zimmern rechts und links von ihr schliefen. Keine hektisch umherlaufenden Kollegen, keine schlecht gelaunten Ärzte, keine Besucher, die Vasen für ihre Blumensträuße suchten, nur hier und da ein Infusionsbeutel zu wechseln oder ein neues Medikament anzuhängen. Da blieb genügend Zeit, ein gutes Buch zu lesen und seinen Gedanken nachzuhängen.

Sie nahm den Teebeutel aus ihrer Tasse, drückte ihn sorgfältig aus und warf ihn in den Mülleimer hinter sich. Pfefferminz. Drei Stückchen Würfelzucker. Ein probates Mittel gegen Schläfrigkeit. Eine der Neonröhren an der Decke flackerte unruhig, doch dadurch fühlte sie sich nicht gestört. Sie griff wieder nach ihrem Liebesroman und wollte eben zu lesen beginnen, als ein rotes Lämpchen auf ihrem Kontrollmonitor zu blinken begann. Zimmer 271. Wahrscheinlich der Frischoperierte. Die Schenkelhalsnagelung. Ein pensionierter Lehrer. Erst seit ein paar Stunden wieder auf Station. Bestimmt wollte er einfach wissen, wo er war.

Sie erhob sich ohne Hast, ging den verwaisten Flur hinunter und betrat das Zimmer mit der Nummer 271. Der Schenkelhals lag in dem Bett, das gleich neben der Tür stand, und hatte die Augen geöffnet. Seine Gesichtszüge wirkten starr und maskenhaft. Aus dem Krankenblatt wusste sie, dass der Patient an Parkinson litt. Er sah mitgenommen aus. Kein Wunder. Er hatte einen schweren Sturz und eine nicht eben leichte Operation hinter sich. Erstaunlich, dass er das alles überhaupt einigermaßen gut überstanden hatte. Seine Augen waren von einem sehr hellen Graublau und lagen tief in den Höhlen. Als er sie bemerkte, öffnete er die Lippen, um etwas zu sagen, doch aus seiner Kehle drang nur ein heiseres Röcheln.

»Sie sind im Krankenhaus«, erklärte sie ihm und schenkte ihm ein beruhigendes Lächeln. »Sie sind eine Treppe hinuntergestürzt und mussten operiert werden. Aber es ist alles gut verlaufen. Ein Arzt wird Ihnen morgen früh alles genau erklären.«

Der alte Herr bewegte seine linke Hand und setzte erneut zum Sprechen an.

»Sie sollten noch nicht reden«, flüsterte Bernadette Evershagen. »Ruhen Sie sich erst einmal aus.«

Die Hand hob sich. Offenbar kostete jede Bewegung den Patienten eine enorme Kraft. »Ratten«, stieß er schließlich mühsam hervor. »Fragen Sie sie … nach … den Ratten!«

Bernadette Evershagen schüttelte den Kopf. Offenbar regte er sich fürchterlich über irgendetwas auf. Vielleicht hatte er schlecht geträumt. »Ja, ja«, antwortete sie routiniert. »Ich kümmere mich darum. Schlafen Sie jetzt.«

»Sie … sollen nach … ihm suchen …« Die Worte brachen ab. Der Körper des alten Mannes wurde von einem schweren Hustenanfall geschüttelt.

»Bitte beruhigen Sie sich.« Sie betrachtete das müde Gesicht mit wachsender Sorge. »Sie dürfen noch nicht so viel sprechen.«

Doch ihre Worte schienen den alten Herrn nur noch mehr aufzuregen. Seine Hand schlug auf die Bettdecke. Zornig. Eindringlich. Dann hob er in einem immensen Kraftakt den Kopf. »Er … hieß … Raphael«, flüsterte er angestrengt und so leise, dass Bernadette Evershagen ihn kaum verstehen konnte. »Sagen Sie ihnen … sie … sollen nach Raphael suchen.« Die Stimme brach erneut. Mit einem tiefen Seufzer sank sein Kopf in die Kissen zurück. Alois Breidstettner hatte das Bewusstsein verloren.

Bernadette Evershagen betrachtete die Schultern des alten Mannes. Früher musste er einmal sehr stattlich gewesen sein. Am besten, sie rief den Arzt, damit er nach dem Patienten sah. Aber was hatte er da nur immer von irgendwelchen Ratten geredet? Nachdenklich kehrte sie zu ihrem Pfefferminztee zurück. Sie hatte schon viele verwirrte Patienten gesehen und bezweifelte, dass Alois Breidstettner in diese Kategorie gehörte. Wahrscheinlich hatte er doch einen Albtraum gehabt.

IV

Erfüllung

mauve
der Ton der Liebe
kann nicht sanfter sein
seidenschimmernd
ist es etwas
wie Vermählung
zweier alter Freunde

Montag, 20. November 2006

1 Flucht, pochte eine Stimme hinter Verhoevens Stirn, als er von einer Besprechung mit Hinnrichs auf dem Rückweg in sein Büro war. Ich möchte am liebsten davonlaufen. Vielleicht sollte ich etwas ganz anderes tun. Noch einmal ganz von vorn beginnen. Er dachte an seine Frau und daran, dass er nie etwas anderes hatte werden wollen als Polizist. Seit er denken konnte. Und jetzt? Wollte er jetzt etwas anderes? Oder hatte er einfach nur Angst?

An der Tür zu seinem Büro blieb er einen Augenblick stehen. Eine kleine Auszeit. Ein paar Sekunden Ruhe, die er so dringend brauchte, um wieder klar denken zu können. Er hatte immer angenommen, dass er genügend Abwehrmechanismen besäße. Dass er das aushielte, seinen Job. Er war kein Idealist, aber er hielt seinen Job aus, auch, weil er etwas beitragen wollte. Weil er hoffte, hier und da etwas wieder geraderücken oder doch wenigstens etwas noch Schlimmeres verhindern zu können. Aber jetzt? Wenn wir das hier nicht in den Griff kriegen, dachte er, hat unsere Arbeit keinen Sinn. Das war vielleicht das Schlimmste.

Er seufzte und stieß die Tür auf. »Was waren denn das eigentlich für Gedichte, die den Täter angeblich inspirieren?«

Hinter Grovius' Schreibtisch hob Winnie Heller den Kopf. »Keine Ahnung. Ich …«

»Sagen Sie«, fiel Verhoeven ihr mit unnötiger Schärfe ins Wort, »haben Sie irgendein Problem mit meiner Autorität? Ich hatte Ihnen eine klare Anweisung gegeben und …«

Winnie Heller stand auf und reckte das pfirsichzarte Kinn vor. Ihm entgegen. »*Ich* bin ganz bestimmt nicht diejenige, die hier ein Problem mit Autoritäten hat«, sagte sie ruhig, aber ihre Wangen waren von einer Sekunde zur anderen flammend rot geworden. »Genau genommen habe ich überhaupt keine Probleme. Außer vielleicht, dass ich am falschen Schreibtisch sitze und selten oder nie mit Taschentüchern dienen kann. Aber ich denke, das ist wohl zu vernachlässigen, wenn man zugrunde legt, dass ich mit einem Kerl zusammenarbeiten muss, der sich ohne Beistand von oben nicht mal zu pinkeln traut.«

Sie wusste genau, was sie da sagte, das konnte Verhoeven deutlich sehen. Und auch, dass sein unvermuteter Angriff sie bis aufs Blut gereizt hatte.

»Aber um auf Ihre Frage zurückzukommen«, fuhr sie atemlos vor Wut fort. »Ich habe seit Freitag wieder und wieder versucht, diesen Herrn Breidstettner zu erreichen. Nur leider nimmt er nicht ab. Vielleicht ist er übers Wochenende weggefahren.« Sie schluckte. Irgendwo in ihrer Kehle schien auf einmal ein Reibeisen zu sitzen. »Und falls es Sie interessiert: Ich habe auch in der Telefonzentrale nachgefragt, in der Hoffnung, dass sie dort mehr wissen, aber der Kollege, der den Anruf entgegengenommen hat, ist wegen einer Sportverletzung krankgeschrieben.« Sie drehte sich um und nahm ihren Parka von der Stuhllehne. »Ich verstehe meinen Job«, sagte sie mit Nachdruck. »Und der einzige Fehler, den ich in den letzten Wochen gemacht habe, ist, kein gottverdammter Held zu sein.« Sie riss ihre Jacke an sich und stürzte zur Tür. »Aber das war Ihr hochheiliger Grovius auch nicht, nach allem, was man so hört. Kein Held und genau genommen nicht mal ein untadeliger Bulle.«

Er starrte sie an, fassungslos über den emotionalen Amoklauf, den er ganz offenbar ausgelöst hatte. »Wie meinen Sie das?«

»Jeder in diesem Scheißpräsidium könnte Ihnen verraten,

wie ich das meine, wenn Sie es denn hören wollten«, versetzte sie, und das Ausmaß an Schmerz in ihrer Stimme erschreckte Verhoeven ebenso sehr wie die düsteren Andeutungen, die sie ihm da gerade ins Gesicht geschleudert hatte. »Ihr ...«, ihre Lippen formten das Wort mit einer Mischung aus Abscheu und Genuss. »... Gott war ein selbstgefälliges Arschloch, das sämtliche Regeln, die in diesem Scheißpräsidium herrschen, nach seinem Gusto ausgelegt und dabei mehr als einmal Fünfe gerade sein lassen hat.« In ihren Augen lag ein gefährliches Funkeln. »Also hören Sie gefälligst endlich auf, den Kerl zu etwas hochzustilisieren, das er nie gewesen ist«, fügte sie tonlos hinzu. Dann knallte sie die Tür hinter sich ins Schloss.

»Ach, du liebe Zeit, was ist denn hier los?«, erkundigte sich Bredeney, der im selben Augenblick durch die Verbindungstür trat.

»Nichts«, entgegnete Verhoeven gereizt.

»Klang aber ...«

»Ich sagte, es war nichts.«

»Okay, okay.« Er hob abwehrend die Hände. »Ich mische mich da nicht ein. Aber nach allem, was ich bis jetzt von ihr gesehen und gehört habe, ist sie eine gute Polizistin. Vergiss das nicht.« Als Verhoeven nicht reagierte, setzte er seufzend hinzu: »Übrigens wissen wir jetzt, wer diese ominösen Chrysanthemen auf die Theke des Studios gestellt hat.«

»Wirklich?« Verhoeven blickte auf. Er fühlte sich wie paralysiert von dem, was soeben zwischen ihm und seiner Partnerin vorgefallen war, und hatte Mühe, sich auf etwas anderes zu konzentrieren.

»Die Blumen lagen am Tag nach dem Leistner-Mord auf der Fußmatte vor dem Eingang zum Studio«, erklärte Bredeney und fingerte einen kleinen Notizblock aus der Innentasche seines Tweedjacketts. »Die Putzfrau kommt jeden Morgen gegen vier Uhr dreißig und arbeitet dann etwa drei Stunden lang. Sie dachte, die Blumen seien ein Geschenk für eine der Mitarbeiterinnen, und weil sie schon ein wenig die Köpfe hängen ließen, hat sie sie in eine Vase gestellt.«

»Waren sie eingepackt?«

Bredeney schüttelte den Kopf. »Und es war auch keine Karte dabei.«

»Wer immer die Chrysanthemen gebracht hat, muss also nicht zwingend einen Schlüssel zum Studio gehabt haben«, resümierte Verhoeven, froh, nicht länger über das nachdenken zu müssen, was Winnie Heller gesagt hatte. Würde er jemals wagen, sie zu fragen, was genau sie über Grovius gehört hatte? Und von wem?

»Schließt das nicht automatisch aus, dass dieser Einbruch vom letzten Sommer etwas mit der Sache zu tun hat?«, fragte Bredeney. »Immerhin hingen damals die Ersatzschlüssel an einem Brett hinter der Empfangstheke. Der Täter hätte also leicht Kopien davon machen können, wenn er vorgehabt hätte, noch einmal zurückzukommen.«

Verhoeven schüttelte energisch den Kopf. »Die Siemssen hat nach dieser Einbruchsgeschichte alle Schlösser austauschen lassen«, sagte er. »Das beweist gar nichts.«

2 Er war immer dann da, wenn sie es am wenigsten erwartete. Sie schaffte es einfach nicht, ihm zu entkommen, obwohl sie sich bemühte, nicht allzu berechenbar zu sein. Aber natürlich kannte er ihre Arbeitszeiten, wusste, wann ihre Pausen waren und dass sie jeden Abend auf den Bus warten musste.

»Nehmen Sie wieder den Bus?«, erkundigte er sich soeben wenig originell und berührte dabei wie zufällig ihren Arm.

Vielleicht würde es besser werden, wenn sie sich endlich ein eigenes Auto leisten konnte. Den Führerschein hatte sie schon vor drei Jahren gemacht, gleich nachdem sie achtzehn geworden war. Mit einem eigenen Auto würde sie selbst bestimmen können, wann sie nach Hause fuhr. Dann würde es nicht mehr auf fünf Minuten ankommen. Aber bis dahin würde er wahrscheinlich weiterhin jeden Abend plötzlich von irgendwoher auftauchen und sie auf diese ekelhafte Weise angrinsen, egal, welchen Ausgang sie benutzte.

»Ich könnte Sie mitnehmen.« Sie konnte seinen Atem riechen. Jeder Muskel ihres Körpers zog sich zusammen.

»Nicht nötig«, entgegnete sie kühl und versuchte, rechts seitlich an ihm vorbeizukommen. Aber natürlich stand er so, dass sie ihn dabei berühren musste.

»Es macht mir nichts aus.« Sein Gesicht war jetzt ganz nah an ihrem.

Sie hielt die Luft an und drängte sich entschlossen an ihm vorbei. »Nein«, sagte sie, ohne sich nach ihm umzusehen. Dann rannte sie die beiden Treppen zum Hauptausgang hinunter. Den Lift mied sie, seit er einmal aus dem Nichts aufgetaucht war, nachdem sich die Türen schon fast geschlossen hatten.

In der Eingangshalle winkte die Pförtnerin sie zu sich heran.

Anna-Lena Kluger folgte dem Wink nur widerwillig. Wahrscheinlich wollte die hypochondrische Schnepfe schon wieder über diese Blasenentzündung reden, von der sie in der kalten Jahreszeit regelmäßig heimgesucht wurde, weil ihr Stressjob an der Pforte sie so sehr in Anspruch nahm, ein Job, den sie nie hätte annehmen müssen, wenn ihr verweichlichter Ehemann ein wenig mehr Ehrgeiz und Einsatzfreude gezeigt hätte, um in seiner Firma die Position zu bekleiden, für die das Schicksal ihn zweifellos vorgesehen hatte. »Tut mir leid«, rief sie durch das ovale Loch in der Glasscheibe. »Ich bin fürchterlich in Eile. Ich muss meinen Bus erwischen.«

»Vergiss es«, hustete die Pförtnerin und fegte Anna-Lena Klugers Entschuldigung mit einer abfälligen Handbewegung vom Tisch. »Hübner hat gerade durchgerufen: Du sollst sofort wieder raufkommen. Die Zahlen aus Württemberg sind jetzt da.«

Anna-Lena stöhnte. Diese Sache würde mit Sicherheit ein paar Stunden in Anspruch nehmen. Während sie schicksalsergeben die Treppen hinaufstieg, zog sie ihr Handy aus der Tasche, um ihren Eltern Bescheid zu geben, dass sie Überstunden machen musste.

3

Verhoeven fand Winnie Heller auf dem Dach. Sie stand am Geländer, die nackten Unterarme auf den kalten Stahl gestützt, und blickte den blinkenden Lichtern eines Flugzeugs nach. Über ihren Köpfen war der Himmel bereits nachtschwarz, nur über den Hügeln im Westen lag noch ein letzter bläulicher Schimmer der untergegangenen Sonne. Inmitten der Dunkelheit leuchteten matt die ersten Sterne. Trotzdem roch es bereits nach dem Schnee, den der Wetterbericht für die nächsten Tage angekündigt hatte. Den ersten Schnee des Jahres.

Verhoeven trat neben seiner Kollegin ans Geländer und entdeckte eine ferne Lichterkette, die in regelmäßigen Abständen die Farbe wechselte und ihn daran erinnerte, dass er sich bald Gedanken über Ninas Weihnachtsgeschenk machen musste. Ein Experimentierkasten vielleicht. Oder eine von diesen CDs, die einem die Welt erklärten. Kinder-Uni. Ja, dachte er, das würde ihr bestimmt Spaß machen.

Er betrachtete Winnie Hellers Hände, die aus den Ärmeln ihres Pullovers hervorlugten und halb erfroren aussahen. »Sie werden sich erkälten«, stellte er sachlich fest.

»Möglich.« Sie sah ihn nicht an. Ihre Gesichtszüge waren zur Maske erstarrt.

Sie hat Angst, dachte er, aber sie duckt sich nicht. Das gefiel ihm an ihr. Ihre Furchtlosigkeit und ihr wacher Blick. Schon vorhin, als sie mit hochrotem Kopf aus dem Raum gestürmt war, war ihm klar geworden, dass er sie nicht verlieren durfte. Dass er sie sogar irgendwie mochte mit ihrer resoluten Kompromisslosigkeit und ihrer ganz eigenen Denkweise. Und dass es sich für sie beide lohnen konnte, wenn sie es weiter miteinander versuchten.

Von der Straße drang gedämpfter Verkehrslärm herauf.

»Bin ich gefeuert?«, fragte Winnie Heller in die Stille, die sich zwischen ihnen ausgebreitet hatte. Ihre Stimme klang belegt, aber sie fragte es geradeheraus.

»Wieso sollten Sie gefeuert sein?«

»Tja, eine glatte Eins in Psychologie«, entgegnete sie mit ausdrucksloser Miene. »Aber mit dem Sozialverhalten der Kandidatin ist es nicht besonders weit her, was?«

»Ich fürchte, das trifft wohl eher auf mich zu.« Verhoeven lächelte und reichte ihr die Zehner-Packung Taschentücher, die er besorgt hatte. »Den passenden Schreibtisch dazu bekommen Sie in den nächsten Tagen. Ich habe ihn eben bestellt.«

Jetzt sah sie doch auf. »Ich wollte nicht …«, setzte sie an, doch er unterbrach sie gleich wieder.

»Ich weiß«, sagte er. Mehr wagte er nicht. Nicht zu diesem Zeitpunkt.

Sie zuckten beide zusammen, als ein Stück hinter ihnen unvermittelt die Tür zum Treppenhaus zuschlug.

»Hendrik!«

Sie drehten sich um. Bredeney kam auf sie zu. Er rennt, dachte Verhoeven verwundert. Wann war Oskar Bredeney das letzte Mal gerannt?

»Seht euch das an«, rief Grovius' alter Weggefährte atemlos und wedelte mit dem Blatt Papier in seiner Hand. »Sie sind gerade gekommen.«

»Was ist gekommen?«

»Die Gedichte«, stieß Bredeney hervor. »Die Verse, wegen denen dieser Lehrer aus Düsseldorf angerufen hat. Hier, sieh sie dir an.« Er hielt Verhoeven ein Fax hin. Es war die Kopie einer Handschrift. Eine Art Brief. »Der Mann muss den Zusammenhang sofort erkannt haben, als er die Berichte über die Morde gelesen hat.«

Chrysanthemen, das erste Wort, auf das Verhoevens Augen fielen.

Gelbe Chrysanthemen
mit wachen gelben Augen
verfolgen
deine Schritte
Geliebte …

Winnie Heller trat näher und blickte an Verhoevens Schulter vorbei auf das Fax. Was sie sah, ließ sie erschaudern. Das klingt wie Kunst, dachte sie. Aber es ist krank. Abgrundtief krank.

Der
blinde
scharlachrote Mohn
schreit blutend …

»Und stellt euch vor«, fuhr Bredeney fort. »Der Mann war die ganze Zeit nicht zu erreichen, weil er im Krankenhaus ist.«

... über den
sturmzerrissenen
Feldern meiner Seele ...

»Ich hab mir die Adresse heraussuchen lassen und eine seiner Nachbarinnen angerufen. Und die hat mir erzählt, dass Herr Breidstettner seit vergangenen Freitag mit einem Oberschenkelhalsbruch in der Klinik liegt, weil er im Treppenhaus gestürzt ist.«

... nach dir
immer nur ...

»Er hat nämlich die parkinsonsche Krankheit.«

... nach
dir

»Nach dem Eingriff gab es ein paar Komplikationen, und die Ärzte mussten Herrn Breidstettner in ein künstliches Koma versetzen.«

weiß
der Tod ...

»Ich habe vorhin mit seinem Sohn telefoniert. Der hatte sich schon gewundert, weil eine Krankenschwester ihm erzählt hatte, sein Vater habe irgendetwas Merkwürdiges von Ratten geredet und sich fürchterlich aufgeregt, als er aus der Narkose erwacht sei. Er ist dann in die Wohnung seines Vaters gefahren, und neben dem Telefon lag dieser Brief.«

... mit tausend Ratten
kommt er still ...

»Er hat ihn mir eben durchgefaxt.«

... aus den Fluten steigen sie
unzählig ...

»Ziemlich starker Tobak, was?« Bredeney hielt inne und sah Verhoeven an. Verhoeven erkannte die Frage in seinen Augen. Warum fragst du mich?, dachte er. Du bist derjenige mit der Erfahrung. »Es sind *vier* Gedichte«, sagte Bredeney. »Ich nehme an, das bedeutet, dass da noch einiges auf uns zukommt.«

... und nagen
was blieb ...

Verhoeven nickte stumm. Ihm war übel. Wir müssen das Morden stoppen, dachte er. Aber wie? »Wer hat das geschrieben?«

... von Haar und Geäst

»Das konnten wir leider nicht herausfinden«, antwortete Bredeney resigniert. »Der Sohn hat sich wirklich alle Mühe gegeben, aber nirgendwo in der Wohnung seines Vaters fand sich ein Hinweis darauf, wo Herr Breidstettner diesen Brief herhat oder wer ihn geschrieben haben könnte. Sein Sohn ist sich jedenfalls sicher, diese Texte noch nie gesehen zu haben.«

»Wir brauchen das Original.«

»Ist bereits veranlasst«, nickte Bredeney. »Der Brief wird genauestens untersucht, sobald er hier ist.«

»Und schick jemanden in diese Klinik«, sagte Verhoeven. »Irgendjemand muss dort sein, wenn der Alte aufwacht.«

»Wenn ich den Sohn richtig verstanden habe, kann das noch eine ganze Weile dauern«, entgegnete Bredeney.

»Ich werde anrufen«, sagte Verhoeven. »Mit den Ärzten sprechen. Vielleicht kann man ja doch irgendetwas beschleunigen. Vielleicht …« Er biss sich auf die Lippen und sah wieder nach der Lichterkette. Rosa, Grün, Blau, Rot. Zum ersten Mal seit Beginn ihrer Ermittlungen hatten sie etwas wirklich Fassbares. Etwas, an das sie sich halten konnten. Das ihnen eine vage Idee gab, womit sie es hier zu tun hatten. Und irgendwo am Horizont wurde vor ihren Augen ein erster Schatten des Mörders sichtbar. Er drehte sich wieder zu seinen Kollegen um und gab Bredeney das Fax zurück. »Diese Gedichte führen zu dem Mann, den wir suchen, und der Alte ist unsere einzige Chance, herauszufinden, wer sie geschrieben hat.«

4

Sie hatte aus dem Fenster in die Dunkelheit hinausgeblickt und festgestellt, dass sein Wagen noch immer unten auf dem Parkplatz stand. Natürlich überraschte sie diese Tatsache nicht. Schließlich wusste er ganz genau, wann der letzte Bus fuhr, und wartete nun sicher zuversichtlich auf eine Gelegenheit, sie nach Hause fahren zu können. Der Himmel wusste, wo er gerade jetzt, in diesem Augenblick, auf der Lauer lag, um sie abzufangen. Der Gedanke, ihm in einem fast leeren Gebäude noch einmal in die Arme zu laufen, ließ sie frösteln. Es war nicht nur seine Aufdringlichkeit. Er hatte irgendetwas an sich, das ihr Angst machte, ohne dass sie hätte sagen können, was es war, denn eigentlich tat er ja gar nichts. Er war immer freundlich. Er hielt ihr stets die Türen auf. Und er war immer in ihrer Nähe.

Anna-Lena Kluger sah auf die Uhr. Zehn Minuten vor neun. Ihr Chef hatte ihr angeboten, sich auf Firmenkosten ein

Taxi in die Stadt zu nehmen, doch sie hatte abgelehnt, weil sie den letzten Bus um 21 Uhr 24 noch bequem erreichen konnte. Sie fuhr den Rechner herunter und schaltete den Drucker aus. Ihr Vater hatte ihr angeboten, sie abzuholen, falls sie den letzten Bus verpasste, aber sie freute sich, dass sie von diesem Angebot keinen Gebrauch machen musste. Sie bereitete nicht gern Umstände. Außerdem hatte auch ihr Vater einen harten Arbeitstag hinter sich, und der schwarze Himmel über den nahen Feldern sah irgendwie nach Schnee aus. Vielleicht würde es ihn tatsächlich geben, diesen Wintereinbruch, den sie angekündigt hatten, auch wenn eigentlich niemand ernsthaft damit rechnete.

Wenn ich nur wüsste, wo Niedhardt steckt, dachte sie ärgerlich. Wahrscheinlich lauerte er unten beim Hauptausgang. Von dort waren es kaum mehr als hundert Meter bis zu dem zugigen Schutzhäuschen, in dem man auf den meist verspäteten Bus warten sollte, wenn es nach den Verkehrsbetrieben ging. Sie kramte die Monatskarte aus der Tasche, stopfte ihre Geldbörse in ihren Rucksack und zog den Reißverschluss zu. Und wenn sie nun in ihrem Büro das Licht brennen ließ und den hinteren Seitenausgang nahm? Dann musste sie zwar das ganze Werksgelände umrunden, um zur Haltestelle zu gelangen, aber dazu hatte sie ja noch genügend Zeit. Vielleicht würde Niedhardt auf diese Weise gar nicht bemerken, dass sie ihren Bus noch erreicht hatte. Vielleicht würde er annehmen, dass sie noch immer mit den Aufstellungen beschäftigt war. Die Vorstellung, dass sich der verhasste Kollege die halbe Nacht irgendwo in den verlassenen Fluren herumdrückte, während sie längst zu Hause vor dem Fernseher saß, ließ sie schmunzeln. Schnell schlüpfte sie in ihre Daunenjacke und ging zur Tür. Irgendwie rechnete sie fast damit, auf der anderen Seite Niedhardts Lächeln vorzufinden, doch der Flur vor ihrem Büro war verwaist und alle Türen geschlossen. Glück gehabt, dachte sie, während die Erleichterung sich wie eine wärmende Decke um ihren Körper legte. So leise wie möglich zog sie die Tür hinter sich zu und huschte den Gang entlang. Durch eine schwere Brandschutztür gelangte sie in einen anderen Teil des Gebäudes. Nebenan in der Produktion wurde im Schichtdienst gearbeitet. Von dort drangen gedämpfte Maschinengeräusche herüber und gaben ihr das angenehme Gefühl, nicht allein zu sein. Auf den Fluren brannte rund um die Uhr Licht. Selbst hier, in der Verwaltung. Sie erreichte die Tür zum hinteren Treppenhaus und sah sich um. Ein leerer Flur. Blitzsauberes graues Linoleum. Und niemand, der ihr folgte.

Die Tür war nur angelehnt. Anna-Lena Kluger stieß sie auf und trat in das dahinterliegende Treppenhaus, das keine Fenster hatte. Der schwere Geruch nach Öl und alter Farbe hing in der abgestandenen Luft. Graue Stufen nach oben und unten. An der Wand markierte ein kleines grünes Schild den Fluchtweg im Fall eines Brands. Schnell sah sie sich ein letztes Mal nach der Tür in ihrem Rücken um, dann rannte sie los, die enge Treppenflucht hinunter. Vierter Stock. Dritter Stock. Im Laufen bemerkte sie, dass ihr rechter Schnürsenkel aufgegangen war, doch sie wagte nicht, stehen zu bleiben, um das in Ordnung zu bringen. Sie wollte weg hier. Raus aus dem Treppenhaus. Raus aus der Falle. Zum Bus. Im selben Augenblick fiel irgendwo über ihr eine Tür ins Schloss. Und Anna-Lena Kluger stürzte weiter. Zweiter Stock. Eins. In den Kurven hielt sie sich mit einer Hand am Geländer fest, um nicht zu stolpern. Die Sohlen ihrer Winterschuhe quietschten auf dem kahlen Linoleum. Atemlos erreichte sie das Erdgeschoss, von wo aus eine schwere Stahltür ins Freie führte. Noch sieben Stufen. Sechs. Jetzt nur noch vier. Oh Gott, durchfuhr es sie, hoffentlich ist die verdammte Tür nicht längst abgeschlossen! Schließlich war es heute viel später als sonst. Niemals zuvor war sie zu so später Stunde an dieser Tür gewesen. Und dann? Sie schluckte. Was dann? Was, wenn die Tür verschlossen ist, wenn sie sich nicht öffnen lässt? Sie drehte sich um. Die Tür dort oben war doch von allein ins Schloss gefallen, oder etwa nicht? Oder hatte jemand sie hinter sich zugezogen? Jemand, der ganz genau wusste, dass sie hier unten vor einer verschlossenen Stahltür stand. Jemand, der in diesem Augenblick langsam die Treppe herabkam, Stufe um Stufe, herunter zu ihr. Sie hielt den Atem an und lauschte. Eine der Lampen über ihrem Kopf summte. Weiter war nichts zu hören. Ihr Blick suchte die Wände über sich nach einem Schatten ab, einer leisen Bewegung, die ihr verriet, dass sie nicht mehr allein war. Doch da war nichts. Nichts als Stille. Oder? Sie hörte das Rauschen ihres eigenen Bluts. Es schwoll an, je länger sie darauf hörte, wurde sekündlich intensiver und lauter. Hatte die Tür dort oben nicht viel zu lange gebraucht, um ins Schloss zu fallen? Musste da nicht doch noch jemand sein? Über ihr? Außer ihr? Die Putzfrauen fielen ihr ein, aber Putzfrauen waren nicht leise. Putzfrauen klapperten mit Eimern und Schrubbern und unterhielten sich dabei lautstark über irgendwelche Kerle mit unaussprechlichen Namen. Auf keinen Fall kam eine Putzfrau die Treppe herunter, ohne irgendein Geräusch zu machen.

Zögernd drehte sie sich wieder zur Tür um und starrte auf die nackte schwarze Klinke. Es gab keine Alternative, keinen Keller, in den sie flüchten konnte, keinen Ausweg. Nur diese Stahltür. Ihre Hand tastete nach der Klinke. Wag es! Es gibt keine Alternative. Entschlossen drückte sie die Klinke nieder, und die Tür öffnete sich in die Dunkelheit.

Mit einem Seufzer der Erleichterung trat Anna-Lena Kluger in die finstere Kälte hinaus. Der Parkplatz vor dem Gebäude war von hier aus nicht einzusehen, aber sie hoffte inständig, dass Niedhardts Wagen noch immer dort stand. Und warum sollte er das nicht? Er konnte es unmöglich wissen. Wissen, dass sie hier war. Sie hatte genau aufgepasst. Ganz genau aufgepasst.

Dennoch sah sie sich noch einmal in alle Richtungen um, bevor sie sich auf den Weg machte. Ein Blick auf ihre Armbanduhr verriet ihr, dass ihr bis zur Abfahrt des Busses noch rund eine Viertelstunde Zeit blieb, lange genug, um das Werksgelände im Schatten der hohen Mauern zu umrunden und sich dem Wartehäuschen ungesehen von der anderen Seite zu nähern. Von der ungefährlichen, der sicheren Seite …

5

»Was machen Sie heute Abend noch?«

Winnie Heller blickte von ihrer Kopie der Gedichte hoch, direkt in die wasserblauen Augen von Hermann-Joseph Lübke, die so hell waren, dass man glaubte, hindurchsehen zu können. Was sollte das werden? Ein Flirtversuch? Der Gedanke kam ihr vollkommen absurd vor. Wahrscheinlich wollte er sie bitten, sie in sein Labor zu begleiten, um eine Probe ihres Haars zu nehmen, die er in ein Glas mit Formalin stecken konnte. Für seine Sammlung besonders missglückter Tönungsversuche. Oder noch schlimmer: Er hatte von ihrer Auseinandersetzung mit Verhoeven gehört und wollte sie aufmuntern. »Arbeiten«, entgegnete sie kühl. »Warum?«

»Meine Güte, Mädchen«, sagte er, ohne auf ihre Frage einzugehen. »Sie müssen auch mal abschalten. Sogar Ihr Boss tut das hin und wieder.«

Winnie Heller sah auf die Uhr. Es war wenige Minuten nach neun. Verhoeven war vor einer Viertelstunde nach Hause gefahren und hatte ihr im Fortgehen geraten, dasselbe zu tun. Sie dachte an das Foto in seinem Portemonnaie, an das winkende Kind im Rückspiegel, an die elegante Frau mit den silberblonden Haaren, und fühlte, wie urplötzlich der alte Neid wieder über sie hereinbrach. Neid auf das Zuhause, das sie nicht hatte. Einen Menschen, der auf einen wartete, der zuhörte. Der wirklich und wahrhaftig *antwortete*, wenn man ihm etwas erzählte.

»Sie spielen nicht zufällig Poker?«, riss Lübke sie aus ihren Gedanken.

»Ziemlich schlecht«, entgegnete sie. »Warum?«

»Na ja, wir gehen gleich noch mit ein paar Kollegen ins Luigi's ...«

Luigi's! Bei Gott, das war zweifellos das Glöcklein, das ihr Kinnwasser zum Triefen brachte, und es hatte Zeiten gegeben, in denen sie sich für ein solches Angebot bedenkenlos beide Hände hätte abhacken lassen. Ins Luigi's gingen die Macher. Die angesagten Bullen. Wer zu dieser illustren Gesellschaft gehörte, war mittendrin im Zentrum der Macht, und die wenigen Frauen, die das Wunder vollbracht hatten, in diesen hochheiligen Club aufgenommen zu werden, gingen entweder als Mann durch oder schliefen mit einem der Leitwölfe. Strukturen wie in amerikanischen Eliteverbindungen. Sie starrte nachdenklich auf Hermann-Joseph Lübkes tadellos saubere Schuhe hinunter. Dieser Fall ließ ihr kaum Zeit zum Luftholen, und falls sie innerhalb der nächsten halben Stunde hier rauskam, musste sie unbedingt noch nach Elli sehen. Sehen, dass alles in Ordnung war, dass die Ernährung fortgeführt wurde, dass keine Verlegung stattgefunden hatte. Zwar hatte sie den Arzt gebeten, sie umgehend zu verständigen, falls eine Veränderung eintrat, aber sie traute ihm nicht. Nicht ihm, nicht Dr. Zilcher und erst recht nicht ihren Eltern. »Ich habe schon eine andere Verabredung«, sagte sie, indem sie den Blick von Lübkes Schuhen losriss.

»Schade«, entgegnete dieser. »Aber vielleicht haben Sie ja

hinterher noch Zeit.« Er zwinkerte ihr zu. »Wird ohnehin meistens spät, wenn wir mit den Jungs zusammensitzen.«

Mit den Jungs. Mit den angesagten Bullen. Streckte er ihr da gerade eine Eintrittskarte für diesen Eliteclub entgegen? Ihre Augen tasteten sich von seinem Gesicht abwärts. Er war fett. Na ja, dick. Korpulent. Schultern wie ein in die Jahre gekommener Catcher. Wie alt mochte er sein? Fünfzig? Fünfundfünzig? Sie seufzte. Pass bloß auf, Winnie Heller, das könnte übel enden! Solche Sachen gehen leicht nach hinten los. Wenn du ihn zurückweist, wird er in Zukunft immer gerade dann einen dringenden Fall haben, wenn du händeringend auf ein Ergebnis wartest. Proben werden liegen bleiben, Berichte verspätet geschrieben. Dieser Typ kann dir eine ganze Menge Ärger machen. »Ich sehe mal, wie ich fertig werde«, sagte sie.

»Okay.« Er nickte. »Also dann …«

»Tja …« Sie lächelte, bis er die Tür hinter sich geschlossen hatte.

6

Gedankenverloren betrachtete Verhoeven das Blatt Papier auf seinen Knien, während er mit der freien Hand zum wiederholten Mal in die Chipstüte griff, die neben ihm auf dem Sofa stand. *Dominik bekommt davon rote Flecken und stirbt*, mahnte seine Tochter in seinem Kopf. *Weil da etwas drin ist, von dem man immer noch mehr essen muss.* Nina hatte bereits geschlafen, als er nach Hause gekommen war. Wie so oft in der letzten Zeit. Und er hatte das Gefühl, etwas Entscheidendes zu versäumen. *Du musst mehr Verantwortung übernehmen*, beklagte sich eine imaginäre Silvie. *Nur so wirst du deine Ängste los.* Er schob die halb leere Chipstüte ein

Stück von sich weg. Okay, das tat er. Er übernahm Verantwortung. Traf Entscheidungen. Traf falsche Entscheidungen. Benahm sich wie ein Idiot. Und hatte trotzdem noch Angst. Genau genommen wurde seine Angst mit jedem Tag größer. *Sie können nicht bis an Ihr Lebensende hinter einem breiten Rücken in Deckung gehen,* höhnte sein Vorgesetzter.

Er sah wieder das Blatt mit den Gedichten an und überlegte, was Grovius davon gehalten hätte. Insgeheim war er sich sicher, dass ein Fall wie dieser seinem Mentor niemals untergekommen war, und er hätte gern gewusst, ob Grovius der Sache Herr geworden wäre. *Ihr Gott war ein selbstgefälliges Arschloch, das sämtliche Regeln, die in diesem Scheißpräsidium herrschen, nach seinem Gusto ausgelegt und dabei mehr als einmal Fünfe gerade sein lassen hat …* Eilig schob er den Gedanken beiseite. Vier Gedichte, resümierte er. Vier Bilder von Vergänglichkeit und Tod. Aber wer hatte diese Gedichte geschrieben? Der Mörder, den sie suchten? Oder jemand ganz anderer, jemand, für den der Mörder sich vielleicht begeisterte? *Inspirieren diese Gedichte den Täter?,* hatte der Beamte, der den Hinweis entgegengenommen hatte, auf seinen gelben Notizzettel geschrieben. Hätte Alois Breidstettner diese Frage beantworten können? Wusste er, wer diese Gedichte geschrieben hatte? Er war Lehrer gewesen, früher. Spielte diese Tatsache eine Rolle? Und an wen waren die Gedichte adressiert?

Verhoevens Blicke wanderten ziellos im Zimmer umher und blieben einmal mehr an dem Stillleben hängen, dem Geschenk seiner Schwiegereltern. Pfingstrosen und tote Fische. Irgendwann, das schwor er sich, würde er das Ding auf den Sperrmüll werfen. Selbst wenn Silvie sich daraufhin scheiden ließ.

Er sah zur Terrassentür hinüber und bedauerte, dass um diese Jahreszeit nicht viel im Garten zu tun war. Er konnte einfach besser denken, wenn er die duftende Erde unter seinen Händen spürte. Stattdessen griff er wieder nach der Chipstüte.

Requiem für eine Freundin. So lautete die Widmung, die der unbekannte Schreiber seinen bizarren Gedichten mit auf den Weg gegeben hatte.

Requiem für eine Freundin …

Eine Freundin …

Wer war diese Freundin? Existierte sie tatsächlich? Lebte sie, hatte sie gelebt, und wenn ja: wann? Bedeutete das Wort *Requiem*, dass sie tot war? Verhoeven schluckte. Die Chips machten ihn durstig, aber er hatte keine Kraft, aufzustehen und sich ein Glas Wasser zu holen. Zweifelsohne benutzte der Mörder die Gedichte als eine Art Vorlage. Und damit war der Zusammenhang zwischen den Morden an Susanne Leistner und Tamara Borg geklärt, oder nicht? Aber was half das eigentlich? Wonach sollten sie suchen?

Der Mörder stellte die Szenarien nach, die die Gedichte schilderten. Aber für wen? Für sich selbst? Wollte er lediglich vor sich sehen, was der Dichter beschrieben hatte? Oder gab es doch einen Adressaten? Wo lag das Motiv?

Verhoeven starrte auf die Verse, bis die Zeilen vor seinen Augen verschwammen. Nach welchen Kriterien wählte der Mörder seine Opfer aus? Was verband Susanne Leistner mit Tamara Borg? Beide hatten Sport getrieben. Beide hatten einander nicht gekannt, oder doch? Mein Leben ist voller Fragen, die ich nicht beantworten kann, dachte er. Warum will meine Frau noch einmal studieren? Wäre Grovius an diesem Fall gescheitert? Hatte sein Mentor einfach Glück gehabt, dass er es in all den Jahren, in denen er diesen Job gemacht hatte, nie mit einem Fall zu tun bekommen hatte, dem er nicht gewachsen war? Oder hatte er in solchen Fällen tatsächlich »Fünfe gerade sein lassen«, wie Winnie Heller in ihrer Wut behauptet hatte? *Ein bisschen Schwund ist immer,* hatte Grovius oft gesagt. Was hatte er damit gemeint? *Ich spreche von neuen Impulsen,* plapperte Hinnrichs hinter Verhoevens Stirn. *Von anderen Ansätzen. Einem neuen Blickwinkel abseits der erstarrten Routine …*

Tamara Borg ist Buchhändlerin gewesen, zwang sich Verhoeven, seine Gedanken wieder auf den Fall zu richten. Hatte sie eine besondere Beziehung zu Lyrik gehabt? Hatte sie die Gedichte, um die es ging, vielleicht sogar gekannt? Und Susanne Leistner? Wir sehen jetzt das Muster, das den Morden zugrunde liegt, dachte er, und wir sind trotzdem keinen Schritt voran gekommen. Es würde weitere Morde geben. Mindestens zwei. Anhand dieser verdammten Gedichte waren sie sogar in der Lage, vorauszusagen, welche Szenarien sie an den Tatorten vorfinden würden. Aber wer würden die Opfer sein? Wie sollten sie das Morden stoppen, wenn sie das Bindeglied nicht kannten? Nach welchen Kriterien wählte der Täter seine Opfer aus? Das war und blieb die Frage, um die sich alles drehte. Und solange sie diese Frage nicht beantworten konnten, wussten sie gar nichts.

Obwohl es auf Mitternacht zuging, griff Verhoeven zum Telefon und wählte die Nummer von Gernot Leistner, doch nach kurzem Klingeln meldete sich, wie bereits in den vergangenen Tagen, lediglich der Anrufbeantworter. Er ist nie da, dachte Verhoeven, obwohl er zu Hause arbeitet. War das nicht seltsam? Er hinterließ eine Nachricht, nannte dabei auch seine private Handynummer und bat dringend um Rückruf zu jeder Tages- und Nachtzeit, auch wenn er es für durchaus denkbar hielt, dass Susanne Leistners Witwer verreist war, geflohen. Oder er lag irgendwo in einer Psychiatrie. Nervenzusammenbruch. Wenn ich morgen nichts höre, muss ich jemanden hinschicken, der das überprüft, dachte Verhoeven. Nachdem er den Hörer aufgelegt hatte, kontrollierte er noch zweimal, ob sein Handy auch tatsächlich eingeschaltet und der Akku aufgeladen war, bevor er ins Schlafzimmer hinaufging, wo Silvie bereits in einem tiefen, traumlosen Schlummer lag. Verhoeven ging ins Bad, wobei er es sorgsam vermied, sein übermüdetes Gesicht im Spiegel anzusehen, duschte, putzte sich die Zähne und setzte sich zu seiner Frau aufs Bett. Sie lächelte, als er ihren Nacken küsste, machte sich aber nicht die Mühe aufzuwachen. Er wusste, dass auch er versuchen musste zu schlafen. Wenigstens ein paar Stunden. Er musste sich irgendwie aufrechterhalten. Sonst würde er zusammenbrechen. Und damit war niemandem gedient. Zugleich hatte er das dringende Gefühl, sich keinen Schlaf, keinen Moment der Unaufmerksamkeit gönnen zu können.

Seufzend öffnete er die Schublade seines Nachtschranks, nahm die Uhr ab, die Grovius ihm geschenkt hatte, und legte sie in das dazugehörige Etui zurück. Dann trat er ans Fenster und stellte verwundert fest, dass es tatsächlich zu schneien begonnen hatte. Feine, körnige Flocken, die aus dem schwarzen Himmel rieselten und die wenig befahrene Anwohnerstraße unter einem zarten weißen Schleier verschwinden ließen. Er blickte sich nach seiner Frau um, die sich auf die andere Seite gedreht hatte, und ging wieder ins Bad hinüber. Er drehte das Wasser auf und stellte sich erneut unter die Dusche, wobei er an einen seiner Schulfreunde dachte, bei dem er hin und wieder übernachtet hatte. Die Eltern hatten damals gerade ein Haus gekauft. Duschen war nur an den Wochenenden erlaubt gewesen. Und selbst dann nur ganz kurz. Ich darf niemals vergessen, wie privilegiert ich bin, dachte er, während das heiße Wasser über seinen Körper rann und einen Teil der Erschöpfung aus seinem Kopf sog. Wirklich und wahrhaftig privilegiert.

Er konnte nicht ahnen, dass sich im selben Augenblick nur etwa dreißig Kilometer von ihm entfernt der Mann, nach dem sie so verzweifelt suchten, über die Leiche von Anna-Lena Kluger beugte.

Dienstag, 21. November 2006

7 Der Morgen des einundzwanzigsten November dämmerte stürmisch und wolkenreich herauf, und Winnie Heller wusste, dass es ein schwieriger Tag werden würde. Sie tastete nach dem Wecker auf ihrem Nachttisch und drückte die Taste zur Beleuchtung des Zifferblatts. Es war sieben Minuten nach sechs, was bedeutete, dass sie gerade einmal vier Stunden geschlafen hatte.

In ihrem Apartment war es um diese Uhrzeit noch eiskalt.

Sie wusste, dass die Hausverwaltung die Heizung erst in einer knappen Stunde einschalten würde. Trotzdem erschien ihr die Aussicht auf eine heiße Dusche und eine noch heißere Tasse Kaffee weitaus verlockender als die Möglichkeit, eine weitere halbe oder gar Dreiviertelstunde im Bett zu bleiben. Sie hatte lange mit sich gekämpft und war dann schließlich doch ins Luigi's gefahren. Lübke hatte sein diabolisches Jack-Nicholson-Lächeln gelächelt, aber keine Fragen gestellt und ihr stattdessen ungefragt ein Glas Bier hingeschoben. Dann hatten sie bis kurz nach eins gepokert, ein netter, unverfänglicher Abend unter Kollegen. Sie war nach Hause gefahren, hatte sich in ihren Büroklamotten ins Bett gelegt und einen entsetzlichen Albtraum gehabt, in den sie auf keinen Fall zurückkehren wollte.

Wie alle Albträume hatte er ganz harmlos begonnen: Sie war auf einer Wanderung gewesen, eine endlose graue Steilküste entlang. Tief unter ihr waren die Wellen gegen die Felsen geschlagen, und die Luft hatte rau und salzig geschmeckt. Doch dann war plötzlich ein dichter Nebel vom Meer heraufgezogen. Sie hatte beschlossen umzukehren und war den gleichen Weg zurückgegangen, den sie soeben gekommen war, doch der Weg hatte sie nicht in das beschauliche Küstendorf zurückgeführt, von dem aus sie ihre Wanderung begonnen hatte, sondern war in einen Deich übergegangen, der immer weiter ins Meer hineinlief. Abermals war sie umgekehrt, doch wohin sie sich auch gewendet hatte, der Weg hatte stets hinaus auf die offene See geführt. Irgendwann hatte sie sich auf den Deich gesetzt, um zu warten, bis jemand nach ihr suchen kam. Aber es war niemand gekommen. Die Nacht war hereingebrochen, und die Flut hatte das Wasser unerbittlich steigen lassen. Sie hatte zugesehen, wie die Wellen höher und höher geschlagen waren. Aber im selben Moment, in dem das Wasser ihre Füße erreicht hatte, war sie aufgewacht …

Entschlossen schwang sie die Beine aus dem Bett und tappte barfuß ins Bad hinüber. Dr. Zilcher würde sich glatt in die Hose pissen vor Vergnügen, einen solchen Traum analysieren zu können, dachte sie und drehte das Wasser auf. Dann hielt sie ihr Gesicht unter den lauwarmen Strahl, bis sie das Gefühl hatte, dem Tag gewachsen zu sein, nahm ihr Haar zu einem unordentlichen Pferdeschwanz zusammen und klaubte ein paar klägliche Lebensmittelreste aus ihrem Kühlschrank. Gewürzgurken und Dosenmakrelen zum Frühstück, dachte sie, als ob ich schwanger wäre! Apropos schwanger: Sie nahm das Gurkenglas von der Theke und ging zu ihrem Aquarium hinüber, in dem ihre Mitbewohner bereits putzmunter waren. Es kommt alles zu kurz, dachte sie, indem ihre Augen das Pflanzendickicht nach Walther-Waltraud absuchten. Die Fische kommen zu kurz, und Elli. Und … »Morgen, John«, sagte sie, als der werdende Vater nach vorn an die Scheibe kam. »Na, wie sieht's aus? Schon arg nervös? … Ja, sicher ist das eine Riesenverantwortung. Das kann ich mir schon vorstellen. Aber du packst das! Ganz sicher … Nein, keine Sorge, Papageno wird sich hübsch zurückhalten, sonst bekommt er es mit mir zu tun und ... Was meinst du? Ja, ich weiß auch, dass Welse Allesfresser sind, aber das bedeutet doch noch lange nicht, dass sie sich an Kindern vergreifen.« Sie stand auf, holte ihre Decke vom Bett und wickelte sich darin ein. Dann nahm sie sich eine neue Gurke und setzte sich wieder vor das Aquarium. »Ja doch, ich achte darauf, dass er immer genug zu fressen hat, solange die Kleinen noch nicht auf sich selbst aufpassen können. Verlass dich auf mich!«

Zwei Stunden später rief Verhoeven an. »Heute Nacht war ein Ehepaar im Präsidium, um die Tochter als vermisst zu melden, die von der Arbeit nicht nach Hause gekommen ist.«

Winnie Heller hielt den Atem an. »Wie alt?«

»Einundzwanzig«, entgegnete Verhoeven. »Man hat die Eltern mit den üblichen Bemerkungen nach Hause geschickt. Erst einmal abwarten, sie meldet sich bestimmt in den nächsten Stunden, in dem Alter ist es nicht ungewöhnlich, wenn eine junge Frau mal für eine Nacht verschwindet. Sie wissen ja, wie das läuft.«

Sie nickte, obwohl ihr klar war, dass Verhoeven sie nicht sehen konnte. Ja, sie wusste, wie solche Dinge liefen und wie viel Zeit oft verschenkt wurde. Wie viel Zeit verloren ging. Zeit, über die man erst wieder nachdenken durfte, wenn der Obduktionsbefund die Bestätigung lieferte, dass das Opfer in der verschenkten Zeit längst nicht mehr am Leben gewesen war.

»Jetzt sind die Eltern wieder hier«, sagte Verhoeven. »Die Tochter ist noch immer nicht aufgetaucht und hat auch nicht angerufen. Die Leute sind außer sich vor Sorge. Scheinbar ist das Mädchen sonst äußerst zuverlässig. Und sie müsste eigentlich schon wieder bei der Arbeit sein.«

»Verdammt!« Mit den Fingern der freien Hand strich Winnie Heller ein paar widerspenstige Haarsträhnen glatt, die sich aus ihrem Pferdeschwanz gelöst hatten und seitlich von ihrem Kopf abstanden. Nicht noch eine, dachte sie. Noch eine verkraften wir nicht. Die letzten beiden sind noch nicht einmal unter der Erde.

»Das Mädchen arbeitet bei einer Baustofffirma im Gewerbegebiet«, fuhr Verhoeven indessen fort. »Sie musste gestern Abend Überstunden machen, was sie ihren Eltern übrigens auch brav mitgeteilt hat. Ihr Chef gibt an, dass sie zeitig genug fertig gewesen ist, um den letzten Bus in die Stadt noch zu erreichen. Und der fährt …« Winnie Heller hörte das Rascheln von Papier. »Der Bus fährt um einundzwanzig Uhr vierundzwanzig. Der Vater hatte seiner Tochter sogar angeboten, sie abzuholen, falls sie den Bus verpasst, aber sie hat von diesem Angebot keinen Gebrauch gemacht, was zu der Aussage ihres Vorgesetzten passen würde. Die Eltern waren noch in der Nacht draußen bei der Baustofffirma und haben sich dort umgesehen, aber es gibt keine Spur von Anna-Lena. So heißt das Mädchen: Anna-Lena Kluger.«

»Bin schon unterwegs«, rief Winnie Heller, indem sie hastig noch etwas Trockenfutter ins Aquarium rieseln ließ, damit Papageno gar nicht erst auf dumme Gedanken kam. »In spätestens zwanzig Minuten bin ich da.«

»Da ist noch etwas.«

»Was?«

Verhoeven räusperte sich. »Ich habe auf der Liste nachgesehen, die Marianne Siemssen uns mitgegeben hat.«

»Das Mädchen war Mitglied im Fit for Life?«

»Ja«, sagte Verhoeven. »Aber sagen Sie nicht *war.*« Er zögerte. »Noch nicht.«

8 Etwa eine halbe Stunde später saßen sie in Hinnrichs' Büro den Eltern von Anna-Lena Kluger gegenüber. Hinnrichs' Sekretärin hatte Kaffee gemacht. Die vollen Tassen standen unberührt in der Mitte des Tisches. Durch die beschlagenen Fenster sah man die schneeüberhauchten Dächer im trüben Morgenlicht glänzen.

»Sie würde niemals die ganze Nacht wegbleiben, ohne uns Bescheid zu geben«, schluchzte Anna-Lena Klugers Mutter und vergrub das Gesicht in den Händen. »Es muss ihr etwas geschehen sein. Das ist die einzig denkbare Erklärung.«

Verhoeven wagte es nicht, ihr zu widersprechen, nicht einmal, um sie zu trösten.

Wilhelm Kluger räusperte sich. »Nach allem, was hier in der Stadt in den letzten Wochen los war, sind Sie verpflichtet, uns ernst zu nehmen«, sagte er tonlos, aber mit Nachdruck. »Mir ist durchaus bewusst, dass die Polizei in solchen Fällen normalerweise erst nach Ablauf einer bestimmten Frist tätig wird, aber so wie die Dinge liegen, werden Sie jetzt gleich etwas unternehmen müssen.« Er stutzte und rückte dann umständlich seine Brille zurecht. »Es wird Ihnen nicht gelingen, diese Sache einfach unter den Teppich zu kehren.«

Hinnrichs verschränkte die Arme vor der Brust. »Ich kann Ihnen versichern, dass hier niemand die Absicht hat …«

»Erzählen Sie mir doch nichts!«, unterbrach ihn Kluger aufgebracht. »Ich lese auch Zeitung. Und ganz offensichtlich hat sich die Polizei, was diese anderen Frauen angeht, ganz und gar nicht mit Ruhm bekleckert.« Er holte tief Luft und wischte sich mit dem Handrücken über die Stirn. Verhoeven fragte sich, ob ihm bewusst war, dass er seine Tochter soeben in eine Reihe mit drei Toten gestellt hatte. »Hören Sie«, setzte Kluger erneut an. Seine Fingerspitzen zitterten. »Es ist mir nicht daran gelegen, Sie und Ihre Arbeit zu kritisieren.«

»Wenn wir nur wüssten, wo wir nach ihr suchen sollen«, fiel seine Frau ihm ins Wort. »Wir haben Bekannte und Nachbarn, die uns helfen würden.« Sie sah ihren Mann an, der jedoch in keiner Weise auf ihre Worte reagierte. »Vielleicht liegt sie ja irgendwo und ist verletzt oder ohnmächtig.« Sie senkte den Blick und betrachtete das zerknüllte Papiertaschentuch auf ihrem Schoß, als könne sie sich nicht daran erinnern, wie es dort hingekommen war. Ihr Mann legte ihr mechanisch die Hand auf die Schulter, ohne sie dabei anzusehen. »Wenn wir nur wüssten, wo wir nach ihr suchen sollen«, wiederholte sie müde.

Verhoeven schloss für ein paar Sekunden die Augen. *Weiß der Tod, mit tausend Ratten kommt er still* ... Das dritte Gedicht. Das vorletzte ... *aus den Fluten steigen sie unzählig* ... Ein verschwundenes Mädchen und ein Gedicht ... *und nagen was blieb vom Haar und Geäst* ... Er machte die Augen wieder auf und massierte sich mit den Zeigefingern die Schläfen, hinter denen sich Kopfschmerzen ankündigten. Unter der dünnen Haut pulsierte sein Blut ... *aus den Fluten steigen sie unzählig* ... »Verzeihen Sie«, wandte er sich an Anna-Lena Klugers Eltern. »Sie wissen nicht zufällig, ob es in der Nähe der Firma, in der Ihre Tochter arbeitet, irgendwo Wasser gibt? Einen See vielleicht oder etwas Ähnliches?« Er dachte einen Augenblick lang nach. »Es könnte auch ein Schwimmbad sein oder ein Weiher.«

Vera Kluger hob den Kopf und starrte ihn verständnislos an, doch ihr Mann nickte sofort. »Da ist ein See in der Nähe«, sagte er. »Etwa zwei Kilometer entfernt, aber nicht zur Stadt hin, sondern in die andere Richtung.« Er sah Verhoeven an. Ein Hauch von Erleichterung schwang in seiner Stimme. Er konnte etwas tun. Er wusste etwas. Er konnte Informationen geben, die vielleicht weiterhalfen. »Der See befindet sich kurz vor der nächsten Ortschaft«, ergänzte er hoffnungsvoll.

»Soweit ich weiß, gehen die Kinder aus der Umgebung im Sommer dorthin zum Baden. Wieso fragen Sie danach?«

Verhoeven tauschte einen Blick mit Winnie Heller. Klugers Frage ließ er unbeantwortet. »Ist dieser See von der Straße aus zu sehen?«, fragte er stattdessen.

»Ich glaube nicht«, sagte Kluger nach kurzer Überlegung. »Aber wenn ich mich recht erinnere, gibt es ein Hinweisschild. Eine Art Wegweiser.«

Verhoeven nickte. »Entschuldigen Sie mich bitte einen Augenblick«, sagte er ruhig und erhob sich von seinem Stuhl.

9

Die beiden Streifenbeamten, die kurz darauf den Auftrag erhielten, sich in der Gegend rund um den Baggersee umzusehen, brauchten nicht lange zu suchen. Die Tote lag am Südufer mit ausgebreiteten Armen auf dem Rücken. Ihr Oberkörper war nackt, die Kleidungsstücke hatte der Mörder achtlos neben die Leiche geworfen. Der frisch gefallene Schnee vermochte das Grauen nur unzureichend zu verdecken: Bauch und Arme des Mädchens waren mit Schnittwunden übersät. Neben und auf der Leiche lagen sieben tote Ratten.

Als Verhoeven und Winnie Heller eintrafen, war einer der beiden Beamten gerade dabei, sich zum zweiten Mal in die kahlen Büsche am Zufahrtsweg des Sees zu übergeben.

»So etwas habe ich noch nie gesehen«, sagte sein Kollege. Auch er war kreidebleich. »Dass jemand einem jungen Mädchen etwas Derartiges antun kann, noch dazu, wo er sie nicht einmal ...« Er stutzte und wandte den Blick ab.

»Was zum Teufel meinen Sie mit *nicht einmal*?«, fuhr Verhoeven ihn an. »Käme Ihnen dieses Schlachthaus erklärlicher vor, wenn das Mädchen vergewaltigt worden wäre?«

Der uniformierte Kollege biss sich auf die Unterlippe und schwieg.

Verhoeven warf ihm einen verächtlichen Blick zu. »Passen Sie bloß auf, was Sie sagen.«

Dann drehte er sich zu Winnie Heller um, deren Blick auf Dr. Gutzkow ruhte. Die Gerichtsmedizinerin kniete mit vorgerecktem Kopf neben der Toten wie eine weise alte Schildkröte. »Was machen wir falsch?«, fragte er. »Wieso war es uns nicht möglich, das hier zu verhindern?«

Warum fragt er mich das?, dachte Winnie Heller unbehaglich. »Keine Ahnung«, sagte sie und blickte in den schweren schiefergrauen Himmel hinauf. Seit ein paar Minuten schneite es wieder, doch die Flocken waren klebrig und nass. Das winterliche Intermezzo war zu Ende, noch bevor es richtig begonnen hatte. Unten am See waren Lübkes Mitarbeiter hastig bemüht, ein Zeltdach über dem Fundort zu errichten, über Blut und Ratten und nicht vorhandenen Spuren. Winnie Heller schloss die Augen und spürte, wie immer neue Schneeflocken ihr Gesicht trafen und sich durch die Wärme ihrer Haut in winzige Wassertröpfchen verwandelten. Es war ein schönes Gefühl. Ein Gefühl, das sie an ihre Kindheit erinnerte. An Elli im Kinderwagen, an Schlittenfahrten und vor Glück und Kälte glühende Wangen. Sie musste nach ihrer Schwester sehen, egal, wie spät es heute werden würde.

»Es hat keinen Sinn, noch länger hier draußen herumzustehen«, sagte Verhoeven nach einer Weile eher resigniert als entschlossen. »Es gibt hier nichts mehr für uns zu tun.«

Winnie Heller nickte und rückte ihren Schal zurecht. Ein Gedicht war noch übrig. Und dann? Was dann? Würde es dann einfach zu Ende sein? Konnte man aufhören, wenn man alle Grenzen so weit überschritten hatte?

Oben an der Straße hielt ein Auto mit quietschenden Reifen. Werneuchen sprang heraus und kam mit langen Schritten auf die beiden Kommissare zugerannt. Verhoeven hatte ihn zu der Baustofffirma geschickt, in der Anna-Lena Kluger gearbeitet hatte. »Wir haben einen Zeugen«, rief er schon von Weitem und so laut, dass sich selbst Dr. Gutzkow unten am See verwundert umsah. »Dieses Mal haben wir einen gottverdammten Zeugen!«

Verhoeven hob wie elektrisiert den Kopf. »Was sagst du da?«

Werneuchen schnappte nach Luft. »Ein Kollege von der Kluger hat gestern Abend beobachtet, wie sie an der Bushaltestelle in ein Auto gestiegen ist, kurz bevor der Bus kam.«

»Was für ein Auto?«

»Der Zeuge meint, es könne ein Sharan gewesen sein, dunkelblau oder dunkelgrün.«

Verhoeven packte seine Kollegin am Oberarm. »Okay, fahren wir!«, rief er. »Diesen Mann will ich persönlich sprechen. Wie heißt er?«

»Robert Niedhardt«, entgegnete Werneuchen und rannte hinter ihm her.

In Verhoevens Manteltasche klingelte sein Handy. Einen Augenblick lang spielte er mit dem Gedanken, den Anruf zu ignorieren und die Mailbox den Job übernehmen zu lassen, entschied sich dann aber doch dafür, das Gespräch anzunehmen. Er klappte das Handy auf und telefonierte im Laufen. Plötzlich blieb er abrupt stehen. »Haben Sie vielen Dank«, sagte er und unterbrach die Verbindung. »Das war Gernot Leistner«, berichtete er. »Susanne Leistner war doch Mitglied bei Fit for Life. Sie hat die Mitgliedschaft nur gekündigt, weil sie schwanger wurde.«

Wie vom Donner gerührt, starrten die beiden Kollegen ihn an.

»Verdammt, Sie hatten die ganze Zeit recht«, befand Winnie Heller mit einem anerkennenden Kopfschütteln.

Verhoeven straffte die Schultern. »Ich möchte, dass du im

Studio vorbeifährst und unsere verehrte Frau Siemssen in aller Form bittest, dich aufs Präsidium zu begleiten«, wandte er sich wieder an Werneuchen. »Frau Heller wird sie sich vornehmen.«

Er hat mich nicht gefragt, ob ich das schaffe, dachte Winnie Heller. Ob ich das kann. Er lässt mich einfach machen.

»Ich werde in der Zwischenzeit noch einmal mit unserem Zeugen sprechen. Wir treffen uns dann im Präsidium.« Verhoeven sah auf die Uhr. Grovius' Uhr. Den Kompass. »Es wird allmählich Zeit, dass wir Licht in dieses Dunkel bringen.«

10

»Und viel konnte ich ja auf die Entfernung auch gar nicht erkennen«, schloss Robert Niedhardt seinen Bericht von den Ereignissen des Vorabends, wobei er sich zum wiederholten Mal mit der flachen Hand über die feinen Bartstoppeln an Kinn und Hals strich. »Immerhin ist es ja nur einem glücklichen Zufall zu verdanken, dass ich überhaupt etwas gesehen habe«, setzte er hinzu.

Verhoeven war diesem Typ Mann oft genug begegnet, um sich vorstellen zu können, welcher Art die Zufälle waren, die ihn immer wieder in die Nähe seiner jungen Kollegin geführt hatten. Ob sich Anna-Lena Kluger vor ihm gefürchtet hatte? Er sah das Mädchen vor sich im Schnee liegen, die Augen fest geschlossen, als habe sie bis zum Schluss versucht, die bittere Realität des nahenden Todes auszublenden. Ihr Gesicht hatte fast wie auf dem Foto ausgesehen, das die Eltern mit aufs Präsidium gebracht hatten: ruhig und schön. So als habe es nichts mit dem zerstörten Körper zu tun, zu dem es gehörte.

»Und das Auto war eine dieser Großraumlimousinen, ein Van?«

Niedhardt leckte sich über die Lippen. Seine hohe Stirn hatte eine ausgeprägte Wölbung, auf der sich ein feiner Schweißfilm gebildet hatte. »Ich verstehe nicht allzu viel von Autos«, entgegnete er, während sein Blick unstet hin und her wanderte. »Außerdem habe ich den Wagen ja nur von hinten gesehen, und von hinten sehen sie doch alle ziemlich gleich aus, nicht wahr?«

»Dunkelblau oder dunkelgrün sagten Sie?«

Er zuckte mit den Schultern und sah zum Fenster hinaus. Der Schnee war endgültig in Regen übergegangen. Die Welt präsentierte sich wieder grau in grau. Die Wärme des Zimmers setzte sich in feinen Tröpfchen auf den Fensterscheiben ab. »Dunkel auf jeden Fall«, antwortete er. »Aber die Haltestelle ist nicht beleuchtet. Da ist es auf die Entfernung unmöglich, eine Farbe zu erkennen.« Er überlegte einen Moment. Dann fügte er hinzu: »Ich weiß nicht, warum, aber ich glaube eigentlich nicht, dass der Wagen schwarz war. Schwarz wirkt irgendwie anders im Dunkeln.«

Verhoeven nickte. Er wusste, was der andere meinte. »Und das Mädchen stieg freiwillig in den Wagen ein?«

»Das kann ich nicht mit Sicherheit sagen.« Niedhardt öffnete den obersten Knopf seines Hemds. Seine Finger waren lang und hatten breite, trapezförmige Kuppen. »Ich kam ja aus dem Hauptausgang. Die Haltestelle ist etwa hundert Meter weiter die Straße rauf. Ich habe das Auto anhalten sehen. Es kam aus derselben Richtung wie der Bus und fuhr ganz dicht an das Wartehäuschen heran. Mehr konnte ich nicht erkennen.«

»Es wäre also durchaus möglich, dass das Mädchen gewaltsam in das Auto gezerrt worden ist?«, hakte Verhoeven nach. »Was ich meine, ist: Hätten Sie zwangsläufig bemerkt, wenn der Fahrer ausgestiegen wäre?«

»Nicht unbedingt«, gab Niedhardt zu.

»Und anschließend wendete der Wagen und fuhr in dieselbe Richtung davon, aus der er gekommen war?«

Er nickte.

»Hat diese Tatsache Sie nicht gewundert?«

»Sicher«, antwortete Niedhardt ohne Zögern. »Ich hatte ja angenommen, dass der Fahrer Anna-Lena angeboten hat, sie mit in die Stadt zu nehmen. Und da fand ich es dann schon ziemlich eigenartig, dass der Wagen in die entgegengesetzte Richtung fuhr. Zumal ...« Er stutzte und leckte sich wieder über die Lippen. »Zumal ich mir eingebildet hatte, dass das Kennzeichen nicht von hier war.«

Verhoeven blickte auf. »Sondern?«

»Nun ja, ich bildete mir ein, dass der Wagen ein Dortmunder Kennzeichen hatte.«

11

Marianne Siemssen zwang sich, die Fotos, die vor ihr auf dem Tisch lagen, anzusehen. Sie fragte sich, ob man an ihrem Gesicht ablesen konnte, was sie fühlte. Aber wahrscheinlich konnte man das nicht. Das Bemühen um äußerliche Ungerührtheit bestimmte ihr Leben seit damals. Sich niemals verraten, keine Rückschlüsse zulassen auf Gedanken oder Gefühle, das Einzige, was sie für sich hatte: Gedanken und Gefühle.

Und vorher? War es da anders gewesen? Hatte sie sich jemals unmittelbar geäußert, ohne Angst, in ihrem Innersten erkannt zu werden? Sie wusste es nicht mehr. Sechsundzwanzig Jahre waren eine lange Zeit. Zu lange, um sich daran zu erinnern, wie es vorher war. Und vielleicht war es auch zu gefährlich. Ihr Blick blieb an Tamara Borgs Gesicht hängen. Eine Großaufnahme der Verwüstung.

Sehen Sie sich das an!

Die Kommissarin hatte Fotos der toten Frauen vor sie auf den Tisch geknallt.

Sehen Sie sich das an! Sehen Sie genau hin!

Das tat sie und wunderte sich, dass sie es konnte. Wann immer sie sich in den vergangenen sechsundzwanzig Jahren die eine, die schlimmstmögliche Situation vorgestellt hatte, die größte denkbare Katastrophe, war sie zu der Überzeugung gelangt, nicht damit fertig zu werden. Eine Situation, in der die eigenen Albträume Realität wurden, war ihr untragbar erschienen. Unerträglich. War es das nun? War es unerträglich?

Sie spürte die Blicke der Kommissarin, die ihr Gesicht nach einer Reaktion abtasteten und keine fanden.

Anna-Lena Kluger. Sie konnte sich recht gut an das Mädchen erinnern. Eine hübsche Blondine, die regelmäßig zum Training gekommen war und stets freundlich gegrüßt hatte. Der Kopf lag auf der Seite. Auf den Lidern der geschlossenen Augen lag ein Hauch von Schnee.

Wollen Sie, dass es so weitergeht?

Ratten und nackte Schultern. Die offenen Wunden. War sie daran schuld?

Und das? Kennen Sie das?

Das waren die Gedichte, seine verdammten Gedichte. Sie hatte nur einen kurzen Blick darauf geworfen und genickt. Ja, das kenne ich. Ich kenne es nur zu gut. Der Papierbogen, den die Kommissarin ihr über den Tisch gereicht hatte, war nur eine Kopie, gedruckt auf dünnem weißem Papier, aber es war seine Handschrift. Wie mochte die Polizei an seine Gedichte gekommen sein? Hatte ihr Vater sie denn nicht vernichtet, damals? Verbrannt, so wie er es versprochen hatte? Sie sah wieder das schneeüberhauchte Gesicht Anna-Lena Klugers an, das vor ihr auf dem Tisch lag.

weiß der Tod …

Oh ja, sie konnte sich an jedes einzelne Wort erinnern! Seit sechsundzwanzig Jahren hätte sie alles darum gegeben, diese schrecklichen Zeilen vergessen zu können. Aber sie hatten sich in ihr Gedächtnis gebrannt. Das hatte er gewusst. Darauf hatte er spekuliert. Und er hatte recht behalten. Sie wurde ihn nicht los. Niemals würde sie ihn loswerden. Das immerhin wusste sie jetzt.

Der blinde scharlachrote Mohn schreit blutend über den sturmzerrissenen Feldern meiner Seele ...

Nach welchen Prinzipien funktionierte eigentlich ein Gedächtnis? Warum gelang es so vielen Menschen, zu verdrängen, was ihnen Angst machte? Und warum gelang es ihr nicht? Ausgerechnet ihr? Welchen Nutzen hatte die Angst gehabt, der Verzicht, die Vorsicht? Seine Gedichte hatten sie schließlich und endlich ja doch eingeholt.

... aus den Fluten steigen sie unzählig ...

Wenn es mir gelungen wäre, diese Worte zu verdrängen, hätte ich sechsundzwanzig Jahre gehabt. Diese banale Wahrheit drängte sich schlagartig in ihr Bewusstsein.

Sechsundzwanzig Jahre für Einkaufsbummel, Herbstspaziergänge, Gartenarbeit ...

... und nagen was blieb von Haar und Geäst ...

Und sechsundzwanzig Jahre Zeit zum Schwimmen.

Sie hob den Blick und sah der Kommissarin auf der anderen Seite des Schreibtisches direkt in die Augen. Sie verachtet mich, weil ich nicht zusammenbreche, dachte sie. Irgendetwas stimmt nicht mit mir. Ich kann nicht vergessen, was mich quält. Ich kann nicht verdrängen, was mir Angst macht. Und ich scheine nie so zu reagieren, wie man es von mir erwartet. Aus irgendeinem unerklärlichen Grund musste sie lächeln über diese Erkenntnis. Gegenüber kniff die Kommissarin misstrauisch die Augen zusammen. Schon wieder eine falsche Reaktion. Wie konnte man lächeln in einem Augenblick wie diesem? Sie starrte auf den Daumennagel ihrer rechten Hand. An der Seite war etwas vom Lack abgesplittert. Das würde sie in Ordnung bringen müssen. Nachher. Keine Risse in der Fassade. Keine Schwimmbäder. Keine Katzen. Hatte sie sich die verdammten Fotos nun lange genug angesehen?

»Es war im Frühjahr 1980«, begann sie. Es war an der Zeit, es hinter sich zu bringen. Ihre Stimme klang eigenartig müde, obwohl sie sich hellwach fühlte. Aber die Wachheit drang nicht an die Oberfläche. Nichts drang an die Oberfläche. »Ich war damals gerade achtzehn geworden und lebte mit meinen Eltern in Düsseldorf, wo ich das Gymnasium besuchte. Im Haus nebenan wohnte eine alleinstehende ältere Dame. Ich war oft bei ihr und nannte sie Tante Louise. Sie brachte mir das Kartenspielen bei, und jedes Jahr im Dezember backten wir zusammen Plätzchen.«

Winnie Heller betrachtete sie und konnte sich beim besten Willen nicht vorstellen, dass Marianne Siemssen Karten spielte. Bier trank. Spaß hatte. Wie konnte sie sich ihr nähern? War es überhaupt möglich, dieser Frau nahezukommen? Vieles sprach dafür, dass ihre Reserviertheit eine lange eingeübte Verhaltensweise war. Da war es schwer, noch etwas zu bewegen. Oder? Ich muss es auf jeden Fall versuchen, dachte sie. Verhoeven hat mir das zugetraut. Er glaubt an mich. Ich darf das hier auf keinen Fall versauen.

Marianne Siemssen studierte wieder ihre Fingernägel. Die intensive Betrachtung von etwas, das ihr vertraut war, schien ihr zu helfen. »Als Tante Louise älter wurde, entschloss sie sich, nur noch den unteren Teil ihres Hauses zu bewohnen und das Obergeschoss zu vermieten«, fuhr sie fort. Es wunderte sie selbst, wie einfach sich die Worte zu Sätzen fügten. »Dort zog ein verwitweter Geschichtsprofessor ein, der einen sechzehnjährigen Sohn hatte: Raphael.« Sie hielt erneut inne. Ihre Augen schienen auf einen Punkt in weiter Ferne gerichtet zu sein. »Es fing ganz harmlos an. Aber diese Dinge entwickeln sich ja immer sehr subtil.«

Winnie Heller fragte sich, was ihre Gesprächspartnerin mit *diesen Dingen* meinte. Sie hatte sich viel Zeit gelassen. Jetzt sprach sie endlich. Das war ein Erfolg, oder?

»Ich will nicht darüber reden«, war das Erste gewesen, was sie gesagt hatte.

Winnie Heller war aufgefallen, dass sie *ich will* gesagt hatte, nicht *ich möchte*. Dabei war sie der Typ Frau, der *ich möchte* sagte. Normalerweise. »Das sollten Sie aber«, hatte sie geantwortet.

»Warum?«

»Weil sonst noch mehr Menschen sterben werden.« Sie hatte einen Augenblick gezögert, bevor sie hinzugefügt hatte: »Noch mehr Frauen.«

Marianne Siemssen hatte geschwiegen, und Winnie Heller hatte die Fotos der toten Frauen aus der Akte gezogen. Sie wusste, derlei war gegen die Vorschrift. Trotzdem hatte sie nicht widerstehen können. Sie musste alles versuchen. Alle Möglichkeiten ausschöpfen. Sie durfte nicht versagen. Wenn sie das hier hinkriegte, hatte sie vielleicht eine Chance. Eine richtige. Dauerhafte.

Marianne Siemssen hatte einen flüchtigen Blick auf die Fotos geworfen und etwas gesagt, das sie zutiefst erschreckt hatte. »Manche Dinge geschehen einfach, und man kann nichts dagegen tun. Das habe ich schon vor langer Zeit begriffen.«

Doch, hatte etwas tief in ihr widersprochen. Ich kann etwas tun. Darum bin ich zur Polizei gegangen. Um etwas zu tun.

»Ich besuchte Tante Louise fast jeden Tag«, sagte Marianne Siemssen auf der anderen Seite des Tisches. »Immer öfter war Raphael zufällig im Treppenhaus oder im Garten, wenn ich herüberkam. Aber ich dachte mir nichts dabei.«

Winnie Heller sah sich nach dem Spiegel in ihrem Rücken

um und fragte sich, wer dort hinter der Scheibe stand. Ob dort jemand stand. Oder ob sie allein waren. Jägerin und Gejagte.

»Ab und an setzte er sich auch zu uns und las uns Gedichte von sich vor«, fuhr Marianne Siemssen mit unbewegter Miene fort. »Lauter düsteres Zeug über schwarze Vögel und kranke Blumen, das wir nicht hören wollten.«

Winnie Heller dachte an etwas, das Verhoeven in einer ihrer Besprechungen geäußert hatte. *In der Romantik hätte man für eine Frau wie Marianne Siemssen Klavierstücke geschrieben. Und Gedichte.*

»Irgendwann fing er an, mir kleine Geschenke zu machen. Blumen, Süßigkeiten, eine Luftpumpe für mein Fahrrad. Ich wollte diese Dinge nicht annehmen, aber meine Eltern waren der Meinung, ich solle nett sein zu Raphael. Er hatte sehr früh seine Mutter verloren. Und sie dachten wohl, er sei noch ein Kind.« Ein spöttisches Lächeln spielte um Marianne Siemssens Mundwinkel.

Winnie Heller registrierte es mit Verwunderung, und sie erkannte den Vorwurf, der aus diesem Lächeln sprach. Begann die Fassade nun zu bröckeln?

»Raphael konnte von seinem Zimmer aus unser Haus sehen. Jeden Abend stand er dort am Fenster und blickte herüber. Stundenlang. Morgens lehnte er am Gartenzaun, wenn ich zur Schule ging. Und er folgte mir überallhin. Wie ein Schatten.« Sie zögerte nur eine Sekunde. Lange genug, dass Winnie Heller es bemerkte. »Meine Freundinnen zogen mich seinetwegen auf und nannten ihn meinen kleinen Verehrer. Er …« Sie unterbrach sich. Sie durfte nicht zu viel verraten. Nur die Fakten. Nichts über die vielen kleinen Begebenheiten am Rande, nichts über die nach und nach ausbleibenden Einladungen, die Bemerkungen, die nicht freundlich geblieben waren, das Getuschel. Und nichts über Schwimmbäder.

Winnie Heller verspürte eine wachsende Ungeduld, aber

sie vermied es, ihr Gegenüber zu drängen. Stattdessen lehnte sie sich zurück und schlug die Beine übereinander. In der Glaskanne auf dem Beistelltisch wurde der Kaffee kalt. Sie hatte vergessen, Marianne Siemssen etwas anzubieten.

»Eines Tages fragte er mich, ob ich seine Frau werden wolle«, fuhr diese in sachlichem Ton fort. »Natürlich dachte ich, er macht einen Scherz, und fing an zu lachen.« Für einen kurzen Moment verengten sich Marianne Siemssens Augen, und sie blinzelte, als blicke sie ungeschützt direkt in die Sonne. »Ich werde niemals seinen Gesichtsausdruck vergessen. Einen Augenblick lang hatte ich Angst, dass er mich schlagen würde. Aber das tat er nicht. Er sah mich nur mit diesem seltsamen Ausdruck an und sagte, dass ich meine Meinung ändern würde.« Sie hob den Kopf, als die Tür hinter Winnie Heller aufging und Verhoeven ins Zimmer trat, und fügte dann mit undurchdringlicher Miene hinzu: »Es klang sehr sicher.«

»Was haben Ihre Eltern unternommen?«, erkundigte sich Winnie Heller, nachdem Verhoeven ihr bedeutet hatte, mit der Befragung fortzufahren.

»Sie sprachen mit Raphaels Vater«, entgegnete Marianne Siemssen lakonisch. »Professor Martin war ein sehr netter Mann. Sein Sohn hörte ihm nicht einmal zu. Als sich nichts änderte, ging mein Vater zu Raphaels Klassenlehrer.«

Alois Breidstettner, ergänzte Winnie Heller in Gedanken. Sie hatte vorhin noch einmal mit dem Krankenhaus telefoniert. Breidstettner war noch immer nicht aus dem Koma erwacht. Prognose ungewiss. »Warum haben Sie sich nicht an die Polizei gewendet?«

Marianne Siemssen lachte kurz und bitter. »Es ist nicht verboten, jemandem Blumen und Gedichte zu schicken, wissen Sie?«

»Aber diese Sache ging doch weit darüber hinaus«, wandte Winnie Heller ein.

Die andere lächelte. »Vergessen Sie nicht, dass Raphael erst sechzehn gewesen ist. Man tat die Geschichte als pubertäre Schwärmerei ab. Eine Phase, die sich irgendwann von selbst gibt. Hinzu kam, dass Raphael recht klein und schmächtig war. Ich hätte mich also leicht gegen ihn zur Wehr setzen können, wenn er mich angegriffen hätte.«

»Hat er das je getan?«

»Nicht in der Weise, an die Sie denken«, entgegnete Marianne Siemssen, und ein Hauch von Sarkasmus mischte sich in ihr Lächeln.

Winnie Heller musterte die Frau, die ihr gegenübersaß, abschätzig. »Sie konnten nichts gegen diese Belästigungen tun?«, fragte sie mit bewusst ungläubigem Unterton.

Marianne Siemssen sah sie an. Ein undefinierbarer Ausdruck lag auf ihrem Gesicht. Sie öffnete die Lippen, um etwas zu sagen, doch dann schien sie es sich anders zu überlegen und schloss den Mund wieder.

Winnie Heller wartete.

»Vom Leben eines Menschen Besitz zu ergreifen ist nicht ungesetzlich, solange man ihn körperlich nicht erheblich verletzt«, sagte Marianne Siemssen nach einer Weile. »Ich nehme an, Raphael war das, was man heutzutage einen Stalker nennt. Wie Sie wissen, konnte die Polizei gegen solche Leute bislang nicht viel unternehmen, es sei denn, die Opfer bewiesen, dass sie Opfer sind, indem sie sich halb totschlagen ließen.«

»Was ist mit diesen Gedichten?«, mischte sich nun erstmals Verhoeven ein, der sich auf einen Stuhl in der Ecke gesetzt hatte. Sein Gesicht lag fast ganz im Schatten.

»Er schickte sie mit der Post«, erwiderte Marianne Siemssen. Zwischen ihren Augenbrauen hatte sich eine tiefe Falte gebildet. »Mein Vater nahm sie mir noch am selben Abend weg. Ich habe sie niemals wiedergesehen.« Sie machte eine lange Pause. »Eine Woche später verschwand meine Katze.«

»Und wie sind Sie den Kerl schließlich losgeworden?«, fragte Winnie Heller. »Sie sind ihn ja wohl losgeworden, oder?«

Marianne Siemssen nickte. »Tante Louise«, entgegnete sie leise. »Tante Louise kündigte ihnen die Wohnung.«

»Und weiter?«

Wieder zeigte sich jener undefinierbare Ausdruck auf Marianne Siemssens Gesicht. Winnie Heller glaubte, eine Spur von Verachtung darin zu erkennen. »Professor Martin entschloss sich, Düsseldorf zu verlassen. Er nahm eine Stelle in Hamburg an. Keine Professur, irgendeine andere Stelle. Er war ein sehr rücksichtsvoller Mann. Einige Monate vor meinem Abitur hat er mit Raphael die Stadt verlassen.«

»Und mit den beiden verschwanden alle Probleme.« Winnie Heller lächelte. »Wie schön für Sie.«

Marianne Siemssen blickte sie mit ausdrucksloser Miene an.

»Hatten Sie danach noch einmal Kontakt zu Raphael Martin oder seinem Vater?«

Sie zögerte einen Augenblick. »Nein«, sagte sie dann.

Winnie Heller warf ihr einen prüfenden Blick zu. Kein Gefühl verriet ihr, ob sie die Wahrheit gesagt hatte. Dennoch ertappte sie sich bei der Annahme, dass Marianne Siemssen gelogen hatte. »Wissen Sie, was aus Raphael geworden ist?«

»Nein.« Sie schüttelte den Kopf. »Ich habe nicht die geringste Ahnung.«

»Er hat nie den Versuch gemacht, Sie wiederzusehen oder sich mit Ihnen in Verbindung zu setzen?«

»Ich habe Düsseldorf gleich nach dem Abitur verlassen«, entgegnete Marianne Siemssen. Sie schien jetzt sehr ruhig. »Ob er sich je gemeldet oder mir geschrieben hat, weiß ich nicht. Meine Eltern hätten jedenfalls den Teufel getan, irgendetwas an mich weiterzuleiten, wie Sie sich denken können. Und außer meinen Eltern wusste niemand, wo ich war. Ich hielt es für das Beste, alle anderen Kontakte abzubrechen.«

»Was ist mit dieser Nachbarin?«, warf Winnie Heller ein. »Was ist mit Tante Louise?«

Marianne Siemssen saß einen Augenblick lang regungslos auf ihrem Stuhl. Sie hielt sich sehr gerade. »Sie starb im Mai 1981.«

Winnie Heller tauschte einen Blick mit Verhoeven. Seine Augen leuchteten ihr aus dem Schatten entgegen, und sie spürte, dass er genauso elektrisiert war wie sie selbst. »Wie?«

»Sie stürzte eine Treppe hinunter«, antwortete Marianne Siemssen so sachlich, als verlese sie die Nachrichten.

»Ein Unfall?«

»Ja«, entgegnete sie. »Ein Unfall.«

In Winnie Hellers Rücken begann ein Telefon zu klingeln. Sie ignorierte es und beugte sich über den Tisch, der sie von Marianne Siemssen trennte. »Und warum haben Sie einen Einbruch angezeigt, bei dem nichts gestohlen wurde?«

Marianne Siemssen lächelte jetzt wieder ihr seltsames Lächeln. »Für Sie ist ein Einbruch ein Einbruch, wenn etwas gestohlen oder doch wenigstens verwüstet wird, nicht wahr? Das ist mit Einbrüchen dasselbe wie mit den Übergriffen eines lästigen Verehrers: Solange kein Blut fließt, war's nicht der Rede wert, stimmt's?«

»Sie machen auf mich keineswegs den Eindruck, als seien Sie leicht aus der Fassung zu bringen«, konterte Winnie Heller unbeeindruckt. »Also klären Sie mich auf: Was an diesem Einbruch hat Sie so erschüttert, dass Sie sich entschlossen, die Polizei einzuschalten?«

»An meinen Türen sind Schlösser, damit *ich* bestimmen kann, wer mein Haus betritt«, entgegnete Marianne Siemssen aufreizend gelassen.

Winnie Heller ließ sie nicht aus den Augen. »Wovor haben Sie Angst?«

Die Inhaberin des Fitness-Studios setzte eben zu einer Antwort an, als die Tür aufging und Bredeney hereintrat. »Frau Heller, würden Sie bitte kurz herüberkommen? Hier ist ein Anruf für Sie.«

Winnie Heller wandte ärgerlich den Kopf. »Wer immer es ist, er soll sich später wieder melden. Ich kann jetzt nicht.«

Bredeney sah sich Hilfe suchend nach Verhoeven um. »Bitte«, sagte er. »Es ist wirklich sehr wichtig.«

Verhoeven erhob sich von seinem Stuhl. »Ich übernehme unterdessen für Sie.«

»Ich habe doch gerade gesagt, dass ich im Augenblick nicht kann«, fuhr Winnie Heller Bredeney an, ohne auf Verhoevens Angebot einzugehen. Das hier war ihre Chance. Sie hatte die Siemssen zum Reden gebracht, und sie würde, verdammt noch mal, bestimmt nicht auf der Zielgeraden aussteigen, um anderen die Lorbeeren zu überlassen. »Also noch einmal«, wandte sie sich wieder an Marianne Siemssen. »Was macht Ihnen solche Angst, dass Sie wegen einer Bagatelle die Polizei rufen?«

Unglücklich trat Bredeney noch einen Schritt näher. »Der Arzt Ihrer Schwester …«

Winnie Heller drehte sich um. »Lassen Sie sich die Nummer geben und sagen Sie ihm, dass ich zurückrufe, sobald ich kann.«

Bredeney biss sich auf die Unterlippe. »Ihre Schwester …«

Sie wusste es, bevor er es aussprach.

»Es tut mir leid, aber sie ist heute Vormittag gestorben.«

12 Zwei Stunden später war Winnie Heller zurück im Präsidium. Sie hatte ihre Schwester angesehen. Angefasst. Hatte ihre noch nicht völlig erkalteten Hände gestreichelt. Zu verstehen versucht, dass sie tatsächlich nicht mehr atmete. Dass sie tatsächlich endgültig gegangen war. Dass sie tatsächlich nie wieder eine Note Mozart spielen würde. Aber es war ihr nicht gelungen. Der Arzt hatte etwas gesagt, von dem sie nur die Hälfte verstanden hatte. Sie hatte ihn angeschrien. Ihm Vorwürfe gemacht. Ihn gar des Mordes bezichtigt. Irgendwann war sie einfach gegangen. Wortlos. Ohne sich noch einmal umzusehen. Hinaus aus dem Zimmer, in dem sie in den letzten Jahren einen so großen Teil ihrer Freizeit verbracht hatte. Hinaus aus dem Heim, dem sie nie ganz getraut hatte. Vorbei an ihren Eltern, die auf dem Flur gewartet hatten. Sie war in ihr Auto gestiegen und losgefahren und hatte sich wie eine armselige Verräterin gefühlt. Sie hatte ihre Schwester verlassen, zumindest kam es ihr so vor, sie zurückgelassen in der Obhut von Menschen, die sie nie verstanden hatten. Die nie an sie geglaubt, sondern von Anfang an nur auf ihren Tod gewartet hatten. Sie hatte Elli im Stich gelassen, ein letztes Mal im Stich. Im Anschluss an diese Erkenntnis fehlte ihr ein Stück Erinnerung. Ganz so wie damals. Auf sieben dürre Jahre folgten sieben noch dürrere. Hieß es nicht so? Oder verwechselte sie da etwas? Sie wusste es nicht. Sie wusste gar nichts mehr. Irgendwann hatte sie den grauen Mülleimer auf dem Parkplatz des Präsidiums gesehen. Wie sie dort hingekommen war, konnte sie nicht sagen. Aber sie wusste, dass das Präsidium ihre einzige Rettung war. Die einzige Konstante in ihrem Leben. Die einzige Chance, die sie hatte.

Sie fand die Kollegen in Hinnrichs' Büro, wo sie die jüngsten Entwicklungen des Falls diskutierten. Als sie zur Tür hereintrat, erhob sich Hinnrichs von seinem Stuhl. »Niemand erwartet, dass Sie heute noch …«

»Meine Schwester ist tot«, fiel sie ihm ins Wort. Warum verstand dieser Scheißkerl nicht, dass sie hierbleiben *musste*? Warum wollte er so gottverdammt verständnisvoll sein? »Da hilft es ihr auch nicht mehr, wenn ich einen Fall vernachlässige.«

Ihr Vorgesetzter schien etwas einwenden zu wollen, doch er überlegte es sich anders und nahm wortlos wieder Platz. Bredeney sprang auf und stellte ihr einen Stuhl zurecht. Fürsorglich. Gut gemeint. Sie quittierte seine Bemühungen mit einem kurzen Kopfnicken. »Also, was ist?«, fragte sie. »Haben Sie diesen Raphael ausfindig gemacht?«

Hinnrichs nickte. »Ja, wir haben ihn gefunden.«

»Und?«

»Leider kann er nichts mit unserem Fall zu tun haben«, entgegnete Verhoeven. Er sah aus, als wäre ihm kalt, aber er blickte ihr direkt in die Augen. Etwas, das sie ihm nicht so ohne weiteres zugetraut hätte.

»Dann hat uns die Siemssen also nicht die Wahrheit erzählt?«

»Das ist nicht der Punkt«, sagte Verhoeven. »Raphael Martin ist tot. Er verunglückte, noch bevor er sein Studium abgeschlossen hatte.« Er nahm den Computerausdruck, der vor ihm auf dem Tisch lag, und reichte ihn ihr. »Und zwar am 24. Juli 1988 in Marokko. Die Informationen kamen gerade rein.«

»Hat er dort studiert?«, fragte Winnie Heller, während ihre Gedanken sich verzweifelt an das Blatt Papier in ihrer Hand krallten. *Sie hat nicht gelitten,* flüsterte unbarmherzig die Stimme des Arztes in ihrem Ohr. Es klang verzerrt. In die Länge gezogen. Wie ein Tonband, das man zu langsam abspulte. *Glauben Sie mir, es ist besser so. Wenn es uns gelungen wäre, sie noch einmal zu stabilisieren ... Es ist besser so ... Das wäre nicht wünschenswert gewesen ... Nicht wünschenswert ...* Konzentrier dich, Winnie Heller, dachte sie verzweifelt. Sei ein Profi! Sie hob den Kopf. »Hat Raphael Martin in Afrika studiert?«, fragte sie noch einmal, weil sie sich nicht daran erinnern konnte, ob sie diese Frage bereits gestellt hatte.

»Nein, in Hamburg«, antwortete Hinnrichs. »Er hat dort sein Abitur gemacht und nach dem Wehrdienst ein Germanistik-Studium begonnen. In den Semesterferien ging er auf Reisen: USA, Indien, Japan. Ende Juni 1988 flog er mit einem Freund nach Algier. Von dort aus wollten die beiden mit dem Rucksack quer durch Nordafrika trampen. Am 22. Juli brachen sie rund fünfzig Kilometer südöstlich von Marrakesch zu einer mehrtägigen Bergtour auf, während der Raphael in eine Felsspalte stürzte. Das Gelände war unwegsam. Sein Freund brauchte zwei Tage, um Hilfe zu holen.«

»Raphael Martin konnte jedoch nur noch tot geborgen werden«, ergänzte Verhoeven. »Es gab eine Untersuchung, und die marokkanische Polizei informierte die deutschen Behörden.« Er lehnte sich zurück. »Wir haben die Akte angefordert, aber wie es scheint, besteht nicht der geringste Zweifel, dass er damals tatsächlich ums Leben gekommen ist.«

»Was ist mit seinem Vater?«, fragte Winnie Heller. Sie musste am Ball bleiben. Die Stimmen zum Schweigen bringen. Die anderen. Die Stimmen in ihrem Kopf, die ihr Dinge sagten, die sie nicht hören wollte. *Nicht wünschenswert* …

»Der war zu diesem Zeitpunkt bereits tot.«

»Scheint ja alles andere als bekömmlich zu sein, diesen Raphael zu kennen«, bemerkte Bredeney mit einem freudlosen Lachen.

»Mit dem Tod seines Vaters kann er nichts zu tun haben«, winkte Hinnrichs ab. »Unsere Anfrage hat ergeben, dass Professor Martin im Sommer 1984 bei einem Autounfall ums Leben kam. Sein Sohn hatte gerade das Abitur bestanden und befand sich in Südfrankreich, als es passierte.«

Winnie Heller massierte ihr rechtes Ohr, das sich heiß anfühlte. »Raphael war also Vollwaise, als er starb.«

Verhoeven nickte.

»Aber irgendetwas muss die Geschichte von damals mit unseren Fällen zu tun haben«, beharrte sie. »Auch wenn Raphael Martin tot ist, sind es seine Gedichte. Geschrieben für eine Frau, die ein Fitness-Studio besitzt, in dem alle drei Opfer trainiert haben.«

»Nehmen wir mal an, dieser Einbruch letzten August war tatsächlich ein Einbruch«, sagte Verhoeven. »Was war der Zweck dieser Aktion, wenn nichts gestohlen wurde?«

»Vielleicht ging es darum, sich Informationen zu beschaffen«, schlug Bredeney vor. »Ich meine, alle Opfer waren Mitglied in Marianne Siemssens Studio. Das kann der Mörder eigentlich nur wissen, wenn er dort arbeitet oder über eine Mitgliederliste verfügt, oder?«

»Und damit hätten wir dann auch endlich geklärt, nach welchen Kriterien der Täter die Frauen aussucht«, sagte Winnie Heller. »Unser Mann bricht in das Studio ein und besorgt sich eine Liste der Mitglieder. Aus dieser Liste wählt er seine Opfer aus. Welche Faktoren ausschlaggebend für eine bestimmte Frau sind, wissen wir nicht. Möglicherweise hat er mehrere Frauen ausspioniert und dann diejenigen ausgesucht, bei denen sich die günstigsten Gelegenheiten boten. Oder …«

»Aber wir haben auch eine solche Mitgliederliste«, fiel Verhoeven ihr ins Wort. »Und da steht der Name von Susanne Leistner nicht drauf.«

Winnie Heller legte die Stirn in Falten. »Ich habe da eine Idee.« Sie stand auf. »Bin gleich wieder da.«

»In einem Punkt stimme ich mit ihr überein«, sagte Verhoeven, als sie das Büro verlassen hatte. »Die ermordeten Frauen wurden ausgesucht, weil sie Mitglied bei Fit for Life waren.

Ich hatte von Anfang an das Gefühl, dass die Persönlichkeit der Opfer in diesem Fall nur eine sehr untergeordnete Rolle spielt. Und deshalb haben wir auch im persönlichen Umfeld dieser Frauen nie etwas finden können, das uns irgendwie weitergebracht hätte. Wir hatten es nie mit Beziehungstaten im herkömmlichen Sinn zu tun. Wer zum Opfer wird, ist mehr oder weniger Zufall. Entscheidend sind allein das Muster und der Zweck, den der Mörder verfolgt.«

»Wirklich schade, dass der Jugendfreund von der Siemssen als Täter nicht mehr in Betracht kommt«, bemerkte Bredeney im selben Moment, als Winnie Heller zurückkehrte.

»Ich glaube, ich habe die Lösung für unser Problem«, verkündete sie. »Susanne Leistner hat ihre Studiomitgliedschaft gekündigt, als sie mit Amelie schwanger wurde. Wirksam wurde die Kündigung Anfang Oktober 2003.« Sie warf einen Blick auf den Notizzettel in ihrer Hand. »Fit for Life räumt seinen Mitgliedern nach der Kündigung eine Frist von zwei Jahren ein, innerhalb deren sie die Mitgliedschaft zu den alten Bedingungen wieder aufnehmen können, wobei dann keine erneute Aufnahmegebühr mehr anfällt. Zu diesem Zweck bleiben die Daten von Mitgliedern auch nach der Kündigung noch zwei Jahre lang gespeichert, bevor sie endgültig gelöscht werden. In Susanne Leistners Fall lief diese Frist bis Oktober 2005, was bedeutet, dass ihre Daten zum Zeitpunkt des Einbruchs im August 2005 noch nicht gelöscht waren. Die Löschung der Daten erfolgte erst zwei Monate später …«

Verhoeven senkte den Blick. »Acht verdammte Wochen«, murmelte er. »Susanne Leistner hatte einfach Pech …«

Mittwoch, 22. November 2006

13

Die Akte mit dem Untersuchungsbericht über Raphael Martins Tod traf am frühen Morgen des nächsten Tages ein. Werneuchen brachte sie in ihr Büro, wo er sie wortlos auf Grovius' Schreibtisch legte. Zu diesem Zeitpunkt war Winnie Heller bereits seit zwei Stunden im Präsidium. Sie war nur ein paar Stunden zu Hause gewesen. Hatte geduscht. Sich umgezogen. Die Fische gefüttert. Dann war sie zurückgekehrt, hatte sich Kaffee gemacht und das Protokoll von Marianne Siemssens Vernehmung gelesen. Einmal. Zweimal. Nun ein drittes Mal. Sie durfte nicht zulassen, dass der Schock über Ellis Tod ein weiteres Loch in ihre Erinnerung riss. Sie musste dran bleiben. Dran an dem, was gestern gewesen war. Vor der Nachricht. Nach der Nachricht. Es durfte nie wieder eine solche Lücke geben wie damals, nachdem der Psychologe in der Tür von Timo Wendels Zimmer gestanden hatte.

Ihre Augen überflogen das Protokoll in ihrer Hand. Ein Gespräch, auf Papier gebannt. Was war das für eine Frau, der sie gestern dort drüben im Vernehmungszimmer gegenübergesessen hatte? Sosehr sie sich auch bemühte, sie konnte diese Frage nicht beantworten. Es war ihr nicht gelungen, sich ein Bild von Marianne Siemssen zu machen, zumindest keines, das sie zufriedenstellte. Dieser Umstand verunsicherte sie, denn normalerweise verfügte sie über eine gute Menschenkenntnis. Eine glatte Eins in Psychologie, dachte sie mit einem sarkastischen Lächeln. Hatte Marianne Siemssen die Wahrheit gesagt? Hatte der sechzehnjährige Junge, der ihr vor sechsundzwanzig Jahren überallhin gefolgt war, etwas mit den Morden zu tun?

Raphael Martin war tot …

Sie griff nach dem Untersuchungsbericht, den Werneuchen gebracht hatte. In ihrem Kopf mischten sich Gedanken mit Stimmen. Gesprächsfetzen zuckten durch ihr Gedächtnis. Puzzleteile. Ein sechzehnjähriger Junge, der seiner Angebeteten Blumen schickt … *Sie schien diese Blumen irgendwie als Angriff zu empfinden* … Er macht ihr Geschenke … *Und dabei neigt sie überhaupt nicht zu Ausbrüchen, müssen Sie wissen* … Und schreibt Gedichte. Für sie? Über sie? … *Ich hätte mich leicht gegen ihn zur Wehr setzen können, wenn er mich angegriffen hätte* … Wer wusste davon? Wer kannte Marianne Siemssens Vergangenheit? … *Sie stürzte eine Treppe hinunter* … Immerhin lag die ganze Geschichte inzwischen sechsundzwanzig Jahre zurück … *An meinen Türen sind Schlösser, damit* ich *bestimmen kann, wer mein Haus betritt* … Sagte Marianne Siemssen die Wahrheit? Alles, was sie über Raphael Martin wussten, wussten sie von ihr. Nur von ihr … *Und da habe ich zufällig gehört, dass Frau Siemssen das Studio verkaufen will* … Winnie Heller lehnte sich zurück. Vor ihrem inneren Auge dämmerte ein Bild herauf. Jemand beugt sich über eine Liste … *Solche Schuhe werden von Männern und Frauen gleichermaßen getragen* … Auf der Liste stehen Namen von Frauen, die sterben müssen … *Das Haar stammt von einer Asiatin* … Die Frauen sind Mitglieder in dem Fitness-Studio, das Marianne Siemssen gehört … *Raphaels Vater kam bei einem Autounfall ums Leben* … Alle, bis auf eine … *Es war der Immobilienteil der* Süddeutschen … Bis auf Susanne Leistner … *Eine Woche später verschwand meine Katze* … Denn Susanne Leistner wird schwanger und kündigt ihre Mitgliedschaft … *Raphael stürzte in eine Felsspalte* … Aber sie kündigt acht Wochen zu spät … *Sein Freund brauchte zwei Tage, um Hilfe zu holen* … Susanne Leistner hatte einfach Pech … *Raphael konnte nur noch tot geborgen werden* …

»Ich habe gehört, der Bericht ist gekommen?«

»Was?« Erschreckt fuhr sie aus ihren Gedanken hoch.

Verhoeven hängte seinen Mantel an den Haken. Sie sah die Spannung in seinem Körper, die Entschlossenheit ausdrückte. »Der Untersuchungsbericht.«

»Ja, er ist da«, nickte sie und überflog erneut die ersten Seiten. »Ich habe hier das Protokoll der Aussage von Raphaels Freund über den Unfallhergang. Er räumt grob fahrlässiges Verhalten bei der Einschätzung des Geländes ein.«

»Wie ist sein Name?«, fragte Verhoeven und griff zum Telefon. »Werneuchen kann in der Zwischenzeit schon mal herausfinden, wo sich unser einziger Zeuge heute aufhält. Falls der Mann noch am Leben ist«, fügte er hinzu, indem ihm etwas in den Sinn kam, das Bredeney gesagt hatte. *Scheint ja alles andere als bekömmlich zu sein, diesen Raphael zu kennen.*

»Er heißt Richard Jannsen«, sagte Winnie Heller nach einem flüchtigen Blick in die Akte. »Jannsen mit zwei n.«

Verhoeven gab die Information an Werneuchen weiter. Dann sah er seine Kollegin über den Schreibtisch hinweg prüfend an. »Haben Sie gefrühstückt?«

Sie blickte auf und hielt ihren leeren Kaffeebecher in die Höhe.

»Haben Sie auch etwas gegessen?«

»Noch nicht.«

»Dann besorge ich etwas.«

Er war aus dem Zimmer, bevor sie »Nicht nötig« sagen konnte.

14

Er war unruhig.

Die Dinge liefen nicht mehr nach Plan. Er war lange vor der Zeit dort gewesen, um die Kleine abzuholen. Aber sie war nicht erschienen. Er hatte gewartet und gewartet, immer unruhiger, immer zweifelnder, und erst viel später, als er beinahe schon zum Aufgeben bereit gewesen war, hatte er sie zufällig an der Haltestelle gesehen. Nur Minuten bevor der letzte Bus kam.

Ein paar Augenblicke später, und die Sache wäre schiefgelaufen.

Das gefiel ihm nicht.

Er parkte den Wagen und fühlte einen tiefen Widerwillen gegen das, was ihm bevorstand, aber das durfte man ihm nicht ansehen. Die Sitzung heute Vormittag. Er musste sich konzentrieren. Vorsichtig sein. Sich nichts anmerken lassen. Sie wurden misstrauisch. Das beunruhigte ihn.

Er warf einen Blick in den Spiegel hinter der Sichtblende, nur um sicherzugehen, dass er aussah wie immer. Das ganze Leben ist eine einzige Maskerade, dachte er und versuchte ein Lächeln, das geschäftsmäßige. Er hatte seine Umgebung studiert und gelernt, jedes erdenkliche Gefühl zu simulieren. Er hatte die Mimik seiner Mitmenschen analysiert, Gesten und Blicke gepaukt, wie andere Menschen Vokabeln oder PIN-Codes paukten. Emotionale Imitation. Er betrachtete seinen Mund, der genau das richtige Maß an Freundlichkeit ausstrahlte. Er war schon immer gut gewesen in allem, was er getan, wozu er Lust gehabt hatte. Fehler unterliefen ihm nur, wenn ihn etwas langweilte. Zum zehnten Mal dieselbe Rechenaufgabe, zum hundertsten Mal die einzige Partizipialkonstruktion in den mageren drei Sätzen Tacitus' bestimmen, aus denen die Lateinklausur bestand. Ja, dachte er, meine Fehler beruhen auf Desinteresse. Nicht auf Unvermögen.

Worüber bist du so wütend?

Er zuckte zusammen.

Ich bin nicht wütend.

Seine Augen wanderten an seinem Hemd hinunter. Knopfleiste vorbildlich. Manschetten verstärkt. Seine Frau hatte das Hemd ordentlich gebügelt, ganz so wie immer. In drei Schritten, mit Ärmelbrett. Sie hatte sein Hemd mit der gewohnten Akribie gebügelt, obwohl sie ihn so komisch anstarrte in der letzten Zeit. Das machte ihm Sorgen. Das und das andere.

Warum sollte ich wütend sein?

Sie reagierten nicht mehr planmäßig. Sie wurden misstrauischer. Selbst die Perücke konnte das nicht verhindern. Dabei war sie sehr hilfreich gewesen. Lange blonde Haare. Eine Frau. Eine harmlose Frau mit langen blonden Haaren, fast wie ein Engel. Vor Engeln und Frauen braucht man keine Angst zu haben. Die ersten beiden hatten sich so leicht täuschen lassen. Er versuchte, sich ihre Gesichter in Erinnerung zu rufen, den Ausdruck des plötzlichen, hysterischen Entsetzens, den er so schätzte, aber es wollte ihm nicht gelingen. Als ob jemand alles gelöscht hat, dachte er, und der Gedanke ärgerte ihn.

Die Tür mit der Aufschrift PARKDECKS 1+2 *schnappte hinter ihm ins Schloss, und er stieg langsam die beiden Treppen zur Eingangshalle hinauf.*

Sie hatte einen anderen Weg genommen. Sonst hätte er sie niemals übersehen können. Wenn er sie nicht zufällig an der Haltestelle entdeckt hätte … Ein paar Augenblicke, und es wäre zu spät gewesen. Dann hätte der Bus sie in Sicherheit gebracht. Und selbst so war es überaus riskant gewesen. Wenn der Bus pünktlich gewesen wäre, wenn ein anderes Auto vorbeigekommen wäre …

Es war kein anderes Auto vorbeigekommen. Und der Bus war nicht pünktlich gewesen. Das Glück war ihm treu geblieben.

Aber warum hatte Anna-Lena Kluger einen anderen Weg genommen?

Der Pförtner hob grüßend die Hand, als er vorbeikam. Er kannte den Mann nicht, hatte im Gegenteil das Gefühl, ihn noch nie zuvor gesehen zu haben. Das irritierte ihn. Zögernd ging er weiter, Richtung Aufzug. Doch der Fahrstuhl war gerade auf dem Weg nach oben. Ungeduldig drückte er ein paar Mal auf den Knopf neben der Tür.

Was mochte Dierck seiner Frau alles erzählt haben, letzte Woche am Telefon? Sie sah ihn immer so komisch an. Prüfend. Und eine Spur zu lange. Dabei hatte sie Angst, ihn so lange anzusehen. Normalerweise.

Was glotzt du so?

Sie sah ihn zu lange an, und sie fragte auch andauernd nach Irland, wo er nie gewesen war. Während der ganzen Zeit seiner Ehe hatte er niemals über seine Vergangenheit gesprochen. Und jetzt hatte er plötzlich einen Schulfreund. Frauen interessierten sich für solche Dinge. Natürlich beschwerte sie sich nicht, dass er ihre Fragen nach Irland nicht beantwortete. Sie beschwerte sich nie. Sie glaubte, dass das Leben sie schonen würde, wenn sie sich still verhielt.

Er konnte hören, wie der Aufzug in einer der oberen Etagen stoppte. Kurz darauf leuchtete der nach unten gerichtete Pfeil an der Tür auf.

Wieso kannte er den Mann an der Pforte nicht? Wieso hatte Anna-Lena Kluger einen anderen Weg genommen? Und warum, verdammt noch mal, starrten ihn hier alle so komisch an?

Mit einem leisen Summen glitt der Fahrstuhl abwärts. Doch als sich die Türen öffneten, war er längst wieder auf dem Weg zu seinem Wagen.

15 Verhoeven erfuhr es von Winnie Heller, als er mit zwei großen Brötchentüten und einer Packung Müsliriegel ins Büro zurückkehrte. Seine erste Reaktion war, anzunehmen, dass Werneuchen sich einen Scherz mit ihr erlaubt hatte. Doch im selben Augenblick, als ihm der Gedanke kam, wusste er bereits, dass Werneuchen nicht gescherzt hatte. Nicht in dieser Situation. Und nicht in dieser Sache. Richard Jannsen lebte tatsächlich in Dortmund.

»Zufall möglicherweise«, murmelte er, während er die Nummer des Medienhauses wählte, die der Kollege unter Jannsens Privatnummer notiert hatte. Jannsens Frau hatte ihm die Nummer gegeben. Ihr Mann sei schon zur Arbeit gefahren.

Nach kurzem Läuten meldete sich eine Sekretärin.

»Verhoeven, Kripo Wiesbaden«, meldete er sich und schaltete den Lautsprecher ein, damit die Kollegen mithören konnten. »Ich hätte gern mit Herrn Jannsen gesprochen. Richard Jannsen.«

»Augenblick, ich versuche es in seinem Büro«, sagte die Angestellte. Kurze Zeit später meldete sie sich erneut: »Hören Sie? Herr Jannsen ist noch nicht da. Er muss aber jeden Moment kommen. In einer halben Stunde beginnt eine Vorstandssitzung, an der er teilnehmen wird.« Sie hielt einen Augenblick inne. »Soll ich etwas ausrichten? Ich meine, es geht doch sicher um den Mord, oder?«

Einen Moment lang war Verhoeven völlig perplex. Eine solche Frage war so ziemlich das Letzte, was er erwartet hatte. »Was wissen Sie über die Sache?«, erkundigte er sich, bemüht, sich seine Verblüffung nicht anmerken zu lassen.

»Im Grunde gar nichts«, gab die Sekretärin zu. »Nur, dass Herr Jannsen und das Opfer sich von früher kannten. Sie sind zusammen zur Schule gegangen.«

Verhoeven sah sich in den Gesichtern seiner Kollegen um und stellte erleichtert fest, dass auch Werneuchen und Winnie Heller ganz offensichtlich keine Ahnung hatten, wovon die Frau sprach.

»Als Herr Dierck letzte Woche hier war, ist er richtig enttäuscht gewesen, weil Herr Jannsen geschäftlich unterwegs war«, fuhr sie fort, als er nichts sagte. »Ich habe ihm ja noch die Telefonnummer gegeben. Herrn Jannsens Privatnummer, meine ich. Sie wollten sich wohl diese Woche treffen. Ich glaube, sie hatten einander zwanzig Jahre nicht gesehen.«

Verhoeven versuchte seine Gedanken zu ordnen. »Ein Schulfreund von Herrn Jannsen ist ermordet worden?«

»Na, ich dachte, deswegen rufen Sie an«, versetzte die Sekretärin vorwurfsvoll. »Oder etwa nicht?«

»Nicht direkt«, gab Verhoeven zu. Seine Gedanken schlugen Purzelbäume. Am Abend ihres Todes war Anna-Lena Kluger in ein Auto mit Dortmunder Kennzeichen gestiegen. Der einzige Zeuge für Raphael Martins Tod lebte in Dortmund. Richard Jannsen hatte zwei Tage gebraucht, um Hilfe zu holen, damals in Marokko. Achtzehn Jahre später wollte sich ein Jugendfreund mit ihm verabreden und starb. Verhoeven fuhr sich mit der freien Hand durch die Haare. Von irgendwoher hörte er wieder Bredeneys Stimme. *Scheint ja alles andere als bekömmlich zu sein, diesen Raphael zu kennen . . .* Entschlossen hob er den Kopf. »Sie wissen nicht zufällig, was für einen Wagen Herr Jannsen fährt?«

16

Marianne Siemssen stand am Fenster ihres Bungalows und blickte über die Terrasse und die inzwischen wieder schmutzig grüne Rasenfläche hinter dem Haus zum nahen Waldrand hinüber. Das trübe Tageslicht war noch immer so schwach, als sei gerade erst die Morgendämmerung angebrochen.

Sie mochte diesen Blick. Selbst jetzt, in der trostlosesten Zeit des Jahres, strahlte der Garten Ruhe und Erhabenheit aus. Ein Hort, von keinem der Nachbargrundstücke aus einzusehen. Darauf hatte sie geachtet. Keine Nachbarn und keine Treppen.

Nun ließ sie also einmal mehr alles hinter sich. Eine andere Stadt, ein anderes Haus, ein anderer Garten. Eine neue Flucht. Ein neuer Anfang. Der neue Anfang einer neuen Flucht. Wie auch immer. Es würde nicht viel Zeit in Anspruch nehmen, den Haushalt aufzulösen, ganz so wie damals bei ihnen, bei den Martins. Die Martins wollten nicht erinnert werden. Sie wollte nichts zu verlieren haben. Das Ergebnis war dasselbe. Sich nicht einrichten. Immer auf gepackten Koffern. Nichts ist für die Ewigkeit.

Aber diesen Blick hinaus in den Garten würde sie vermissen, das wusste sie, und sie fragte sich, warum sie nicht hatte verhindern können, dass sie sich an diesen Blick gewöhnte. So etwas war ihr nie zuvor passiert, in keiner der Städte vorher, in keinem der anderen Häuser.

Die kahlen Obstbäume auf der Wiese zeichneten sich nur undeutlich gegen das flächige Dunkel des Waldes ab. Quitten, aus denen sie in jedem Herbst Marmelade und Gelee kochte, weil die Früchte nun einmal da waren, und sie fragte sich plötzlich, wie viele Gläser mit Quittenmarmelade wohl in den Holzregalen in ihrem Keller lagern mochten. In den Keller ging sie selten, obwohl stabile Eisengitter die schmalen Fenster schützten, nicht Plastikriegel. Der Vorbesitzer des Hauses hatte wahrscheinlich Geld gehabt, vielleicht auch ein Schwimmbaderlebnis. Jedenfalls waren Eisengitter vor den Kellerfenstern, und alle Türen schlossen luftdicht mit den Wänden ab.

Sie hatte keine Angst vor dem Keller. Trotzdem mied sie ihn. Dorthin verbannte sie jene Dinge, an die sie nicht erinnert werden wollte. Unzählige Gläser mit Quittenmarmelade, die niemand aß. Sie lächelte. Es kam nicht von innen, aber sie fühlte, wie sich ihr Mund verzog. Sie hatte gelernt, Gefühle durch Indizien zu ersetzen. Einzig die Angst war ihr immer präsent gewesen, laut und besitzergreifend manchmal, aber viel öfter auch nur im Hintergrund, wie die geheimnisvolle Unbekannte, die auf einer Party am Kamin lehnte, gelassen im Wissen um die eigene Wirkung. Und absolut unnahbar. Die Unbekannte achtete darauf, dass niemand zu Besuch kam und dass die Türen stets gut verschlossen blieben. Sie schlug Alarm, sobald jemand Marianne Siemssen nach ihrer Telefonnummer oder ihrem Urlaubsziel fragte, und sie bestand darauf, in regelmäßigen Abständen den Wohnort zu wechseln. Inzwischen lebten sie schon eine lange Zeit zusammen und hatten sich arrangiert. Bis zu dem Tag, an dem plötzlich ein Strauß Chrysanthemen auf der Theke im Studio gestanden hatte.

Seither verhielt sich die Unbekannte überaus seltsam. Marianne Siemssen hatte damit gerechnet, dass sie triumphieren und toben und anschließend zur Flucht drängen würde, und sie hatte ja auch sofort alles Nötige in die Wege geleitet. Doch die Unbekannte war verschwunden. Wann genau, vermochte sie nicht zu sagen, nur, dass es vor dem Tag gewesen sein musste, an dem sie dem fremden Kriminalbeamten aufs Präsidium gefolgt war. Sonst hätte sie dieser Kommissarin doch niemals über Raphael erzählen können. Das hätte die Unbekannte nie zugelassen. Wo mochte sie hingegangen sein?

Sie sah wieder nach dem Waldrand. Irgendwie passte sie nicht in diese Zeit, die jede Intimsphäre abgeschafft hatte, in der keinerlei Mindestabstände galten, weder körperlich noch psychisch. Man sah ihr nicht an, wie wenig sie zurechtkam, im Gegenteil, man hielt sie allgemein für eine erfolgreiche und moderne Frau, aber trotzdem passte sie nicht in diese

Zeit. Nicht einmal in diese Welt. Wer kochte heutzutage noch Quittenmarmelade? Es widerstrebte ihr, die Früchte verderben zu lassen. Stattdessen verdarb nun die Marmelade. Wo lag der Unterschied?

Wollte sie wirklich fort?

Seit die Unbekannte sie verlassen hatte, stellte sie sich unablässig diese Frage.

Sie seufzte und dachte wieder an ihren Traum. Den von neulich. Den mit dem Schatten. An den Weg, den sie hatte gehen müssen, obwohl sie ihn nicht gehen wollte. An ihren fruchtlosen Versuch, umzukehren, dem Haus zu entkommen, ihrem Schicksal. Weglaufen ... Im wahren Leben funktionierte das. Oder? Wie lange noch?

Ich bin müde, dachte sie, und die Erkenntnis verwunderte sie zutiefst. Was Kraft und körperliche Fitness anging, hatte sie immer aus dem Vollen geschöpft. Nun spürte sie zum ersten Mal in ihrem Leben, wie alt sie war.

Ihre Hand tastete nach ihrem Haar, und sie straffte die Schultern. Raphael Martin war nicht tot, gleichgültig, was die Polizei behauptete. Er war kein harmloses Kind, kein pubertierender Schwärmer, und er war nicht tot. Er lebte und kannte ihr Haus, das Studio, ihre Gewohnheiten und sogar diesen Garten. Der Gedanke versetzte ihr einen Stich. Raphael Martin war irgendwo dort draußen in der Welt, in die sie nicht gehörte, und kam näher und näher. Und zum ersten Mal in ihrem Leben hatte Marianne Siemssen das Bedürfnis, ihm die Tür zu öffnen.

17 Sie hatten umgehend die Kollegen in Dortmund informiert. Richard Jannsen würde unter ständiger Beobachtung stehen, sobald er das Firmengebäude betrat.

Jetzt rasten sie auf der A 3 nordwärts. Verhoeven saß am Steuer. Entgegen seiner sonstigen Gewohnheit benutzte er ausschließlich die linke Spur und trat das Gaspedal bis zum Anschlag durch. Um diese Tageszeit war nicht besonders viel Verkehr. Auf der Fahrbahn stand das Wasser, schmutzig graue Reste geschmolzenen Schnees. Winnie Heller saß neben ihm und starrte gedankenverloren in die vorbeifliegende Landschaft hinaus. Seit ihrem Aufbruch hatten sie noch kein einziges Wort gesprochen. Es war so weit. Sie fühlten es beide. Sie hatten den Mann gefunden, nach dem sie in den vergangenen Wochen so verzweifelt gesucht hatten.

Richard Jannsens Firmenwagen war ein dunkelgrüner VW Sharan, ein Van. Verhoeven war mit der Sekretärin seine Termine der letzten Wochen durchgegangen. Die Zeitpunkte der Morde an Susanne Leistner, Tamara Borg und Isolde Reisinger deckten sich mit Terminen, an denen Jannsen beruflich unterwegs gewesen war. Am Tag, als Anna-Lena Kluger starb, hatte er das Unternehmen am frühen Nachmittag verlassen. Es war derselbe Tag gewesen, an dem er seinem alten Schulfreund im Rahmen einer innerbetrieblichen Fortbildung begegnet wäre. Doch diese Fortbildung hatte nicht stattgefunden, weil Uwe Dierck am Tag zuvor ermordet worden war. Man hatte ihn tot in seinem Wagen aufgefunden, auf einem Parkplatz nahe Steinhagen. Die Leiche hatte erhebliche Kopfverletzungen aufgewiesen. Diercks Brieftasche hatte gefehlt. Die Kollegen in Bielefeld waren von einem Raubmord ausgegangen.

»Marianne Siemssen hatte recht«, bemerkte Winnie Heller in die Stille jenseits des Motorenlärms.

Rechts kündigte ein Schild das Autobahnkreuz Köln-Ost

an. Verhoeven registrierte es nur am Rande. Er fühlte sich getrieben. Wochenlang hatten sie ein Phantom gejagt. Einen Mörder ohne Gesicht, ohne Namen und ohne ersichtliches Motiv. Und jetzt hatte dieses Phantom plötzlich eine Identität bekommen.

»Raphael Martin ist nicht tot.«

Er nickte nur, während sein Gehirn fieberhaft bemüht war, Ordnung in die Fülle von Informationen zu bringen, die in den letzten anderthalb Stunden über sie hereingebrochen waren. Raphael Martin geht mit seinem Vater nach Hamburg. Dort macht er sein Abitur, leistet seinen Wehrdienst ab und beginnt ein Studium an der Hamburger Uni, wo er einen gleichaltrigen Psychologiestudenten kennenlernt: Richard Jannsen. Sie freunden sich an. Gehen zusammen ins Kino und ins Theater. Führen Gespräche. In einem dieser Gespräche erwähnt Jannsen, dass er keine Verwandten mehr hat. Das ist sein Todesurteil. Raphael überredet den Freund, ihn in den Semesterferien auf eine Reise nach Nordafrika zu begleiten, und Jannsen stimmt zu. Sie landen am 28. Juni 1988 in Agadir. Genau vierundzwanzig Tage später brechen sie zu einer Bergtour in den Hohen Atlas auf. Verhoeven nickte leise vor sich hin. So konnte, so musste es gewesen sein. Was während dieser Tour tatsächlich geschehen war, konnten sie nur vermuten. Raphael wartet auf eine günstige Gelegenheit. Er tauscht die Papiere und die Reisedokumente aus. Vielleicht hat er schon lange vorher damit begonnen, sein Aussehen dem seines Kommilitonen so weit wie möglich anzunähern. Dann stößt er den Jungen in einen Abgrund. Er sorgt dafür, dass nicht zu schnell Hilfe vor Ort ist. Damit stellt er sicher, dass Jannsen auch wirklich tot ist, wenn man ihn birgt. Die Behörden schöpfen keinerlei Verdacht. Warum auch? Raphael Martin hatte ja kein Motiv, seinen Freund zu töten. Die Sache wird als Unfall zu den Akten gelegt, Raphael kehrt unter dem Namen seines Freundes nach Deutschland zurück. Als Richard Jannsen exmatrikuliert er sich in Hamburg und geht nach Münster, wo er sich für ein Betriebswirtschaftsstudium einschreibt. Drei Jahre später, 1991, schließt er sein Studium mit Bestnoten ab. Er arbeitet bei verschiedenen kleineren Unternehmen und geht schließlich als Vertriebsleiter nach Dortmund, wo er auch heiratet. 2001 wird seine Tochter geboren.

»Glauben Sie, er hat diese Sache mit der neuen Identität nur durchgezogen, um sich eines Tages gefahrlos wieder an Marianne Siemssen ranmachen zu können?«, fragte Winnie Heller von der Seite.

Verhoeven dachte einen Moment lang nach. »Möglich«, sagte er. »Aber vielleicht gab es auch noch einen anderen Grund: Vielleicht fürchtete er, eines schönen Tages von der Vergangenheit eingeholt und mit einem ungeklärten Todesfall in Verbindung gebracht zu werden.«

»Sie denken an Tante Louise?«

Verhoeven nickte.

»Aber diese Sache war doch längst abgeschlossen«, wandte Winnie Heller ein. Sie hatte sich kundig gemacht. »Als Unfall zu den Akten gelegt.«

»Das muss nicht viel besagen«, versetzte Verhoeven achselzuckend. »Psychopathen wie er leiden nicht selten an paranoiden Wahnvorstellungen.«

»Und Richard Jannsens Frau hat keine Ahnung, dass sie mit einer Bestie verheiratet ist.« Winnie Heller seufzte. »Warum in aller Welt fehlt den meisten Frauen jeglicher Instinkt, wenn es um Männer geht?«

Das Piepsen des Funkgeräts entband Verhoeven von einer Antwort auf diese heikle Frage. Winnie Heller beantwortete den Funkspruch, und Bredeneys Stimme drang knirschend und rauschend aus dem Lautsprecher: »Die Vorstandssitzung läuft bereits seit vierzig Minuten, aber bis jetzt ist Richard Jannsen nicht aufgetaucht.«

»Verdammt noch mal«, fluchte Verhoeven. »Wir haben alles falsch gemacht. Wie konnten wir so dumm sein, anzunehmen, dieser Mistkerl würde brav auf uns warten, um sich festnehmen zu lassen?«

»Aber woher sollte er denn wissen, dass wir ihm so dicht auf den Fersen sind?«, widersprach Bredeney scheppernd. »Vielleicht ist er einfach irgendwo aufgehalten worden.«

»Unsinn«, herrschte Verhoeven ihn an. »Er weiß es. Wir haben einen gottverdammten Fehler gemacht.« Er wechselte auf die rechte Spur und riss seiner Kollegin das Funkgerät aus der Hand. Er wusste nicht, ob das, was er tat, zu verantworten war. Er dachte auch nicht darüber nach. Er handelte einfach. »Wir kehren auf der Stelle um … Hinnrichs soll eine Großfahndung nach Richard Jannsen alias Raphael Martin einleiten. Und sorg dafür, dass jemand bei der Siemssen ist. Ihr Telefon muss überwacht werden.« Er schluckte. »Irgendwo da draußen läuft ein siebenfacher Mörder herum, der sich sein eigentliches Opfer bis zum Schluss aufgehoben hat.«

18

Schrill durchbrach der Klingelton die Stille des Hauses. Er wurde von den kahlen Wänden, an denen keine Bilder hingen, zurückgeworfen und hüllte Marianne Siemssen in ein Meer aus Klang. Sie war nicht zusammengezuckt, als das Telefon zu klingeln begonnen hatte, und sie wunderte sich darüber. Eine ganze Weile betrachtete sie den Apparat, der nicht aufhören wollte zu klingeln. Dann hob sie ab. Sie sagte nichts, nannte nicht ihren Namen, sondern lauschte nur in die plötzliche Stille und wartete.

»Hallo, Marianne«, meldete sich eine Stimme, die verzerrt klang, weil sie den Hörer ein Stück vom Ohr weghielt.

Sie wusste sofort, dass er es war. Seine Stimme war etwas dunkler geworden, aber der Tonfall war noch derselbe wie damals. »Hallo, Raphael.« Obwohl sie leise gesprochen hatte, schien es ihr, als würden ihre Worte durch ein unsichtbares Mikrofon verstärkt. Blechern hallten sie durch das Zimmer. Verfingen sich. Echos ihrer selbst.

»Wie schön, dass du dich an mich erinnerst.« Es klang harmlos, wie er das sagte. Ja, dachte sie, beinahe könnte man ihm glauben. »Das hatte ich gar nicht zu hoffen gewagt, nach all diesen Jahren.«

Sie starrte auf das Titelblatt eines Modejournals, das vor ihr auf dem Couchtisch lag. »Ich habe dich erwartet«, sagte sie.

»Tatsächlich?« Einen flüchtigen Augenblick lang schien es ihr, als irritiere ihn diese Antwort. Doch falls es so war, fing er sich schnell. »Ich bin gerade in der Gegend und dachte, wir könnten uns vielleicht treffen. Um der alten Zeiten willen.«

»Wie du meinst«, hörte sie sich sagen.

»Eigentlich hatte ich vor, gelegentlich bei dir vorbeizukommen«, fuhr er eifrig fort. Ihr Entgegenkommen schien ihn nicht länger zu verwundern. »Aber jetzt habe ich auf einmal das Gefühl, dass das keine so gute Idee wäre ...« Mit dem letzten Satz hatte sich das Timbre der Stimme verändert.

Für einen Moment war es totenstill in der Leitung.

»Ich habe von dir geträumt«, sagte er dann.

Sie blickte durch die Terrassentür in den Garten hinaus, der offen vor ihr lag. Sie hatte tatsächlich vergessen, die Vorhänge zuzuziehen. Vorhin. Wie hatte ihr das passieren können? Der Rasen sah wie eine überdimensionale graugrüne Marmorplatte aus, eine Grabplatte, die alles unter sich verschloss. Die Verwesungsgase. Das Ungeziefer. Einzementierte Ruhe.

»Ich habe auch von dir geträumt«, sagte sie, und sie wunderte sich nicht einmal über dieses Eingeständnis, denn es entsprach der Wahrheit.

»Tatsächlich?«

»Ja.«

Das Schweigen zwischen ihnen wurde raumgreifend. Aus dem Schlafzimmer drang das Ticken ihres Weckers an ihr Ohr. Zeit, die ablief.

»Warum ich?« Sie musste es wissen. Einmal im Leben musste sie die Antwort auf diese Frage gehört haben. Ein einziges Mal. Auch wenn es letztendlich keine Rolle mehr spielte. Oder doch?

Er schwieg. Sie konnte seinen Atem hören. Es war, als stünde er direkt neben ihr.

»Weil ich da war?«

Zuerst dachte sie, er werde ihr niemals antworten. Aber schließlich tat er es doch: »Weil du niemals eine Hollywoodschaukel wolltest.«

Sie nickte. So banal. So simpel. Ein einziges Mal, das spürte sie, hatte er ihr die Wahrheit gesagt. Eine Wahrheit, die sie gesucht hatte, seit sie ihre Flucht begonnen hatte. Warum ich? Was habe ich getan? Wie habe ich ihn auf mich aufmerksam gemacht? Bin ich schuld? *Bin ich schuld*?

»Bist du noch dran?«, flüsterte seine Stimme aus dem Hörer.

»Ja.« Sie schluckte. Sie würde nicht weinen. Das Weinen war ihr abhandengekommen. Wie so vieles andere. »Ich bin hier.«

Selbst schuld. Schuldig. Vier tote Frauen. Aufgeschlitzt. Ausgestochen. Beschmutzt. Nur die graue Katze hatte sie retten können. Nur eine kleine graue Katze. Anfang und Ende. Bin ich schuldig? Habe ich etwas versäumt? Aber sie hätten mir ja doch nicht geglaubt. *Sie haben mir noch nie geglaubt.* Manche Dinge geschehen einfach, und man kann nichts dagegen tun. Das habe ich schon vor langer Zeit begriffen.

Schon viel zu lange. Irgendwann muss Schluss sein. Irgendwann …

»Ich weiß einen guten Platz in deiner Nähe«, zwang seine Stimme sie wieder in die Gegenwart zurück. »Ein hübscher kleiner See. Ich machte dort erst kürzlich die Bekanntschaft einer jungen Dame.«

Sie schloss die Augen. »Ja«, sagte sie. »Ich habe davon gehört.«

»Wirklich?« Es klang amüsiert. »Ich dachte, wir könnten uns dort treffen.«

»Ja.«

»Gut.« Er schien zufrieden. »Sagen wir in einer Stunde, denn natürlich wirst du zuerst die Polizei anrufen wollen, nicht wahr?«

Sie dachte an gestern. *Hat er das je getan? Hat er Sie jemals angegriffen?*, hörte sie die junge Kommissarin fragen. Sah ihren ungläubigen Blick. *Und Sie konnten nichts dagegen tun?*

»Nein«, sagte sie. »Nein, das will ich nicht tun.«

Er zögerte erneut. Irgendetwas an ihrem Verhalten schien ihn zu irritieren. Etwas, was sie tat oder sagte, entsprach nicht seinen Erwartungen. »Also schön.« Aus seiner Stimme war jetzt alle Sanftheit gewichen. Die Worte klangen hart und unbarmherzig. »Es hätte auch gar keinen Sinn, wie du weißt. Sie würden kommen und warten und mich niemals zu Gesicht kriegen. Das würde sie frustrieren, meinst du nicht auch? Und wir beide müssten unsere Verabredung erneut verschieben, auf einen Zeitpunkt, wo wir unter uns sind.«

Für einen flüchtigen Augenblick hatte sie das unbestimmte Gefühl, als sei ihm das nicht unlieb. Es zu verschieben. Aufzuschieben. *Heut' oder morgen. Oder den übernächsten Tag …* »Ja«, antwortete sie. »Ja, ich weiß.«

»Gut«, entgegnete er. Es klang, als lobe ein Lehrer seine

gelehrige Schülerin. »Dann sehen wir uns also in einer Stunde am See.«

»Ich werde da sein.«

Aus der Leitung ertönte ein Knacken.

Die Verbindung war unterbrochen.

19

In Marianne Siemssens Bungalow war es still wie in einem Kloster. Verhoeven und Winnie Heller hatten sich schnell davon überzeugt, dass die Inhaberin des Fitness-Studios tatsächlich nicht zu Hause war. Es gab keinerlei Hinweise, dass jemand versucht hatte, sich gewaltsam Zutritt zu dem Haus zu verschaffen, es gab keine Verwüstungen, und alle Fenster waren fest verschlossen. Doch das konnte Verhoeven nicht beruhigen. Bei ihrer Rückkehr hatten sie erfahren, dass Marianne Siemssen an diesem Morgen noch nicht im Studio gewesen war. Werneuchen hatte vergeblich versucht, sie telefonisch zu erreichen. Er hatte eine Streife zu ihrem Bungalow geschickt, die Beamten hatten geklingelt und geklopft, doch alles war still geblieben.

An meinen Türen sind Schlösser, damit ich *bestimmen kann, wer mein Haus betritt,* hatte Marianne Siemssen gesagt. Verhoeven hatte diese Schlösser aufbrechen lassen. Sie sahen sich gründlich in den Zimmern um, die nur spärlich möbliert waren. Alles wirkte irgendwie provisorisch. Im Schlafzimmer stand ein bezogenes Klappbett. Ein billiger Kleiderschrank, Sofa, Couchtisch, Einbauküche. Die Räume, in denen Marianne Siemssen ihr Leben verbrachte, verrieten sie nicht. An den Wänden hingen keine Bilder. Auf dem Schreibtisch standen keine Fotos. Nur Bücher gab es überreichlich. Sie lagen überall, manche in Kisten, manche einfach auf dem Boden, kniehohe Stapel. Goethe und Eichendorff, Fontane und Rilke, Historisches und psychologische Abhandlungen.

In der Spüle fanden sie benutztes Geschirr, das auf ein Frühstück hindeutete. Einen Teller, Löffel, Kaffeebecher.

»Wo kann sie hingefahren sein?«

Bei ihrer Ankunft hatten sie die Garage leer gefunden.

Verhoeven antwortete nicht. Er stand am Küchenfenster und blickte über die Terrasse hinweg zum nahen Waldrand hinüber. Mit ein wenig Glück konnte man von hier aus sicher Rehe beobachten. Von der großzügigen Rasenfläche hinter dem Haus war der Schnee fast weggetaut. Obstbäume standen dort. Die Nachbarhäuser waren durch Bäume und Sträucher verdeckt. Eine Gegend, in der man Wert auf Privatsphäre legte.

»Schließlich kann sie doch gar nicht wissen, dass Raphael Martin tatsächlich noch am Leben ist«, sagte Winnie Heller.

»Oh doch«, entgegnete Verhoeven gedankenverloren. »Sie weiß es. Sie hat es immer gewusst.«

Seine Kollegin trat hinter ihn ans Fenster. »Hat er überhaupt vor, sie zu töten? Oder spielt er mit ihr wie eine Katze, die mit ihrer Beute spielt?«

Verhoevens Blick blieb an ein paar verstreuten Glasscherben auf der Terrasse hängen. »Vergessen Sie nicht, dass es das Endziel der Katze ist, die Beute zu töten.«

»Aber Raphael Martin ist nicht nur ein Mörder, sondern auch ein Stalker«, wandte Winnie Heller ein. »Und wenn das Objekt seiner Begierde tot ist, ist er endgültig allein zu Hause.«

Verhoeven drehte sich zu ihr um. In gewisser Weise hatte sie recht.

»Marianne Siemssen hat im Studio angerufen und gesagt, dass sie heute zu Hause bleibt, weil sie sich nicht wohlfühlt«, sagte sie, vielleicht, weil sein Blick sie verunsicherte. »Also ist sie bestimmt nicht in die Stadt gefahren, um einen Einkaufsbummel zu machen.«

»Nein«, sagte Verhoeven bestimmt. »Sie ist nicht zum Einkaufen gefahren. Sie hatte eine Verabredung.« Er trat vom Fenster weg und lief ziellos in der Küche hin und her. »Aus irgendeinem unerfindlichen Grund weiß Raphael Martin, dass wir ihn gefunden haben. Er hat sich mit ihr in Verbindung gesetzt.« Seine Finger schlossen sich fester um die Lehne eines nackten Küchenstuhls. Keine Kissen, keine Bequemlichkeit. »Aber warum hat sie uns nicht angerufen?«

Winnie Heller zuckte die Achseln. »Vielleicht ist sie einfach abgehauen. Wäre das nicht das Naheliegendste, wo sie der Polizei so wenig vertraut?«

Verhoevens Blick wanderte über die Spüle zur Anrichte und von da weiter zum Küchentisch. Ein Glas Quittenmarmelade stand dort. Daneben lag ein Buch.

Nachdenklich betrachtete er den Einband. »Verdammt«, rief er plötzlich und riss das Buch an sich. »Der See. Ich glaube, sie sind dort.«

»Woher wollen Sie das wissen?«, rief Winnie Heller und rannte ihm nach.

Verhoeven antwortete nicht, sondern hielt ihr im Laufen das Buch hin, das er vom Küchentisch mitgenommen hatte.

Es war eine Ausgabe von Gerhart Hauptmanns *Ratten*.

20

Ein Damenschal aus mauvefarbener Seide.

Er konnte ihn in seiner Manteltasche fühlen, als er sich einen Weg durch die hohen, wild wuchernden Gräser und Sträucher bahnte, die das Ostufer des Sees vom Wald abgrenzten. Er hatte das Messer vergessen, das Katzenmesser, aber das spielte keine Rolle. Er hatte ohnehin nie vorgehabt, es zu benutzen. Nicht bei ihr.

Schon von Weitem hatte er sie dort am Ufer stehen sehen.

Sie war also tatsächlich gekommen.

Jetzt stand sie auf einer schmalen Landzunge und blickte auf den See hinaus. Der eisige Westwind fegte über die Wasseroberfläche, zerrte an ihrem Mantel und fuhr in ihr langes blondes Haar, das weich und offen auf ihre Schultern herabfiel. Seit damals hatte er sie nie mit offenen Haaren gesehen. In den vergangenen Monaten hatte er ein paar Mal in dem kleinen Café gegenüber des Studios gesessen und ihr nachgeblickt, wenn sie abends hastig aus der Tür trat und in ihr Auto stieg, und immer war ihr Haar hochgesteckt gewesen.

Sie sah sich nicht um. Sie wirkte nicht beunruhigt. Sie stand einfach da mit hochgeschlagenem Mantelkragen, die Hände in den Taschen vergraben, und blickte auf den See hinaus.

Einen kurzen Moment lang betrachtete er ihren Rücken.

Dann zog er den Schal aus der Tasche und trat aus den Büschen, direkt hinter sie.

»Hallo, Marianne«, flüsterte er.

Wie in Zeitlupe hob sie den Kopf und drehte sich um.

21

Starker, böiger Wind riss an den Wipfeln der Bäume, als sie am See ankamen. Sie stellten die Autos außer Sichtweite ab und gingen das letzte Stück zu Fuß.

Der See lag in einer Senke, deren Hänge dicht bewaldet waren. Von der Zufahrtsstraße aus schlugen sie einen schmalen Weg ein, der in einem weiten Bogen oberhalb des Sees am Waldrand entlangführte. Eigentlich war es nur ein Trampelpfad.

Verhoeven ging voran, Winnie Heller schräg hinter ihm. Die Anspannung war mit Händen zu greifen und grub feine, harte Linien in ihre Gesichter. Das Adrenalin in ihren Adern versetzte sie in eine fieberhafte Erregung. Funktionieren. Alles richtig machen. Alles bedenken. Keine weiteren Fehler.

Noch war der See nicht zu sehen, und auch die Kollegen, die vom Zufahrtsweg aus eine andere Richtung eingeschlagen hatten, waren inzwischen aus ihrem Blickfeld verschwunden. Unter ihren Sohlen war der Boden schwer vor Nässe. Der Winter war vorbei, zumindest vorläufig.

Das Gelände wurde immer abschüssiger. Verhoeven versuchte, sich die örtlichen Gegebenheiten in Erinnerung zu rufen, wie sie sich ihnen am Vortag dargestellt hatten. Der See war rund drei Quadratkilometer groß. Bäume und dichtes Buschwerk reichten fast überall bis ans Wasser heran, nur am Südufer gab es einen breiten, kiesbedeckten Strand. Dort hatte die Leiche von Anna-Lena Kluger gelegen.

Sie verließen den Pfad und liefen in den Wald hinein. Winnie Heller folgte ihm wie ein Schatten. Sie brauchten sich nicht zu verständigen. Sie wussten beide, worauf es ankam. Der Boden war mit einer dicken Laubschicht bedeckt. Verhoevens Schätzung nach mussten sie sich etwa dreihundert Meter westlich der Stelle befinden, an der die Leiche gelegen hatte. Trotz aller Eile bewegten sie sich vorsichtig. Der Hang wurde steiler und steiler. Ringsum herrschte eine geradezu gespenstische Stille. Kein Vogellaut, kein Verkehrslärm, nur das Rauschen des Windes in den Bäumen.

Plötzlich fiel das Gelände vor ihnen fast senkrecht ab. Ein wenig loses Geröll stürzte über den Rand und kollerte die Böschung hinunter, als sie stehen blieben. Wo die Böschung endete, lag der See, eine bleigraue Platte mit vom Wind aufgerauter Oberfläche. Rechts der Kiesstrand. Etwas weiter östlich ragte eine kleine, von hohem Schilf gesäumte Landzunge ins Wasser. Dort stand Marianne Siemssen. Sie hatte aufs Wasser hinausgeblickt und drehte sich in diesem Moment zu der Gestalt um, die hinter ihr aus den Büschen trat …

22

Hallo, Raphael!

Es war lange her, dass ihn jemand so genannt hatte. Schon vorhin bei ihrem Telefonat hatte er sich erst daran gewöhnen müssen.

Raphael.

Das klang irgendwie unwirklich.

Ein Name aus einer anderen Zeit, einer Zeit, die lange tot war.

Ihre Augen waren noch von demselben strahlenden Blau wie damals. Dennoch wollte es ihm scheinen, als läge ein Ausdruck in ihnen, den er nie zuvor gesehen hatte.

Zögernd machte er einen Schritt auf sie zu.

23

Verhoeven begann zu laufen. Der steile Abhang gab unter seinen Füßen nach. Immer wieder drohte er den Halt zu verlieren. Aber er blieb auf den Beinen. Irgendwie gelang es ihm, auf den Beinen zu bleiben. Nur flüchtig nahm er Zweige wahr, die ihm ins Gesicht schlugen. Winnie Heller war dicht hinter ihm. Die nasskalte Luft traf ihre Lungen wie tausend Nadelstiche. Atemlos erreichten sie den Kiesstrand. Etwa hundert Meter vor ihnen befand sich die Spitze der Landzunge.

Sie war leer …

Knirschend spritzte der Kies unter seinen Sohlen weg, als Verhoeven über den Strand zu dem dichten Gehölzstreifen rannte, der ihn jetzt noch von der Landzunge trennte. Er zerrte seine Dienstwaffe unter der Jacke hervor und entsicherte sie im Laufen. Aus den Augenwinkeln bemerkte er Werneuchen, der in einiger Entfernung den Abhang hinunterkam. Dann verschwand er wieder hinter Bäumen. Um vor ihnen an der Landzunge zu sein, war er zu weit entfernt, was in Verhoeven ein unerwartetes Gefühl der Erleichterung auslöste. Er wollte derjenige sein, der die Sache zu Ende brachte. So oder so. Von jetzt an war er derjenige mit der Erfahrung.

Ein zurückschnellender Ast verfehlte sein Auge um Haaresbreite. Verhoeven kümmerte sich nicht weiter darum. Vor ihm lag die Landzunge. Der Mann wandte ihm den Rücken zu und verdeckte den Blick auf Marianne Siemssen, von der er nur den Ärmel eines Mantels erkennen konnte. Er hatte dunkles Haar, und sein eher schmächtiger Körper wirkte schlaff und spannungslos. Verhoeven richtete die Waffe auf seinen Rücken.

»Raphael Martin!«, schrie er. »Polizei!«

Der Angesprochene drehte sich um. Seine Bewegungen hatten etwas eigenartig Irreales. Verhoeven war sich nicht sicher, was er erwartet hatte, aber das, was er jetzt sah, schien irgendwie nicht stimmig zu sein. Der Mann, der ihnen gegenüberstand, hatte nichts Furchterregendes. Er war zierlich, seine Gesichtszüge fein und von außergewöhnlicher Schönheit. Für einen kurzen Moment trafen sich ihre Blicke. In den braunen Augen stand Schmerz und grenzenlose Verwunderung.

Als er vornüberkippte und zu Boden fiel, wusste Verhoeven sofort, dass es kein Trick war. Trotzdem vergewisserte er sich, dass seine Kollegin mit schussbereiter Waffe hinter ihm war, bevor er zu dem zusammengesunkenen Mann stürzte. Er drehte ihn auf die Seite und riss ihm den Mantel herunter. Die Vorderseite seines Pullovers war blutdurchtränkt. Hastig rollte Verhoeven den Mantel zusammen und schob ihn dem Schwerverletzten unter den Nacken. Dann hob er den Kopf.

Marianne Siemssen stand regungslos wenige Schritte entfernt und warf ihm einen Blick zu, den er nicht deuten konnte. »Er hatte ein Messer«, sagte sie ausdruckslos. »Er griff mich damit an …«

Verhoeven betrachtete den blasslila Seidenschal, der fest um Raphael Martins linke Hand geschlungen war, und das Streakmesser, das neben ihm auf dem kiesbedeckten Boden lag. Dann nickte er, zog sein Handy aus der Tasche und rief einen Krankenwagen, wohl wissend, dass die Sanitäter zu spät kommen würden.

24

Es war später Nachmittag, als Verhoeven das Präsidium verließ. Sie waren nicht fertig, aber er brauchte eine Auszeit. Ein paar Augenblicke ganz für sich allein, die ihm klarmachten, dass es vorbei war. Dass er nicht versagt hatte. Jedenfalls nicht auf ganzer Linie. Er brauchte ein unbeschwertes Lachen. Den Geruch nach Erdbeershampoo und Keksen. Und vielleicht, wenn er lange genug wegblieb, würde sich etwas wie Erleichterung einstellen. Irgendein Gefühl, das die tiefe, allumfassende Leere in seinem Inneren, die sich in den vergangenen Stunden eingestellt hatte, verdrängte und ihm die Kraft gab, weiterzumachen. Gespräche zu führen. Erklärungen zu suchen. Abzuschließen …

Er fand seine Tochter in einem mittels ein paar Handtüchern zur Höhle umgebauten Pappkarton in einem der zahlreichen Nebenräume ihrer Tagesstätte, die den Kindern als Rückzugsmöglichkeit dienten. Bei ihr auf dem Boden kniete ein dicker blonder Junge in khakifarbenen Cordhosen. Seine Unterschenkel waren so kurz, dass die Füße kaum unter dem Po hervorlugten.

»Hallo«, sagte Verhoeven, als Nina ihn bemerkte.

»Das wird ein Raumschiff«, erklärte sie. »Damit fliegen wir in den Weltraum und finden ganz viel sauberes Wasser.«

Er fragte nicht, woher sie das wisse. Dass ausreichend sauberes Wasser zu einem Problem werden würde. Stattdessen fragte er: »Ist das Dominik?«

Beide Kinder nickten. Nina eifrig, Dominik eher verhalten.

»Hallo, Dominik.«

Der Junge hob betont lässig eine Hand. »Hi, Mister Bulle.«

Sollte wahrscheinlich cool klingen, klang aber albern. Verhoeven lächelte. »Wie hast du mich da eben genannt?«

Ein Hauch von Röte ergoss sich über die milchzarten Züge, und Verhoeven musste automatisch an Winnie Heller denken. Sie schien ganz gefasst. Führte Gespräche. Suchte Erklärungen. Trotzdem fürchtete er sich davor, sie nach Hause zu schicken, obwohl seit der Nachricht vom Tod ihrer Schwester bereits mehr als vierundzwanzig Stunden vergangen waren. Eine Nacht, in der nichts passiert war. Ein Morgen danach, an dem sie ganz normal zum Dienst erschienen war. Aber da waren sie mitten in einem Fall gewesen. Beschäftigt. Überforderung ist nicht das schlechteste Mittel gegen den Schmerz, dachte Verhoeven und tastete nach seinem verspannten Nacken.

»Mister Bulle«, wiederholte Dominik Rieß-Semper zu seinen Füßen derweil tapfer.

»Ich hab ihm gesagt, dass du einer bist«, schaltete sich Nina ein, die spürte, dass ihr kleiner Kavalier im Begriff war, sich in Schwierigkeiten zu bringen.

»Ein Bulle?«, fragte Verhoeven amüsiert.

»Onkel Grovius hat das auch immer gesagt«, verteidigte sich seine Tochter und zuckte leise zusammen, als ihr bewusst wurde, dass sie mit »Onkel Grovius« ein Thema berührt hatte, das ihren Vater vielleicht wieder traurig machte. »Und Winnie«, setzte sie eilig hinzu.

»Ist das die mit den roten Haaren?«, fragte Dominik neben ihr, und Verhoeven registrierte mit einer Mischung aus Stolz und Neid, dass sich seine Tochter in ihrer Tagesstätte ganz offenbar ausführlicher mitteilte als zu Hause.

»Genau.« Sie nickte und fügte dann, an ihren Vater gewandt, hinzu: »Kommt sie uns bald mal besuchen?«

»Ich denke schon«, entgegnete Verhoeven. »Wenn sie Zeit hat.«

»Ich hab ihr auch ein Bild gemalt«, verkündete Nina stolz. »Warte, ich hol's.«

Und weg war sie, davongehüpft in einen anderen Raum.

Mr. Experimentierkasten-Semper musterte ihn derweil aus kleinen blassblauen Augen. Blonde Brauen. Ein paar vereinzelte Sommersprossen im blütenzarten Teint. Verhoeven ertappte sich bei der Überlegung, wie er aussehen würde, wenn er erwachsen war. »Und? Wie ist das so?«

»Was?«

»Ein Bulle sein.«

»Anstrengend«, entgegnete Verhoeven mit tiefer innerer Überzeugung.

Der Junge nickte ernsthaft. Sollte wahrscheinlich verständnisvoll wirken, wirkte aber altklug.

»Ich hab Ihr Vogelhaus gesehen.«

»Ach ja?« Bei welcher Gelegenheit?

»Ja.« Dominik Rieß-Semper nickte wieder. Dann nahmen seine Augen unvermittelt einen anderen Ausdruck an. »Kennen Sie das von Mike Krüger?«

Ganz falsche Frage, mein Freund!, dachte Verhoeven. Laut sagte er: »Das findest du natürlich cooler.«

»Größer«, entgegnete Dominik Fett-Semper nach kurzer Überlegung mit wiedererwachendem diplomatischen Geschick.

Gütiger Gott, Hendrik, der Junge ist vier Jahre alt, mahnte Silvie hinter Verhoevens Stirn, während er darüber nachdachte, wie er das Gespräch von Vogelhäusern auf ein anderes Thema lenken konnte. Chips-Allergien vielleicht. Oder Hähnchen mit Mayo. Doch gottlob bewahrte ihn die Rückkehr seiner Tochter davor, sich auf einen lächerlichen Kleinkrieg mit einem Vierjährigen einzulassen.

»Hier!« Sie reichte ihm ein Blatt Papier, das eine kleine Frau mit roten Haaren neben einem detailreich ausgearbeiteten Auto zeigte.

»Was hat sie da in der Hand?«, fragte Verhoeven mit echtem Interesse.

»Bonbons«, erklärte seine Tochter.

Klar doch, dachte Verhoeven. Karamellbonbons.

»Davon bekommt man Kaaaarieees«, krähte Dominik.

»Du vielleicht«, entgegnete Nina würdevoll.

Verhoeven konnte sich eines breiten Grinsens angesichts ihres harschen Tonfalls nicht erwehren. »Darf ich ihr das Bild mitnehmen?«, fragte er. »Winnie ... Sie bekommt nämlich in den nächsten Tagen einen neuen Schreibtisch, weißt du, und der ist noch ganz leer und ...«

»Aber der Rand ist krumm«, bemerkte seine Tochter stirnrunzelnd, während sie die leicht zerknitterte Zeichnung mit dem Ärmel glatt strich.

»Das macht nichts«, sagte Verhoeven. »Wir machen einfach einen Rahmen drum, dann sieht man das gar nicht mehr, okay?«

»'kay.«

»Und kommst du jetzt mit mir nach Hause?«

Sie sah zum Fenster, als müsse sie sich vergewissern, dass es die richtige Zeit war, um abgeholt zu werden.

»Wir könnten auf dem Rückweg an der Eisdiele halten«, schlug Verhoeven vor, bevor sie auf die Idee kam, ihm vor Mr. Experimentierkasten-Sempers Augen eine Abfuhr zu erteilen.

»Jaaa«, rief sie begeistert und sprang ihm in die Arme. »Ich will Schokolade und Vanille und Amarena-Kirsch-Trüffel.«

»Wiedersehen, Dominik«, sagte Verhoeven mit einem Anflug von schlechtem Gewissen. Aber von Eis bekamen dicke Jungen wie er nun einmal Allergien oder Kaaarieees und ... *Hendrik!* Er sah Silvies fassungsloses Kopfschütteln vor sich und drehte sich eilig noch einmal um. »War nett, dich kennenzulernen.«

»Sie auch«, entgegnete der Junge und verschwand erstaunlich behände in seinem Pappkarton-Raumschiff.

»Und vielleicht kommst du uns auch gelegentlich mal besuchen?«

»Kann ich machen.«

Verhoeven nickte. »Also dann ...«

Epilog

November 2006

Kurz nach der Beisetzung hatte es wieder zu schneien begonnen. Dicke, nasse Flocken fielen ruhig und gleichmäßig auf die langen Grabreihen hinab und überzogen die Fußspuren der wenigen Trauergäste mit einer ebenmäßigen weißen Decke.

Verhoeven wartete geduldig, bis auch die Letzten von ihnen gegangen waren, dann legte er ein schlichtes Kreuz aus Tannengrün und Efeu neben den kleinen Stapel verschneiter Kränze, der das Grab von Senta-Elisabeth Heller bedeckte.

Er hatte lange gezögert, ob er überhaupt zur Beisetzung kommen sollte, weil er fürchtete, dass seine Kollegin sein Erscheinen als aufdringlich oder, schlimmer noch: als neugierig empfinden würde. Aber er hatte sich auch nicht drücken wollen. Sie hatten keinen allzu guten Start gehabt, und wenn es stimmte, dass über Gedeih oder Verderb einer Beziehung in den ersten Minuten einer Begegnung entschieden wurde, hatten sie vermutlich keine Zukunft. Trotzdem mussten sie es versuchen. Da war etwas, das sie einander zu geben hatten, das spürte er. Etwas, das jeden von ihnen ein wenig stärker machte. *Das ideale Team ist eines, bei dem sich die Partner in all ihren Stärken und Schwächen ergänzen, nicht eines, bei dem einer vorausgeht und der andere Beifall klatscht,* hatte Hinnrichs gestern früh im Aufzug zu ihm gesagt, ohne dass einer von ihnen das Thema explizit angeschnitten hätte. *Wir sind am Ende immer dann am stärksten, wenn wir etwas tun, von dem wir glauben, dass es uns nicht liegt …*

Verhoeven hatte Ninas Zeichnung gerahmt und auf Winnie Hellers neuen Schreibtisch gelegt. Sie würde sie finden, wenn sie zurückkehrte. Und vielleicht würde sie sie sogar behalten. Sicher, seit der Fall geklärt war, hielt sie wieder Abstand. Aber das musste nichts bedeuten. Nichts Endgültiges zumindest. Er wusste nicht viel über sie, und er hatte keine Ahnung, ob es zwischen ihnen besser werden würde, wenn sie einander näher kannten, aber er wusste, dass sie heute, dass sie jetzt, in diesem Augenblick, etwas gemeinsam hatten. Sie hatten beide einen Verlust erlitten. Einen Halt verloren. Sie hatten etwas gemeinsam.

Er lauschte dem Fallen der Schneeflocken und blickte wieder auf das frische Grab hinunter. Zuerst hatte er geglaubt, sie wäre gar nicht gekommen, sie habe es tatsächlich gewagt, dem Begräbnis ihrer eigenen Schwester fernzubleiben, aber dann hatte er sie entdeckt, weit abseits, wo sie sich ganz in den Schatten der alten Bäume zurückgezogen hatte. Er hatte mehr geahnt, dass sie dort stand, als dass er sie tatsächlich gesehen hätte.

Als er sich auf den Rückweg machte, kam sie ihm entgegen. Sie sah furchtbar aus. Verquollen. Schlaflos.

»Danke, dass Sie gekommen sind.« Sie trug einen schlichten schwarzen Wollmantel und hielt eine lachsfarbene Rose in der Hand. Ihre Fingergelenke waren weiß vor Kälte, als sie ihm förmlich die Hand hinstreckte.

»Keine Ursache«, sagte er und fragte sich, wo die Worte waren, die er sich zurechtgelegt hatte.

Winnie Hellers Finger spielten mit dem Stiel ihrer Rose. »Bleibt es dann bei morgen früh halb zehn?«

Am nächsten Tag fand eine erste Anhörung statt. Marianne Siemssen würde dort sein. Sie würde ihre Version der Geschichte wiederholen. Und genau wie in den Vernehmungen der letzten Tage würde eine eigentümliche Müdigkeit in ihrer warmen Stimme schwingen, die davon kam, dass sie sich an die neu gewonnene Freiheit erst würde gewöhnen müssen. Wenn sie sich je daran gewöhnte.

»Ja, halb zehn«, sagte Verhoeven. »Aber Sie sollten nichts überstürzen. Vielleicht nehmen Sie sich einfach noch ein paar Tage frei.«

»Ich will …« Sie stand ganz aufrecht, den Blick auf irgendeinen entfernten Punkt gerichtet. Auf ihrer Pfirsichstirn zerschmolzen die Schneeflocken. »Ich glaube, ich würde lieber einfach weitermachen.«

Er nickte. Manchmal war es das Beste, einfach weiterzumachen. Erst einmal. Er wusste, der Schmerz würde Winnie Heller einholen. Aber nicht heute. Auch morgen nicht. Wenn sie Glück hatte, ließ sich der Zusammenbruch noch eine Weile im Zaum halten. Bis sie neue Kraft geschöpft hatte. »Okay.«

Sie sah ihn an. Dankbar. Und unendlich müde.

Verhoeven fühlte etwas wie ein schlechtes Gewissen, weil er sie nicht zwang, sich auszuruhen. Aber er wusste auch, dass er ihr das nicht antun durfte. Das Verhältnis zu ihren Eltern schien vollkommen zerrüttet zu sein. Sie hat nur ihre Arbeit, dachte er. Nur diesen einen Halt. Im Augenblick zumindest. »Dann sehen wir uns also morgen früh.« Er formulierte es ganz bewusst als Feststellung. Nicht als Frage.

»Ja, morgen«, sagte sie mit einem leisen Lächeln, von dem er zum ersten Mal, seit er sie kannte, den Eindruck hatte, dass es von innen kam.